春去春又来

高彬 著

远方出版社

图书在版编目（CIP）数据

春去春又来/高彬著. -- 呼和浩特：远方出版社，2021.4
ISBN 978-7-5555-1586-9

Ⅰ.①春… Ⅱ.①高… Ⅲ.①散文集—中国—当代②游记—作品集—中国—当代 Ⅳ.①I267

中国版本图书馆CIP数据核字（2021）第059611号

春去春又来
CHUN QU CHUN YOU LAI

著　　者	高　彬
责任编辑	武舒波
责任校对	武舒波
装帧设计	王改英
出版发行	远方出版社
社　　址	呼和浩特市乌兰察布东路666号　邮编 010010
电　　话	（0471）2236473 总编室　2236460 发行部
经　　销	新华书店
印　　刷	内蒙古爱信达教育印务有限责任公司
开　　本	160mm×230mm　1/16
字　　数	330千
印　　张	23.75
版　　次	2021年4月第1版
印　　次	2021年6月第1次印刷
标准书号	ISBN978-7-5555-1586-9
定　　价	59.00元

如发现印装质量问题，请与出版社联系调换

序：翱翔于云际之上的苍鹰

　　散文，在中国当代文学之中占有重要的位置。随着社会经济的发展，人们生活节奏和工作节奏日渐加快，散文很有可能成为拥有最大阅读群体的文学类别。它内容广泛，包罗万象，深受欢迎。

　　作家高彬给我送来书作，嘱我作点小文，我欣然应允。他将作品集命名为《春去春又来》，以时间为概念，溢着一种超然的人生感悟。全书逾21万字，共计73篇散文。翻阅起来，不觉被书中所叙吸引。这显然不只是一本简简单单的散文合集，它有极高的文学情怀蕴含其中。作者文笔深厚，行为流畅，思想内涵也颇高。

　　近年来，散文越来越受到人们的喜欢，刊物上会开辟大量版面刊登散文作品，报纸副刊更是如此。我一直从事散文创作，对于散文的写作，我逐渐形成了自己的一套理论。

　　从大方面讲，散文指不讲究韵律的散体文章，包括杂文、随笔、游记等。同时它还是最自由的文体，不讲究音韵，不讲究排比，没有任何的束缚及限制，这也是散文深受人们喜欢的原因。散文自古有之，是中国最早出现的行文体例。它通过对现实生活中某些片断或生活事件的描述，表达作者的观点、感情，着重于表现作者对生活的感受。随着散文的发展，又分化为叙事性散文、抒情散文、哲理散文、议论性散文等。著名评论家霄云儒先生曾言散文为"形散神不散"，意即散文没有具体的规范，没有结构可言，但它的精神内核，贯穿始终。

　　从小的方面讲，我一直认为情感写作是最低层次的写作，这个情感写作，指的是只讲究个人情感，而无大爱，大胸怀，是狭隘的个人情感。翻开作家高彬的散文作品，一篇篇饱满的散文如同一颗颗闪烁在秋日枝头的硕果，咧着嘴吧笑嘻嘻地朝着我微笑。这真是一种美好的阅读享受。作家高彬1965年出生，比我大八岁，祖籍和我一样同为陕北黄土高原地区。他一直在内蒙古神东天隆集团公司供职，在企业繁琐的工作之余，潜心创作，可以说，每一个文字都凝聚着他对文学的炽烈的爱。他先后加入内蒙古作家协会和中国西部散文学会，成为了一名专业作家。自2004年起，他开始在刊物上发表大量文章，也收获了一大批读者。从他创作的作品来看，主要包括人生感悟、情感呼唤、企业愿景、故乡寄情、历史印记、旅游时光等类型，基本上涵盖了散文创作的所有领域，内容广泛，可见作家的眼界是非常辽阔的。他对周围的世界存在着自我的认知，并灌输于文字内容，形成了自己独特的写作风格，这是最难能可贵的。

　　在《登高望远》一文中，他这样写道："当我们登上高山，才能体会到山有多高。登高壮阔天地间，四周景物映入眼帘，不被障碍物所堵。只有登高，才能望远。登山如同学习一样，当我们学习了天文地理、古今中外的许多知识，我们才知道自然界是如此之博大，世界的内涵是如此之丰富，对世界形成了一定的认识。正如古贤荀子所言："故不登高山，不知天之高也；不临深溪，不知地之厚也；不闻先王之遗言，不知学问之大也"。他在创作之中，将深奥的哲学观点付诸其中，让人通俗易懂，并从中得到启发。散文与哲学的和谐共生，自古就有良好的传统，先秦便有诸多的哲理散文。《周易》的表达方式是："立言以尽象，立象以尽意"（《易传》），并且先人们是在寂然不动心性寂空的情况下，通过言象的激发，从而感知吉凶。《论语》并没有用逻辑推理的方式来做抽象的教化而是用形象的言语来感化他的弟子，从而告诉他们做人应该追求一种什么样的境界。《老子》说理同样具有这样的特色，为了说明柔弱生刚强的道理。在西方的哲学文学发展之中，哲学与散文同样有着深刻的关联。柏拉图（《理想国》）、亚里士多德（《诗学》《形而上学》《工具论》）、奥古斯丁（《忏悔录》《论三位一体》《上帝之城》）等的作品就是最好的例证。直到中国近现，梁漱溟、冯友兰、熊十力等，他们的散文同样涌动着哲学的光环。可以说，哲学散文贯穿文学史的始终。高彬的散文，便将哲学思想和个人感悟相结合，创作出一种直击人心灵并给予震撼的散文作品。

《震撼时代的强音》《历史的悲歌》《左宗棠与新疆》《遥想故宫》等篇什又从历史烟云之中出发，通过自身的感知、所悟，著述成文。这类篇什称之为历史文化散文。历史文化散文则以记述历史事件的演化过程为主，最早的历史散文是《尚书》。上世纪末，历史文化散文十分流行，21世纪后有所降温。其书写内容集中在对中国传统文化精神的回望，从文化古迹或古代文化名人的故事里寻找灵魂的安慰。其中有大成者余秋雨，祝勇等作家。在《震撼时代的强音》中，他用如椽的大笔浩荡成文，勾勒了几千年的历史改革之风云，其势大气磅礴，其文豪迈厚重，我认为这是他历史文化散文的代表之作。

高彬的散文起点很高，精神内涵很足，看点很多，阅之颇有收获，这是我之前所不能想到的。他《春去春又来》的出版发行，应是鄂尔多斯散文界颇为丰硕的成果展示。

高彬带着闪耀着哲学光色的历史文化散文，我个人更是推崇。我相信，他蘸满思维火花的文字，一定能感染更多的人，也会让更多的人知悉。愿他的散文之树，能散发出金子般绚烂的光芒，照亮更多读者的心域。愿这只翱翔于云际的苍鹰，能领略到更为广阔的自由国度。

刘志成

2021 年 1 月 12 日

自　序

　　世界上有无数种美，有江河日月，有夕阳晚照，有山川大地，有风景旖旎的自然景观，有优美动听的音乐，有精彩的文艺晚会表演等等。每个人都喜欢享受美，甚至是追求美，创造美。其实，文学的美可以美化我们杂草丛生的心田，给我们带来芬芳；文学的阳光可以温暖我们冷漠的心灵，使我们的情绪变得晴朗起来；文学的力量能鼓舞我们的斗志，能让我们战胜困难，在逆境中前行。好的文学作品往往能使人陶醉在其中。

　　对于文学，我在中学时期有过当报刊编辑的梦想，我喜欢看文学作品，并且钟爱于文学创作。神东天隆集团公司于2004年5月初成立，于当年创办了《神东天隆》杂志，从此，我经常在《神东天隆》杂志上发表散文。在神东天隆集团公司成立之时，我在《神东煤炭报》上发表了《走向新的里程》，这是我的第一篇散文。我开始写散文的时候，不知道自己的水平怎么样，能否在刊物上发表，根本就没有想到会出版书籍。在我平时的写作中不知不觉地积累起来了一叠厚厚的稿纸，当我看到有一位朋友出版散文集的时候，我估算了我的散文积累起来的字数也差不多能出一本书了，我才有了出书的想法，于是我决定到了20万字就出版一部散文集。

　　我出版的本散文集，包括73篇散文，21万字，按照文章的内容可分为6辑，按顺序分为人生感悟、情感呼唤、企业愿景、故乡寄情、历史印记、旅游时光。人生感悟辑中，是我对一些事情有感而发，阐述了自己的观点和看法，虽然微不足道，但也是我对生活的体会，流露出了我对生活的热爱，对客观事物的认知，也表达了我的处世态度。在本书籍通篇中凸显出我的世界观和人生观。世界是丰富多彩的，我们既然来到这个世界上生存，就要认识这个世界。我们的生活包括工作、学习、劳动、爱情、婚姻、家庭、教子等各个方面。我们的生活有苦难艰辛，也有快乐，同时，我们也追求高品质的生活，对社会怀抱有公平正义，并追求人性的向善向美。

情感呼唤辑写的是我的父母和妻子，尤其是父母对自己的养育之恩，我永远铭记在心。我对父亲的怀念犹如长江之水，奔流不息，父亲给我的付出，对我的关爱，一桩桩往事涌上心头。在我的睡梦中有父亲出现，在我的生活中有父亲的影子，父亲永远活在我的心中。母亲对子女们充满了爱恋，母亲是多么的慈祥和循循善诱，母爱是多么的赤诚和无私，都令我感动，真是可怜天下父母心，儿行千里母担忧啊。这一辑还包括与我风雨同舟、患难与共的妻子，以及我的子女，生命中最重要的人。

企业愿景是企业员工对本企业美好未来的憧憬，它是一幅美丽的理想的企业发展蓝图。作为天隆的一名员工，期盼着天隆发展壮大，这是天隆人的使命。自天隆改制以来，天隆继承了神东煤炭公司的衣钵，在长期的生产经营实践中，形成了自己的企业文化，已成为全体员工所认同并共同遵守的价值观、经营理念和企业精神。我在企业愿景辑中写了十一篇有关天隆企业的散文，记录了天隆企业发展的历程，所取得的成就，热情洋溢地记载着本人对天隆充满的深厚情感，同时寄托了本人对天隆美好未来的期待。

企业愿景辑中有三篇神东煤炭公司的散文，神东煤炭公司与神东天隆公司出自一个母体，有着兄弟般的情谊，天隆的发展与神东（神东煤炭公司）息息相关。天隆人关注神东，心有灵犀，心向往之。本人比较了解神东的过去，对神东有着天然的亲近之情，一说起神东，亲切之感便油然而生。还有一篇是写给内蒙古骆驼酒业公司的散文，这是本人在骆驼酒业九峰山文化生态产业园观光采风时所写的。

故乡是生我养我的地方，在我生命中铭刻下了深深的烙印，我对故乡怀有深厚的情感，在这里度过了我的童年和青年时光。尔后来到鄂尔多斯，开始了新的生活，也掀开了我人生的新的篇章，新建了我的生活圈。在这里我经历了人生的甜酸苦辣、世态炎凉、情仇爱恨，看到的花开花落、日出月圆，都能让我迷恋上这片土地。鄂尔多斯是我的第二故乡，有幸在这里生活了这么多年，使我颇感欣慰。

历史印记辑中，本人将笔墨投向了历史的触角，中国五千年的历史文化浩瀚如海，博大精深。在历史的长河中，有多少历史故事汇集成册，有多少精彩的瞬间留下悸动。朝代更替，稽考兴亡，追踪历史事件和故事中的人物，好似我来到了古代，身临其境，产生了这种心境，能使人身心愉悦，自得其乐。穿过时光的隧洞，回到阳光明媚的现实中来，今天的我们，以史为鉴，吸取教训，就会有所收获。

旅游是件快乐的事情，能释放出人的郁闷之情，能使人开阔眼界。本人在国内走了许多地方，领略祖国的大好河山，游览人文景观，了解各地的风土人情，品尝当地的特色美食，体会各民族的多文化元素，见证美丽中国。在我们的旅行中可以游乐探奇，览胜采风，从远古到现在、从城市到乡村、从经济发展到科技文明来了解中国、了解世界，这才是旅游的意义所在。

我写散文力求真实，力戒浮华、空洞、不切合实际的事实。小说和剧本可以虚构故事，而散文是基于事实的。我写散文是出自我内心的真实想法，表达的是真情实感。关于写作，我写过一首诗，也是发自内心的激情，燃烧起了我写作的情绪，我不妨摘抄出来，为《自序》助力。

坐在写字台前／人在此地，心游他方／我的心梦游着长江，眺望着大海，向往着高山／在地平线上／又迎来了一轮朝阳。

我的心穿越着历史／驻足于历史的片刻中／是惊心的一幕／抑或是激动的一刻／让我潸然泪流。

我的心来到了现实中／我沿着长长的小径／披着绿色的林荫／我的眼睛为之一亮／那是潺潺流淌的一汪清泉／在我生命的源泉中／又增加了一个活分子。

我的心跳跃着思想火花／我孱弱的灵魂／悟出了人生的哲理／那是一个了不起的感悟／是那么的真切，那么的明亮。

我的心游移于历史与现实／在充满激情的岁月里／大步流星地走向未来／我向着花草树木／向着这片恋土／向着美丽的风景／挥手致意／我来了！我来了！

悠悠灵感／心潮澎湃／生活如火如荼／是生活，是真理，是真情／掩不住我那颗跳动的心／从历史来到现实／从现实憧憬未来。

写作在语言的应用上需要有丰富的想象力，文学是语言艺术，所以我极力追求语言之美。有关写作，我不是专业作家，在我不想写的时候，好长一段时间不动笔；如果我对某一件事情有所感悟，在我想写的时候，也可以说是心血来潮的时候，我顾不得吃饭，顾不得睡觉，下笔千言，这就是我的写作。能出版一本书，也算是我人生价值的体现，可以说我追求的是积极向上的人生，能利用业余时间坚持写作，执着地坚持。

　　我每写一篇散文都是用心去写，笔端所及的是自己的生活圈、自己的所见所闻、自己的知识范畴，无论面对的是火热的矿区，或者是对故土的回望，还是对人生的感悟、历史的再现，都写出了生活的本质与人生态度。面对生活，我踏踏实实，一步一个脚印，从不矫揉造作，从不玩世不恭，即便是身处逆境或低谷，也要以达观的态度面对生活的挑战，滋养自己以苦为乐的人生向度。本人知识尚浅，诚实做人，以朴实严谨的态度低调处世，再说也没有资本让自己高调起来。文如其人嘛，将真实的自己展现在作品中，能将本散文集见诸于世面，对于本人将是一大幸事。

目 录

第一辑 人生感悟

登高望远 /3

散　步 /5

读书心境 /7

聆听音乐 /9

话说饮酒 /11

人之美 /15

抚摸岁月 /18

漫谈写作 /20

过年随谈 /23

家的感悟 /26

平安是福 /30

关于旅游 /33

感　动 /37

微信群聊 /41

忠臣与奸臣 /44

春在心底 /53
低调做人 /56
感悟平凡 /59
在疫情期间 看人生百态 /62
浅谈家庭教育 /67

第二辑 情感呼唤

与你相伴前行 /75
照片前的回忆 /77
致一位网友 /82
心中的阳光 /84
我的母亲 /88

第三辑 企业愿景

走向新的里程 /97
——写在神东天隆集团有限责任公司成立之际
映放你的朝晖 /100
天隆春华 /102
——写在神东天隆集团公司成立三周年
我心中的芳草地 /106
三不拉采区 安全伴随着你到永远 /108
园区风采 /111
天隆，创新是你升腾的力量 /115
——写在神东天隆集团公司成立五周年之际

淖尔壕煤矿赞歌 /122

月芽树水库之约 /126

春去春又来 /130

——写在内蒙古神东天隆集团股份有限公司成立之际

文创创美 /134

绿色神东 /138

感受神东 /141

神东，今生与你有约 /145

骆驼酒业产业园之行随笔 /149

——赴骆驼酒业九峰山生态文化产业园采风感怀

第四辑　故乡寄情

一路景色 /157

故乡，在我心中 /160

故乡寄情 /163

美丽的鄂尔多斯 /166

品读鄂尔多斯 /173

我喜欢鄂尔多斯的夏天 /180

东胜这座城 /184

回乡聚会 /188

第五辑　历史印记

遥想故宫 /195

土窑洞里扭转乾坤 /199

震撼时代的强音 /202

历史的悲歌 /214
——凭吊扶苏墓感怀

风景线上看女人 /220

杏花情思 /226

西安古韵 /236

左宗棠与新疆 /245

游"三孔"话孔子 /253

从曹操好色说起 /265

第六辑　旅游时光

张家界山景 /281

桂林游记 /285

走进井冈山 /290

游览秦直道城 /295

响沙湾美景 /298

三亚映像 /301

云南风光 /307

看夜景 /312

泰国之旅 /317

四川之行 /329

我在柬埔寨的所见所闻 /339

行走在西域的风景线上 /349

厦门——浪漫的海滨城市 /356

激流壶口 壮美黄河 /360

后记 /363

第一辑／人生感悟

登高望远

当我们登上高山,才能体会到山有多高。登高壮阔天地间,四周景物映入眼帘,不被障碍物所堵。只有登高,才能望远。登山如同学习一样,当我们学习了天文地理、古今中外的许多知识,我们才知道自然界是如此之博大,世界的内涵是如此之丰富,对世界形成了一定的认识。正如古贤荀子所言:"故不登高山,不知天之高也;不临深溪,不知地之厚也;不闻先王之遗言,不知学问之大也"。

攀登文化知识的高峰,就能拓宽我们的视眼,特别是我们今天处在知识经济时代的前沿,我国已加入WTO,经济体制进一步深化改革,神东已从优秀大步走向卓越,加快了走新型工业化道路步伐。我们应该加强学习,更新观念,增长才干,否则就会被时代所淘汰。如有条件,可到外地乃至国外参观、学习、考察,对我们大有裨益,感受颇多。有几位朋友与我谈到他们出国的所见所闻,感受到了西方文化科学的先进性。我特别愿意与有识之士相处,与他们交谈能了解到我所不知道的知识,他们知识渊博,见多识广,看问题很有见地,虽说"听君一席话,胜读十年书"有些夸大其词,但也确有益处。

不畏浮云遮望眼，只缘身在最高层。特别是领导干部，既然身处高位，就要把自己的思维能力放置到高水准线上，思维要敏捷，策略要高明，观察问题要鞭辟入里，思考问题要深谋远虑，能看得全面、看得长远，能抓住中心，能左右一切，能占有有利局势。今天我们欣喜地看到：神东新一届领导班子一年来，一系列目标的提出，一系列科技工程的实施，的确有登高望远、高瞻远瞩的境界。

登高望远是集文化知识、社会知识和生活知识于一体的追求层次。知识懂得多了，就能提高思想境界，增长智慧。随着时代的进步，人类的科学思维与发展眼光在逐步提高，具有前瞻性、创造性、推动历史向前发展，这就是人类的伟大事业，并为之奋斗所创造的更新不止的世界。

散　步

散步的习惯已有多年了。在我的生活中，散步是一种别有趣味的消遣方式，虽然不带有浪漫的情调，可是散步已成为了我的癖好。

我散步的频率是随着四季的更替有所增减的。天气暖和了，散步的人渐渐地增多了。花园里是人们休闲散步的好去处，这里有假山、有喷泉、有雕塑、有花草树木，小孩子们在这里追逐嬉戏，老人们步履蹒跚。这里人声嘈杂，热闹非凡。在散步中，我尽情地享受心灵的快慰，在蓝天下，与朋友散步，谈天说地，畅谈工作与生活；与爱人散步，相依而行，情意默契；更多的时候是我独自一人散步，我散步喜欢宁静，宁静使人有一种离开尘嚣、摒弃浮躁的感觉。从每天的劳累和烦恼中解脱出来，使我的心情变得豁达、轻松，毫无压抑之感，我可以静静地憧憬未来。这是至纯至美的心理境界，有时候是情绪绵绵、无所思虑，但心情却是十分得惬意。

我也有晚上散步的习惯。每每踯躅于上湾高山住宅区的道路上，极目远眺大柳塔迷人的夜景，灯光的分布随着街道的排列星罗棋布、井然有序，五光十色，点点闪闪，由南到北，由远及近，如彩霞玉带，似星光灿烂。我被四周的灯光包围了，眼前美景一片，身边微风习习，音乐从住宅区里随风飘来，悦耳动听，我的心情自然感到舒畅。不远处有一对对情侣相拥而行，窃窃私语，他们在散步中享受着美丽的夜景和舒适的空气。是啊，晚上散步使人感到周身凉爽，从心底里荡漾出阵阵凉意，有一种天使般的轻快。夜色苍茫，夜景斑斓，在寂静中慢慢地咀嚼着夜晚的美妙，使人夜不能寐。

散步是一种心理享受，它能滋润人美好的心境，陶冶人的情操，有嚼不尽的韵味，能使人对生活充满热忱，有更高更积极的追求。从散步中品味个中滋味，其乐无穷。

读书心境

　　徜徉在山水美丽如画、风光旖旎的大自然怀抱里，我感受到了一份恬淡、安逸、舒适的心境。遨游在书海里，我有时也会有身临其境的感觉，因为那隽永的文字、优美的句子、翔实的资料、深沉的哲理以及饱蘸笔墨的热烈情感直抵我灵魂的最深处。这是文史俊彦们给予我们的一个美好的读书心境。

　　看历史小说，会把我们带到一个纷繁复杂、缠绵悱恻的人与事的故事当中，于是我们便会按捺不住自己的感情，用理性的思维去思考现实的和历史的问题。散文和诗歌使我们的心境时而激情飞扬、心驰神往，时而沉寂冷漠，隐隐怜惜，作品的感染力是如此之大啊！为此，我要感谢分享给我文学感受的这些作家们，我也要学习他们用文学的语言表达人间的情仇爱恨和复杂情感的方式，弘扬时代精神，抨击时弊阴暗……尽管我不能，可能也并不具有这份写作天赋。

　　文学的享受是用语言无法表达的。阅读优美的文章如同饥饿的人见到一桌丰盛精美、香气四溢的佳肴，我们会迫不及待地饱餐一顿，就像久渴的人看到一汪清冽透亮、汩汩流淌的甘泉，是美文给了我们无穷无尽的力量。我浏览了一篇又一篇，仿佛是与久别的爱人相会，诉说情肠；俨然与朋友谈论古今、辩论真理；如同观赏一件典雅别致、玲珑剔透、艺术价值极高的工艺品；宛如聆听悦耳动听、音符激情跳动的乐曲，随着文章内容的推移，我会有不同的感受，有种说不清的感受。

纵观古今中外，穿梭于每个历史时期的文学作品中，我会进入一种忘我的心境。古代孔子、孟子、荀子等思想家的不朽之作，穿越历史时空，闪烁着人类智慧的光芒，至今被人们引经据典，旁征博引。欧洲文艺复兴时期涌现出来的文艺作品如雨后春笋，蓬勃发展，风靡了世界。中国现代作家，如朱自清、徐志摩、郭沫若的作品如群星灿烂，流光溢彩。地方小报刊的文艺作品更是融进时代脉搏，与我们息息相通，是不可缺少的优秀文化的一部分。

我喜欢读书，可我并不喜欢写作，我写作是因为好作品激发了我写作的热忱，使我终于拿起了这支拙笔，将偶尔所得的感悟，写成一些短文。其实我很喜欢看《神东天隆》杂志，这本杂志令我爱不释手，这不仅仅因为我是天隆人。这本刊物自创办以来，一直保持着高质量高水准，那一篇篇优秀的新闻报道，真实地反映了改制后的天隆所走过的发展历程，令人精神振奋。我还喜欢看散文、诗歌等文学作品，在这里我能领悟到本刊作者们的文采，使我大饱眼福，受益匪浅。

咀嚼着书中的美文，细细地品尝，久而久之，我的文化修养日渐提高。是啊，我们的生命离不开文化，我们的社会需要文化，就像我们需要阳光、需要鲜花、需要文明一样。我喜欢抒情散文，更喜欢哲理性的文章，记得两位古诗人写过这样的诗句："读书之乐何处寻，数点梅花天地心"，"总得花看能几日，最难留情是若时"，读书之乐是何等的滋味哟！

聆听音乐

说起音乐,我便对音乐产生了一种崇高的情感。音乐能打开人尘封的心扉,从内心处掠起层层涟漪,使人的情绪投入到音乐的旋律中,在自由的天地里驰骋,这就是音乐的魅力所在。

音乐给予我的是心灵的快慰,在我孤独和苦闷的时候,是音乐调整了我的情绪,抚慰了我孱弱的心灵。由此我想到,假使这个世界没有音乐,则会变得沉寂荒芜、枯燥乏味。如此说来,音乐给这个世界带来了光芒四射的文化艺术,令我们的生活更加精彩。

音乐的来源是缘于人类生命存在的本性需要,在音乐发明之前,人类大抵还处于原始状态,从自然界的天籁之声中发现声响的悦耳和奇妙,再从人的劳动中逐渐发现器皿撞击所产生的声响,于是音乐便由此开始萌芽。在音乐的发展历程中,曾经涌现出许多著名的音乐家,他们的乐曲依然在这个世界上奏鸣。贝多芬举办音乐会,那小小的指挥棒有力的挥舞和轻轻地抖落,剧场里震荡起汹涌的波涛声和淙淙的泉流声。贝多芬的九部交响曲,三十二首钢琴奏鸣曲等作品便由此流芳百世。巴赫、莫扎特、舒伯特、李斯特、帕格尼尼等音乐家的杰作为人类留下了无比瑰丽的艺术之宝,在创作风格和艺术手法上有所突破。器乐和声乐结合起来就是最动人的音乐。活跃在中国当代歌坛上的腾格尔粗犷、高亢、隽永的歌声唱得荡气回肠，周冰倩唱得柔和缠绵、和风细雨，许多歌手如刘欢、阎维文、宋祖英、汤灿、沈丹等他们的歌声也各有千秋。在歌声里跳动着时代的脉搏，激荡着革命的豪情，充溢着幸福的追求。

音乐之美就在于抑扬顿挫的旋律驻足于你的心间，像少女萦绕不去的思绪，袅袅不绝，美在给人带来激情，带来遐想，带来诗情画意，带来创作灵感。虽然不是所有的人都会欣赏音乐，但所有的人都爱听他喜欢听的音乐，感受音乐就感受到了生活的多姿多彩。音乐就像跳动的火焰，飘落的雪花，呼啸的北风，春天的韶光，繁茂的树叶，像一杯清醇的烈酒，浓浓的咖啡，甘甜的果汁，使你独有一方的情愫，感受到天地间万物的情怀。哲学是抽象的，逻辑是严谨的，而音乐是洒脱飘逸的，不受音律限制的音乐美，美到了极处。

随着科学技术的进步，人民生活水平的提高，音乐已渗透到了生活的每一个角落，无论是走路，乘车，接电话，看电视，玩游戏，音乐在我们的生活中无所不在。聆听音乐是一种高雅的享受，但愿我们在音乐的世界里分享着精神上的快乐。

话说饮酒

从古至今,酒伴随着社会,伴随着人类,酒在人们的饮食生活中是不可缺少的。酒能给人以快乐,也能给人带来痛苦。酒就像流淌不息的河流一样滚滚而来,随着岁月的推进,酒文化也愈发绚丽多彩。

在中国历史文著上涉及酒的华彩篇章,作为文学瑰宝一直流传至今。

早在春秋晚期,孔子在《礼记·乡饮酒义》中写道:"乡饮酒之义:主人拜宾于庠门之外,入三揖而后至阶,三让而后升,所以致尊让也。盥洗扬觯,所以致洁也。……"讲饮酒之礼节。

《史记·殷本纪》中,"好酒淫乐……戏于沙丘,以酒为池,悬肉为林,使男女倮(裸)相逐其间,为长夜之饮。"写的是商代暴君纣王荒淫无度。

《文选·曹丕〈与吴质书〉》中写道,"每至觞酌流行,丝竹并奏,酒酣耳热,仰而赋诗,当此之时,忽然不自知乐也。"写曹丕饮酒赋诗,自得其乐。

柳永的《雨霖铃》中"多情自古伤离别,更那堪,冷落清秋节。今宵酒醒何处?杨柳岸,晓风残月。"更是千古绝句,描绘了柳永与他心爱的人难舍难分的凄凉情景，别后用酒来抒发他那悲伤的情怀。

曹操《短歌行》中，"对酒当歌，人生几何？"，"何以解忧，唯有杜康"中之"杜康"因酒而得名，相传是最早发明酒的人，他所酿之酒被人们言为：飘香四海，誉满华夏。故称作"杜康酒"，也作酒的代称。

"醉卧沙场君莫笑，古人征战几时回"，古人在征战中也离不开酒。

民族英雄，南宋抗金名将牛皋，被人们言为"福将"。他的武艺并不绝伦，却常常是酒醉后能打败强大于他的敌人。

古代元朝，草原上的英雄成吉思汗在寒风中，金戈铁马，挥舞着战刀，用饮酒的方式防冷御寒。

《水浒传》中一百零八将都与酒结下了不解之缘。

酒滋养了古代的风流才俊和战场英雄，孕育了一大批仁人志士，但也为达官贵族们灯红酒绿、轻歌曼舞的奢侈腐化生活涂上了重墨的一笔。

随着时代的进步，科学技术的发展以及人民生活水平的提高，酒的品种类型日益增多，保健、养生、治病方面的酒也先后上市，在酒的制作和包装上更是不断创新，与时俱进。有关涉及酒的文学作品也层出不穷，如现代文学大师林语堂先生的散文《酒令》，易中天的《烟、酒、茶》，梁实秋的《饮酒》《"啤酒"啤酒》，当代作家钟雪灵的散文《醉了的女人并不美》、碑林路人的《醉过方知酒浓》，席慕蓉的诗歌《饮酒歌》《酒的解释（两章）》等不胜枚举，充满了时代气息。

我们把酒从文学作品中引入到我们的现实生活中来叙述。内蒙古被人们堪称酒的故乡，歌的海洋，青歌美酒是人们饮食中的一部分。在我们神东矿区这片小天地里,也飘洒着酒的浓郁芳香。

矿区人大多数喝的是西凤、河套、鄂尔多斯等系列酒。员工们工资收入较高(按地方标准),经常喝酒,中午是小酌,晚上是豪饮。嗜酒的人便是三人一簇、五人一群聚在一起,今日你请,改日他请,遇到休息日或者是下雨天,更是开怀畅饮,一醉方休。

现代人的生活更是别有情趣。当你走进酒店的情人间,在暗淡柔和的灯光下,在音乐的抒情声中,一对对情人双目相对,品尝着美酒,徜徉在浪漫的情调中,环境、色彩、音乐、默契、情趣交织在一起,使人亦真亦幻,置身其中。是啊,酒能给人们的生活带来无限的情趣。

饮酒要适可而止,可以常喝,但要适量,喝的酩酊大醉,神经麻醉,伤肝损胃,对身体多有害处,还要贻误工作,如果生出祸端,便成了千古恨,遗憾终生。酒的负面作用也很大,每年酒后驾车所发生的交通事故屡见不鲜,其他行业也存在着酒后上岗的问题,给人民生命财产带来了极大的危害,所以国家法律禁止交通运输、高危行业的工作人员酒后上岗。酒喝多了于人于己都很不利。

酒在我们的生活中也确实是不可或缺的,诸如我们经常举办的欢迎会、欢送会、同学聚会、战友聚会、家庭聚会、乔迁之喜、生日祝贺、结婚典礼、校庆、厂庆、教师节、元旦节、春节团拜会等多种宴会,能让人们加深了解,共叙友情,道一声美好的祝愿,追求灿烂的明天。

酒有它积极的一面,也有它消极的一面,就是要我们抱有正确的思想态度,趋利避害,扬长避短。让酒在我们的生活里充满阳光。

最后,我用当代作家李松海写酒的抒情诗做结束语,愿我与嗜酒的朋友们共勉:酒,伤心的人用你解忧/爱恋的人用你抒怀/出征的人用你振威／胆怯的人用你壮胆／烦恼的人用你消愁／幸福的人用你欢歌／离别的人用你饯行／团聚的人用你拥抱。

酒——／人生喜怒哀乐摆脱不了的精灵／那就把握好手中的酒杯／让它成为你的朋友／为你的健康和事业而干杯。

人之美

爱美是人的天性，人总是希望自己美。孔子在《论语》中说过"质胜文则野，文胜质则史，文质彬彬，然后君子"。孔子极力提倡人性的完美，在孔子理想中的人物应当具备三个要素，即"学识、能力、品格"是缺一不可的。人的美概括起来讲，有仪表美、才智美、品格美，这三种美在现实生活中时时闪现，处处生辉。

仪表美是外观之美，是女性极力追求的美，她们会展示自己的美。擅长打扮的女人追求个性之美，根据自己的身材、体形、性格等特征追求自然、匀称、和谐、生气勃勃的美，能唤起人们的愉悦和倾慕之情。容貌美是生之美，而气质、神韵美是经过后天成长所释放出的美。一身素装，不经任何雕琢，朴素天然，却浑身充溢着气质美，是一种自然美。华贵的美虽经修饰，但恰到好处，显现出卓越的风姿与美妙天成的光艳。美在于体形与个性的完美结合。在女人群中，群芳吐艳，千娇百媚，婀娜多姿，女性以各种服饰表现美。男性追求自然美。有地位有身份的男性比较注重自己的仪表形象，由于经济充裕，衣着比较考究，但不露任何雕琢痕迹，显得非常自然、得体，也足以显示出自己的富贵身份。青年男子衣着打扮追求时尚、个性，浑身充满着朝气与活力。虽然男性对仪表的美没有女性注重，却也保持着整体形象的整洁大方。特别是城镇中生活的人比较讲究仪表美。随着社会文明的进步，农村人的衣着打扮也向着城市化方向发展，可见人们对仪表美的重视程度。

才智美是闪光的美，如璀璨的明珠，耀眼夺目，最赋有魅力。才智包括学识和能力。才智固然有其先天性，但后天的努力是至关重要的。马克思说过："人的价值蕴藏在人的才能之中"。对于一个人来说才智是非常得重要，是人们赖以生存的资本和条件。但人往往只能具有某个方面的才智，具有全才的人很少。知识决定命运，学习成就未来，只要我们坚持学习，就会增长才智，成为对社会有用的人。大多数人是有事业心的，他们的好学、上进以及顽强拼搏的精神是一种优秀的品格。他们渊博的学识，出众的才华，引人注目，颇有作为于人类和社会。浏览史书，翻阅传记，从古至今，有成就的人才不胜枚举，特别是当今社会是人才辈出的时代，才高智深的人多有用武之地。巾帼不让须眉，女人也有半边天，女人的才智可与男人相提并论。才智美是最有震撼力的，其品味远远高于外观上的美，其价值是无可比拟的，是受人尊重的，使人羡慕的，让人追求的。

品格美是内在的美，是最赋有感染力的。人的生活应该不外乎家庭和事业。中国传统式的女性以家庭为主，能持家务家，抚养子女，赡养老人，体贴关心丈夫，能营造一个温馨的家，能与人和睦相处，为丈夫建立一个稳定的"后方"，以促进丈夫经营好自己的事业。男性是家庭中的顶梁柱，创造经济收入，负责养活家庭成员和子女成长，掌管家中大事，是家庭成员的精神支柱。现代女性是有理想、有事业的，追求与男性平等自由的生活方式，享受生活和实现人生价值。女性的善良、贤惠、温婉、勤俭、忠贞，男性的刚正、仁义、果敢、豁达、坚韧都是良好的品格。这些品格能让人心灵充满阳光，充满爱意。有一位名人说过"道德是我们头顶上灿烂的星空"。品格美的生命力更强，更持久。我们国家强调以德治国，只要我们人人具备良好的品格，就能促进和谐社会的发展，良好的品格对于一个民族是极为重要的。

　　这三种美，品格美是最重要的。古人云："德者，才之帅也；才者，德之资也"，有德无才，难以当大任，有才无德，其才足以济其奸，如此说来，人的美应当以德为首。这三种美不一定每个人都具有，重要的是我们要注重自己的文化和品格修养，提高自身素质，成为一个品格优秀、具有才智的人，成为一个对国家对社会有用人，这才是真正的美，是美的归宿。

抚摸岁月

我们走过了昨天，在人生的路途上磕磕绊绊、风雨兼程、一路走来。岁月在永不停息地流逝，我们的生命在未尽的人生路上将会消耗殆尽。

我们珍视光阴，爱惜生命，我们在悄无声息地生活，或者是轰轰烈烈地奋斗。等到我们老矣，回首逝去的年华，有天真烂漫的少年时代、朝气蓬勃的青春岁月、年富力强的中年时期以及老成持重的暮年，每个年龄段都有其独特的风景，有不同的感受。回味我们走过的路程，一生的奋斗成果得到了多少，我们毫无成就感，甚至于内疚，我们没有实现人生美丽的梦想，我们远远地落后于我们队伍中的朋友，我们的价值观是同样的进步，但我们的成就相距甚远，我们能怨天尤人吗？我们能抱怨社会吗？我们只能承认自己的差距，正视自己的不足。如果我们有成就，实现人生的自身价值，那就是幸运的人生，奋斗的人生。不管成就大小，只要我们努力了，奋斗了，我们一直在做有益于人类和社会的事情，那就是积极向上的人生。

人生的道路是坎坷不平的，没有坦途可言，越是艰难，越能磨炼出人的意志和精神，也正如一位名人说过的话："人的生命如同洪水奔流，如果遇不着岛屿和暗礁，就溅不起美丽的浪花"。有成就的人大多是通过辛勤劳动，努力拼搏，经历了磨难和困苦之后才获得的成功。不管是少年得志还是晚成大器，只要我们的人生折射出光芒，我们就活得有意义。人生苦短，世态炎凉，有的人默默耕耘，勤劳一生，却又收获甚少，其实这也不必悲伤，不必气馁，只要我们保持平常人的心态，正确理解，就能够坦然面对。

　　回味着艰难的人生，依稀记得那些如烟的往事，得失成败、情仇爱恨、悲欢离合、喜怒哀乐……，我们走过了昨天，却又迎来了阳光明媚的新的一天。我们面对的生活、工作、爱情、家庭，需要我们认真对待，辛勤耕耘。

　　在人类历史的长河中，我们的人生也只不过是历史的一瞬间，我们又怎能阻挡得住岁月匆匆的脚步？既然人生如此之短暂，我们又为何不珍惜有生之年，让我们的生命绽放出美丽的花朵。人生是很少有完美的，我们也不必追求完美，只要我们有正确的人生观和世界观，能够健康、积极向上地生活，我们就活得有意义。回首往事，并不是感情好恶的简单追忆，而是要认真总结经验，吸取教训，以利于我们今后的工作和生活。抚摸昨天的岁月，也是为了明天更好地生活。

漫谈写作

我寻觅着一种爱好,是阅读文学作品的爱好,随之渐渐地热衷于文学写作。可以说我喜欢文学写作就像有的人喜欢钓鱼、喜欢旅行、喜欢游泳一样寻找自己的生活乐趣。我写作是我对生活感受的一种真情表达,是情有所致,感后而发。

我浏览过优美的散文,这些散文给予我的是美的享受,是文学的升华,是明亮的精神,如同我欣赏优美动人的艺术品和聆听激情飞扬的音乐,有时情不自禁地读上几遍。

我是从二〇〇四年开始文学创作的,因为当时有《神东煤炭》报和刚创办的《神东天隆》杂志创作平台,还有完成公司制定的通讯报道任务。自发表散文以来,我对文学创作越发感兴趣,也徒增了信心。可是,有些时候想写点东西,却又静不下心来。我的创作基础是通过我在单位从事文秘工作和我平时喜欢读书、积累知识所形成的。

随着时代的变迁,经济的跨越发展,金钱已令人们狂追不已。市场经济下的文学创作给人们带不来经济上的实惠,况且文学创作很艰难,尤其是小说、剧本的创作。浩瀚巨著从涓涓细流汇积谈何容易,真正有大智大才的作家又能有多少人?

文学创作已走向了低谷，但作为文化产业，文学创作是非常重要的，不可或缺的。文学是人们的文化需求、精神需求、道德需求以及构建和谐社会的需求。因为文学的价值决定了文学必须具有先进的思想性和先进的文化性，文学的价值是有益于社会文明进步的。但是人又是非常现实的，因为写作很难给人们带来丰厚的经济收入。在我们的生活中，文学创作者为数不多，有的人能写，但不屑于写作，当然也有少数人喜欢写作，却又写不出作品来。我以为真正的文学创作者是不为利益所驱动的，能守得住清贫，将文学创作作为他们终生的事业，并为之而不懈地追求……。如果我们把文学创作当成摇钱树，把金钱和地位作为奋斗目标，那就会迷失方向，思想会腐蚀，心智会混乱，意志会消沉。当然因文采飞扬而改变命运的也不乏其人，因为他们坚定地从事他们所认定的事业。哪怕是历尽艰难，终无所获，他们也会以恬淡平和的心态面对现实，不卑不亢地坦然处世，我从不否认他们的文学创作热忱，还有创作天赋。

我经常以散文的体裁形式来宣传集体和个人的先进事迹。我以为写先进事迹要尊重事实，不得夸大事实。如果是过分地夸大事实，那就丧失了一个文学创作者应有的严谨态度，可是有些时候我也免不了有其夸张的成分，认为毕竟是宣传事迹嘛，在今后的创作中在语言表达上，我要慎重措辞。当然像小说、剧本，其虚构的成分很多，因为文学是高于生活的。文学是语言艺术，是用优美的语言和恰当的艺术形式表现出来的。

写作要注重观察生活，丰富生活阅历，对生活有所感悟，因为生活是写作的源泉。在我们的生活中有许多事值得写，目及之处，所涉及的社会新闻、人物故事、事件起止、生活趣闻、风土人情、自然环境等都能成为创作美文佳作的好题材。写作是心灵泉水的自然流淌，只要我们对生活充满爱，对生活中的人、物、事能真切感悟，那就能写出真情实感的文章。"世事洞明皆学问，人情练达即文章"。

　　写作还要有广博的知识，因为写作所涉及的知识面广，这就要求作者大量的阅读书籍，储备一定的知识，"读书破万卷，下笔如有神"。写作能体现出一个人的性格、个性、文化知识、思想水平、认识能力、思路脉络、语言表达方式等，人们所说的"文如其人"就是这个意思。创作者应该不断地提高文化修养和思想水平。

　　在这个经济竞争激烈的现实社会中，人们奔忙于经济发展，文学也应该积极健康向上地发展，多出好作品，多出群众喜闻乐见的作品，多出能够反映现实社会中实质性问题的作品，以优秀的作品教育人、引导人。文学创作者将笔端投向广阔的社会，在社会实践中写出锦绣作品。

过年随谈

过年有元旦和春节之分,我们平时所说的过年是指过春节。过年是中国人的传统节日,也是普天同庆的日子,因为过年是旧年岁末与新年岁首的结合点,是辞旧迎新的重要日子。

说起过年,人们对过年所持的态度不同,小孩们喜欢过年,盼望自己早日长大;中年人是上有老人,下有小孩,感到肩上担子的沉重;而年过花甲的人退休回家,或赋闲家中,要慢慢地孤独地老去,真是"老太太过年,一年不如一年了"。难怪人们把青年比作"早晨的太阳",而中年则喻作"如日中天",到了老年便成为"日薄西山"或"晚霞夕照"之喻了。

记得小时候过年很隆重的,母亲要做很多的年茶饭,一是因为农村落后,没有通电,一切都要靠原始的碾磨压米推面;二是当时还处于计划经济时期,市场还没有开放。农村人是春天种地,夏天锄地,秋天收割庄稼,到了冬天在碾磨上推米磨面。临近过年时开始生豆芽、漏粉条、做豆腐、蒸馒头等做过年饭。到了过年的前两三天要彻底清洁室内外卫生,洗衣服,洗被褥,一家人忙得不亦乐乎。过年时家家户户贴春联、围火炉、放鞭炮,晚上熬夜打扑克,住得近的人家小孩一家到一家去玩。到了正月初一一大早,小孩子们便要问候爸爸妈妈、爷爷奶奶、叔叔婶婶们过年好，他们便给小孩子们压岁钱。过年是吉祥的日子，人们互相问好，祈愿吉祥。过年就是新年伊始，是人们对新的一年充满了希望、期待，以及人们对美好生活的祝福。

  小时候的日子虽然过得清苦，我们也能适应得了。在我小的时候，无论大人小孩都喜欢过年，主要是过年能吃好吃的。人们哪里会想到改革开放后社会发展得这么快，现在人们每天的生活比小时候过年还吃得好，穿得好。现在的人们不愿意过年了，嫌过年麻烦，其实，现在过年很简单、方便，不像过去那样储存食品了，用不了几天，市场就开门了。

  过年也是家人团聚的日子，远在千里之外的人，到了临近过年的时候，都要匆匆忙忙地赶回家过年，一家人团团圆圆聚在一起共享天伦之乐。

  说起过年，过年就要增长年龄了，过一个年就要增长一岁。当人们活到耄耋之年，蓦然回首过去，逝去的岁月是如此短暂。一般说来，一个人最多也就活上九十多岁，在人类历史的长河中，人的一生匆匆而过，就是弹指一挥间。难怪古人们感叹道："今人不见古时月，今月曾经照古人""年年岁岁花相似，岁岁年年人不同""闲云潭影日悠悠，物换星移几度秋""万里长城今还在，不见当年秦始皇"，发出这样的感叹难免有伤感之嫌，这是人生的无奈。有位名人说过："凡是诞生的东西，必定有它死亡的一天"。这是自然规律，是每个人必须面对的现实问题，当然人们只知道自己的生日，却不知道自己的死时，所以古代帝王们就早早地给自己修葺坟墓了。也难怪人们说道，人能来到这个世界上是很不容易的，既然来了，就要好好地生活，好好地珍惜，要努力奋斗，实现人生的价值而不枉活一生。

过年只不过是旧年与新年的交界点，一年有三百六十五天，春夏秋冬，四季更替，日复一日，年复一年，天上有日月星空，地上有山河大地。人类就是穿越着时空，演绎着历史，记载着人类活动的行径。在改革开放的今天，在实现中国梦的进程中，我们的生活年年有余，一年过得更比一年好。

家的感悟

说起家，每个人都有家，都喜欢自己的家，应该说有家的感觉真好。

家有大家和小家，有完整的家和不完整的家，有幸福的家和不幸福的家之分。通常来说，大多数家庭是温馨的，是比较幸福的。

家是什么？人们通常会说到，家是家人饮食起居的居所，家是享受温暖的乐园，家是慰藉心灵的港湾，家是人生成长的摇篮，家是生命的乐土，家是生活的动力……

人生的每个阶段家境会有所不同。在童年和少年时期，我们都会依偎在父母的怀抱里长大，与兄弟姐妹情同手足，结伴而行。在懵懵懂懂中度过快乐的童年，在天真烂漫、无忧无虑中度过青春少年。到了青年时期，要成家立业，要组建一个新的家庭，与父母分开居住，每天面对的家庭成员是爱人和孩子。到了老年时期，就要与老伴相依为命，朝夕相处了。

随着时代的变迁，社会的发展，家也会因人的工作调动或环境的变化而搬迁。尤其是到了当代社会，人们的生活水平有了明显的改善，对居家环境有了选择，对居家质量的要求有所提高，都在极力打造一个舒适、温馨的家。

我出门时间长了，会常常惦记着家，牵挂着家。每当我回到家里，就会看到老婆在做饭、洗衣服、清洁卫生、哄小孩或看电视，会看到聪明伶俐、活泼可爱的儿子在玩耍。我来到母亲家里照看母亲，母亲虽然体衰年迈，但是精神矍铄。母亲常年坚持锻炼身体，在饮食方面讲究保健，生活上很有规律。我要是几天不看望母亲，母亲也在惦记着我。因为家人是最亲近的人，在感情上是挚诚、挚深的人，这就是我们所说的亲情，是天然的亲情。这份亲情与人生的责任息息相关，因为我们从呱呱落地的那一刻起，父母就给予了我们无微不至的关爱和呵护，使我们逐渐长大成人。父母为我们倾注了多少心血和汗水，人生的成长是多么的不易啊。父母的养育之恩就像川流不息的河流一样是说不完道不尽的话题。父母对儿女的这份爱会倾注一生，即使到了迟暮之年，依然深爱着他们的儿女，这就是骨肉之情。父母对儿女的爱总是无私的，不图回报的，在你无助的时候，他们为你排忧解难；在你奋斗的时候，他们默默地为你祈福；在你成功的时候，他们与你一同分享喜悦。他们总想给你一片蓝天，给你青山绿水，给你光明的前景。

爱就是这样一代一代传递着，延续着。到了我们有了儿女的时候，我们一定要对这个家庭负起责任来，要给孩子一个完整的家，给孩子快乐的童年和少年，给予孩子身心健康，给予孩子良好的教育。基于此，我们首先要维护好这个家庭。

家庭的维护关键在于夫妻之间和睦相处了，所以夫妻之间必须要营造好有利于儿女健康成长的家庭，让他们健康、快乐地成长。有句话叫作"兄弟要相挺，夫妻要同心"，夫妻之间要坦诚相待，体贴关心，心灵互通，心心相印。既要坚守原则，又要相互包容，互相尊重。一切以和为贵，和睦相处，如遇不同意见，可以求同存异。双方在事业上要互相支持，共同勉励。要珍惜这个难得的姻缘，做到相濡以沫，"执子之手，与之偕老"。同时要赡养好老人，报答他们的养育之恩，对他们的生活、养老负责，给他们一个幸福的晚年，让他们生活得舒心和开心。让一家人，老人、孩子、妻子、丈夫互相搀扶，和谐共处，相敬如宾，其乐融融。天伦之乐，岂不快乐。所以，我们一定要善待家人，担当起家庭的重任，履行好我们的责任和义务，给我们的家庭营造好和谐的氛围。家和万事兴，让我们生活的家庭美满幸福，事业蒸蒸日上，以良好的精神状态，迎接未来的挑战。

家庭教育是很重要的事情，父母是孩子的第一启蒙老师，父母的言谈行事都在默默地影响着孩子，所以父母要注重言传身教，塑造自身良好形象，言谈举止要文明得体，要保持良好的生活习惯。对于孩子的错误要循循善诱地说服教育，不能动则训斥，横加指责，要和孩子进行心灵沟通，充分尊重和理解孩子，要做到我们既是孩子的父母，同时也是孩子的伙伴和朋友。在品德教育方面，父母要提高自身修养，正人先正己，要以身作则，给孩子当好一面镜子，教育孩子要讲文明礼貌，尊老爱幼，与人为善，宽容大度，互帮谦让，勤俭节约，吃苦耐劳等方面的良好品德。孩子有成绩要给予适当的表扬和鼓励，培养他们的自信心。家庭教育是从孩子的出生到组成家庭之前的这一段时间，随着孩子年龄的增长，孩子从家庭到学校的各个阶段，根据他们的成长情况和接受能力及时地进行教育，形成他们健康的心理和健全的人格。要发现孩子的特长，要让他们学到真才实学，身怀一技之长，作为他们在社会上的立身之本。教育孩子要清清白白地做人，干干净净地做事，树立他们正确的人生观、价值观和世界观。成为国家的有用之人。

我们不可小觑家庭建设，家是社会的组织细胞，国是由千万个家庭组成的，家是国的基础，国是家的保障。家庭的和谐与文明能促进社会的发展进步，所以我们要注重家庭教育，传承前辈积淀下来的优良家风，用学到的中华民族优秀的传统文化进行家庭教育，为全面建成小康社会起到积极的作用。

既然我们知道家是多么的重要，多么的美好，多么的幸福，家庭充满爱的阳光，在充满爱的家庭里温暖着我们每个人的心灵。我们人人都拥有家，我们要用心地去爱护家，培育家，使我们的家充满着青春光彩，在这个社会里家家户户都生活得阳光、温暖。

平安是福

人来到这个世界上,就要旅行人生的路程。人们带着梦想、带着期盼、带着对人生美好的向往,在漫漫的人生路上奋斗着、拼搏着。尽管人们的奋斗目标不尽相同,对价值观念的认知也有差异,但人们追求幸福的生活是相同的。

幸福的生活是包涵着"平安"这一内容的,平安就是人的生命安全和身体健康。平安在人们的生活中占有着举足轻重的地位,平安便是福已形成了人们的共识。尽管人们在不断地追求金钱、地位、名誉或者是爱情,但是"平安"这个概念须臾不可离开人们的思想防线,这是人们生存的自身需要。

我们经常在矿场看到"树立矿山安全形象,促进安全文明生产""落实安全责任,遵守安全规程"等关于安全的标语;走进工厂会看到"高高兴兴上班,安安全全回家""质量是生命,安全是保证"等安全标语;当我们在公路上行驶车辆,就会看到路旁立有"一人出车全家念,一人平安全家福""一分侥幸,十分危险;疏忽一秒,受害一生""宁停三分,不抢一秒"的标语牌。这些标语就是在时时警醒我们要高度重视安全,不要伤害你、我、他人的生命。尽管如此警醒,各行各业每年发生的事故屡见不鲜,诸如:全国每年发生的道路交通事故就有几十万起,死亡人数达好几万,伤残人数达几十万。煤矿属高危行业,每年矿难事故死亡人数大约有几千人。这是多么可怕的数字。我们受到的安全威胁来自于操作岗位、意外事故、疾病、自然灾害和假冒伪劣商品等不安全因素。如果是自然灾害我们有些躲避不及,那么道路交通事故则是人为造成的。如果我们违章驾车,超速、超载、酒驾、闯红灯、随意变道、疲劳驾驶等等都有可能造成事故。煤矿安全不从源头上堵塞漏洞,不从根本上解决问题,安全设施薄弱,安全意识淡化,管理松懈,违章操作屡禁不止,就容易造成事故。不安全因素会威胁到生命安全,生命对于每个人来说只有一次,所以我们要珍惜生命,热爱生命,保障安全。在我们的生活中,无论是居家、出行或者是在工作(操作)岗位上都要注重安全,能识别了危险源,提高安全防范能力。同时,我们还要重视身体健康,每年应全面体检一次,能及时发现病情,及时治疗,不因健康因素影响正常生活,要做好身体保健。

  人的生命是最重要的,如果我们失去了生命,还何谈人生。人们都是带着理想的色彩,极力完善自我,实现人生的价值。人要是没有理想,生活就没有动力,工作就没有热忱,社会就失去了竞争。所谓"完善自我",就有完美之意,涵盖了人的美德、知识、修养、才智、能力及仪表。"完美"就要有健全的体格,如果肇事对人身造成伤害,落下残疾,则会成为千古恨。我们既要保护好自己的生命,也不能剥夺他人的生命。血的教训一次次为我们敲响警钟,震人发聩,难道我们还不从中汲取经验教训,不警醒自己吗?失去生命会给死者家属带来多大灾难,多大痛苦,给社会带来多少和谐因素。我们每个人不仅仅是只为自己活着,还为家人活着,为他人活着。

"平安"这个词可以提升到另一层含义，那就是人生的顺畅，不经大的风浪，不起波澜，生活平稳。追求人生一路顺风，生活简单平淡，安宁和谐，静怡恬适，与世无争。有的人生来就不去追逐功名利禄，不图荣华富贵，远离名利场，远离滚滚红尘。他们淡泊名利，对生活容易知足，愿意过普普通通、平平安安的生活。他们虽然没有多大理想，但是他们热爱生活，充满爱心，奉献社会。他们遵纪守法，诚实劳动，能顺应时代发展，追求幸福的生活，这就是他们的价值观，也是积极的人生态度。也有多数中年人，意识到自己没有擢升的希望了，工作也不上劲了，只能平平淡淡地了却一生，出于人生的无奈。他们不追求浮光掠影、有声有色的生活，只求简单淡雅、平安健康的生活。他们看破红尘，体会到了世态炎凉、人情淡薄，只能顺其自然，以平常人的心态，用自己的生活方式自得其乐。当然，人的价值不是为了苟且偷安，而是紧跟时代步伐，去改造这个世界，力所能及地做一些贡献。如果你是一棵大树，就会撒下一片阴凉；如果你是一条河流，就会滋润一方土地；如果你是一座桥梁，就能方便人们通行；如果你是一簇鲜花，就会靓丽环境。人的价值，不是生命本身的赋有，而是生命超越自我的贡献。这个世界就是人人为我，我为人人地做贡献，我们在为自己服务的同时，也在为别人服务。

　　平安是多么的重要，平安不仅能给自己带来快乐，给家人带来幸福，还能给社会带来和谐，能为全面建成小康社会起到积极的作用。所以我们得好好珍惜生命存在的价值，点亮自己的生命，绽放出美好的人生，拥抱幸福的明天。

关于旅游

旅游是一件开心快乐的事情,大多数人是热衷于旅游的,旅游能提升我们的生活品质,能给我们带来益处。

我们长久地生活在某个地方,或者是在某个单位的某个岗位上工作,每天重复地干着某一份工作,每天面对的就是那些人和事,感觉到生活没有了激情,或者是工作有些压抑,甚至是枯燥无味。这个时候你不妨带上家人、同事或者是朋友出去旅游一趟,在短暂的旅行中不仅能愉悦你的心情,还能增长见识。这就像我们经常在家里吃饭,久而久之腻味了,不妨去饭店吃饭,换一个环境,换一种气氛,换一种口味一样;或者就像在我们沉静的生活中播一段小插曲一样,生活需要我们时时更新。

旅游是我们在工作郁闷之后心灵的一次短暂栖息,我们可以暂时离开纷扰和浮躁的生活,当然我们并不是为了逃避现实,而是想在大自然中进行畅游。旅游犹如我们久居在深山老林里,恍如与世隔绝的时候,倏然间有许多朋友、亲戚来造访你,使你感到分外高兴,这决不次于你买了一件高档时尚的新衣服的愉悦心情。当然,旅游不会给你带来财富,不会给你带来擢升,却会给你带来人生的阅历,带来美好的记忆。

我们去某地旅游，能感受当地的气候类型，了解当地的民族特色和风土人情。游览自然景观，总是能让我们赏心悦目，一饱眼福。面对旖旎秀美的自然景色，我们会滋生出许多感想，会由衷地赞叹祖国的大好河山，赞叹美丽的地球。我们旅游虽然来去匆匆，但是美丽的景色已摄入了我们的镜头，一个时代的特征已注入了历史。

　　来到人文景区，我们需要认真聆听导游的讲解，了解古代建筑物所引发的历史故事，考量历史，把实地景物和史书故事相对照，能勾勒出历史的原貌。通过历史遗址，我们被带到历史剧片的故事之中，当然我们还来不及回顾剧情。我们来到历史英雄人物的墓冢前，怀古凭吊。他们的英雄事迹流芳百世，他们的爱国为民精神激励着一代又一代人，正能量时时闪现。

　　走入城市，我们游览这座城市的重要建筑，目睹市区的结构布局和整体面貌，感受这座城市的建筑风格和特色文化。

　　购物是旅游当中不可缺少的项目，也是必修课，所购物品是当地的特产，有珠宝、布匹、药材、食品等等，货物琳琅满目。导购员介绍产品的特点，我们从中能了解一些产品知识。

　　旅游会把我们带到遥远的古代。古代人与其说旅游还不如说是旅行，因为古代的生产力水平很低，没有什么机械交通用具，外出旅行主要靠徒步、骑马和坐马车。旅行的时间大多用在了路途跋涉中，而旅游的时间大多用在游览景区里。古代旅行的人主要有文人、商贾和官吏，比如说：李白、杜甫、苏轼、韩愈，他们的一部分诗作寄情于山水之中的他们遍游祖国的大江南北，到大自然的怀抱中去寻求安慰和快乐。唐诗宋词分别是唐朝和宋朝的文学主要创作形式，如果他们不去旅行，就创作不出奇丽非凡，洒脱飘逸的山水诗词。春秋战国时期的孔子、孟子、荀子、墨子等思想家，他们的旅行是周游列国，宣传和推行自己的思想学说。他们希望能得到君王的重用，实现他们的政治理想。有些国家也主动邀请他们去讲学和做官。有的地方至今还保存着孔庙和杜甫草堂。古人旅行是件苦差事，不仅费用高，而且很劳累。我们现在的旅行条件好多了，吃穿住行方便多了，时间缩短了许多。在古代旅行的人较少，而到了当代旅行的人越来越多了。近年来，出国旅游的人也在逐年增多。

我很赞赏清朝诗人梁绍壬《两般秋雨庵随笔》卷五《眼睛铭》诗中的摘句"读万卷书，行万里路"，就是说书读得多了，就会增长文化知识，地方走得多了就会见多识广。这前一种是书本知识，后一种是生活素材及生活感悟，也是文学创作者所必须得到的创作源泉。古代诗人大都有旅行的习惯，因为当时没有发达的传媒，要想扬其诗名，就只有靠漫游四方来扩大自己的影响。当然不行万里路也可以找到生活素材，只是我们每个人应当开拓自己的视野，尤其是在高科技发展的今天去了解外面的世界。如果我们认识不了这个世界，怎么去搞创业和创新呢。认识世界是社会发展对我们每个人的本质要求，这是认识论的问题。我们每个人不妨到外面的世界走一走，看一看，不管是旅游或者是考察调研，对我们的成长、发展，对我们进步观念的形成都大有裨益。那么，旅游在我们的生活中能占多大比重是根据自己的喜好程度、经济条件以及工作性质等所决定的。旅游是可有可无的，它比不得我们的一日三餐、有病就医重要，在贫穷的年代谁还有旅游的奢想？只是在进入新世纪以来，我国快步进入国富民强的行列，已逐步形成了旅游热潮，在我们的文化生活中，精神领域里，旅游是不可或缺的。

旅游是一种心理享受、文化享受和精神享受，我们从中感受颇多，受益匪浅。我们目睹的是美丽的中国，美丽的地球。大千世界，芸芸众生，我们何不游历世界，了解世界，或许世界有多大，我们的心就有多大。旅游能充实我们的生活，对我们今后的生活和工作将会产生积极的影响。

感　动

　　感动是一种情绪，是思想情感受外界事物影响而激动的一种情绪，就像在平静的水面上投入了小石块，激起了层层波澜。我们常常会被某些事情感动着，这个世界每天都发生着令我们感动的许多好人好事，这个世界也因许多感动的故事会变得更精彩。

　　每个人都会遇到感动的事情，会体会到感动的滋味。比如：妈妈和失散多年的子女相重逢，那场面必然是感动的；儿子为父亲捐献骨髓治病，那种骨肉之情、知恩图报的情感深深地感动着知情的人；在现实生活中，我们常常会遇到在深水里溺水的人，在危难关头，竟有人奋不顾身地冲上去、舍生忘死、义无反顾地救人，这种思想境界、崇高精神是至善至美的；刘备三顾茅庐，感动了诸葛亮，使诸葛亮终生难忘，他以毕生的精力，忠心耿耿、鞠躬尽瘁地辅助刘备成就大业，诸葛亮的文章《出师表》流传千古；《易水歌》中有两句诗，"风萧萧兮易水寒，壮士一去不复还"，是千古佳句，我们听到这两句诗，便想起了荆轲刺杀秦王的故事，想起了英雄赴难、义无反顾地大无畏地献身勇气。

　　这是荆轲为了报答燕国太子丹的知遇之恩答应了刺杀秦王，临行前唱的歌。唱得悲壮激昂、高亢愤慨，歌声激起了送行者无比悲愤的心情，与荆轲挥泪诀别，荆轲头也不回地走了，此时此景，使太子丹深受感动。

坐在电视机前，每当我们看到我国体育健将在国际赛事中获得了奖杯，在国歌声中，五星红旗冉冉上升，他们站在颁奖台上领奖，把我感动得潸然泪下；我们看到香港、澳门回归祖国的交接仪式上，看到我国国旗和区旗飘扬在香港和澳门时，激动得我们泪水盈眶，百年屈辱的历史终将结束，香港、澳门终于回到了祖国的怀抱；我们看到祖国六十大庆，看到我国抗战暨世界反法西施战争胜利七十周年大阅兵活动，我们深感祖国强大了，国际地位提升了，这种自豪感便油然而生；我们看到全国道德模范颁奖晚会，这些道德模范人物的事迹深深地感染着我们每个人，他们为社会奉献出了爱心，他们的道德力量鼓舞着我们，使这个世界充满了和谐、友爱。

每个人都有被感动的事情，这种感动使人终生难忘。我记得在我十多岁的时候，家里就我独自一人，我经常在奶奶家里待着。那时候爷爷退休回家不久，爷爷不在家的时候，我在奶奶家吃饭；爷爷在家的时候，奶奶知道爷爷嫌弃我，于是她就背着爷爷把做熟的饭端在我家里让我吃，当时感动得我泪水止不住地往下流，有好多次是这样的。我当时就想，受人点滴之恩，必当涌泉相报，等我有了工作，挣上钱，一定会加倍地报答奶奶。

这件事情多少年来一直铭刻在我的心中，我是永远地心存感激的。直到我参加工作以后，我经常回去看望奶奶，给她老人家买好吃的，给零花钱，还给买过衣服和银手镯，奶奶经常说她想念我。我辞行的时候，奶奶走到大门口送我，有时候还要擦把眼泪，直到看不见我才转身回家。如果父母亲回老家看望奶奶，我还稍钱给奶奶，以表达我的心意。这种亲情是无法割舍的，我小时候奶奶没少疼我爱我，直到后来，奶奶还一直在关爱着我。奶奶为人忠厚、善良、聪慧，人缘极好，奶奶和妯娌、邻居、村里人能和睦相处，经常帮助别人。其实，奶奶对我们每个孙子都挺好的，对老人也很孝顺，据听说曾祖和曾祖母就是奶奶给养老送终的。奶奶的为人得到了村里人的一致好评。

我在微信上看到这样一则故事，有一天，一个年轻人肚子受饿，就去一户人家讨饭吃。主人打开门后。有一位漂亮的女孩出现在他面前，他失去了勇气，于是改口为讨水喝，这位女孩给了他一杯鲜美的牛奶。多少年后，这个女孩在他所就职的医院里住院，一时因缺钱而出不了院。正当她愁眉苦脸的时候，有一位医生拿了出院手续，并附带一张纸条给了这个女孩，纸条上写着"是当年你赐给一杯鲜美牛奶的那个人"。这则故事很感人。

感动是发自内心的最真挚的情感，是激动人心的。凡是感动的事，都是反映社会良好的道德风尚、维护社会公平正义的崇高事业等美好的事物，反映的是人性的真、善、美。

2012年11月，党的十八大报告首次以24字概括了社会主义核心价值观："倡导富强、民主、文明、和谐，倡导自由、平等、公正、法制，倡导爱国、敬业、诚信、友善"，用社会主义核心价值体系凝聚社会共识，引导人们树立具有中国特色社会主义的共同理想和正确的世界观、人生观、价值观，牢固树立社会主义荣辱观，培育有理想、有道德、有文化、有纪律的社会主义公民，能够恪守社会公德、职业道德、家庭美德，形成良好的社会道德风尚，提高整个中华民族的思想道德素质。

在充满爱心的社会氛围中，感动我们的美好事物就会连连出现，所以有多少有识之士为实现公平正义、充满友爱的这个社会而不懈地努力，曾有多少感动的故事层出不穷，让我们感动不已。

《爱的奉献》歌词中有一句唱词："只要人人都奉献出一点爱,世界将会变成美好的人间",让我们为实现这个美好的理想社会而努力奋斗吧!

微信群聊

随着智能手机的产生，人们开始在手机上用QQ、微信、米聊等软件通讯方式进行聊天。

微信最早产生于2011年，2012年下半年已被人们广泛应用，我于2013年上半年换手机时顺便申请加入的。当然，手机是非常方便人们交流信息的，无时无处不应用在我们的生活中。人们可以通过微信寻找附近的人聊天、交朋友。如果我们身上不带有手机，会感觉到很不方便，就像缺胳膊少腿似的，手机成为我们随身带的必备品。

后来不知什么时候我被加入了几个作家群，有本地作家，也有全国各地的作家。这当然是一个高素质、从事文学创作的一个群体，这个群里有全国知名作家、一级作家也有鲜为人知却有着重量级作品的作家，还有发展潜力巨大的青年作家，有专业作家，也有业余作家。我每每惊慕于他们的创作天赋，他们的创作才华通过文字跃然于微信之中。以文会友，不亦乐乎。有的作家来自全国各地各级文联、作协的负责人，有的在政府部门任职，有的在学校、企事业单位工作，这个群是一个不分男女老幼、不分天南地北、不分职务高低，都充满着创作热忱且传播正能量的文化人的一个微信群体。有的作家将自己的作品制作为文件夹，发送到群里与大家共享他们的创作成果。我很少与他们交流互动，有时候顾不得看微信，几天才看一次，群里攒下了不少聊天记录，包括图片和文学作品。有时候我大致看一下聊天内容，并将文学作品保存了下来，等到闲暇之时才浏览其内容，看过后的聊天内容全部删除，以便浏览嗣后的聊天内容和文学作品时不重复前边的内容。有关文学作品，我喜欢看散文，诗歌、小说看得较少，记得有两次手机出了故障，将保存下来的没有看过的散文消失殆尽，给我留下了遗憾。

  群里有一位云南籍的全国知名作家余继聪，他早在2014年就提出了"微散文"概念，并在微信作家群里作过解说。他在微信好友圈中即写即发些微散文，用他的话说，有时每三五天发一小篇，有时一天发三五篇。他认为："微散文，有两方面的意思：一是篇幅短小，只有一段或三五段，三五十个字，或三五百字；二是用手机微信创作，发表媒体是微信，受手机及微信本身局限，篇幅均极短，比传统的散文分类说的精短散文、小散文还要短得多"，这就是微散文的特征。其实，微散文是信息时代手机微信中的必然产物，在群聊里、朋友圈中微散文多得是。在作家群里有早晨的问好，有晚安的道别，每个节日里的祝福，互相勉励的话语，体现出了文明礼貌、温和语气、绚丽文采、精美片段的文化交流氛围。作家们互发微散文，从中互相学习，共同分享。其实，微散文并不微，微散文是微言大义，我们从中能分享到文化的熏陶，智慧的启迪，心灵的碰撞，人生的真谛，友情的递增。余继聪老师能及早地用微散文在微信和QQ中交流互动，首次提出"微散文"概念。这是他作为一名作家具有深厚的文学造诣，在理论上正式提出的"微散文"概念，这是文学创作体裁散文形式的延伸，在文学体裁篇幅分类中，由微型小说发展到了微型散文。微散文非常适用于微信群和

QQ群，在文学界中产生共鸣，并得到了首肯。

在微信中滋生出了微商，微商在微信中销售产品，推广产品，甚至做产品的代言人。我从来不购买微商所推销的药品、补品之类的食用产品。我认为这些产品可信度低，我不会用自己的生命来做尝试，谁知道谁见证过这些产品。

至于其他群聊，如单位、亲戚、朋友、同学群，都能及时沟通信息，方便于我们的工作和生活。

作家群是一个很有意义、突出亮点的群，是互相交流、学习的平台。大家因一个共同的文学爱好，以文会友聚集在一个微信群里，文如其人，每个作家都有做人的良知、良好的道德品质和社会责任感，追求的是公平正义、阳光明媚、文明富裕、和谐安宁的理想社会，弘扬时代精神，传播正能量，揭露丑恶行径。他们用自己辛勤创作的文学作品服务于人民，服务于社会，这是他们的使命，也是慰藉他们心灵的最好良药。

忠臣与奸臣

忠臣与奸臣，从字面上理解都是臣，只是忠与奸的区别，一字之差，却意义相反。在现实生活中，我们将普通百姓也比作忠臣与奸臣，以区别他们品性的好坏，即忠诚与奸邪。

说到忠诚与奸臣，上溯到中国古代传统文化，儒学是中国古代文化的主流，占据了中国的文化统治地位。儒家思想是中国传统文化的核心，是中国人思想的根基，成为人们社会生活行为的准则与规范。自汉武帝时期的政治大儒董仲舒提出的"罢黜百家，独尊儒术"的主张，非常适合统治阶级的政治需要，儒学便成为了"一枝独秀"，主宰了中国文化的命运，成为了"一家独唱"，唱响了泱泱中华大地，唱进了千家万户。多少年来，儒教深入人心，直至五四新文化运动的到来，才打破了儒家独尊的文化统治地位。

儒家思想的核心是"仁、义、礼、智、信"，即"五常"，释义为"仁爱、忠义、知礼、睿智、诚信"。儒家提出的"为政以德""为政在人""仁政"等德治思想，希望有识之士以修身、齐家、治国、平天下为人生的最高追求目标。儒家理想中的社会就是要以道德伦理教化人，以实现淳朴的民风、和谐富裕的社会。儒家德治思想包含了两个方面的含义：一是对统治阶级而言，要树立国以民为本、君以安民为务的思想，治国应以为民、爱民、足民、富民为基本方略，要求各级官吏自上而下建立具有高尚的人格和道德操守，要勤政为民，廉洁自律，克己奉公，造福百姓；二是对老百姓实行道德教化，通过道德感化教育作用，使他们自觉地遵守典章制度和礼仪习俗。

儒家将人格高尚的人称为"君子"，人品卑鄙的人称为"小人"，并进行严格的区分。孔子是我国古代伟大的思想家和教育家，是儒家思想的开创者和代表人物，联合国教科文组织把他列为世界十大文化名人之首。《论语》是孔子教学传道的记录，由孔子的学生编撰而成，记载了孔子与学生的对话，谈及到了春秋前期圣人的言行，谈论为人处世与为政行仁的言论，其核心是要求学生们如何修身、为人、为政及其道理。《论语》中提及有关"君子"和"小人"的许多话题。在后来的朝代演变中，文学体裁小说将德行良好的官员称为"忠臣"，德行败坏的官员称为"奸臣"。在故事情节中，通过对忠臣与奸臣所作所为的描述，由政见不同的矛盾冲突上升为残酷的实际斗争，突出了忠奸斗争，刻画出了忠臣与奸臣不同的性格特征与品行优劣的深层次区别，体现出了作者的创作意向和读者的心理倾向，可以说忠臣就是君子，奸臣就是小人。

忠臣与奸臣有不同的特征：忠臣，襟怀坦白、心地善良、性格耿直、爱国为民、能以大局为重、克己奉公；奸臣，心小量窄、心术不正、口是心非、唯利是图，为谋一己私利不惜损害国家和集体利益；忠臣，为人正派、实事求是、宽宏大量、任人唯贤、坚持原则、办事公道、同情弱者、踏实做事；奸臣，对上级阿谀奉承、曲意讨好，对下级漠不关心、颐指气使、欺上瞒下、两面三刀、嫉贤妒能、歪曲事实、颠倒黑白、贪得无厌、残害忠良。忠臣具有君子风范，而奸臣怀有小人之心。《论语》中"君子坦荡荡，小人长戚戚""君子喻于义，小人喻于利""君子泰而不骄，小人骄而不泰"等言谈句子比较了君子与小人的不同之处，也是区别忠臣与奸臣的本质特征。

中国历代大奸臣在历史上都有记载，如：

秦朝的赵高，伪造诏书，改立胡亥，杀死始皇长子扶苏、十二个公子、十个公主及大将蒙恬等人，立胡亥即位，杀死丞相李斯，集大权于一身，架空秦二世。他祸乱朝纲，滥杀无辜，在危机四起之时，又杀秦二世，立子婴为秦王，后为子婴所杀。赵高根本不为国家的前途命运着想，而是为了一己私利，如此歹毒，为所欲为，小人乱国，将秦国推向了灭亡。

唐朝宰相李林甫，阴险狡诈，口蜜腹剑，表面上示人以好，而暗中陷害忠良，为巩固其地位，他排除异己，网罗亲信。他广收贿赂，生活奢侈，导致朝风日益腐败。

唐朝的安禄山，不满足唐玄宗给予他的最大军权（三镇节度使）和最高礼遇。唐玄宗再也给不了他什么了，难以满足他膨胀的野心。于是，他就背叛了唐玄宗，率领二十万大军，挥师南下，攻打唐朝。"安史之乱"由此拉开了序幕，八年的战乱烽火烧遍了中国北方，鼎盛辉煌的唐朝倏然间变成了千疮百孔、百废待兴的景象。"安史之乱"的罪魁祸首安禄山给唐朝造成了巨大的灾难，"安史之乱"成为了唐朝历史上的分水岭。

宋朝秦桧，官至丞相，还要卖国求荣，媚事金国。当抗金主力军节节胜利、收复大片失地的时候，秦桧还充当内奸，力主投降，破坏抗战，主持和议，残害忠良，以"莫须有"的罪名杀害岳飞父子及其跟随的抗金名将，并向金国纳贡称臣。他结党营私，独断专横，迫害异己，晚年屡兴大狱，冤案不可胜数。

这些大奸臣祸国殃民，罪大恶极，成为千古罪人，遗臭万年。

当然，在国难当头，涌现出一大批仁人志士，他们挺身而出，奔赴国难，将个人命运融入国家民族兴亡中。其中有民族英雄，北宋杨家将抗击辽军，舍生忘死，建功立业，深受国人的拥护和爱戴。南宋抗金名将岳飞，虽然壮志难酬，但是他精忠报国的精神和卓越的军事指挥才能深受国人的敬佩和赞誉。

魏征是唐朝著名谏臣，他性格刚直、不屈不挠、有胆有识，对唐太宗忠心耿耿，敢于进谏，善于进谏。既然是谏言，那就要有高屋建瓴的思想，高瞻远瞩的眼光，对社会问题有敏锐的洞察能力，有渊博的学识，丰富的阅历，看问题入木三分，思考问题鞭辟入里。只有这样，所谏之言才能对症下药，才有说服力，这样也造就了他经国治世之才，正因为他的频频上谏，才减免或避免了朝廷政策或举措以及唐太宗个人行为的过错、偏差或失误等。他为"贞观之治"做出了重要的贡献，才使大唐成为当时中国乃至世界上最辉煌灿烂的朝代，被人们誉为"大唐盛世"。

曾国藩是镇压太平天国起义的第一大功臣，历史人物对他的评价是毁誉参半，有人骂他是"镇压农民运动的刽子手""卖国贼""虚伪的道学家"等等，也有一些名人对他的评价极高。我们抛去阶级立场的观点，以尊重历史事实的态度，客观、公正地评价曾国藩，他是一个不折不扣地维护清政府统治的大忠臣。虽然他身居朝廷高官，但是太平天国军起义声势浩大，势如破竹，大有席卷全国之势的时候，曾国藩奉朝廷之命兴办团练，成立地方武装。就在朝廷不发军饷而自筹的情况下，曾国藩所率的军队在与太平天国军的拼杀搏斗中，逐步打造成了一支能打硬仗、恶仗的著名湘军。曾国藩在扑灭太平天国军的作战中发挥了巨大的作用。就在太平天国到了没落之时，曾国藩已拥有的实力非常强大，所辖四个省中，江苏和浙江是两个富庶省，所属湘军精兵十二万，所属部将有多人擢升为全国各地的总督、巡抚。清廷已没有任何一支军事力量能与之对抗、争锋。太平军将领李秀成被俘后，向曾国藩表明心迹，愿收罗三十余万太平天国残部听命于曾国藩，为他反满复汉当皇帝效犬马之劳；他的幕僚、部将、友人以各种形式劝说他推翻清朝，另立朝廷；有三十多员湘军将领集结在他的办公场所，要求他反戈清廷、自立皇帝并进行表态，这些都让曾国藩一一说服，加以拒绝。曾国藩放弃了一次改朝换代、龙袍加身的机会。人们称他为中国传统文化最理想的化身，最具人格魅力的士大夫。他在修身、齐家、教子、育人、建军、治国等方面是颇有建树的，给后人留下了圣贤完人之类的美誉。

晚清四大名臣之一的左宗棠，是朝廷正一品官员，一生过着简朴的生活，是洋务派的著名人物。他兴办洋务，平定太平天国，剿灭捻军，征讨回民军，收复新疆。新疆内有民族分裂割据，外有浩罕、沙俄侵占，在这样内忧外患的形势下，左宗棠以垂暮之年，力挽狂澜于既倒。在朝野上下尚不明确新疆的情况下，而主和之声遍布朝野时，他力排众议，挺身而出，并立下军令状，给他三年时间，就能收复新疆。当时的清政府积贫积弱，就筹措、运输粮草一事困难非常之大，左宗棠如期完成收复新疆大业，大力发展地方经济，垦荒、植树、筑路、挖井、修河、开矿，振兴经济，保证了清帝国在西北的防御力量，保住了新疆版图，做出了巨大的贡献。

清末民初的梁启超，是中国近、现代史上影响巨大的人物，被人们称之为奇才。戊戌变法失败后，梁启超流亡日本，转而赴欧美各国考察社会状况，探索救国救民出路，寻求适合中国的国体和政体。在国外，他创办报刊，抨击君主专制制度，批判儒家伦理常刚，剖析民族劣根性，传播西方先进文化，在华人圈中进行演讲，举办宣传活动，以唤起民众的觉醒。回国后投入到了国内的政治圈内，以实现他立宪政体的主张。在袁世凯当上大总统后，他以进步党党魁的身份，满怀期望地联合袁世凯，想通过自己的努力，感化、影响袁世凯走上他所倡导的民主立宪政体的路子。当他看到袁世凯暴露出的真实面目后，立即请辞了司法部长职位，拒绝了种种高官厚禄的利诱，并言辞真诚恳切地写了一封长信，劝他赶紧回头，顺世界潮流而为之。尔后公开反袁讨袁，从口诛笔伐到联合政客、军阀共同讨伐袁世凯的整个过程中，能够看出他的拳拳爱国之心。

在讨伐袁世凯的斗争中，梁启超身先士卒，不遗余力，以其卓越的社会活动能力，纵横捭阖，游刃有余地出使各派系之间，起到了统领各方的重大作用。讨袁斗争胜利后，他出任和辞呈了段祺瑞内阁的财政总长，后来彻底脱离了政界，专心致力于学术研究和教育事业。他将为国为民的崇高目标作为自己的终身事业，以民族大义为重，谁要是有反社会的倒行逆施行为，谁便是他的公敌。他不谋私利，坦荡无畏，一生都在追求真理与正义，尽到了一个知识分子的道义、责任与担当，将个人价值在推动社会进步与发展中焕发出闪耀的光芒。

在中国历史上，奸臣与忠臣不在少数，通过历史史实的再现，我们看到奸臣对社会的危害性，而忠臣又是如何奉献社会的。因每个人所处的历史时期不同，社会地位不同，工作环境不同，经历的事情不同，那么，他们所表现出的个人品格和工作作风也呈现在世人面前，在此我不再一一列举。总之，没有奸臣就衬托不出忠臣，他们是一对矛盾的对立体，通过彼此的对立、比较，才能宣现出什么是奸，什么是忠。纵观古今天下事，无数的历史大事件和发生在民间中的小故事，都有奸臣和忠臣扮演的舞台。

我们通过划分的奸臣与忠臣外，还有第三种人，叫作能臣。

能臣就是"忠臣与奸臣的结合体",就是要做一个有奸臣手段的忠臣。只是我认为应用这种奸臣手段不能跨越道德底线,不能违背法律法规,凡事既要讲究灵活性,但是也不能违背原则。能臣的主要特质还是忠诚,能够圆滑处世,忠君爱国,为国为民。奸臣在工作上不作为、乱作为,只是善于讨好上司;而忠臣在工作上有所作为,却不会讨好上司,大多得不到重用;而能臣既会讨好上司,又能干工作,有所作为。其实在历史上能够掌握大权的名臣大多是能臣。奸臣、忠臣与能臣相比较,所占比例都在少数范围,只是在千年历史的长河中,积淀了不少的奸臣与忠臣。

有人妄言,说忠臣比奸臣还奸,这不是混淆是非、颠倒黑白了吗?我们判断是非有明确的标准,要实事求是,泾渭分明,忠就是忠,奸就是奸,不能良莠不分,是非不明,忠奸不辨。

人的忠与奸,与人的本性有关。关于对人性的剖析,先秦诸子对人性的"善恶论"各持观点,各家各派观点不同,难求共识,直至后来的人一直争论至今。《三字经》开篇写道:"人之初,性本善。性相近,习相远。苟不教,性乃迁。教之道,贵以专。";孟子认为人的本性是善的,人生来就有善的本质,"恻隐之心,人皆有之;羞恶之心,人皆有之;恭敬之心,人皆有之;是非之心,人皆有之……",孟子认为人皆有"四心",有"四心"就能做到仁、义、礼、智,也就能为善了,于是,善是与生俱来的;荀子的观点是"人之性恶,其善者,伪也""今人之性,饥而欲饱,寒而欲暖,劳而欲休,此人之情性也",人"生而耳目之欲,有好声色也,顺是,故淫乱而礼义文理亡也,"等原因多多。荀子的观点是人的本性是邪恶的,那些善良的行为是通过人们后天的努力而改变的。诸子们对人性善恶有着不同的看法,有人主张性恶论,有人主张性善论,有人主张性无所谓善恶论,还有人主张性善恶混存论。

孔子对人性善恶没有明确的界定，但是他认为一小部分人的品性极善，资质很高，"天生德于予，恒魋其如予何！"；另一小部分的人品性不好，资质愚钝；绝大部分人属于"中常人"，这部分人之间的本性差不多，"性相近也，习相远也"。我还是赞同孔子的观点。

其实人的本性都是自私的，只不过是自私的程度不同而已。至于说人的品性忠厚与奸邪，一方面是与生俱来的，另一方面是通过后天的教育与环境的影响所形成的。在我们这个德治与法制并存的社会中，就德治这方面，人们通过思想道德、社会主义荣辱观、爱国主义、集体主义、名人榜样作用等一系列的教育，全方位的提高全民道德素质。

我们要学习和吸收中国古代优秀的传统文化，继承和发扬中华民族的传统美德，学习中国古代、近代忠臣的爱国为民、追求公平正义的精神，坚持社会主义理想信念，树立正确的世界观、人生观和价值观。即使我们先天中存在着"恶"的方面，但是通过后天的努力，我们要改恶从善，去伪存真，不断提高自身修养，培养高尚的道德情操，促使我们每个人在社会主义核心价值体系建设中发挥应有的作用。

以上古代近代忠臣的故事，留芳青史，光耀千秋。我们总结历史，探讨人生，形成一个共识，就是，忠诚与信实的品格是人生中最珍贵的价值。我们始终坚信，任何时代都离不开人类的文明大道，一个深层次的文化根基和定位的儒家"五常"，赋予了新的时代内涵。"五常"的闪光点就在于它为人类标立了至善至美的道德灯塔，时时闪耀着人类道德文明的光芒。

基于我们对道德教育的认识，我们常说的一句话："先做人，后做事"，意思是如果做不好人，还能做好事吗？所以我们要学习贤人的优秀品格，净化心灵世界，涵养生命的气质，要做君子，不做小人；要做忠臣，不做奸臣，从而达到做人的理想境界，以实现道德人生、幸福人生。

春在心底

我穿行在四季的轮回中,置身于风光旖旎的自然环境中,天空湛蓝、明净、高远,阳光温暖而柔和,大地万物生春、草木萌发,空气里弥漫着清新舒爽的芳香,微风轻轻地吹过我的脸颊。大自然赐予如此美好的时光,让我身心感到舒适和惬意,心中的晓光柔美而发亮,是谁给了我这般的美好心境,是春天,是春姑娘来了,春天的气息越来越浓,我心中期盼已久的春天到来了。

北方的春天姗姗来迟,随着节令的推移,一年之中公历的二月上旬就立春了。"立"是开端的意思,中国的二十四节气就是从立春开始的,从此拉开了春季的序幕,紧接着是雨水、惊蛰、春分、清明、谷雨节气,在立夏之前都是春天。只是从立春开始乍暖还寒的时候,春天气温一天天回暖了起来。随着气温的回升,树木由枝条的发芽到叶子的长出,再到枝叶繁茂。小草也是由破土而出的幼芽长成到体粗叶肥的壮草。树木丛中,百花盛开,万紫千红,好一派春天的景象。

春天的到来,告别了严酷的冬季,驱散了严冬的寒冷,进入了万象更新、朝气蓬勃的春季。你看,大地上的植物都苏醒了过来,脱下了冬天的衣服,穿上了绿色的春装。倘若春天不来,冬天还能退去吗？春天给我们带来了温暖，带来了生机和新的开始，包括我们人类新一年的开始。"一年之计在于春"，不就是我们实施一年的计划要从早春开始吗？

每到春天来临，我还是注意观察春天的景象。从家到单位上下班来回往返的途中就能看到路边树木的变化。在今年四月中旬的几天刮风中，公路两侧的树木突然绿了起来，人们说树是春风刮绿的，这使我想起了宋代文学家王安石的《泊船瓜洲》中"春风又绿江南岸"，唐朝诗人王涯在《春游曲》中也写道"万树江边杏，新风一夜开"，从这几天的观察中证实了这两首诗中的树绿和花开都是刮风促成的，并没有夸张的成分。在我们北方的春分前后就开始植树造林了。在清明的前几天杏树就开花了，柳树、桃树等树木也开始吐出了嫩芽。当我们走到山坡上、田野里、公园中，还有道路两侧，随处可见杏花、梨花，还有其他树木的白花次第开放，鲜艳夺目，给大地增添了亮丽的景色。难怪到了春天，城里的人们要外出郊游、踏春，以领略大自然中春天的景色。唐代诗人王翰就很喜欢春游，他的《相和歌辞·子夜春歌》诗中"春气满林香，春游不可忘。落花吹欲尽，垂柳折还长。"描写诗人春天郊游所看到的景象以及落花时触动了春天易逝的惆怅情绪。还有唐朝著名诗人杜甫的《绝句》，"迟日江山丽，春风花草香。泥融飞燕子，沙暖睡鸳鸯。"描绘了一幅明丽纷繁、柔和温暖的春景图，表达了诗人对初春时节大自然无限生机、欣欣向荣的欢悦情怀。

其实，我们每个人都喜欢春天，当丽日晴空、春光烂漫、万物生长方兴未艾、大自然呈现出一片绿色景象时，我们便会感受到自然界的春天就是我们人生的春天，感受到了我们的生命是年轻的生命。我们浑身充满着青春活力，正处于生命力的旺盛阶段。我们对人生抱有理想、希望乃至梦幻，并为之而努力奋斗。其实我们的人生春天不取决于年龄，而是取决于心态，取决于人生的理念。自然界的春天影响着我们，感染着我们，转换成为我们人生的春天。我们人生的春天就是事业的刚刚起步，或者是某个奋斗目标的开始，或者是新的希望，或者是成功的喜悦等等。总之，我们的人生是积极向上、满怀激情、自信满满的，不甘于平庸，不贪图安逸，而是为了实现工作目标乃至关乎团队、集体的前途事业而勇于拼搏，奋斗不止。

人生的春天就在我们的心底，他与自然界的春天一样，就是始终处于勃勃生机、生生不息的状态中。自然界的春天是生机盎然、绚丽多彩的，而我们人生的春天也是意气风发，活力四射的，当我们成功的时候，人生的价值也是绚丽多彩的。愿我们的生命永葆青春活力，永远是春天。

低调做人

说起低调做人，我想每个人都喜欢低调的人。低调做人是一个人的性格因素，也是一个人心智的成熟标志。其实，干大事的人往往都是低调的人，他们不显山露水，以平和谦逊的态度为人处世，以从容淡定的姿态去面对一切事情，不卑不亢，不喜形于色，更不张扬自己，以低调做人来处世、来面对未来。

这个世界博大而精彩，推陈出新，粉彩异呈。呈现在我们眼前的是环境的绿化、美化、优化，并为之一新。高科技日新月异的变化，产品不断地更新换代，已到了高度发达的信息化时代，一部智能手机就能解决好多生活和工作问题，给人们带来了许多便捷。科技的发展让我们应接不暇，许多年纪大的人认为自己已落伍于这个时代，年轻人也要好学上进，钻研业务，不断进取，紧跟时代步伐，否则就会被淘汰。社会精英、改革先锋们是这个时代的创造者和引领者，许多科研人员、高科技工作者在默默无闻地奉献自己的智慧，改变着这个世界。马克思历史唯物主义原理揭示出人类历史发展规律，生产力决定生产关系，经济基础决定上层建筑。而政治家们自上而下适时地将政治体制和经济体制调整到最优状态中，完善社会制度，管理好这个国家，使这个国家始终处在健康的、快速的、优类的、良性的最佳运行状态中。

  我们国家的社会进步和文明程度日益凸现，各行各业迅速发展，教育质量大幅提升，人才接续如雨后春笋，未来的社会竞争更加激烈。国际的竞争，各行各业的竞争，人与人的竞争迫使我们不断地提升自己，积极进取。如果我们没有一技之长，就没有用武之地，甚至难以生存。人生如逆水行舟，不进则退，这就是我们的生存法则，在竞争中优胜劣汰，在竞争中生存和发展，所以我们要警醒自己，要坚持学习，努力工作。在工作中取得成绩，我们也不要骄傲自满，孤芳自赏，恃才傲物，一定要谦虚谨慎，低调做人。毛主席说过"谦虚使人进步，骄傲使人落后"。

  低调做人是人的品质和修养凝练出来的人生态度，具有宽阔的胸怀，能沉得住气，遇事平稳，波澜不惊，有儒雅风度，不失为谦谦君子，尤其是我们处在这个高速发展、竞争激烈的时代，容不得我们高调做人，你不努力就会落在别人后面。高调的人往往是自以为是，目空一切，妄自尊大，夸夸其谈，喜欢炫耀自己，这是浅薄的表现。

  其实低调做人有许多好处，无论在官场上还是在商场中，不该显露锋芒时则隐忍不发。低调，进可攻，退可守，看似平淡，是实为高明的处世方法。古人云，"地底为海，人低为王"，地不畏其低方能聚水成渊，人不畏其低故能服众为王。人在困顿和低谷的时候要养精蓄锐，隐忍不发，隐藏和保护好自己，待条件成熟时厚积薄发，来实现自己的目的，这就是以低求高，以曲求直的处世谋略。

  山外青山楼外楼，能人背后有高人，我们所处的这个社会是人才辈出的时代，真是长江后浪推前浪，一代更比一代强，容不得我们骄傲自满，自命清高。我们要学会低调做人，要正确地看待自己，懂得欣赏别人，学别人的长处，补自己的短板，为自己积蓄力量。低调的人往往是人群中的佼佼者，最后的强者是属于低调的人。

  我们每个人都有自己的梦想，在人生的大舞台上都想扮演好自己的角色，活出精彩有价值的人生。进入新时代，我们的生活越来越幸福美满，同时也充满了各种挑战，这就需要我们开拓进取，奋斗不止，同时也要低调做人。只有懂得低调做人的人，才能在人生的路上行稳致远。

感悟平凡

大多数人的一生是在平凡中度过的。所谓平凡，就是普通、一般、平常的意思。平凡的人就是过普通百姓的日子，没有大起大落的人生。平凡的人有着淡泊的心境，保持着默默无闻、朴实无华、简单平淡的生活态度，平淡中也自有情趣，释放出健康的、阳光的、正能量的人生价值。

平凡不等于平庸。平凡是一种处世态度，尊重客观规律，不刻意求成，而是顺其自然，懂得欲速则不达的道理。平凡的人不愿意抛头露面，不张扬，不显露锋芒，以平淡自然的心态去面对生活，从容地处世，他们虽然没有远大志向，但是也有追求的目标。平凡的人绝大多数角色普通，岗位平凡，生活平淡，但是他们能够摆正自己的位置，以平静淡然的心态来面对现实。平凡不是无能，平凡的人也能做出不平凡的事情，也有出彩的人生，即便是昙花一现。平凡是人生的主题，平凡的人在大多数的时间里做着平凡的事，过着普通人的生活，能够把平凡的生命过得充实，有意义。

平庸则是思想消极，精神萎靡，情绪颓废。平庸的人具有很平常的能力，甚至被认为是迟钝、拙劣的能力，明显地缺乏特色或长处。在生活态度上行为懒惰，不求上进，得过且过。平庸的人是等闲之辈，一生碌碌无为。

平凡的人不甘于平庸。每个人都有理想和追求的，在年轻的时候雄心勃勃，踌躇满志。如果人没有理想和追求就失去了生活的动力，就褪去了生命的色彩。在社会发展的进程中，每个人都应该有积极向上的追求，有进取和拼搏的精神，有创新的手段。如果人没有理想和追求就推动不了社会向前发展，就不会有今天信息化时代的到来。实现人生的价值就是要做一个对社会有用的人，哪怕是很小的作用也要尽自己所能，所以说平凡的人不能平庸，也不甘于平庸。

平凡的人有理想和追求，在事业上也小有成就，即便是没有成就，他们的人生也是积极向上的。他们也奋斗了，拼搏了，他们生活得很充实，没有堕落，不留遗憾。当然，平凡人的理想追求与功名利禄是划有警戒线的，他们的理想追求不必是功名利禄，能够正确对待理想追求与功名利禄的关系，充分发挥正能量的作用。

有的人喜欢过平淡的生活，不想成名，如果成名就会给自己在思想上带来压力。那些名人要时刻重注自己的形象，要珍惜自己的名声，要把自己的成果和能力放置在一定的高度，还要不断地学习、进取，提升自己的水平，才能使自己成为名副其实的名人，这样的人活得很累，很辛苦。有的人在高考选择专业的时候，报了理工科，他们想靠技术吃饭，而不选择仕途道路。当然，做官需要维护上下级关系，劳心费力，又身负重任，责任重大，不是每个人都是适合当官的。有的人想过平静的生活，不愿意在官场上蹚浑水。凡此种种，人生道路的选择，首先是受客观条件的限制，其次是根据自己的爱好来选择。有的人不能成为英雄，但愿意成为给英雄点赞的人、鼓掌的人、做宣传的人。有些人虽然是一介平民，但是也能为社会做出贡献。平凡就像一束白花，虽然缺乏艳丽，但是有素雅之美。在百花丛中，有鲜花，也有绿叶，只有绿叶才能衬托出鲜花的美丽。

其实，每个人都有着平凡的生活，就是伟人、名人、高官厚禄的人、大富大贵的人每天都离不开油盐酱醋、一日三餐，都有生活规律，有七情六欲，有人之常情，有道德约束，都受到法律的约束。一般而言，层次高的人，世界观、人生价值观、思想境界要高于普通百姓，能力、水平以及对社会的贡献要远远大于普通百姓，高质量的生活水平也是普通百姓无法攀比的，这就是高层次人的非凡之处。在这个世界上，大多数人是平凡的人。绿色的草坪是由无数株小草组合而成，浩瀚的大海是由无数条江河汇流而成，平凡的人就像小草，抑或是小溪，虽然渺小，但并不卑微，平凡的人活得有尊严，平凡的人乐于平凡，而不落于平庸。大多数人是在平淡中度过的，这种平淡无声无息，又无处不在。当然，有的人喜欢过浓郁的生活，总想在荣华富贵中寻找自己的幸福和快乐，总想在轰轰烈烈的事业中实现自己的人生价值，到头来不一定能实现了自己的目标，但更多的是平平淡淡的柔美。

平凡是人的真实、纯朴、绝美的人生境界，一个平凡的人，不代表其生活的世界就会失去色彩与快乐，只要真实地行走在现实世界中，自然地感受生活点滴，用心珍惜属于生命中的每一份美丽与感动，同样会给予平凡的生命一份充实、唯美与快乐！

在疫情期间　看人生百态

突如其来的新型冠状病毒肺炎疫情，异常凶猛，全国开展了一场抗击新冠病毒的全面战争。全国人民同仇敌忾，叙写了一首共同抗击疫情的伟大史诗。抗击疫情是一面镜子，照亮了人性的真诚、善良、正义、自信等光辉的一面。接下来让我们看一看这些感人的故事。

在农历的2019年除夕之夜，正是万家团聚、隆重过节的时刻。解放军医疗队奔赴在武汉市指定接诊新冠病毒医院开展救治工作，随后，各省也派出医疗队赴武汉及湖北各市以一省或者是两省包一市的救治承包方式进行医疗救治。这些医护人员冒着生命危险，离小家顾大家，舍生忘死。他们救死扶伤的英雄事迹感动着千千万万的中国人。他们战斗在抗疫的最前线，每天接触的是新冠病毒患者，非常忙碌，每天都是超负荷工作。他们穿着不透气的防护服，汗水湿透了全身。为了节省防护服，有效利用时间，他们甚至限制自己上厕所，不敢喝水，带上成人纸尿裤工作。由于工作时间长，他们就累倒了，有的甚至是献出了生命。他们精湛的技术、热情的态度以及忘我的工作精神，时时处处都在激励着我们。他们是最可爱的人，是美丽的白衣天使。

新冠病毒疫情正值春节期间，在外工作、经商、学习的人们都回到了家里团聚过节。在除夕的前一天，武汉宣布封城，停止所有交通运输工具和人员流通。湖北省全面进入"战时"状态，内防扩散，外防输入。随后，全国各地从城市到乡村都进行了封闭，停运了所有公共交通工具，人们老老实实地待在家里也是为国家做贡献。关闭了所有公共活动场所，指定个别超市限时开放。有的公路进行了封闭，公路的重要路口都有交警严格把守，严查车辆出入，对进入人员进行体温测量。政府各部门按专业划分进行对口的企业、商业、医疗、交通、文化等单位加强监督管理。尤其是防控力量向社区、基层下沉，加大宣传力度，重点布控住宅小区，实行24小时轮班值守。严防死守，毫不懈怠，进行逐户摸底排查，严格小区住户人员出入管理，守好小区门口，让疫情防控不留空白，不留死角，充分发挥党组织战斗堡垒和党员先锋模范作用，使所有社区成为防控疫情的坚强堡垒。

在国难当头，共产党员们不顾自身安危，挺身而出，履职尽责，超负荷地工作，表现出了共产党员的责任担当。

生命重于泰山，疫情就是命令，防控就是责任，时间就是生命。鉴于新冠病毒疫情严重、武汉缺少公立医院的情况下，武汉市迅速做出决定，立即修建火神山医院、雷神山医院和方舱医院。

火神山和雷神山医院建造是采用战地医院形式、模块化建筑，设计和装备非常先进合理。在春节开工建设，建筑规模恢宏壮观，紧张、忙碌而有序的现场施工汇聚成了气壮山河的场景。火神山和雷神山医院分别用了十天和十四天时间就建造完工，建设速度和质量水平在建筑史上堪称奇迹。在这奇迹的背后，有许多建设者争分夺秒，昼夜抢工，艰辛劳苦，无私奉献，还有无数志愿者自发前来参加工程建设，形成了战无不胜的强大力量，成就了"中国速度""基建狂魔"的美名。

中国改革开放仅用了30多年的时间，已成为世界第二大经济体，第一工业制造大国。工业门类齐全，成为了世界级工厂，综合国力迅速提高，人民生活水平有很大改善。为此，国人很高兴，这是作为一个中国人的自豪和光彩。现如今，我们的祖国富足强盛，我们也能挺直腰杆，骄傲地向外国人介绍："我是中国人。"

祖国养育了我们，我们当然要回报祖国。我们的出生地就是我们的根，中国五千年的历史文化光辉灿烂，中国是文明古国，古代四大发明闻名世界，唐朝盛世无与伦比，元朝帝国开疆拓土，版图巨大，这些辉煌的历史是值得我们作为一个中国人的荣耀的。尽管中国古代有衰败的历史，但是涌现出一大批仁人志士，最终打破了封建社会体制的桎梏。国家兴亡，匹夫有责，国家贫穷落后是可以改变的。中国人的勤劳、勇敢、智慧是中国人的本质特征，建设一个富裕、文明、进步、强盛的国家是千百年来中国人民生生不息、奋斗不止的伟大梦想。我国再用十年的时间，经济总量和综合国力将超越美国，成为世界第一强国，引领世界。从此，实现中华民族的伟大复兴，再强盛几百年乃至长盛不衰。现在疫情期间，美国佬要把华侨赶回中国，不知这些华侨有何感想。

当然，有一部分华侨华人还是对祖国有感情的，"虽然洋装穿在身，我心依然是中国心"，当年孙中山搞革命没有钱，去海外与华侨华人筹措资金，得到了华侨华人的援助。这次疫情期间，有的海外华侨华人纷纷为中国大陆捐赠防护用品，这让人深受感动，这也是爱国的表现。

这次新冠病毒是全球性的，从有些国家抗击疫情的成效上来看，与我国比较，相差甚远。我们总结经验，可以得出这样的结论：这得益于社会主义国家制度从根本上优越于资本主义国家制度，社会主义国家制度，真正地为人民服务，而资本主义制度只是为少数的富裕人服务；从国家组织动员力量来说，一党执政优越于多党执政，从中央到地方，各级政府的执行力、组织协调力到人力、物力、财力、生产力、科研研发力等等，凝聚成了强大的组织动员力量体系；从医疗资源的所有制成分上评判，在关键时刻，公有制资源是靠得住的力量，私有制资源是靠不住的力量；从病毒用药效果评价，中医在治疗过程中发挥了巨大的作用，中医药是维护人们健康的重要保障；从国家政府层面来看，中国政府是一个坚强有力、高效运作、正确、果断决策的政府，国家领导人具有卓越的治国理政能力和应对风险挑战的能力；在民众的思想觉悟方面，全国人民能够统一思想，形成共识，团结一致，众志成城，自觉地投入到浩大的抗击疫情的人民战争中。

　　这次疫情对我国是一次大的考验，在国家体制和政策方面与外国比较，我们也有需要进一步加强的地方，需要补短板，强弱项，并继续发挥自身优势和强项，进一步提高抵御风险挑战的能力，把我国建设得更加强盛。

　　自新冠病毒疫情发生以来，医护人员、社区干部、物业工作者、保安、交警、志愿者以及参加医院建设的工人，前赴后继，冲锋在前，发扬爱国主义精神，在医疗卫生、公共交通、住宅区等方面持续阻击疫情，展现了他们无私奉献的精神和大无畏勇气，冲锋在抗击疫情的战场上。还有一些党员干部、普通民众以及一些企业、团体等社会各界纷纷捐款捐物，以实际行动为抗击疫情献上一份爱心。这些行为体现了人民群众对祖国的深厚情感，是报效祖国的最好方式。

　　自党的十八大以来，反腐力度不断加强，扫黑除恶全民动员，公平正义的利剑高高举起，社会风气从根本上有所扭转，民众的爱国热忱逐渐高涨。我很喜欢《国家》这首歌曲，"都说国很大，其实一个家。一心装满国，一手撑起家。家是最小国，国是千万家。在世界的国，在天地的家。有了强的国，才有富有的家。"这首歌，论证了家与国的依存关系，听起来让人神清气爽，爱国之情便油然而生。我们国家有壮丽的河山，有悠久的历史和灿烂的文化，有共产党为人民服务的初心，有人民群众自强不息的勇气。我们要对自己的民族和文化有认同感、归属感、荣誉感。一个国家的强盛、伟大，离不开每个人的觉醒、奋斗和爱国，只有高度认同中华民族，才能同祖国同呼吸共命运。尽管我们国家还存在着这样那样的问题，不尽如人意，但是一些政策和措施在改革中逐步完善。反腐扫黑已赢得民心，得到了人民的坚决拥护和有力支持，净化政治生态，还我朗朗乾坤、海晏河清、风清气正的社会。我们要树立正确的人生观和价值观，把个人得失和祖国命运联系起来，树立爱国主义精神，加强爱国主义思想教育，必须具备高尚的爱国情操和人生信仰，提升我们的思想境界。

  我们一定要增强"四个意识"，坚定"四个自信"，做到"两个维护"，积极培育和践行社会主义核心价值观，热爱祖国，奉献社会，努力工作，为祖国建设添砖加瓦。在国家面临危难的时候，我们要临危不惧，共赴国难，力所能及地做出贡献。我们要惩恶扬善，弘扬正气，发挥正能量作用。我们相信，在中国共产党的正确领导下，全国人民形成团结一致、众志成城的强大力量和自强不息的精神动力，我们中华民族一定会越来越强盛。

浅谈家庭教育

我们谈教育、注重教育、发展教育，可以说是古已有之，于今为烈。教育的内涵很广泛，就教育的类别大致可分为家庭教育、学校教育和社会教育。而家庭教育是我们国家教育体系中一个重要的组成部分。家庭是孩子的第一所学校，父母是孩子的第一任老师，也是启蒙老师。父母的言谈举止、为人处世以及孩子的生长环境，对孩子都有潜移默化的影响，所以说，家庭教育对孩子的成长是十分重要的。

古人对家庭教育很重视，尤其是大户人家、名门望族对家庭教育、管理都很严格，有的还制定了家风、家规、家训。在这里不妨举例说明，曾国藩是中国传统文化持家教子的最大成功者。从曾国藩开始，曾氏家族至今200年间，绵延至第十代孙，无一个"败家子"，共出有名望的人才240余人，有两百多人接受了高等教育，众多留学欧美或日本等国，其中取得博士、硕士学位和获得院士、教授、研究员、高级工程师等职称的有百余人。大多数官宦之家盛不过三代，而曾氏家族却代代出英才，构成了一个名声远播的华夏望族。

梁启超是我国近代思想家、政治家、教育家、文史学家，他一生有九个孩子，都有所成就，被后人评价为"一门三院士，九子皆才俊"。而梁启超也是曾国藩的二儿子曾纪鸿的女婿。

李鸿章的父亲李文安，与曾国藩同年考取同榜进士，官至记名御史，随后让李鸿章拜曾国藩为师。李文安有六个儿子，李鸿章是老二，老大李瀚章官至两广总督，其他四个儿子也都很有出息，非贵即富。老六李昭庆，也很有才能，在军队中立过不少功，难能可贵的是他不贪财，在六兄弟中"最穷"。值得一提的是他不贪财，但他的第四代孙里有三个亿万富翁：李家昶、李家景、李家曙。他们在海外拥有庞大的家族产业，在20世纪50年代他们来到东南亚国家做生意，从一无所有到超级富豪。他们的创业史，堪称是华人闯荡世界的经典，被称为李家的"三艘航空母舰"。李鸿章是晚清名臣，是中国近代史上争议最大的人物，背负着骂名。民国时期著名的女作家张爱玲是李鸿章的曾外孙女，也算是李鸿章的后代。

五代后晋时，有一位名叫窦禹钧的人，家住北京燕山，人称窦燕山，他有五个儿子都先后中了进士，名声显赫，光宗耀祖。大儿子窦仪官至尚书、二儿子窦俨位至翰林学士、三儿子窦侃为参知政事、四儿子窦偁任起居郎、五儿窦僖做左补阙，还有八个孙子，也都很煊赫。

从古至今，不知道有多少荣耀一时的家族消失在历史的长河中，而曾氏家族和李氏家族绵延两百年，繁衍十代，成为名副其实的大家族。

一个家族的荣盛应当功归于家庭教育的成功。曾国藩对诸弟、对子女们的教育能做到暮鼓晨钟、时时警醒。曾国藩自进入官场之后，给家人写信近1500封，所涉及内容较为广泛，就持家教子方面，他时常告诫子侄不要忘记自己的祖先是农家出身，他希望子弟们能够勤劳节俭，一定要避免沾染官宦子弟不良之风，要贴近老百姓。他要求子女们亲自做家务活,不得雇用佣人,甚至让子女们学习播秧种田之农事。虽然曾国藩做了大官,但他不希望子侄们做官,而是要求他们学习文化知识和技术专长,靠一技之长谋生,教育子女们如何修身,如何做人。

人们对曾国藩的历史评价有过争议,我们抛去阶级立场这一历史层面,就从他个人的修身养性、对诸弟和子女们的教育上说明他是一个道德高尚、并追求人格完美的人,尤其是对子女的教育,为后人树立了光辉的典范。

梁启超的子女有事业上的成就,得益于梁启超教子有方。梁启超得出的结论,其中有一条是:最好的家庭教育是让孩子见三种世面,即见知识、见挫折、见世界。这也是真知灼见。现在的家长教育孩子只是注重学习,这是时代的要求,但是现在的家长很溺爱孩子。孩子出去玩耍都有家长陪同,害怕孩子受人欺负,不让孩子受苦受累,这就养成了孩子的依赖性和懒惰性。在顺境中成长,不经受挫折和磨炼,怎么能在漫漫人生路上经得起风吹雨打呢?盆景秀木正因为被人溺爱,才破灭了成为栋梁之材的梦想。

古人教子在历史上留下了美名,一直流传至今,如"孟母三迁""画荻教子""孔融让梨""岳母刺字"以及诸葛亮著名的《诫子书》等,对后人都有深刻的教育意义。在古代,平民百姓要想进入仕途,唯一的出路就是通过科举考试,金榜题名。当然,学习文化知识的重要性还有许多。"书中自有千钟粟""书中自有黄金屋""书中车马多如簇""书中自有颜如玉",能让孩子接受良好的文化教育,培养出的孩子大多有不错的职业,这些事例在我们身边就有。

从古至今,以学习来改变自己命运而孜孜不倦者层出不穷,"头悬梁,锥刺股""如囊虫,如映雪""如负薪,如挂角",这些历史典故，讲述了古人刻苦学习，终于实现了自己的科举理想，走上了仕途之路。他们的发愤勤学是发自内心地对知识的渴求，以及美好的前程需要他们付出常人难以想象的艰辛努力，这些故事随着他们的成功而成为了千古美谈，更成为了青少年勤奋上进的学习楷模。孟子说过，"故天降大任于斯人也，必先苦其心志，劳其筋骨，饿其体肤，空乏其身，行拂乱其所为，所以动心忍性，曾益其所不能。"这就说明了一个道理，人想要干出一番事业，必须要付出异常的艰辛，才能有所成功，付出与回报是对等的。

李嘉诚说过，"任何事业的成功都弥补不了教子失败的缺憾"，这是至理名言，是人们都能认可的道理。可见，教子成才是多么重要。但是，治理好家庭，教育好子女也不是件容易的事情，要从自身做起。教育孩子要讲究正确的方法，好的教育方式能让孩子受益终身。有人说"治国容易治家难"，也有人说"连家都治理不了的人何以治国"，应该说治国比治家难度大多了，当然，会治国的人未必治好家。治家能与治国相比较，就说明了治好家的重要性。当今社会，国家非常重视学校教育，家长积极配合学校的教子工作，展开互动，互相沟通，在教学质量上有很大提高。随着我国综合国力的提升，学生的文化知识水平不断增强。在教子方面，校方也传授了许多好的方法，教子方法有其共性，也因个别家庭和学生的情况不同，所采取的方法有其针对性。但是，在教育方针上符合社会发展需要，符合自身实际情况，做到德智体美劳全面发展，成为社会主义的接班人。德智体美劳是对人的素质定位的基本准则，是人类需要生存的本质要求，也是人类社会教育的趋向目标，提示出人的全面发展的深刻内涵和精神实质，所以，人类社会的教育就离不开德智体美劳这个准则。

对于人的全面教育是以德为首，我们应该用社会主义核心价值观和社会主义荣辱观引领道德教育。当然，优良的品德离不开修身。作为家长，要身体力行，时时端正自己的品行，教育子女们先做人、后做事，懂得为人处世的基本准则，要以身作则，将优良的品行坚守下去，为子女们起到榜样作用。

古人云："家有黄金用斗量，不如孩子本领强"，这是我最欣赏的名言，这句话说出了教子的理念。家长教给孩子的是文化知识和技术专长，是谋生的本领，而不是能给孩子挣下金山银山，留下家财万贯。

至于体育、美育和劳育也都很重要。关于体育，毛主席说过，"发展体育运动，增强人民体质"和"身体是革命的本钱"；习主席指出，"没有全民健康，就没有全面小康"，可见身体强健的重要性。强健的体魄是做好一切工作的前提条件，所以体育运动从小学生开始就要抓起；美育是培养孩子的审美观，发展他们的鉴赏美和创造美的能力，培养他们的高尚情操和文明素质的教育；劳育是培养孩子的劳动观念和劳动技能的教育。劳动创造财富，劳动创造世界，劳动使人变得高尚，劳动使人获得幸福。

百年大计，教育为本，家长协助学校教育好子女是必不可少的工作。我们应当把爱家与爱国统一起来，将家庭梦融入民族梦之中，治理好家庭对社会大有裨益，家庭和睦则社会祥和，家庭文明则社会文明。在治家方面，我们可以传承古人治家的优良家风，根据时代要求，结合现实情况，积极做好家庭教育、家庭建设工作，锤炼个人品德，弘扬家庭美德，为国家贡献一份力量。

第二辑 / 情感呼唤

与你相伴前行

在人生的征途中，我们有缘相遇、相识，我们相濡以沫，志同道合。我们的心灵呼唤着爱，渴望能有一个温馨的家，我们彼此珍惜这一段难得的姻缘。于是，我们走在了一起，多少年来穿越着四季的风霜，一同度过人生美好的时光，走进了春天的姹紫嫣红，演绎着人生的春夏秋冬。

你的到来，给我的生活平添了几分快乐，霎时间，寂寞被驱散，孤独不再来临。我们的家有阳光普照，有鲜花绿叶来点缀，有轻柔舒缓的音乐在吟唱。

有家的日子真好，室外是风吹雨洒，乍暖还寒；室内却温暖如夏，乐意融融。虽然我们的物质生活并不富裕，但是我们拥有了健康和快乐。我们过着普通人的生活，平凡是我们的生活特征，简朴是我们的本色，虽然我们没有精彩的人生，但我们也活得坦然、实在、自在，凡事都能够顺其自然。你看重了我的诚实和责任感，是一个能寄托终生的人；而我欣赏你的是不攀比富有，不攀龙附凤，并且常常说我们不求富贵，只求平安和健康就足够了。轻物质、重情感的你能守得住清贫，靠自己的勤劳耕耘着我们的生活，你的这种优秀品质正是我所需要的。

精心营造和谐美满的家庭是我们共同的愿望，你勤于持家，务家。你待人谦和，与人为善，你总是与邻里、同事和睦相处，能善待家人，孝敬老人。你为人正直，通情达理，做事公道，办事干练、沉稳、直率、活泼的性格溢于言表。你的性格既有女性的柔情，也不乏刚烈之气，爱憎分明也是你的个性特征。我们的性格即能吻合，也有互补性，相处得比较融洽。

　　有了家就有了一份牵挂，有了一份责任。我们彼此关心，互相搀扶，携手走过大地葱茏的景色。虽然我们没有海誓山盟的誓言，但我们彼此以责任感和忠诚度信守着这份真诚的情感。家庭是我们生活中重要的组成部分，家和万事兴，家庭和睦是何等的重要。

　　其实家庭和事业是同等的重要，事业不一定能成功，但家庭一定要和睦，没有和睦的家庭，就没有愉悦的心情。虽然我们也免不了一时的争吵，但决不会影响我们的感情基础，因为在我们的心中铸就了应有的道义、理智、理解和容忍。我们会共同用心、用爱来培育和守护这个家。

　　在我们一起走过的岁月中，没有刻骨铭心的爱，也没有电视剧中的浪漫情调，我们是实实在在地过日子，我们风雨同舟，患难与共，一路走来。在以后的日子里，我们共同信守着这份责任，相依为命，百年好合，迎接明天的到来，与你一起看世界，看风景。

照片前的回忆

当我从电脑里打开我家张田地窑洞的照片时，有一种荒凉、冷落、惆怅、悲怆的感觉阵阵袭来。这破败的窑洞、长满荒草的院落、塌陷的墙垣与昔日住人的情景有着天壤之别。我不忍心看下去，本已破碎的心怎能经得住这累累伤感呢。这些照片是我与父母于去年（2010年）五一期间，回老家专程看了一次故居拍摄的。虽然近期回过一次家，想家的心情得到了释然，但故居的荒凉情景常常浮现在我的眼前。我好像倾听到了窑洞对我的泣诉，院落对我的哀怨，我与他们敞开心扉进行了一次交谈，倾诉了我的心迹，表白我对故居怀着深厚的情感。时光在不经意间流逝，但岁月的痕迹、人生的经历存续在我的记忆中，何况是我的故居？凝视照片中的窑洞，昔日的生活情景在我残存的记忆中逐渐变得清晰明朗了起来。

故居在沧桑的岁月中走过了阳光、欢乐以及苦难的历程，她们捧出一颗赤诚之心为主人奉献出生命的光彩。今天不见她们昔日欢乐的容颜，看到的是她们不修边幅、萎靡不振的外表，甚至是痛苦、伤感的表情，怎能不让我眼角流泪，心里滴血呢。这里是我成长的摇篮，是我梦开始的地方，是我青年初期的寓所，曾经的快乐、低沉和痛楚消失在岁月的时空中，随着时代的变革、人生的成长，故居也发生了变化。小时候，我们一个院子里只有三孔接口子土窑洞，三孔不接口子土窑洞。童年的记忆是幼弱无力的，60后的我生于艰苦的年代，家里生活很贫穷，但吃饭还没有断过顿，过年还能穿上新衣服、吃上肉，比起同村人还好些。父亲在企业里工作，虽然收入微薄，但父亲是很顾家的。贫穷是这个年代的特征，我的童年是在贫穷中无忧无虑、懵懵懂懂、带着些快乐度过的。贫穷的影子没有走出父亲的视线，父亲因工作调动，也为了摆脱山区的贫困，我八岁那年父亲带我们一家人去了一个很远的乡镇住了八年之久，后来又回到了老家。回来后，改革开放的春风吹进了千家万户，土地分包到户，家家户户存有余粮，农民生活得到改善，改革成果如春风化雨般地滋润了村民的心田。父母亲将他们多年的积蓄用来修建窑洞，记得在1982年父母亲从大院向西侧延伸修建了五孔接石头面窑洞，修建窑洞耗费了父母不少心血。院子里原来有六孔土窑洞，属于我们一小家人的只有两孔，住着六口人有些拥挤。父母亲一定要开挖出一院住宅来，子女逐渐长大，以缓解住宿拥挤问题。父母亲是勤劳的人，雷厉风行，说干就干。想当年，父亲带我们到另一个乡镇谋生，先是住父亲单位的窑洞，后来是住生产大队的窑洞，再后来父亲是挖窑洞住。父亲在单位人缘好，开挖窑洞都是厂里职工和父亲的朋友下班之后轮番帮忙开挖，直到住上为止，也没有花几个钱。父母亲与土窑洞结下了深厚的情节，土窑洞是他们用心血和汗水付出的劳动果实。父亲在外工作，家里全靠母亲打理，母亲还在乡村小学教书。母亲含辛茹苦，提前做准备工作，了解价格行情，估算工程量。推地盘、烧砖块，从沟里往院子里运石头、打石头面，从乡政府的公路上往回运木料、水泥，接口子、挖窑洞以及做门窗、家具等全部是雇用人做的。农村交通不便，运石头、木料等全部是用毛驴驮、人力背。母亲拖着疲惫的身躯每天给匠人做饭。她充分利用家中劳动力,利用寒暑假给我们兄妹布置营生,赶毛驴驮炭、驮石头,在石碾子石磨上滚米磨面。在费用开支上她也精打细算。

我在离家十五华里的一个乡镇中学上学,每逢周日回一趟家,回到家里就干家务活。那时因为我太年轻,还不懂母亲的心。母亲是一个勤劳而坚强的人,她的内心深处喷涌着一股强烈的愿望,她要尽快建造一个宿巢,并为之而没日没夜地忙碌。修建窑洞从开始动工、准备石料到竣工用了半年时间。天真、单纯的我从小依靠贯了父母亲,怎么懂得为父母亲分忧解难呢?修建窑洞是家庭中的一件大事,母亲虽然忙碌着,但也快乐着,在忙碌中凸显出了她的精明能干,在忙碌中营造一个幸福的家庭,母亲为这个家一直是忙碌不止啊。

五孔崭新的土窑洞静静地肃立在村庄里,和着柔风,朝气蓬勃地沐浴着改革开放的暖春。我家的窑洞是在全村先行修建的,过了三四年村里人也纷纷开始修建。窑洞竣工后紧接着打了八九件家具。父亲还购买了沙发,将家里布置得比较"阔气"。父亲在县科委购置了一台风力发电机,能为家里照明,还能带动录音机。父亲是家里的顶梁柱,有稳定的经济收入,母亲又会持家。在当时,我家的优越生活在全村也算是数一数二的,家庭背景又好,我们一个家族祖辈和父辈们都是干部,村里人以及我的亲戚、同学都羡慕我。我的童年、少年乃至青年时代都是在这个家庭的温床中长大的,我生活得很幸福。虽然我生活在农村,但与周围的人比起来我有优越感和满足感。

回到老家,我充盈着玫瑰色的梦,迎着心中的阳光,从心底里浮泛出家乡的温情,不管家乡有多封闭、贫瘠,我们回到了属于自己的家园。这里与我们以前住的那个乡镇比较,显得有些寂寞。

虽然同属一个县域，但那里有工厂的喧嚣、机器的轰鸣、公路的穿越，还有日夜奔腾不息的卢河在歌唱、有生长细粮的水浇田。最后因工厂的倒闭，父亲调动了工作，我们也回到了阔别八年的老家。

　　一个大院里共有十二孔窑洞，常年住着母亲、两个妹妹和奶奶。随后，两个妹妹相继在乡镇和县城中学上学，爷爷退休回家，父亲和我回家住得时间短。陕北的农村地广人稀，整个村庄沉静在山坳里。这里远离城市，没有通电、没有自来水、没有公路、没有外来人口，交通不便，信息闭塞，不知道外面的世界。改革开放的政策极大地调动了农民的劳动积极性，播种粮食后的山地连年丰收充盈。村民的脸上洋溢着不易觉察的淡淡的喜气，村民们春耕过后外出打工。我家也耕种二十多亩地，由于缺少劳动力，母亲雇人耕种。我们周日回来帮忙，暑假里我们回来锄地；秋收时候学校放了忙假，我们回来一块秋收。

　　1983年，我们一家人由农村户口转为城镇户口，吃上了商品供应粮。母亲每天七点半钟到学校教书，下午五点半钟回家，母亲是老牌高中生，在学校里带的是五、六年级课程，升学率高。在这偏僻的山村里，母亲教书育人，默默耕耘。后来，我们兄妹外出上学，母亲一个人在家里，确实有些寂寞。那时老家还没有通电，每到夜晚家家户户点上微弱的煤油灯照明。遇到漆黑的夜晚，人们走出门外，天地间一片黑暗，就连脚下的路也要凭着感觉走，四周一片寂静，给人以恐惧和胆怯。每到夜幕降临，母亲就更孤单了。后来我们迁移到了县城居住，父亲在县城修建了一院上下两层的住宅。1992年冬天，我们又随父亲迁移到了东胜城居住，当年父母亲将老家的家具、粮食等财物全部便宜拍卖。母亲忍痛离开了她多年苦心经营的老家，母亲不知偷偷地哭过多少次，这几孔窑洞她付出的辛苦最多。我们兄妹几人有分配工作的，有考上中专和大学的，一个个成长了起来。母亲离开老家却一直念念不忘老家，老家的乡亲们也惦记着母亲。母亲人缘极好，又善于做思想工作，经常为左邻右舍的婆媳、妯娌之间调解纠纷，化解矛盾。我们一家人走后，村民们大多数也舍弃了新建窑洞，纷纷离开老家到外面做生意去了。老家山区条件落后，虽然后来通电、通路、通水，但没有挣钱的出路，他们出去寻找生财之路了。

　　面对张田地窑洞的照片时，调动起了我从破碎的记忆中逐渐粘合起来的往事，仿佛回到了原来的那个年代。青少年的往事是美好的，我有幸福感，有父母亲给我创造的美好家园和优越的生活条件，而今天的生活要靠我自己辛勤耕耘。虽然老家落后、沉静，但我从来不觉得贫穷和寂寞。我喜欢我的老家，留恋我的老家，虽然我当初怀着青春梦想，我也不曾想过要舍弃我的家。想到我的老家住宅，我的心情有一种说不出的滋味。我很无奈，无论如何也无法回到我的过去。

致一位网友

在网络未出现之前，我们的通讯还不像现在这样方便，信息时代的到来给社会的发展带来了巨大的变化，人们坐在电视机前就能看到世界各地的信息。电脑网络的运用十分广泛而深刻，这怎能不让我们欣喜呢？

是的，亲爱的网友，我们虽然远隔千里之地，但是网络的便捷却能让我们近在咫尺。通过网络，我能看到你美丽秀气的脸庞。你的表情不时流露出迷人的微笑，你明眸含情，时而顾盼流转，时而淡然一笑，妩媚动人。你的体态略显丰腴，闲适自然；衣着朴素大方，淡雅脱俗；脖颈下能显露出冰肌玉肤；两只纤纤玉手在键盘上从容自如地打字。在聊天中了解到你是一个有内涵的女子，你的文化、修养以及敏捷的思维都能让我感受到你是一个佼佼者，与众不同的是你纯洁的感情毫无瑕疵，如同美玉，晶莹剔透。在这个熏满铜臭味的金钱年代中，重感情而轻物质的你不为金钱所诱惑，依然洁身自好，守身如玉。

亲爱的网友，你的优秀品格是很值得我敬重的。很高兴认识你，与你聊天我们彼此都很开心，虽然我们远隔千里之外，但我们彼此能互相勉励，抚慰心灵，增进了解，建立纯洁而高尚的友情。

与你视频聊天也是一种美的享受，你不仅天生丽质，而且蕙质兰心，我们彼此互相赏识，更加敬重。是缘分让我们聊在了一起，认识你，我原本平凡的生命有了一份点缀。无论我在看书或者工作，总有一份牵挂在我心中缠绕。有时候我在电脑前为你守候，这或许是孤独的美。与你思想交流往往能给我带来精神上的愉悦，不过我们的交流才刚刚开始，在以后的日子里希望我们共同穿越时空的界线去看那春天的姹紫嫣红。我们彼此珍重，互相祝福。我衷心地祝福你的人生充满着快乐、幸福和成功，在我的心中留下一份思念，永远祝福。

心中的阳光

当阳光普照大地的时候，朗朗晴空、暖暖天气给大自然带来了华日与韶光；当父爱铸就在我心中，我的心境如阳光般的明亮、温情、豁达、惬意。父爱就是我心中的阳光，照亮着我，温暖着我。父爱深深地扎根在我的心中，父爱是无私的、赤诚的、永恒的爱。我每每能感受到父爱的深厚、雄浑与博大。父爱贯穿到了我的生活中。

是的，我们从降临人间的那一天起，就开始沐浴到父亲的深情厚爱了。我们是在父亲的关爱和呵护中一天天长大，每一步的成长都凝聚着父亲的心血和汗水。父亲对子女的关心是无微不至的，因为有父爱，所以我感到我生活得很幸福，很阳光，这种感受时常会不经意间在我的心中飘然。

在我刚能记事的时候，父亲经常带我到他的单位逗留。我很高兴，好似走进了一个理想的世界中，在父亲的单位吃饭比家里吃得好，而且能得到父亲同事们的呵护。我能和单位里的小孩玩耍，能玩得尽兴、快乐，和小孩们争斗我常常能占上风。

60后的我出生在一个贫穷的年代，生活在农村，家里贫穷，但是在吃穿方面父亲还有条件照顾我们。在我小的时候，父亲经常带车出差，回来给我们买些苹果、粉条、大米、猪肉、衣服等吃穿之类的东西，能改善我们的生活。改革开放后，随着人们生活水平的普遍提高，我家的生活也得到了改善，在吃穿住行方面，比起村里人还算是富有。我上中学时是骑着自行车上学和回家的，穿衣服在当时来说也有高档衣服了。后来，父亲到外地出差时还给我买了一套质地较好的西服和一件风衣。当时，这套衣服在我们村子还没有流行开，算是很前卫了。在生活上我有优越感，同学们羡慕我，以至于后来亲戚们还说我小时候生活上没有受过罪。

生活在农村的我，父亲不仅给我创造了优越的物质生活，在学习上也会辅导我，手把手地教我学习书法，讲古人的文房四宝，讲汉字的构造方法，讲古代书法家练习书法的故事。父亲喜欢书法，有时候也拿起毛笔练习书法。他用笔简洁、灵巧，收放有度，墨中生情。他的字体是柳体，楷书笔力劲挺，筋骨兼备；行书刚柔结合，灵动流逸。他还辅导我做数学，写作文，给我买一些学习资料，他将看过的历史书籍保存起来让我看。听母亲说，父亲年轻时经常自学。他后来给我讲过哲学，哲学是我上大学时的公共课，我也仔细读过两遍，没想到父亲对哲学学得很精深，我钦佩他的记忆力。

父亲经常嘱咐我要尊敬老师，团结同学。同学来我家时，他对我的同学很热情。有一次我和同学借了钱，父亲知道后给了我钱，让我翌日上学时给同学还钱，并要求我以后不要随便和别人借钱了。父亲教育我们子女要诚实做人，老实做事，要尽到做人的责任和担当，还给我们讲尊重别人就是尊重自己的道理。他是这样教的，也是这样做的，他的一言一行在教育着我们，感染着我们。

还记得，在我上中学时的暑假期间，父亲同事的儿子在他们单位工地上打工。父亲也要求我打工，他说，不指望靠我挣钱，主要是锻炼我吃苦耐劳的精神，等上完学后要自食其力，不能再让父母亲养活了。母亲说我的年龄尚小，父亲执意让我打工。我听了父亲的话，以至于在后来的几个暑假中我都在父亲的单位打工。

父亲在事业上是有所成就的，当了十几年的厂长，曾经把一个亏损的企业扭亏为盈，发展壮大，在当地也是一个有名气的人物。

父亲平日在生活上勤俭节约，特别是退休后日子过得节俭。他退休后有家公司聘请他当了会计，按说工资收入还可以。我叮嘱过父亲，劝他不要太过仔细，老来应该享福了。他勤俭节约的良好习惯多少年来也一直在影响着我。

父亲把我们子女的成长视为他的动力、希冀和期待，作为他追求人生的目标之一。父亲供养子女们上了中专、大学，安排了工作，给我们成了家，直到后来我们参加了工作还会得到父亲的经济援助。父亲不仅对子女们疼爱，而且对孙子们也很疼爱；同时十分孝顺爷爷和奶奶，经常给爷爷和奶奶买吃的和穿的，给零花钱，经常接到他家里居住。父亲对叔父和姑姑们也很照顾，多少年来他们一直惦记着父亲对他们的关爱。我们有几家亲戚很贫困，父亲也给予他们多方面的帮助，也给村里人办了一些事。后来，有的亲戚发达了，还记得父亲当年给予他们的帮助。父亲人缘极好，会交往人，朋友弟兄众多，在单位上班，身边经常跟随着三朋四友。后来父亲调到东胜工作，老家的朋友来东胜办事或路过东胜时顺便来看望父亲。

父亲是家里的顶梁柱，无论是在物质上、还是精神上都有他在支撑。父亲谆谆教诲我如何做人，要有一个男人的坚毅性格和优秀品质，并给我以文化的熏陶和智慧的启迪。父亲总能给予我力量、信心和勇气。这使我在后来的工作和生活中遇到困难，却总能在逆境中前行。

父亲，有你的日子真好，我的童年是极为快乐的，开心和快乐占据了我的整个心灵；我的少年是在健康、向上、茁壮中成长的；直到青年和中年时期，我还在斗志昂扬，奋发向上。然而，人有旦夕祸福，父亲于2010年10月份因医疗事故不幸去世。转眼之间，生死殊途，阴阳两隔，使我万分悲痛。父亲的离世真正让我体会到了生离死别、撕心裂肺的滋味。父亲虽然离我而去，但是他的箴言在耳，音容笑貌常常浮现在我的眼前。乃至在睡梦中，我都能看到他魁梧的身材，慈祥的笑容，从容淡定的姿态……一件件往事让我难以忘怀，令我感动。父亲对我的养育之恩比天高，比海深，让我此生无法回报，父亲对我的教育让我受用无穷。父亲已经永远地离开了我们，给我们子女留下的优良的家风家教是宝贵的精神财富，还给我们子女留下了对他的无尽思念和一份永远的回忆。

我的母亲

我们每个人都有母亲,"母亲"这个字眼,我们都能理解其中的含义和分量。母亲对于子女的爱怜,我们称为"母爱"。母爱是一种天性,母爱是无私无怨的奉献。正因为有了母爱,才使我们的生命茁壮成长、灿烂如花。

说起母亲,我们便会对母亲产生一种崇敬的感情。从我们出生的第一声啼哭起,母亲就把她的爱倾注给了我们,母亲是我们的第一位启蒙老师。我们的生命离不开母亲,母亲陪伴着我们走到了最后的人生历程。

我的母亲是千千万万个母亲中普通的一员,母亲也很平凡,但是在平凡中体现出了她的优良品格。母亲为人忠厚老实,勤劳节俭,做事公道,孝敬老人,与人为善。母亲嫁给父亲的时候,父亲是一个工厂的会计,母亲在上高中,外公在一所小学里当校长。由于外公的成分不好,被劳教了。母亲失去了经济来源,于是父亲供母亲上学。母亲的学习成绩一直很好,在初中毕业统考时,全年级三个班180名学生中母亲考了第三名的成绩。当时,学习成绩好的学生上了高中,学习成绩中等的学生上了师范学校,学习成绩不好的学生上了技校。母亲是横山中学的第三届高中生。母亲上高中时，高中教师都是从南方调过来的大学高才生，教学质量高。母亲各门课程都学得好，不偏科，记忆力强，尤其是数理化经常考满分。但是受外公的成分影响，母亲徒增了自卑感，感觉上学的压力很大，平时沉默寡言，不敢多说话。班主任也不支持母亲考大学，所以高中毕业时母亲主动放弃了高考，如果母亲执意要考学，也许校方不会阻止。

母亲回到家里在生产队劳动。大队有所小学需要老师，有人推荐母亲当民办教师，但是大队负责人说母亲的成分不好，不让当。母亲和叔父们在生产队劳动，叔父们先后参加了工作，母亲参加完生产队的劳动外，还要在自留地上劳动，有时候是超负荷地劳动，以至于上了年纪后给身体留下了伤害。母亲忠厚老实，是一个本分、安于现状的人，加之当时社会打压成分不好的人，母亲很少说话，怕说出的话让人家揪住辫子不放。

父亲以前在煤矿工作，离我们老家不远，后来调到了另一个公社的水泥厂工作。那里有水地，地处芦河河畔、公路沿线。父亲刚去那里，便和当地的大队书记说好让我们在那里安家落户。我们准备搬走的时候，老家生产队的人不想让我们走。因为，当时母亲在生产队里当会计，算账利索，分粮公道。我们到了那里待了一年时间才落下了户，在这一年的时间我们住在了水泥厂的房子里。母亲在水泥厂打了一年工，当时水泥厂才开始筹建，所有工程都是本单位职工搞修建，没有外包施工队。单位里没有人会搞工程预算，单位的负责人知道了母亲是高中生，就让母亲搞工程预算。母亲按照图纸算出每一项工程需要多少砖块、水泥、钢筋等材料，然后才运回了所需材料。母亲会打算盘，预算得也准确，用了半个月的时间，预算出了所有工程的材料，然后就在工地上做工。父亲不让母亲做工。母亲考虑到我们兄弟姐妹四人，人多要吃饭，只有父亲的工资是难以养活一家人的。于是母亲就和水泥厂的工人们一起劳动，和那些男职工们干的是一样的苦力活，很劳累，一天工也不误。

第二年，我们家落户在紧邻水泥厂的一个生产队里。母亲在生产队劳动了半年，也受到了生产队人的排挤。母亲不想在这个地方落户了，想回老家。老家的人也想让我们回去，给我们留了一部分粮食，并把土豆存放在了我们的土豆窖里。父亲却不想回老家，当地的公社和大队领导也不想让我们回老家，并让母亲在大队的小学里教书。后来，公社在大队办起了中学（初中班），就让母亲教初中课程。母亲算是主力老师，母亲带的班的初二数学和初一语文学科在全公社先后考取了第一名的成绩。每门学科给母亲奖励了15元，并颁发了模范教师奖状。所有民办教师在全公社统考中，母亲考取了第一名。后来水泥厂的书记被调到另外一个煤矿当了书记，水泥厂又调来一个书记，水泥厂随之倒闭了。水泥厂的工人干部都先后被调在其他单位了，父亲也被调走了。父亲走后，母亲更不想呆了，准备搬回老家。公社的教干还想让母亲留下来继续教书，并让母亲去公社的中心小学教书。母亲不想在这个地方呆了，于是在年底就搬回了老家。

我们于1979年的冬天搬回到了阔别八年的老家，正好赶上了改革开放，大队小学缺少教师。母亲本来就不想当教师了，在大队干部的劝说下，母亲考虑到自己的孩子也在这个小学上着学呢，于是，应邀当了民办教师。母亲带的毕业班在全公社考了第一名，而且有四五个学生考到了县重点初中，这也出乎了母亲的预料。过了一两年，农村土地实行包产到户。母亲雇用人给家里种地，每年打的粮食也不少，母亲是很辛苦的。1982年，我们在农村修建了五孔接石头面子窑洞，给家里做了八九件家具，家里全部是用水泥和白灰裹起来的。在当时来说，我们的窑洞是遐迩有名的。修建这五孔窑洞，母亲异常艰辛。在门外靠父亲，在家里靠母亲。在我们修窑洞的时候，母亲背着父亲偷偷地存下了1000元钱。母亲在修建窑洞的前一年就开始谋划，推平了院落；第二年打石头、运石头、运木料、挖窑洞、做门窗、做家具等等都是雇用村里人和亲戚们做起来的。我们住在山里，出门就有坡路，交通困难，过了十几年才通了柏油公路。母亲还要给匠人们做饭，料理事务，非常辛苦，也非常疲倦。1983年，我们全家由农村户口转成了城镇户口，吃上了商品供用粮，只留下了一小部分土地，其余的土地我们主动退了出去。

随着我们兄弟姐妹年龄的增长，都在外上学，家里只剩下母亲一人了。随后父亲在县城修建了住房，我们一家人住在了县城。紧接着父亲调在了神华系统东胜物资总库工作。我学校毕业后，也跟随父亲来到了神华东胜公司参加了工作。紧接着我们又搬在了东胜居住，先是租房子住，后来单位分了住房。

再后来，父亲给我们兄弟姐妹四人安排了工作，成了家。父母亲为我们付出了很多的辛苦，包括我的三个孩子，其中两个是母亲帮我带大的，直到他们参加了工作。

母亲的人品也挺好的，大队的人说母亲教书有爱心，有耐心，关心和爱护学生，从不打骂学生。村里人说母亲做事比男人都厉害，说母亲会谋事，会说话。亲戚和邻居们说母亲说话有水平。村里有人占了我们的地界，邻居们以为母亲会和这些人争吵起来的。母亲当然不会忍让他们的，母亲就质问他们，几句话问的他们就无话可说，无地自容了。其实我也是很佩服母亲的说服力，有纷争的事情，看似剑拔弩张，一触即发，但是通过母亲的几句话就能把对方说得理屈词穷，能平和地解决问题。可我生来就不会说话，感觉母亲的优点一点也没有遗传在我身上。有些事情我是会接受母亲的建议的，我觉得母亲说的有道理，比我智高一筹。母亲比我们会处理家务事，家里的事情不用父亲操心。

村里有婆媳、妯娌之间吵架闹事者，争吵得不可开交，她们就来找母亲给她们说事，调和矛盾。母亲说话都是以理服人，说话中肯、实在，又有水平，说出的话人们爱听，觉得有道理，能接受得了，所以就能化解矛盾。村里有的人平时有什么事情，找母亲谈心，母亲给她们分析道理，做思想工作。村里有的人说，母亲给她们调和一次矛盾，她们就能安宁许久。母亲是很有爱心的，村里人有什么困难，母亲能帮的就给帮忙。大队里的人对母亲也很尊重。

我们住在东胜后，来到东胜打工的村里人说，村里的妇女们长时间不见母亲，想母亲了，还念叨母亲。后来我们有了私家车，经常回农村老家寻礼，村里人看见母亲便走在跟前和母亲拉家长里短，还要留我们到他们家住宿，还要给我们拿农村特产。母亲非常珍惜这份乡亲情感。

如果父亲不来东胜，母亲一直待在老家，也转成公派教师了，因为和母亲在老家一起教书的民办教师都转成了公派教师。当时县里有政策，可是母亲来到东胜不久就把户口转过来了，这也是母亲的遗憾。母亲因外爷的成分不好而受限制，也因自己老实本分，没有主动寻找工作机会。母亲有很多同学参加了工作，在教育界的也不少，相比之下，母亲有自卑感。

母亲是非常孝敬爷爷奶奶的，给奶奶洗澡、洗头发、洗脚、剪指甲，有好吃的自己舍不得吃，留给奶奶吃。父亲七十岁的时候去世了，留下了奶奶，母亲和叔父们轮流地伺候。母亲对奶奶无微不至地关心，用心伺候，奶奶是在九十六岁的高龄去世的。母亲说，她对爷爷奶奶尽到了她的义务和责任，她问心无愧。

母亲已到79岁年龄了，论起老年人，身体还算是健康的，就是血压偏高一点，这得益于他每天坚持锻炼身体的结果。我和母亲住得近，要给母亲做饭送饭，母亲不想给我们增添麻烦，同时也为了锻炼身体，坚持自己做饭。母亲的背也坨了，耳朵也聋了，前几年我先后给母亲买了两个耳机子，还能起一些作用。人们和母亲说话要近距离，声音稍大一些说话她才能听得见，平时我都是心平气和地甚至是面带微笑地和母亲说话；有时候着忙了，母亲听不见，我就有些不耐烦了，但是我一直在克制这种不良行为。我是很尊重母亲的，她的为人处世，她的优秀品格都是令我敬佩的，尤其是她赡养老人的行为，给我们树立了典范。我记得奶奶生前说过几次这样的话："谁家的大人对她好，娃娃也跟着对她好。"母亲还教会了我感恩，民间有句话是"受人滴水之恩，必当涌泉相报"。谁给过母亲的好，母亲也说给我们听，同时，母亲也教育我们一定要回报有恩之人。母亲说在别人困难的时候我们应该帮助别人，有必要雪中送炭，但不一定要锦上添花。

光阴荏苒，岁月留不住人生的沧桑变化，想起那儿时的快乐，想起那青春的岁月，那时的母亲还年轻，抚养我们茁壮成长。我们不经意间经历了少年、青年、中年，很快就要步入老年了。她是我们儿女们的精神支柱，母亲为我们付出得甚多。父亲的早逝让我心里久久地难以平静，总觉得我欠父亲的太多，还没有来得及回报，父亲就离我们而去。其实，父亲是最疼爱我的，处处呵护我，时时都在关心我，母亲也同样如此。如果我出门走上几天，母亲就开始惦记我了，担心我的安全和健康。如果不能按时回家，母亲的担心就愈发加重了。到现在，母亲还要每天给我熬苦菜水喝，已经有几年了。

我们单位组织体检或者是我个人体检，母亲总要看我的体检单，并且把几年间的放在一起进行对比，看有什么变化。

母亲逐渐年事已高，人到老年就有了孤独感，到了儿女们陪伴的时候了。看到母亲日益增多而深刻的皱纹，步履蹒跚的走路，不禁让我感到伤感和怜悯。岁月是无情的，人的生命经不住时光的流逝，每个人都会垂垂老矣。作为儿女的我们，应该赡养好母亲，陪伴好母亲，能让母亲身体健康长寿，心情愉悦，过一个幸福的晚年。

第三辑／企业愿景

走向新的里程
——写在神东天隆集团有限责任公司成立之际

在这个百花盛开、万木争荣、生机勃勃的季节里，在这片乌金厚土、特大型现代化能源基地上，一个非国有控股企业神东天隆集团有限责任公司诞生了。她以国有企业的生存方式完成了她的历史使命，按照国有大中型企业主辅分离辅业改制的要求，开始了新的征程。

"天隆"这个诱人的名字，是多么让人浮想联翩。天隆集团就像她的名字一样有气魄、有魅力、有朝气、有思想内涵、有广阔的发展前景。天隆集团就像她的企业标志一样，插上了腾飞的翅膀，翱翔在广阔的天宇，最终发展成为现代化大型集团公司。

2004年5月15日，是个特别有意义而且值得纪念的日子。神东煤炭公司主辅分离辅业改制，暨神东天隆集团有限责任公司成立大会在大柳塔小区文体中心隆重召开。为了这一天，神东公司企业改制领导小组及多经公司相关工作人员凝聚了多少汗水和心血，他们召开了上百场的动员会、座谈会、研讨会，编发了多种学习、宣传资料，制定出了科学合理、符合实际、行之有效的改制方案；为了这一天，多经人进行了百日安全生产活动，加强安全生产管理，加大生产力度，提高质量标准化水平，为天隆集团公司的成立献上一份厚礼。天隆的员工们迎接着这一天的到来。统一着装的员工精神饱满、喜气洋洋地参加了大会，当员工们听到神东煤炭公司董事长王金力讲道："神东是你们的市场主体，神东是你们的坚强后盾，神东永远是你们的兄弟朋友。"员工们报以长时间的热烈掌声。

从这一天开始，多经公司脱离出神华集团公司的"母体"，改制为非国有控股企业。原神东多种经营公司是随着1998年8月份神俯和东胜两大公司的合并成立的，正如王金力董事长在会上所讲的话，神东多经公司为神东的发展做出了历史性的贡献，天隆集团公司的成立是神东煤炭公司在改革道路上的重要里程碑。

通过股东大会选举产生了新一届董事会、监事会，经理班子成员也相继组成。这个领导集体充满着生机与活力，拥有胆识和智慧，他们驾驭着天隆集团这艘有员工2032人、注册资金2.98亿元的巨轮，在市场经济的浪潮中，扬帆远航，乘风破浪，勇往直前。

由于历史原因，天隆集团存在着产业结构和产品结构不合理的问题，有一些企业微利和亏损，不能适应市场经济的发展，困难重重。通过现状分析和大量、广泛的市场调研，集团领导高瞻远瞩，制定出了长远的战略规划，必将打破过去束缚生产力发展管理模式的桎梏，以体制创新促进机制创新，应用FIRST管理模式、SFOM运营模式及企业再造工程实施方案进行经营管理，为企业管理注入了新的活力。

"开放、诚信、高效、严谨"是天隆人的经营理念，这"八个字"是天隆人在长期的生产经营实践中总结出来的经验，是一次次跳跃的思想火花逐步形成了成熟的经营管理思想体系，在理论上升华——沉淀——升华，并用凝练的语言，高度提炼出了这"八个字"。这八个金光闪闪的字，代表了天隆集团的经营方向和奋斗目标，还有诚实正派的做人原则、严谨务实的工作作风以及永不满足的进取精神，也包含了天隆人的睿智、勤劳与勇敢。激励天隆人守法经营、诚实劳动、敬业爱岗，激发了天隆人朝气蓬勃、奋发向上的精神风貌。在经营理念的召唤下，快速发展天隆，把企业做强做大。

  天隆集团公司的成立，标志着天隆集团公司又向现代企业制度迈进了一大步，进入了一个全新的发展阶段，对于天隆集团而言，前几年的创业业绩已成为过去。面对未来，天隆人任重而道远。我们应当抓住这个历史性机遇，在西部大开发这片广袤的土地上，艰苦创业，开拓进取，创造新的辉煌业绩。我们相信，天隆集团的明天会更好！

映放你的朝晖

苏家壕这片山峦如今披上了迷人的色彩，这里的村庄变了样，这里的村民喜洋洋。是你——天隆三不拉煤矿，用拓荒者的脚步震醒了这沉睡千年的群山。山不再是单调的山、刻板的山、沉寂的山，焕发出了青春光彩；是你——三不拉煤矿，以你雄伟的身姿，屹立于神木县北部大漠的腹地之中，为这片山峦增添了几多魅力，几多欢乐；是你——三不拉煤矿，你将滚滚乌金输送四面八方，为人间送来温暖，给世界带来光明；是你——三不拉煤矿，促进了地方经济发展，给这里的村民带来实惠。

我不想用更多的语言赞美你，我们深深知道，是建设者们用汗水和心血熔铸了你的帅美英姿。他们默默无闻地辛勤劳动，不怕苦和累，风餐露宿，昼夜施工，仅用了296天时间，一个崭新的你便矗立在人们的眼前。这无疑是我们天隆人的骄傲，是改制后的天隆建起的第一个骨干矿井。如今煤流滚滚，从地层深处驶向遥远的他方，"神东人苦辣酸甜傲霜雪，神东人掘来地火化成金"，这是我们神东人精神的真实写照。2005年8月1日，我们以喜悦的心情，迎来了试生产验收会议，从这一天起你便投入了生产运行。

在建设之初，我们便将安全质量标准化工作纳入了规范化的管理制度中，坚持高起点、高标准、高效益的要求，投产之时就是达标之日。我们把安全生产作为保持共产党员先进性是否见到实效的重要标志，使安全质量标准化工作一路走来一路领先。

三不拉煤矿，你不仅英姿勃发，而且有着丰富的内涵。你的员工按照共产党员先进性的具体要求，忠实实践"三个代表"的重要思想，充分发挥党组织的战斗堡垒作用和党员先锋模范作用，以振兴天隆为己任，按照集团公司的指示精神，以天隆人特别能吃苦特别能战斗的勇气，将矿井生产改扩建为年产200万吨的连采生产矿井，加速科技成果向现实生产力转化，加快煤矿技术改造，不断增强企业经济发展中的科技含量。

天隆三不拉煤矿，你从容地跻身于煤炭行业之中，并不出众的你却充满了朝气与活力。你年轻而气盛，有多少人会为你谱写吃苦耐劳、乐于奉献、开拓创新的创业史诗。在市场经济的大潮中，纵然有千帆竞发，百舸争流，你会勇立浪潮前头，因为我们相信你是煤炭市场的弄潮儿。

三不拉煤矿，你的员工满怀着对新生活的渴望和憧憬，踏上了这片沃土，我们愿将自己的生命之花在这里绽放。我们不再是个体的自我，而是将整个生命投入到你的怀抱之中，在你困难的时候，我们为你挺身而出；在你壮美的时候，我们为你骄傲和自豪。我们愿与你一同喜怒哀乐，一同春华秋实，一同铸造辉煌。我们要建立和完善保持共产党员先进性的长效机制，尽最大的努力为社会和人民做出贡献。

在神东天隆建设的辉煌事业中，我们又迎来了一轮朝霞，在霞光万道中，我们追寻着美好的未来。

天隆春华
——写在神东天隆集团公司成立三周年

又是一年五月春。五月虽然进入了初夏的季节，但春天的气息依然凝重而炽情。"等闲识得东风雨，万紫千红总是春"，踏着五月的春色，天隆人迈着矫健的步伐，沿着主辅分离、辅业改制的道路，沐浴着改革开放的雨露阳光，跨越了一个又一个五月。而今天（2007年5月15日），是天隆改制的三周年，天隆人与岁月争春，与业绩同辉，提前三年实现了第一个五年规划的战略目标，如此辉煌的业绩，真是激动人心，这是天隆人的奋斗业绩。

记得三年前的今天，天隆的员工身着统一服装参加了改制大会。这一神圣庄严的时刻，深深地镌刻在每一位天隆人的心中。在国有体制下的员工，走上了由天隆人控股企业的经营道路，前途的好坏直接关系到两千余名员工的命运。全体员工经过沉思、阵痛和无奈的选择，又充满信心，毅然踏上了主辅分离、辅业改制的新征程。

新天隆，新气象，天隆的企业设计师们为天隆绘制出了长远发展的蓝图，用先进的理念作为企业发展的指导思想。由于天隆的员工成长在国有大型企业的藩篱下，过惯了"养尊处优"的生活，难以直接面对市场经济的竞争，有些员工对未来的前途感到茫然。针对这个现状，天隆的各级领导教育员工解放思想，转变观念，树立以天隆发展为第一要务的思想，引导员工积极向上，开拓前行。

作为优秀的企业家，首先应当是优秀的企业战略家，因为企业战略决定企业命运。天隆集团领导依据国家政策、国家产业规划、国内外市场情况、同行业发展状况、本企业现状及企业未来发展的态势，尤其是正确认识自己的优势、缺陷以及发展的方向，能够实事求是、科学合理地制定出长远的战略规划，并能根据具体情况适时地进行了调整，将企业的长、中和近期利益有机地结合起来，既立足于长远的可持续发展，又能顾及近期的资金积累和员工的经济收入，并分阶段性地制定出中期的每一个目标。天隆集团公司未来发展的总体思路：立足煤炭产业，实现相关多元化，面向神东矿区和社会两个市场，优化产业结构，形成四大产业板块，突出重点项目。集团公司还形成了"开放、诚信、高效、严谨"的企业文化理念。集团公司既求真务实，又开拓创新，根据自己的经济实力、能源配置、技术条件、市场占有率和人力资源基础，充分发挥现有的优势，紧抓机遇，加强技术改造，推进科技进步，积极拓展对外业务。各煤矿由原房柱式炮采工艺改造为连采、综采开采工艺，井下采掘面安装了安全监控系统，生产系统实现了调度集中控制指挥。安全质量标准化工作为煤矿的生产建设赋予了新的内涵。

走进井下就像走进了整洁的地宫，千米巷道的两壁、顶板与地板是平行的，俨然是大楼的甬道；两壁的各种管路与线路的延伸也是上下平行的；顶板的锚杆分布横成排，竖成行，规范有序，每隔一小段距离便能看到各种吊挂的排版标识。井下各种巷道的分布都是整齐有序，各种设备的安装规范合理，工作面利用综采、连采机割出的像流水线般流动的煤块，通过胶带运输机滚滚地运往储煤仓。生产运行有条不紊，井然有序，卫生常年保持清洁，实现了安全生产、文明生产。煤炭作为天隆的核心产业，朝着技术水平高、煤炭回采率高、提升管理能力、产业规模化、经营科学规范化的方向发展。地面单位根据行业特点，进行了规范化管理，质量标准化高，经营效果好，走进厂区便能看到绿树成荫、草坪匝地、鲜花簇拥、设施齐全、硬化美化水平高的景象。

全集团员工在企业核心理念和战略目标的统领和指引下，以实现企业的经济价值、社会价值与员工自身价值统一成为他们共同的理想追求。集团领导在讲话中多次提到我们企业的使命就是迅速发展壮大天隆，以回馈股东，回馈员工；同时履行社会责任，为社会做出更大的贡献，为国家创造更多的财富。有着强烈的社会责任感和使命感的天隆集团，在董事会的带领下，全集团员工投入到伟大的改革开放洪流中，投入到轰轰烈烈的天隆创业实践中。天隆人更有凌云壮志，敢于打破企业有寿命的宿命论，以百折不挠的精神，永不满足的勇气，把天隆集团公司建设成为一个卓越的大型集团企业，实现天隆基业长青、永久不衰的伟大梦想。而今天，天隆人更加信心百倍，斗志昂扬，身着统一工装的天隆员工，在自己的工作岗位上踏实苦干，钻研业务，以严谨务实的工作作风奉献出自己的光和热。

五月是充满着无限生机与活力的季节，这一美好的季节也映衬出了天隆发展欣欣向荣、蒸蒸日上的景象。2006年，天隆集团完成总产值24.49亿元，实现利润6亿元，股东投资的股本能如数返还，员工工资收入不断增长，这一切都能用数字说明。2006年，集团公司又制定出了新的五年战略规划，集团领导不仅谋一时，更是谋长远，将产业扩展到内蒙古巴彦淖尔市、新疆吉木萨尔县，并在阿拉善盟取得了488平方公里的煤炭资源探矿权。为了引进先进技术和占有资源，集团已组建了合作企业、合资企业，产业增多，项目增多。改制后的天隆不仅发展劲头强大，而且发展潜力巨大。天隆集团将企业文化建设促进企业发展作为一项长久的治企方针，把企业文化建设的成果转化为企业的生产经营成果和精神文明建设成果，努力打造具有天隆特色的企业文化，构建和谐天隆，营造和谐发展的氛围。

创新和挑战是天隆人的特点，也是天隆发展的不竭动力。开拓创新、与时俱进的天隆员工创造着新的一天、新的一年，实现天隆基业长青、长盛不衰。天隆事业如春天般的生机勃勃，天隆与青天同驻。

我心中的芳草地

在我的生活中，我感觉到有一块芳草地，而且在我的心中逐渐清晰而明亮了起来。是的，这块芳草地比不得文学艺术百花园中的鲜花烂漫，但有其独特的韵味，袒露着绿茸茸的胸脯扎根在大地上。是的，我们漫步在芳草地的边缘，欣赏着茂密的小草，那芬芳的气息是大地乳汁凝聚的芳香，水丰草茂，空气清新，让我们尽情酣畅。我热衷于文学创作，在《神东天隆》杂志这块文化芳草地上经常投稿，是这块芳草地给了我写作的热忱，成就了我写作的梦想，哪怕是最平淡的文章也使我颇感欣慰和发自内心的激情。

当我收到新发刊的《神东天隆》，在我工作繁忙时，我只能抽出片刻时间浏览其目录，甚至完全顾不得光顾；在我轻松下来时，我轻轻地翻开《神东天隆》，细细地阅读，了解到了天隆项目投资的进展情况、各生产单位的经营运行状况以及天隆的政治、文化等各方面情况。"文化广场"是我喜欢的栏目之一，我被那些优美的文学作品所吸引，我钦佩作者们的创作才情。这些作品内容丰富多彩，大都是反映天隆和讴歌时代的作品，表达方式不拘一格，多种多样；"知识窗"也是我颇感兴趣的栏目，能让读者了解到许多知识；"生活顾问"中的生活知识非常适用，使读者受益匪浅。

我在阅读《神东天隆》的时候，还给《神东天隆》投稿，报道我单位的生产运行状况以及发生在不同时期的有价值的信息，让天隆人互相了解，共同促进。《神东天隆》是传递信息的窗口，是普及知识的课堂，是交流经验的园地，也是展示才华的平台。我将《神东天隆》当作我心中的芳草地，因为我喜欢《神东天隆》，通过《神东天隆》使我了解到了天隆的发展状况以及天隆人奋发向上的精神风貌。天隆有令人瞩目的过去，也必定有更加辉煌的未来，这是天隆必胜的信念。在这种信念的支配下，天隆人投入了火热的战斗。《神东天隆》是催人奋进的战斗进行曲，又像一把号角，激励天隆人开拓进取，勇往直前，迅速发展壮大企业。《神东天隆》是我们的好伙伴、好朋友，传递给了我们许多不知道的信息。同时也是我们的好老师，传播给了我们许多没有学到的知识。《神东天隆》给予我们的是精神食粮。我们的生活和工作中因为有了《神东天隆》，使我们对天隆更加充满了激情，也多了一份必胜的信念。

　　我不知道我还能写出多少篇通讯报道，不知道在我的生活中能否将写作坚持到底，但《神东天隆》永远是我心中的芳草地。时至今日，我将每一期的《神东天隆》都收藏起来，在我闲来无事时，可以重温天隆走过的岁月，追忆昨天的故事，那火热的岁月是我们用激情燃烧的岁月。

　　我心中的芳草地哟，你是天隆的宣传窗口、文化阵地、精神产品。在我心中，你是用温暖的阳光、蔚蓝的天空、和煦的春风、晶莹的雨露所沐浴的一片圣洁的芳草地，在我的心中你是何等的重要！

三不拉采区　安全伴随着你到永远

在神木县大柳塔镇北部坐落着并不引人瞩目的三不拉采区管理处，该采区以朴实无华的形象展现在人们面前，显得万物生春，活力四射。隆隆的栈桥运输声音像胶带弹奏出的三不拉采区发展建设的强劲旋律。井上井下的岗位运行工都在忙碌着，南来北往的运煤车川流不息。这景象生辉的背后蕴含着三不拉采区从领导干部到一线员工的理想和激情、艰辛与汗水以及他们对安全工作的高度责任感和使命感。

三不拉采区始于2004年10月2日开工建设，2006年7月15日正式投入生产。该采区自从2005年8月1日试生产以来，一路走来一路平安，谱写出了一曲曲和谐的安全生产凯歌。

三不拉采区自投入生产以来，安全质量标准化工作经常得到上级公司的好评。前来三不拉采区参观、考察的外界领导和朋友首先来到了生产调度室，在安全监控屏幕上看到井下工作面开采的动态画面，调度员有条不紊地讲解着井下的生产情况和安全设施分布情况。他们深入到井下参观，被井下的安全质量标准化工作所吸引，平直、清洁的巷道、顺槽和切眼，规范合理。整齐有序的运输、给排水、通风等设备设施在他们眼前为之一亮，有人啧啧赞叹三不拉采区井下工作的高质量和管理的严谨性。三不拉采区安全设施在建井之时就要求高标准、高质量的水准。

三不拉采区能得到人们的普遍赞誉，就在于他们具有先进的安全理念和强烈的安全责任意识，深入落实科学发展观，增强员工的安全培训教育，提高业务技术和安全防范能力，加强安全基础设施建设，以及他们有吃苦耐劳、甘于奉献的创业精神。他们不断强化安全工作的计划性、超前性、周密性、预见性以及量化管理。

他们坚持以人为本的理念首先是以人的生命为本，坚持科学发展观首先以安全发展和生产力发展为主，建设和谐采区首先必须有安全氛围。当他们的奋斗目标明确后，在制度上和管理上予以保证。一个个矿井灾害预防计划、意外事故应急救援预案以及其他的安全技术防范措施的形成、研究、审批到出台后执行过程中的修补完善，并组织员工认真学习，贯彻落实。重大安全工作都成立了领导小组，制定了管理职责和措施，层层落实安全责任制，分片包干，责任到人。严谨有序的管理，构筑起了安全生产的防御体系。为此，他们付出了辛劳与汗水。

在安全生产中他们度过了愉快的岁月，实现了他们曾经拥有的梦想，能够自觉地把自己的人生目标融入三不拉采区管理处乃至天隆集团公司的宏伟事业上。为了建设平安采区、和谐采区，管理处将以人为本的理念扎根到每一位员工的思想意识中和体现到具体的行动中，培植起了旺盛的团队协作和战斗精神。在此期间涌现出了不少的岗位能手、安全标兵、明星班组等各类先进个人和先进集体，他们以实际行动谱写着采区管理处安全生产的新篇章。

三不拉采区安全生产蒸蒸日上，一年更比一年强。2008年，三不拉采区全体员工团结奋斗，与时俱进，及时贯彻落实国家及上级公司关于安全生产方面的指示精神；按照公司的要求，开展各种专项整治活动和各项会战活动。在生产管理中，他们科学地控制具体的生产过程，让安全生产的每个环节发挥最优作用，使生产安全高效地运行。

当他们顺利地完成每一个顺槽、每一个切眼的掘进时，当他们顺利地回采完每一个工作面时，他们并不感到安全工作是简单容易就能做好的事。当顶板压力大，有冒顶预兆时，他们不会被安全威胁所吓倒。他们所采取的预防措施都能有效防止顶板脱落或安全地撤离现场。当他们年年实现安全生产无事故时，安全这根弦他们却始终没有放松。采区管理处的安全警钟时时回响在他们耳边，面对安全，他们从容对待，进行积极管理安全，全力保障安全。

实现和谐采区同样是他们的奋斗目标。要实现和谐采区，安全生产是前提，不安全就得不到和谐。因此，采区管理处从员工的精细化管理上以及资金的投入上加大安全工作力度。他们加强和谐企业建设，着重从人与人的和谐、人与生产资料的和谐以及人与生产关系的和谐方面加强建设，力求做到人、机、物及管理机制的最佳组合，实现人、机、物及管理机制的和谐统一。同时协调好企业对外关系，促进企业发展。

他们在和谐的氛围中不断发展壮大企业，这得益于上级公司和管理处的高度重视和正确领导。广大员工在分享企业发展成果的同时，实现了与企业一起成长，提升了员工队伍的整体素质和安全防范能力。对于高危行业的采区管理处来说，安全管理只有起点，没有终点，实现安全生产无事故是他们永远追求的目标。

三不拉采区，安全会伴随着你到永远！这是全体员工的期盼，他们定会为之坚持不懈地努力，他们会在神东天隆发展的道路上越走越好。

园区风采

我站在天隆伊旗工业园区内，感觉到天地之宽阔，世界之博大，我的头顶上是万里晴空，脚下是辽阔大地，我的眼前是初具规模的现代化工业园区。站在这里，如同我站在高山之巅，雄视着周边的美丽风景。站在这里，我们可以感受到天隆跳动着与时俱进的时代脉搏，实施着长远的发展规划。站在这里，我们可以感受到天隆为自己的企业吸收充足的养分，正在茁壮成长而根深叶茂。

伊旗工业园区是天隆一道美丽的风景线。她有花的秀丽、树的端庄，有春的绿色、秋的金黄。目睹园区的风采，偌大的园区静静地躺卧在平坦的生长着有人工植被的大漠之上，高大的厂房、办公楼、公寓、洗浴中心、职工食堂等设施整齐有序地排列在园区内，外观别致、漂亮，一排排路灯挺立在道路两旁，道路宽阔清洁。也正因为园区的偌大，才显得有些空旷和沉寂（为园区的后续发展留有空地），同时使人感到富有生气，好像蕴藏着一股发展潜力。

天隆伊旗工业园区坐落在内蒙古伊金霍洛旗境内，北距阿腾席勒镇（伊旗政府所在地）7公里，南临鄂尔多斯飞机场6公里，西门横穿阿大线新公路，南侧有包茂高速公路（东西线），北侧有东乌铁路（东西线），地理位置优越，交通四通八达。这里天高云淡，空气清新，绿色环抱，景色宜人。

天隆伊旗工业园区是天隆集团公司改制后于2005年8月份开工建设，按照工业园区的整体布局规划，先后建起了天隆集团机械维修加工中心下属的矿山机械配件材料制造厂、机电技术有限公司、液压件有限公司、煤机维修有限责任公司，还有天隆集团物资采购中心。

我们走进机加工车间，便是宽大明亮的长方形彩钢结构厂房，看到的是规模较大的现代化生产场景和温馨和美的工作场所。这里有六十余种目前国内顶级先进设备，各种设备按照工艺流程安装摆放的横成排、竖成行。这里是文明生产、清洁生产，设备清洁明亮，地面干净整洁。身着统一工装的员工们在机器旁不停地操作，工作紧张而又有条不紊，构成了一幅动态的生产画面。截齿生产线年生产能力达到60万套，钻头、钻杆系列生产线年生产能力10万套，这里生产的天隆牌截齿是自行开发研制的具有自主知识产权的进口产品替代品。矿用截齿，锚杆，钻杆与钻头，采煤机械，液压胶管总成四种产品通过了全国煤矿设备检修资格管理委员会和国家采煤机械质量监督检验中心的检测和认证；截齿生产线项目荣获了内蒙古自治区科技进步二等奖和高新技术企业称号，并列入国家火炬计划；煤矿用镐型截齿、钎具、液压胶管总成、采煤机械配件加工被中国煤炭机械工业协会列为全国煤矿专用设备配件定点生产单位；截齿矿用产品被中国煤炭工业协会评为"机电放心产品"；国家知识产权局授予镐形矿用截齿专利发明证书。机械维修加工中心获得了诸多殊荣。这里是目前国内生产规模最大、现代化程度最高的截齿生产基地。

与机加工车间紧邻的是设备维修车间。室外有15000平方米的大型露天吊装、拆卸、清洗、检测平台以及与之配套的有5000平方米的先进智能化配件材料仓储库。走进维修车间，同样是偌大的（2万平方米）的厂房，看到的是恢宏的场景。厂房设计先进合理，与之配套的是国内一流的完善齐全的维修、加工设备及拆装专用工器具。维修设备分类排放，整齐有序。员工们在各自的岗位上忙碌着，充满了朝气与活力。看到员工们娴熟的操作技能，在我的心中涌起一股热流，他们都是掌握一定技能的青年技工，是天隆的技术骨干和希望所在。他们以忠于职守、岗位奉献、忘我劳动的精神为天隆事业谱写着创业史篇。

内蒙古天隆煤机维修有限责任公司是神东天隆集团公司、中国煤矿机械装备公司及IMM国际煤机集团公司合资建设的专业煤矿机械维修企业。公司由三方按6：2：2的比例投资建设，一期工程计划投资4.8亿元人民币，于2007年初开始建设，同年底公司已完成投资2.1亿元。公司于2008年初投入运营，已经开始为天隆集团、神东、金烽、万利以及周边地区的鄂尔多斯市、榆林市部分煤企的各类综采、综掘、连采设备，包括采煤机、掘进机、刮板运输车、转载机、破碎机、胶带机、液压支架、单体支柱、电机、移动变压器、电器开关、梭车和井下运输车辆等设备进行大修和项修，提供专业化维修服务。

项目合作方中国煤矿机械装备公司是我国规模最大、技术装备水平最高、综合实力最强的煤矿成套机械化采煤装备的专业化制造企业，该公司煤机业务除满足国内市场煤炭生产需要外，还先后出口到美国、澳大利亚、俄罗斯、印度、土耳其、越南等国。

项目合作方IMM国际煤机集团公司是国内乃至世界煤矿机械领域里井工开采设备齐全、种类最多的成套化设备制造商之一，也是国际知名企业。

集团公司充分利用维修基地的设备、技术、人才、资金、服务等方面优势，不断提升煤机维修能力和水平，突破部分高、精、尖矿用设备的大修和项修，进一步扩大影响力和辐射力，将维修加工业务进一步做强做大，计划投资规模累计达到15亿元，到2020年实现产值30亿元，满足3亿吨级生产能力矿区所需的煤机维修、机加工制造，达到世界一流的维修技术和水平，建成世界一流的煤机维修加工企业。

天隆伊旗工业园区按照集团公司的总体发展规划，在这个地理位置优越，基础设施齐全的工业园区着力营造"招商、安商、富商"的氛围，不断引进合资企业的先进技术，进行强强联合，优势互补，互惠互赢，做强做大天隆企业。园区新上项目都是集团公司经过实地考察和市场需要所实施的，具有广阔的发展前景，并经历了从无到有、从弱到强的短暂历程。工业园区的建设，凸现出了集团公司在业务上构建"四大板块"的战略构思，是落实科学发展观的具体体现，也是实现可持续发展的重要举措。

作为一个新改制的企业，通过体制上的创新、理念上的升华到技术上的提升，由劳动密集型企业转变为技术集约型企业，一步步发展壮大。按照集团公司的部署，现已发展成为天隆公司的重要产业，我们期待着后续发展。

天隆，创新是你升腾的力量
—— 写在神东天隆集团公司成立五周年之际

人类社会是从创新中走来；企业是国家经济发展的主体，是从创新中走来；天隆也是从创新中走来，并从创新中发展壮大了起来。

——题记

改革的浪潮，激流澎湃，汹涌而至，神东天隆集团以弄潮儿的勇气，投入到全国大中型企业主辅分离、辅业改制的洪流中。天隆人一路乘风破浪，高歌猛进，在改革中创新，在创新中奋进，铸就了五年的辉煌业绩。

五年来，天隆以科学发展观统领全局，不断地解放思想，转变观念，求真务实，开拓进取。通过广泛、深入的市场调研，集团高管层描绘发展蓝图，确立奋斗目标，把握经营方向，做出重要决策。基层单位围绕集团总体战略目标，分步实施每一项分目标，并确保年度目标的实现。天隆从上至下，及时获取信息，抢占先机，不失时机地开拓市场。从天隆各产业、各单位的经营情况来看，创新始终贯穿于天隆的发展全过程，是体制创新、管理创新和技术创新使天隆走上了快速发展之路。

有一组数字显示，截至2008年底，集团实现产值53.37亿元，比改制时的6亿多元增长了近8倍；公司现有资产总值达到43.85亿元，是改制时4.9亿元的近9倍；净资产总值达到31.51亿元，比改制时的2.72亿元增长了近12倍。这组数字凸现出了天隆有正确的企业战略规划，天隆从实质上准确地把握住了与时俱进的经营方向，也是天隆抓住了全国煤炭产业快速发展这一历史性机遇、大力发展煤炭产业的结果。

改制前原神东多经公司是神东公司所属企业，是一个产业种类多的辅助性生产单位。天隆是从国有大型企业中剥离出来的一个股份制民营企业，企业的性质发生了根本变化，天隆人的思想观念也在转变，将过去在国有企业中的思想转变为民营体制的思想，转变为以天隆发展为第一要务的思想，转变为以经济效益为中心的思想，转变为主人翁的思想，转变为摒弃守旧、勇于创新的思想，提高了职工发展天隆的责任感和紧迫感。

天隆进行了体制创新和管理创新。自天隆集团公司成立以来，按照现代企业制度建立了公司治理结构，股东会、董事会、监事会、经理层权责明确。公司内部股权结构清晰。天隆上下建立了严密的组织管理体系，通过对企业控制权、决策权、管理权的合理配置，规范了集团公司与分公司、子公司之间的权责关系。应用FIRST管理模式和SFOM运营模式进行管理，实施企业再造工程，并推行公司治理，依法治企，规范运作。

天隆进行产业结构调整，实施煤炭和金属能源兴企战略，发展与能源开发相关的多元化产业，按专业划分为四大产业板块，实现循环经济，实现产业规模化、技术集约化、经营管理科学化。合并同类产业，撤销低盈利的产业，扩建有竞争力的产业，新上主导产业项目。通过优化产业结构，提高了核心竞争力和专业化服务水平。2008年4月，天隆集团通过对所属企业进行定位和分类后，进一步明确了企业的发展思路,"专注主导型产业,积极发展支持型产业,培育主要效益增长型产业,放开搞活维持型产业"。天隆在资本运营方式选择方面不仅巩固现有的产业,而且走向了广阔的社会,与社会上的一些企业进行兼并、收购、参股、合作,不断地进行资本扩张,使资本获得了更有效的配置,提高了资本的利用效率和效益。截至目前,天隆产业已分布到全国5省区10多个县市,拥有30多个子公司、分公司,10多个参控股公司。这些发展成果,说明天隆具有先进的经营理念,能站在时代发展的高度观察问题,分析形势,做出正确的决策,引领企业向前发展。

自改制以来,天隆坚定不移地把依靠科技进步作为促进企业发展的基本方略,各单位根据自身实际,实施了一系列技术创新工程,其亮点异彩纷呈,耀眼夺目。

天隆各煤矿进行技改扩建,产能提高到了百万吨,井下全部实现了连采机和综采机技术装备,机械化程度不断提高,同时提高了煤炭回采率,有效控制了环境污染。武家塔煤矿以轻资产、重商业的理念,创新管理模式,科学组织生产,每年以百万吨产量递增,截至2008年底年产量达到586万吨。近几年,该矿被中国煤炭工业协会评为"全国煤炭工业行业高产高效矿井""全国特级安全高效露天矿井""全国煤炭行业特级安全高效矿井"。改制前天隆煤炭生产总量300万吨,到2008年已超过1500万吨,是改制前的5倍。

矿山支护材料公司在生产工艺方面进行了多次改造。锚杆杆体加工改螺尾部分的切削工艺为缩径滚压工艺;改原来的机械套丝为车床切削中径滚丝工艺;将加热工艺由原来的烘炉加热改进为中频感应炉加热,由手动传送杆体改进为自动传送杆体,不仅解决了车间的污染,而且对加热温度有了可靠的控制;将麻花段手工扭制改进为扭制机机械扭制,不仅降低了工人的劳动强度,而且更好地控制麻花角度，使之均匀、标准，使产品质量有了保障。矿山支护材料公司通过技改扩建，可达到年产300万套的锚杆和配套产品的生产能力。

改造了树脂生产工艺，淘汰了只能生产Φ35树脂药卷的玻璃管干粉式中孔固化剂工艺，改造为双孔复合膜糊状双孔锚固剂，可生产Φ35、Φ28、Φ23等多种规格固化剂；2009年新上了年产600万支树脂锚固剂自动化生产线，引进了美国、德国先进的主体设备。

该公司目前是全国同行业中生产规模最大的锚杆、树脂及配套产品生产厂家，生产工艺、机械化程度目前均处于国内同行业领先地位。近几年国家有关部委授予"全国产品质量监督抽查合格企业""全国质量信誉保障企业""中国企业诚信经营示范单位""全国消费者信得过产品""全国锚杆十佳名优品牌"称号，被陕西省评为"陕西省十佳创新型企业"。

2005年，刚刚重组的机械维修加工中心生产工艺、设备落后，为了迅速摆脱落后的生产技术，中心（简称）加强与国内知名院、所合作，走产、学、研、创品牌的路子。研制开发出了适合神东矿区所需要的各种截齿和齿套。在技术创新方面：一是将美国进口焊剂代替国产焊剂；二是启用了国内较为先进的中频透热炉，改造了400T摩擦压力机，将锻造方式由平锻改造为立锻，使加热温度得到了有效控制，效率比原来提高三倍，锻件质量得到了保证；三是对中频淬火机床进行了技术改造，将中频淬火机床改装成了一台钎焊机，并一次获得成功，实现了目前先进的中频感应焊接，从根本上解决了截齿的焊接质量问题，使齿体的冲击坚韧性由原来的约20焦耳增加到50焦耳，使截齿的整体机械性能有了大幅度的提高。

截至2008年，中心已获得了1项发明专利，4项实用新型专利，截齿生产线项目荣获了内蒙古自治区科技进步二等奖和高新技术企业称号；截齿矿用产品被中国煤炭工业协会评为"机电放心产品"。这里是目前国内生产规模最大、现代化程度最高的截齿生产基地。生产的截齿产品替代了进口产品，为神东矿区进口设备实现国产化做出了贡献。

机电安装工程公司注册资金2100万元，拥有机电设备安装二级企业资质和钢结构加工安装三级专项资质，相应的起重、管道、锅炉各分项资质俱全。该公司苦练内功，强化管理，突出创新，2004年承包了榆家梁矿45203顺槽皮带6950米的安装工程，只用了40天时间一次性安装成功，这条皮带的安装打破了全国纪录——皮带最长，时间最短，一次成功，质量成优。

2004年，机电安装公司在运销处山西保德装车站完成了加工、制作机械结构部分，并进行了安装装车系统，试用一次成功，首次代替了装车站系统引进南非国家的安装技术，实现了装车系统完全国产化，并获得了该项目的知识产权，现已安装了6个现代化快速装车站。2005年，机电安装公司总承包了神东公司物资供应中心2501综采设备库的钢结构建设工程，总投资40029744元，该工程参加了内蒙古《草原杯》评选，被评为省级优良工程。2005年，机电安装公司曾获得神东公司孙家沟和哈拉沟等煤矿项目建设四个，"做出特别贡献奖"。

矿建公司通过自主创新，不断扩大产业规模，注册资金增加至2000万元，资质等级晋升为矿山工程施工总承包二级，房屋建筑工程总承包二级，现已发展成为周边地区颇有名气和实力的矿山建筑工程施工企业。所属的15个项目部和一个锚索队都是敢打硬仗的队伍，长期分布在神东公司九大矿井，凡是高、难、险工程都由矿建公司承建。经常有社会上的施工队难以完成任务撤出后，由该矿建公司接手承建，面对地质条件复杂、顶板破碎、淋水大的建井工程，矿建公司都能如期完成。公司曾多次获得神东公司授予的突出贡献奖。矿建公司积极向外开拓市场，将工程延伸到晋、陕、蒙地区。

工程建设公司通过管理创新和技术创新，已发展成为实力雄厚的建筑工程施工企业。注册资金2068万元，资质等级为房屋建筑工程施工总承包二级，可承建28层及以下、单跨跨度36米以下的房屋建筑工程，建筑面积12万平方米及以下的住宅小区或建筑群体；矿山工程施工总承包二级；机电设备安装专业承包二级。近年来，公司先后在神东矿区、鄂尔多斯市、榆林、山西忻州等地承揽大小工程项目500多项，累计完成产值10亿多元，工程合格率100%，最高荣誉称号获得过省级"文明工地"和"守合同、重信誉"称号以及"全国安全生产优秀施工企业"称号。

府谷天桥水泥公司通过技改扩建，现拥有两条国内一流的五级旋风预热器带RSP分解炉干法回转窑生产线，总装机容量11975.02千瓦。年生产能力50万吨。公司目前已成为晋、陕、蒙接壤地区最大的水泥生产企业。近年来获得了许多殊荣，被陕西省消费者协会推荐为"消费者信得过产品"；"天桥"牌水泥注册商标被陕西省工商局认定为著名商标，被榆林市工商局认定为知名商标；公司被陕西省工商局和榆林市政府授予"守合同、重信誉"称号，被陕西省质监站评为"质量对比验证检验工作先进单位"，被中国市场研究中心命名为"信誉、质量、服务三保障企业"，被陕西省人民政府评为"陕西省文明单位标兵"。

化工公司通过与科研单位合作，研制出了新产品，为公司创造了新的利润。2007年9月，荣膺内蒙古自治区高新技术企业称号。

天隆的创新成果真是一言难尽，现略表至此，不尽一一叙述。天隆有多少颗璀璨的明珠在闪耀，大放异彩；又有新生企业在未雨绸缪，将会成为后起之秀，竞放光彩。天隆从集团总部到各基层单位积极进取，锐意创新，从宏观管理到微观管理，从战略决策到战术应用上都体现出了创新理念。创新是天隆企业文化的核心，也是天隆发展的灵魂，是天隆人的特点。当然，天隆人在付出艰辛努力的同时，也品尝到了创新的激情和成功的喜悦。

  站在天隆改制的起点上，审视天隆五年的发展历程，天隆人用五年的时间以异军突起的发展速度和辉煌的创业成果崛起于中国的西部，2007年，天隆位居全国煤炭工业企业100强第57位，2007年和2008年，连续两年被中国企业联合会推选为中国"最具影响力企业"，这些都是改革的成果。当然，天隆的发展道路不是一帆风顺的，有坎坷，也有风险。天隆人战胜各种困难，发扬艰苦创业的传统精神，顽强拼搏，勇于创新，风雨兼程，一路走来。天隆人以理性的思维，实事求是地总结自己。天隆有许多优越之处，但也有不足的地方。天隆人能正视自己的不足，寻找缺点，并加以改进。天隆在传承原神东多经公司先进文化的基础上，将天隆文化理念提升到了一个新的高度，开创天隆发展的新天地。

  五年栉风沐雨，五年累累硕果。五年来天隆人实现了自己的光荣梦想，创造了宝贵的财富，为社会做出了巨大的贡献。天隆人并不因此而满足，天隆人要干出一番更大的事业。新的五年发展蓝图已经绘就，新的战斗号角已经吹响。天隆人按照集团描绘的蓝图，顺应时代发展的潮流继续向前奋进，任何困难都挡不住天隆前进的步伐。

淖尔壕煤矿赞歌

煤海的深沉与浩瀚以广阔的胸怀吸纳着无数的拓荒者，煤海以智者的思虑和执着给拓荒者以心灵的跋涉、思维的跳动和血火流光的拼搏。经过了多少个日日夜夜的奋战，淖尔壕煤矿终于建成投产了。

你看，厂区里高耸着七个巍峨挺拔并抒写着安全标语的圆形储煤仓，凌空飞架的封闭式输煤通道迂回曲折，气势非凡，与储煤仓紧紧衔接。偌大的厂区划分为生产区和办公、生活区，星罗棋布地分布着厂房、公寓、办公楼等建筑物；宽敞的道路有路灯侧立在两旁。厂区里还有半封闭式的体育场等设施，还有栽种树木、草坪的绿化带，这是一座基础设施齐全和配套服务完备的现代化矿井。厂区的硬化、绿化、美化、净化程度都会让人耳目一新，你会感受到这个煤矿有着实力的底蕴，活力的风采，使你从心底里浮现出对这个煤矿的爱慕和热恋之情。这就是神东天隆集团公司和呼氏煤炭公司共同投资建设的煤矿，现正处于安全可控、生产稳定、运行正常的试生产阶段。

煤海是宝贵的黑色"金子"，她敞开胸襟，把自己慷慨地赐予人类时，淖尔壕煤矿才落地生根。煤海与煤矿紧紧地联系起来，催生出许多与煤相关的可歌可泣的动人故事。这个世界上人是主宰万物的主体，能够创造出精彩的世界。同样，淖尔壕煤矿的开拓者在建成煤矿后，还要让这座煤矿开花结果，硕果累累呢。

每当你驾车行进淖尔壕煤矿进厂公路时，你就会看到两至三排、四排的运煤车按所运煤种整齐有序、有条不紊地排着队，按规定的线路行进。你还会看到保安人员（穿着保安制服）穿梭在公路上，打着手势，指挥着车辆。他们在保卫科长的带领下，个个英姿飒爽，精神抖擞，战斗在自己的岗位上，有的在进厂公路的出口处监督司机苫盖篷布；有的在公路上来回巡查车辆，维护着车辆秩序；有的在车队前边放行车辆；有的在大门口登记、检查、放行运煤车以外的车辆，还有的在门房的收票口收票。这条进厂公路就是保安人员的重要工作场所。保安人员分工不同，无论在哪个岗位，他们都会敬业爱岗，对工作兢兢业业，认真负责。

购煤用户的运输车辆有自己的车队，也有雇用社会上的车辆，司机们的素质参差不齐，有插队的，有不排队直接进入的，有不苫盖篷布的等不听指挥的司机比比皆是，所以保安人员必须要严格管理车辆，发生口角之争是常有的事情。保卫科的两位负责人经常来到现场检查和安排工作，与保安人员并肩作战。有的司机以贿赂手段给保安人员送香烟、饮料，请保安人员吃饭，甚至送点小钱，也有关系户说情的等都被保安人员一律拒绝，并给关系户说明理由，让他们取得谅解。保安人员不徇私情，不谋私利，对所有车辆一视同仁，根据储煤量和煤种发运量情况，按排队顺序的先后放行车辆。严谨、严格、严厉是企业管理的要求，也是制度文化渗透到了每一个工作岗位的管理细节中。这些保安人员是来自天隆和呼能两个公司，有的员工是经过多年的培养和锻炼成长起来的员工，也有新招进来的员工，新进员工都通过了上岗前的培训学习。两个公司的企业文化既有共性，也有个性的一面，在涉及企业价值观的重塑，本矿更加注重培育具有优良取向的价值观念，那就是：奉献社会，回报股东，成就员工。面对激烈的市场竞争，必须以文化提升企业的核心竞争力，坚持以人为本，将企业文化理念融入员工的自觉行动中，提高员工的责任感和使命感。保安人员深知自己担当责任的重要性，进厂公路就是形象窗口，运煤车辆的整齐与否会直接影响到本矿的形象。他们懂得要管理好车辆，就必须要严于律己，以身作则，不做有损于企业的事情，要经得起领导的考验，对得起自己的酬薪。

  保安工作是很辛苦的，他们在巡查车辆的时候，还要巡查司机们在路边有没有放火取暖，如果有火堆很快就要灭火，防止火堆烧及至路边的绿化带。有的运煤车辆前一天晚上排队，到第二天才装煤，保安人员晚上还要巡查车辆是否停靠到位，否则会影响到后边的停靠车辆。保安工作既要严格，还要细致。在放行车辆前，保安要提前告知、检查司机办理装煤卡，否则会影响到放行速度，并且在放行时抽查司机的提煤单，以防他们跟着先放行煤种的车辆混进去。保安们虽然轮流地巡查和放行车辆，但是一天跑下来很累，腿脚发困。他们早晨迎着朝阳，晚上披星戴月，夏日里顶着炎炎烈日，冬天里忍受着地冻天寒。他们白日里放行着运煤车辆，夜晚里还要在厂区内巡查。夜里他们分为两组，每组两人，不间断地巡查库房、办公楼等要害部位。矿内住宿着施工队人员，流动人员多，凡是晚上出行的非本矿车辆，都要通过门房保安的检查才能放行，他们日夜地守护着财物。两公司精诚合作，团结一致，扬长避短，和谐相处，更加激发出了他们对本企业的热爱和感激之情，员工们把煤矿当成了自己的家园。

  有耕耘就有收获，淖尔壕煤矿开拓者的汗水没有白流，他们的成绩是有目共睹的。本矿每天的煤炭发运量有300至600车，每车的载重量不超过41吨，平均39吨，在生产稳定的情况下，每天平均运煤量有15000吨。自建矿以来，没有发生过一起偷盗案件，夏季和冬季"三防"工作做得到位，没有发生过任何安全事故。

保卫科的同志们，默默无闻地工作在这条公路上和厂区里，他们很普通，很平凡，没有多少人知道他们的名字，就是这些极为普通的人，才为本矿奉献出了他们敬业爱岗、含辛茹苦、任劳任怨的青春年华。同时通过全矿员工的共同努力，将本矿打造成了"煤矿有名气，队伍有士气，员工有志气"的团队，增强了这支团队的凝聚力和战斗力。

保安人员与运煤车、进厂公路结下了不解之缘，这条三公里长的进厂公路不仅是运煤公路，更是一条通街大道，将淖尔壕煤矿的煤源源不断地运往祖国的四面八方。在这条路上，他们默默地抒写着自己的人生春秋，与煤一样地燃烧着火焰般的热情，闪耀着青春光彩。

月芽树水库之约

时值五月，蓝天白云，晴空丽日，让人置身在气温适中的最佳季节中，空气里透着自然的芬芳和纯净的气息，使人身心感到惬意。平坦辽阔的原野上覆盖着繁茂的绿色植被，住宅区、工业园、公共场所等崭新、漂亮的建筑分布在葱茏浓郁的树木丛林之间。有一辆神东天隆集团公司的豪华大巴通勤车驰骋在鄂尔多斯的高速公路上，穿行在绿海波涛中。我们带着采风任务，一路欢歌笑语，驶向天隆水务公司——月芽树水库。

五月的一天，我们与月芽树水库有约，与绿色撞了个满怀。我们工作和生活在神东天隆系统的大环境中，怀着喜悦的心情，怀着对生活美好的向往，在平日丰富多彩的文化生活中，开展了一次在水务公司开会、颁奖、采风、游戏等活动。我们是慕水而来，月芽树水库尚处于开发状态之中。我们知道，万物源于水，水资源在我们北方来说是比较缺少的，人们对于内陆的湖泊、河流等水系进行了保护和开发利用。在神东天隆集团公司以煤炭开发为主体产业的整体发展规划中，将月芽树水库纳入了项目规划建设之中。

月芽树水库静静地躺卧在鄂尔多斯市伊金霍洛旗红庆河镇通格朗河流域的楚鲁图河主渠道阿鲁图村五社，距阿勒腾席热镇58公里，距东胜区88公里。该水系发源于红庆河一社的楚鲁图河与发源于林家圪堵村三社的阿鲁图河两条季节河汇合而成，一直流向乌审旗的巴汉淖内陆湖，坝址以上河道长为23.8公里。

我们下了车就看到了水库，水库以平静的表情、躺卧的睡姿、宽阔的胸脯、颀长的身段，流入了一坛汪汪丰满的水体。水库的四周围上了尼龙网栏，我们走不到水边，只能在围栏外端详。放眼望去，水面就像铺上了一层灰蓝色的绸缎，在阳光的照射下，微微发亮。微风拂过水面，吹起粼粼碧波。给我的感觉，整个水库就像在睡眠当中，那微风吹起的不粗不细的一道道皱褶只不过像人在熟睡当中所发出的轻微的鼾声。水库或许像个睡美人，或许像一个考生在默默地复习功课。总之，这座水库既沉默无语，又富有朝气。水库的四周生长着各种各样的林木，到处是繁密茂盛、郁郁葱葱的绿色景象。在这绿波万顷之中，留下了天隆人奉献绿色的足迹。每年的植树季节，天隆集团领导带着员工来到这里播种下了一片片树苗，我们始终不曾忘记这是我们天隆人应有的社会责任和劳动义务。这里绿色环保，空气清爽，适宜人口居住，可与南方环境媲美。

我们沿着围栏向东走了一会，然后顺着左岔道拐了进去。这里有几个大池塘，有个池塘里有二、三十只鸭子和鹅在水中嬉戏，可能是水浅的原因，水面上呈现出了泥沙的颜色。水务公司还养了鱼、鸡和羊，并建有蔬菜大棚，种植了各种蔬菜。我们中午餐桌上丰盛的美味佳肴就是来自这里自养自种的肉食和蔬菜。

我们游览了这座大坝风景，从水库简介中可以了解到，水库总容量为360万立方米，坝顶长度为794米。水是生命之源，我们的生活离不开水，所以人们十分重视水的开发利用，往往通过自然水源或者是人工开发蓄水，进行农田灌溉、工业用水、养鱼、垂钓或者是依水而建旅游景区。天隆集团公司自然不会放弃这个优越的地理条件。集团领导以商人的眼光仔细地打量了这片土地，如果购置这片土地，无论从经济效益、生态效益还是社会效益来预测，都是大有裨益的，于是公司截至2005年10月征了1218.48亩土地。水库坝体和扬水站工程分别于2006年9月与2007年5月竣工。到目前，水库每年可提供工业供水251万立方米，年创效益785.63万元。水库的建成，不仅使周边的经济开发区用水需求得到了保障，还有利于两岸植物生态的良性生长，同时依托该水库丰满宽阔的蓄水可创建新的旅游景观，吸引大批游客前来旅游观光，为当地民众创造福祉。

　　游览水库能给我们带来无限的遐想，有关水的故事、水的诗文、水的摄影等文艺作品层出不穷。水与我们的生活息息相关，水以其深厚的文化底蕴滋润着我们的心灵。水，清澈、透明、晶莹。作为生命的源泉，我们将水比作人性的向善和真、善、美的一面，视为人性崇高的道德灵魂。也将水喻作人的深厚的情谊。道家学派的创始人老子在《道德经》中写道："上善若水。水善利万物而不争，处众人之所恶，故几于道"。他认为上善的人，就应该像水一样造福万物，滋养万物，而不于万物争高低，这才是做人的美德；《论语》中有孔子"智者乐水，仁者乐山"的说法，他那哲人的玄思，启发了后人关于山水审美的智慧；人们通常说的一句话："受人点滴之恩，必当涌泉相报"，就是教育我们要常怀感恩之心，不忘回报相助之人；李白的《赠汪伦》中"桃花潭水深千尺，不及汪伦送我情"，是以水喻作自己对汪伦的深厚情谊；宋代词人王观的《卜算子·送鲍浩然之浙东》词中的"水是眼波横，山是眉峰聚。欲问行人去那边？眉眼盈盈处。才始送春归，又送君归去。若到江南赶上春，千万和春住"。这又是一首送别词，词人借景抒情，把水比作闪亮的眼睛，把山喻为青翠的峨眉，表达了词人送别友人，留恋春天的绵绵情感。

在文人的笔下，有人用水形容女子，为水性杨花；形容时光，叫似水年华；形容心态，便是心如止水等等。水给我们的生活启示颇多，使人感受到水的意境既简单朴素，又意喻深远。我喜欢荀子的散文《劝学篇》，文中列举了我们生活中的一些客观事例，用打比方的方式来说明了学习的方法、步骤、途径，其中有一句话："故不积跬步，无以至千里；不积小流，无以成江海"。月芽树水库就是由小溪积蓄成为了大坝，包括我们的知识和经验都是由少到多积累起来的，天隆的事业也是由小到大发展起来的。

月芽树水库，看似平静，波澜不惊，有一种超然物外、淡泊宁静的情怀，其实她蕴藏着大自然的宏大力量，我们能看出她的坚韧与灵性，看出她的明智与超凡。大智若愚就是她的聪慧，养精蓄锐就是她的理性，韬光养晦就是她的睿智。正在开发中的月芽树水库有天隆集团强大的经济实体做后盾，我们有理由相信，月芽树水库一定会有惊世。

春去春又来
——写在内蒙古神东天隆集团股份有限公司成立之际

春天是多么得美好,春天的到来给大地带来了勃勃生机,好一派春的景象,春潮涌动,花开斗艳,大地披上了绿装,自然界的春天赋予万物以生机、活力和希望。

我们人生也有春天,人生的春天就是人有一定实力,有发展潜力,有强劲动力,有美好的前景,有良好的开端,对工作、事业充满了理想、希望和信心,并且有长远的奋斗目标,并为之而不懈地努力奋斗。人生有生活上的春天,有事业上的春天,更主要的是心灵的春天。我们应该将人生的春天提升到一种精神状态、一种情怀、一种生生不息的理想信念上来,升华到人生的最高境界。

我们的人生伴随着工作和事业,离不开我们的团队和集体。我们将个体的人生春天融入一个团队的事业发展中,形成团队事业发展的春天。我们天隆集团公司已迎来了一个发展和腾飞的春天,将原来的"神东天隆集团有限责任公司"改制为"内蒙古神东天隆集团股份有限公司"。这不仅仅是名称的变更,更是体制的革新,是企业内部结构调整、产业整合、强力管控、强化监督、高效运行,在管理手段上进一步提高和完善的一次自我革新,突破了原有的经营范畴和管理模式，注入了有活力、有生机、有朝气的新鲜血液，培育闪光的企业精神。根据企业实际，将企业自身发展融入国家发展战略层面上来，选择创利项目，创建核心产业，优化产业结构，发展壮大产业，构建一个基业长青、发展强劲、竞争优胜的大型集团企业。内蒙古神东天隆集团股份有限公司的创建，不仅寓意深刻，而且赋予了新的内涵。

神东天隆集团有限责任公司的前身是神东多种经营公司，是神东煤炭集团公司的一个附属企业，是一个产业门类多、规模小、粗放型的综合性中型企业，企业的主要任务是为神东公司主业提供生产服务。2004年5月15日，神华集团公司按照全国大中型企业主辅分离、辅业改制的政策，将神东多种经营公司改制为非国有控股的股份制企业，神东公司只占有21%的股份。自天隆公司改制以来，至今已走过了15个年头，这15年是不平凡的15年，天隆人摸爬滚打，含辛茹苦，兢兢业业地奋斗了15个年头。传承了原神东公司先进的企业文化，接受过大型央企员工的素质教育和培养，发扬艰苦奋斗的创业精神，保持了正规化管理、工作质量标准化要求的管理水平，在职工业务培训、安全教育和文化建设方面舍得投入。注重基础设施建设和技术创新，职工队伍稳定且不断增加，特别是在煤炭开采、生产技术方面培养造就了一大批人才，现已形成了煤炭生产运销、民用建筑和矿建工程、机电安装工程、矿用产品制造加工、建材产品制造五大产业板块。这15年来，天隆人不断地通过技术创新，与高等院校、科研单位和制造企业进行技术合作，推陈出新，产品质量不断地提升，由改制初的劳动密集型企业向技术集约型企业转变，这些都是天隆的优点、亮点。当然，天隆也有许多不足之处，天隆依然是以煤炭开采为主体的产业，没有形成下游产业链。其他产业没有形成"创利大户"，没有开发出具有核心竞争力的新产业项目。内地煤炭储量萎缩而难以扩展，企业运行成本居高不下。当然，天隆集团公司紧紧抓住了煤炭产业发展旺势这一历史机遇，依据自身基础和条件，大力发展煤炭产业，为公司创造了物质财富，给股东带来了丰厚的回报，同时，为国家做出了贡献，促进了地方经济发展。

天隆公司既有光荣的历史，又有美好的未来。股份有限公司的成立是天隆公司发展史上的里程碑。新三板挂牌上市对于公司的发展能起到不可估量的助力作用，对股东的股权维护具有重要的作用。根据新三板挂牌的要求，相应地建立了新的法人治理结构。3月19日，成立了股份有限公司第一届董事会、监事会，通过股东会议选举产生了董事会和监事会成员，总经理班子成员相继配备完整。董事会是集团公司的决策层和最高管理层，也是核心领导层组织。天隆公司是天隆人（股东和员工）赖以生存的企业，是天隆人的家园。天隆发展的好坏直接影响到天隆人的生活质量乃至前途命运。天隆人十分珍惜自己所拥有的这份工作，所以，天隆人殷切期望天隆的发展能够越来越好，更是希望能推选出一位优秀的企业掌舵人，能够带领天隆人走出困境，实现天隆的可持续、健康发展，打造一个新的发展天地，迎来天隆事业发展的春天。

4月9日，新当选的董事长杨飞云在新成立的股份有限公司中层及以上管理干部大会上发表了重要讲话。他客观真实地摆出了企业的现状，深刻剖析了企业存在的问题，指出了企业的疾症所在，可谓是鞭辟入里，深刻透彻，并为企业的发展指明了方向，为今后的工作做出了部署。这是他站在现实与未来之间所作出的考量，既高瞻远瞩，又符合客观实际，既要做好当前工作，又要为以后的发展铺好道路。监事会主席杨国秀做了发言，他表示："要加强和完善监事会制度建设，依法合规、积极有序地开展监督工作，不断促进监事会工作的科学化、制度化、规范化""要维护好企业生产经营秩序,竭力保障企业可持续健康发展,竭尽全力维护好出资者和全体员工的合法利益"。

集团公司新一届领导班子上任,未雨绸缪,成竹在胸,吹响了进军号角,立足当前,面向未来,按照既定目标,在新的发展征程上再出发。各级领导干部带领员工披挂上阵,按照董事会制定的路线图,披荆斩棘,勇往直前。

天隆股份有限公司的成立,是天隆新的历史起点,是新征程上的再出发。在新的征程上,天隆人需要以涅槃重生、脱胎换骨的勇气根治旧有的沉疴疾气,摒弃以往的积弊,进行自我革新,自我完善,输入新鲜血液,拥有一个健康的肌体和旺盛的生命力,从而使天隆走上良性发展的道路,实现天隆人的伟大梦想。

天隆公司通过15年的发展,经受了改革的洗礼,在生产经营实践中主动地选择应用了新三板挂牌来依法规范企业运营,这证明了天隆公司已经具备了成熟的经营管理思想和先进的发展理念。新成立的股份有限公司凝聚了天隆改制的15年精华,正向着更高的目标迈进。重新提炼团结、奋进、创新、超越的企业精神,进一步提升企业文化理念,能够让天隆人活得有信仰、有信念、有信心,自觉地热爱天隆,奉献天隆。从此,揭开天隆事业发展的新篇章,迎来天隆发展的美好春天。

文创创美

每个人都喜欢美，美有人之美、物之美、自然界之美、社会之美等等。美能够使人的心情产生愉悦、舒畅、惬意之感，进而能提振人的精神状态。爱美是人的天性，人们发现美，渴慕美，以至于创造美。

在我们的生活中离不开美，尤其是人们的物质财富得到了极大地提升时，人们对生活质量的需求越来越高。人们从美学的角度来挖掘生活质量，诸如我们的居住环境、工作场所、旅游景区、工业场地、公共设施等绿化、硬化、美化都有美的要求，包括我们生活中所需要的日用品。人们都会以自己的审美观来选购，所以这些制造商们为了迎合消费者的需求，千方百计地来开发受消费者所喜欢的产品。神东天隆集团文创公司就是在市场经济的大潮中，从企业的属性上、从美学的视角上去开发创造消费者所喜爱的产品，引领时尚，引导消费者，从而提高企业的经济效益，提升企业的知名度。

9月17日，当我们采访组来到文创公司进行采访时，该公司领导热情地接待了我们，并按业务流程顺序带我们到各工作室、各车间进行了参观了解。文创公司的前身为神华集团神府公司下属的一个小型印刷厂，承接公司内部的印刷业务，后经过神府与东胜两大煤炭公司的合并，再经过神东多经公司的改制，成为现在的神东天隆集团公司的所属企业。文创公司所制作的产品分为印刷业、标识标牌业、反光注塑业三大类产品，现在已向微电影制作领域发展。

由于我以前来过几次文创公司，感受到了该公司在不断地发展变化。这次前来专访，我是带着问题进行采访的，是什么原因使文创公司发展壮大了起来，文创公司发展壮大的奥妙在哪里？我们走进文创公司，首先来到业务接待室，墙壁上挂有企业文化理念的牌板。其中有企业目标为"创意、创新、创美"，这是前任总经理白晓光提出来的，在我的采访中，我感受到了文创公司就是按照这一理念来发展壮大起来的。

"创意、创新、创美"这六个字结构严谨，循序渐进，从始至终贯穿了一个层层递进的创新过程。该公司要求对产品的设计、制作、质量要有引领时尚的创意，符合现代社会发展的要求，要有超前意识，有创新思维，进而从美观大方、美丽如画、赏心悦目等美的视角来吸引消费者的需求。因此，该公司将以前的"彩印公司"名称变更为现在的"文创公司"名称。顾名思义，该公司就是要求自己所制作的产品要有文化上的创意、创新，进而得到美的程度；同时在产品的生产项目上不仅仅限于印刷业，而是拓宽了业务，向更广阔的领域发展。在我们所参观的地方，各工作室、各车间、产品展览室、党建阅览室、会议室、职工图书室、职工食堂等场所的设计、装修都充满了创意，感觉到别致、新颖、适用、时尚，颇具特色，富有时代气息。

自天隆集团改制以来，文创公司是由小到大、由弱到强一步步发展起来的，对内进行精细化管理，加强班组建设，制定出一整套管理措施、办法，从制度上得到保障，技术水平不断提升，对产品精益求精，从质量上严格把关。对外以市场为导向，以销量定产量,以质量求生存,以服务来助力,不断地进行市场调研,寻找市场空间,开发新产品,扩大市场,赢得客户的信赖。由于过去的生产规模、厂房、设备已满足不了生产的需要,为了着眼于长远的发展,文创公司新建了办公楼、公寓、生产车间等生产生活设施,厂区厂貌焕然一新。现已拥有各种配套的全自动化先进设备。经营范围各类资质证件齐全。

文创公司在产品的制作上,在纸质印刷方面有书刊书籍类、宣传产品类、产品包装类、办公用品类等系列产品,后来又扩展到塑料业方面的标签类、制卡类系列产品。公司在印刷上满足客户要求,甚至给客户提出好的建议供客户参考选择;在封面设计上力求得到尽善尽美。在涉及出版业方面,文创公司与陕西省的几大出版社联合出版发行。

根据市场需求,文创公司瞄准了商机,面向神东矿区及周边地区各矿井、交通道路及其他各行各业大力开发各种标识标牌,成为公司的主营业务之一。在标识标牌的制作上都从美的视角出发,从标牌的造型、色彩上符合行业标准,符合视觉识别图形,得到客户的满意。

在微电影的开发方面,作为文化传媒,通过新闻发布、产品广告、安全教育、企业文化活动的传播,从而树立企业品牌,提升企业形象。我们在文创公司看了已经制作出来的微电影,其中有一个煤矿的安全故事。同为一个故事,假设两个结局,一个是酒后上岗的结局,另一个是上岗前拒绝了饮酒的结局,演得非常形象逼真。演员是天隆煤矿的职工和家属,如同专业演员所扮演的效果。这部微电影的制作是以安全教育为目的,在演出风格、故事情节、人物扮演和场景的选择等方面都紧密围绕酒后不能上岗的规章制度设置。微电影通过有趣的故事情节和人物对话等形式进行形象化展现，扮演得非常成功，影视效果也很好。微电影具有一定的商业价值和发展潜力，能为客户提供时尚、精彩的影视节目，在产品的介绍、展销和企业对外宣传上能发挥重要的作用。

文创公司重视员工培训学习，提高员工业务素质，进行新员工入厂培训学习；并邀请国内相关业务方面的知名人士来本单位授课；还组织单位管理人员和技术骨干到包头、呼市等地培训学习，到国内海尔、联想等知名企业参观学习；组织员工与周边的主媒体新闻宣传单位的工作人员到周边地区景区开展采风活动，让员工开阔眼界，增长知识，学习知名企业的先进理念和成功经验；企业文化、精神文明建设活动开展得有声有色，丰富职工的文化生活，增强员工的凝聚力和向心力，推动文创公司进一步发展。

文创公司正是因循着"创意、创新、创美"这一发展理念，才有了今天的发展成果。在市场经济中，文创公司从管理干部到生产员工都付出了异常的艰辛和辛勤的汗水。他们是一支年轻有为的团队，生气勃勃，富有朝气，充满活力，创新是他们永恒的动力，创美是他们永远追求的目标，他们将会用勤劳的双手绘制出更加美好的明天。

绿色神东

春暖花开时分，大地已是一派绿色的景象，而绿色给大地带来了无限生机与活力。置身于神东矿区，徜徉在绿色的怀抱之中，这里的一草一木使人感到非常的亲和。神东矿区从开发时空旷荒芜的凄凉大漠上构筑起了辽阔百里的绿洲，神东人创造了绿色奇迹，为矿区营造了舒适的生态和人文环境。

远望河川两边的山，是绵绵的山，莽莽的苍翠，两道绿色的生态屏障层林密布，起伏连绵。

近看乌兰木伦河的两岸，鳞次栉比地排列着一排排的高楼大厦，那些高层建筑巍然耸立，气势凌人。从矿井、工业场区到生活小区都是园林化建筑。那一排排、一行行的各种树木伫立在道路两旁、房前屋后，一块块的草坪铺设在树木之中，形成了绿色长廊。几个生活小区里都有花园，在那绿茵茵的芳草地上建起了类似公园式的景观，那里是人们消夏的最好去处。

人们在尽情地享受着绿色所赐予的环境美，在依依垂柳下乘凉，用手撩一撩青枝绿叶；躺卧在萋萋芳草地上，仰望天空；撷一束鲜花，闻一闻她的芳香。是啊，绿色给了我们优美的环境、愉悦的心情、美的感受以及奋发向上的精神风貌。

当你工作劳累，感到身心疲惫时，你可以坐在绿色的怀抱中，看一看绿叶，呼吸一下草木的清香空气，会使你的身心得以小憩。

当你遇到不顺心的事，心情烦躁时，你看到绿色，凝思静想，你会懂得，绿色是从严冬中复苏过来的。

当你带着恋人走进丛林中，你会感到自己的生活就像绿色一样充满激情，充满爱意，对未来寄予了无限希望。

我们喜欢绿色，播种绿色，奉献绿色，而绿色给了我们心灵的慰藉和精神上的鼓励。2006年2月21日，中国神华神东煤炭分公司荣膺中国环境保护领域的最高荣誉——"中华环境奖"，之前，1999年被国家煤炭工业局评选为全国煤炭系统绿化造林先进单位，2000年被全国绿化委员会授予"全国部门造林绿化400佳单位"光荣称号。神东人获得了绿色荣誉。手捧着奖杯，神东人笑了，神东人立志要建设好矿区。

神东人的志向不仅仅是开发乌金，还要营造绿色，从创造煤炭神东到创造环保神东、人文神东、绿色神东。据神东煤炭报一则新闻报道：神东矿区截至2005年底，实际开采面积56平方公里，而荒漠治理面积则为145平方公里。经国家水利部验收，矿区林草覆盖率由开发初期的3%提高到67%，吨煤提取的环保专项资金从0.2元提高到了0.45元，神东在环保和生态建设投入的资金累计超过5亿元。这是真实的数字，也是沉甸甸的数字，这些数字表达了神东人的大气魄、大手笔、大作为。神东人有气吞山河的勇气，有定叫山河换新装的豪情壮志，将神东建设的山川秀美，风景秀丽。这些成绩的取得是源于神东领导的远见卓识，他们对矿区整体绿化规划具有超前的科学理念，对社会抱有强烈的责任感和奉献精神。神东人顺应了生态建设、保护环境这一历史潮流，在矿区开发之时就着手环境治理，坚持矿井建设与环境治理同时设计、同时施工、同时验收的原则。神东人植树造林，封沙治沙，对露天开采区全部复垦绿化，生态治理面积比开采面积多两倍。如今的矿区真可谓是生态绿色矿区，你看那群山吐翠，鸟儿低吟，那是满世界的绿。矿区环境绿化、硬化、美化可与大中城市媲美。无疑，矿区的生态绿化建设对于防止沙尘暴、减少水土流失和降低水灾隐患等周边环境保护有重大的作用，对于促进神东煤炭开发乃至西部大开发具有重要的战略意义。

　　在二十年的开发建设中，神东人在荒无人烟的大漠上构筑起了百里绿洲，成排成行的花草树木将矿区点缀得绿意盎然，构成了一幅美丽的生态绿色立体画。是的，大自然孕育了万物，生生不息；神东人播种了绿色，生机勃发。你看那绿色：春风吹来时，轻轻拂动着绿色的娇体，泛起幽幽绿光，那是青翠的绿，明丽的绿，绿得可人；在茫茫雨幕中，绿色舒展着身姿，尽情地沐浴着天雨的浇洒，雾雨笼罩了天地，而绿色坚强地挺立着，在天水一色中构成了巨大的帷幕，越发苍劲挺拔；在阳光下，绿色肆意地萌发着，忘情地娇纵着，勃发着浓浓的绿荫。这无疑显示了神东人热爱生活，勇于挑战，奉献社会的精神风貌。

　　神东人生活在如诗如画的绿色中，这绿色滋润着我们的心灵，使我们青春永驻的容颜绽放出灿烂的笑容。神东人是真诚的笑、会心的笑，神东人生活得真幸福。

　　绿色是春天的主色调，是极富有生机与活力的。神东矿区是我们绿色的家园，神东人充满了绿色的情怀，播撒着绿色的种子和希望，放飞着绚丽的青春和理想，走向更美好的明天。

感受神东

生活在神东矿区这片土地上的人们，对神东的感受是亲切而逼真的。作为神东人，与神东是命运的共同体，对神东更是情有独钟，感受颇多。

神东在初建之时就吸引了无数人从四面八方纷纷涌向神东矿区，在二十二年的开发建设中，神东在一个贫困积弱的不毛之地上迅速崛起。

二十二年来，神东人通过自身的努力，不断地发展壮大自己，同时为地方经济的发展和国家经济建设做出了巨大的贡献。作为神东人，我们感到非常荣幸和无比的自豪。我们生活在神东，工作在神东，每天都经历着神东的变化。

在地面上，矿区建设整体规划布局合理有序，生活区建筑群不断扩大，公共设施齐全。工业区高大的厂房拔地而起，从煤矿井口到储煤仓、装车站和洗煤厂有多条输煤封闭通道在高空中曲折迂回，气势恢宏，充满了现代化矿区气息。乌兰木伦河两岸高楼林立，大厦栉比，树木环绕，浓阴匝地，已形成了一座小城市的布局规模。

在井下，是煤炭生产的主战场。千米巷道平整清洁，井下大采高、加长工作面装备了双长排的长臂综采液压支架撑起了厚厚的煤层，综采机巨大的滚筒高速旋转着切割煤炭。煤炭直接由皮带运输机运往洗煤厂、储煤仓、装车站，通过监控系统将井下生产场面反映到地面集控室，实现了地面无煤炭，空中无煤尘，煤矿不见煤的清洁环境。具有国际领先水平的综合全自动化系统覆盖了矿区所有主业单位，现代化的生产技术为神东增添了无穷魅力。

1998年以来，神东煤炭产能平均每年实现千万吨跨越，年产量达到上亿吨，建成中国首个亿吨级矿区。原煤生产百万吨死亡率平均为0.031，产量和安全水平达到国内领先，世界一流。神东发展如此之快，我们深有感受。

我们感受于神华和神东先进的科学发展理念

神华在建矿之初就提出了高起点、高技术、高质量、高效率、高效益的"五高"方针。明确了生产规模化、技术与装备现代化、队伍专业化、管理手段信息化的"四化"模式。神华和神东高瞻远瞩，放眼世界，瞄准国际前沿水平，坚持落实科学发展观，以"开疆拓土、重整河山、做强做大、打造辉煌"为指针建设神华。努力打造"本质安全型、资源节约型、科技创新型、质量效益型、和谐发展型"的五型企业。这对于神东的发展具有重要的指导意义。

我们感受于神华和神东英明的战略决策

1985年6月，原华能精煤公司在筹建之时就实施了煤、电、路、巷一体化，产、运、销一条龙的战略，实现了以产定销，多产多销的目标；1998年8月，神华集团公司将下属的原神府和东胜两大公司合并为一个公司，整合了煤炭资源和人才资源，增强了经济实力和生产能力，避免重复建设，节约了大量的投资资金；2004年5月，神华和神东将原神东多经公司改制为现在的股份制民营企业——天隆集团公司，使改制后的神东天隆集团公司走上了快速发展之路。

我们感受于神东的科技领先

神东在建矿之时就坚持科技领先，引进吸收具有国际先进水平的技术和装备，突破传统模式。在国内首家实现了辅助运输无轨交轮化，首位采用地表箱式移动变电站，首创了辅巷多通道搬家倒面技术，首个建成井下综采自动化，井下所有工作点的有害气体都被监测系统进行数据监测，并极大地提高了生产能力和安全水平。通过自主创新，开发研制替代同类进口设备，加快国产化研发工作的进程，实现产业技术升级换代。截至2008年8月份，神东创造了61项中国企业新纪录，申请专利136项。神东公司突破了一项项记录，创造一个个奇迹，在中国煤炭行业发展史上率先走出了一条科技含量高、经济效益好、资源消耗低、环境污染少、人力资源得到充分发挥的型新工业化道路。

我们感受于神东广纳人才的胸襟

神东养育了神东人，神东是神东人生活的家园，成长的摇篮，发展的天地。神东每年在全国大专院校招收几百名大学生和研究生，培养了大批各类技术和管理人才，并为神华内部和周边地区输送了一部分人才，为神东的发展提供了人才保障。

我们感受于神东的矿工是最幸福的矿工

神东始终坚持以人为本的理念，实行人性化管理，努力打造最幸福的矿工工程。神东为矿工创造了优越的生活、工作环境和条件，矿工的工资、福利待遇逐步提高，特别是安全方面做得更好。各矿给矿工增设了临时休息场所，增加了免费桑拿等洗浴服务项目，为矿工提供了部分家政服务，还为矿工提供了医院、银行、火车站等相关优质服务。2008年7月底，公司又启动了营养餐，为矿工进行科学调配餐饮。发动全员职工为患重病的职工捐资治疗、救济困难职工等为职工排忧解难的事例不胜枚举。

　　感受神东，我们感到欣慰和自豪，神东煤业代表了中国煤炭先进生产力的发展要求，成为中国煤炭界的一面旗帜。感受神东，我们更加信心百倍，斗志昂扬，神东人以勇于创新和挑战的强劲之势，站在世界新技术、新成果的最前沿，赶超世界先进水平，争当世界煤业的领头雁。感受神东，我骄傲，我自豪，我们是神东人。神东人沿着宏伟的战略目标继续前进。

神东，今生与你有约

在我生命的冥冥之中，正当我四处奔走选择人生道路、寻找职业生涯的时候，我与神东不期而遇。神东接纳了我，我心中有说不出的喜悦与惬意。

神华神东，一个响亮的名字，震撼着陕蒙大地，一个特大型现代化煤炭能源基地已在陕西神木县的大柳塔和内蒙古伊金霍洛旗的乌兰木伦开发建设。

神东，你以博大的胸怀吸纳了来自全国各地的大批拓荒者，你解决了多少人的就业问题，锻造了多少莘莘学子成为行业精英。你成就了员工的事业，成就了员工的人生。我将自己的生命之树深深地植根于你的土壤中，当你为我生命提供养料的同时，让我回报你冬暖夏凉，春华秋实。

这么多年来，我们经历了多少风霜雨雪、人世沧桑，见证了神东巨变。在这大漠荒原上，我们这些拓荒人满怀着对新生活的美好向往，迸发出火焰般的激情，挥洒着亮丽的青春，战斗在广阔的神东土地上。我们的勤劳汗水，我们的苦乐年华，都付诸在神东的建设发展中。

当我们这些拓荒人在矿区盖起第一栋楼，建起第一座煤矿，产出第一车煤，建起第一座电厂、洗煤厂，修成第一条公路、铁路时的喜悦心情和激动场面，让我们心潮澎湃，欢呼跳跃。我们围坐在篝火边，喝着烈酒，唱着山曲儿，篝火映红了我们的脸庞，烈酒消除了我们的疲惫，山曲儿回荡在乌兰木伦河两岸。曾几何时，我们有过这样的喜悦，那往日的起早贪黑，风餐露宿，辛苦劳累的艰苦生活深深地埋藏在了我们的喜悦心情之中。我们不在乎什么艰辛与苦累，因为那艰苦创业的热忱早已显露在了我们的笑脸中。几万劳动大军的冲天干劲震撼了沉睡千年的大漠，那一栋栋高楼大厦拔地而起，遍立在乌兰木伦河两岸，在荒无人烟的大漠上建起了特大型现代化煤炭能源矿区。

神东是创造奇迹的地方，神东人敢走前人没有走过的路，敢于打破旧常规，改变旧有的生产模式，引进世界最先进的技术装备和生产工艺。在生产建设中，滋生出了一项项的技术发明、一次次的专利申请、一个个的奇迹诞生，在国内首建井下综采自动化，首建千万吨矿井群和亿吨级矿区，进行了以科技创新为核心的全面创新。神东人不仅创造了煤炭神东、科技神东，还创造了环保神东、绿色神东、人文神东，成为了中国的第四代煤都。神东人干出了惊天动地的大事业。神东辉煌了一个时代、一个世纪，才使我们的生命盛开如花，鲜艳而妩媚，使我们的青春燃烧似火，热烈而壮美。

我们为此而骄傲、自豪。我们是一个团队，一个群体，坚如磐石。我们的力量如同高山般的厚重，如同大海般的雄浑，是一支战无不胜的团队。

在这个团队中，作为个体的我们，生活在神东这个大环境中，将个人的成长融入公司的发展中。我们与公司同成长，共命运。当然，我们每个人的情况不同，比如，受教育程度、所学专业、工作经历、社会背景、家庭状况、朋友圈、个人爱好等等。同在一个环境中，有的人飞黄腾达，有的人原地不动，有的人不进则退，人生就是这样。当然，成功的因素有很多，我们不否定成功者的能力，也不排除人情关系给有志者带来的不公。虽然同为一个平台，却有着两种不同的际遇，是命运的不公。还是能力的偏差。当然，在神东这个大舞台上，我们每个人所扮演的角色不同，分工有别。我们尚不探讨这些问题。我们每天面对的是白天黑夜、一日三餐，面对的是工作、是家庭。我们有着普通人的血肉之躯、七情六欲和多愁善感。我们体会到了人情冷漠、世态炎凉。我们经历过成功失败、悲欢离合、情仇爱恨，不管成功也好，失败也罢，钱多钱少都要生存，都要微笑着面对生活，都要保持良好的心态迎接着新一天的到来，都要以自己的生存方式诠释生命的意义。我们始终要保持着乐观的、积极向上的生活态度，迎接着"莫道桑榆晚，为霞尚满天"。

　　神东，我与你相伴前行，我们构成了生命的共同体，一同走过大漠孤烟的荒凉，一同播种大地葱茏的景色。我们一起哭，一起笑，一起去探寻春天里的最好景色。在春天里，我变得明朗豁达，心怀感恩，一是要感谢养育我的父母，同时也要感谢你——神东。我沐浴了你的雨露阳光，因为你之于我的意义，是非常的重要，有了你，才有了我生命的山高水长，小桥流水。

　　神东，我与你翩翩起舞，在时代的乐章里，与你一同创造美好的明天。人生的路有时候是顺风顺水的，前面有美丽的景致等着你去观赏；有时候是坎坷不平的，时常遇到艰难与险阻的，甚至会让你跌入深谷。市场经济同样如此，变化莫测。神东面对的是国内和国际两个市场的竞争，虽然在竞争中一路领先，但是，巨变后的神东还将面对着一个全新的有待于创造的未来。那么，神东，让我们踏着时代的节拍，与你一同共创美好未来，让你的生命始终呈现出最佳状态，永葆青春魅力，永续辉煌盛世。

　　神东，今生赴你的相约让我迟迟不肯离去，不管前面的路途有多遥远，我会伴你永走天涯！

骆驼酒业产业园之行随笔
——赴骆驼酒业九峰山生态文化产业园采风感怀

阳春四月,春暖花开,万物复苏,大地一派春的景象,万物已经蓄满了生长的力量,原野上涌动着绿色。春天呀,露出了微微笑容,带着温情暖意,穿越时空,如约而至,给大地带来了生机和希望。

四月的一天,我应东胜文联邀请,赴包头市土默特右旗骆驼酒业九峰山生态文化产业园采风。本次活动由东胜区文联、中国西部散文学会和东胜区酒文化协会主办。应邀参加的单位有东胜区文联各协会、鄂尔多斯报社和达旗报社等文化新闻单位。产业园背靠大青山,南邻黄河岸,东距呼市90公里,西离包头60公里,地理位置十分优越。产业园占地1400亩,其中酿酒产业园200亩,生态文化园1200亩,2016年初建完成。

我们一行来到了规模宏大的该产业园,公司负责人给我们介绍了公司概况,我们才知道骆驼酒业公司有着非凡的历史。内蒙古骆驼酒业集团股份有限公司原名为包头酒厂,创建于1951年7月,通过艰苦创业,奋力拼搏,一路风雨兼程。经过几个阶段的创业,创新始终作为骆驼酒业发展的不竭动力,改革作为企业做大做强的有力抓手。公司重视科学，尊重人才，吸引客户，创出名牌。公司领导具有前瞻性的战略眼光，于1986年在大青山段九峰山下建立了骆驼酒业公司。大青山横亘在包头与呼市之间，百里苍山，峰峦叠嶂，而九峰山以其独特的峰姿耸立在千峰百障中。九峰山错落有致，挺拔俊秀，蔚为壮观。山脚下土地辽阔，交通便捷，更为重要的是公司利用九峰山优质的天然清泉流水制作白酒。公司能够顺应时代发展潮流，于1999年，由国营包头酒厂改制为民营的内蒙古骆驼酒业股份有限公司。2003年，刘源出任公司董事长，在他的带领下，携班子成员和全体员工，艰苦创业，开拓进取，一路前行，迅速发展壮大企业，总资产已达到20多亿元，年销售收入近8亿元，十年时间增长了十倍。

　　当我们一行人漫步在产业园里，迷人的景色吸引了我们，你看那一树树杏花开满枝头，那白色的花朵恣意开放，鲜艳夺目，成了亮丽的风景；有的树种生长出了嫩绿的叶芽，伸展着娇嫩的身躯，远处看，泛出的绿色就像罩上了一层轻丝薄纱；有的树种也抖起了精神，抬头挺胸，准备换上绿色的时装。绿化带里，一片片、一簇簇小草在树的下面舒展着嫩绿的叶片，长得悠闲自在，在阳光下闪闪发光。园区内阡陌纵横，景观连连，有人工湖、音乐广场、水上高尔夫球练习场、鲜果采摘区、野炊烧烤区、垂钓区、游船、小型卡丁车赛道、文化群雕、会务中心、赛马场、温泉度假中心等。建筑、设施，绿树、花卉、草坪环绕其间，我们不仅浏览了园区美景，也领略了企业的风采。这些建筑和设施具有行业特色，凸现出了企业文化和酒文化融为一体的绚丽多彩，彰显了时代特色和人文精神。其实我认为企业环境就是企业文化的一种象征，它体现了企业文化的个性特征。没有良好的企业环境，就不可能有良好的企业形象，优美的环境所展现出的企业良好形象，闪耀着企业的先进理念、先进文化、丰富的内涵以及企业家的智慧、才华和个人魅力。园区可实现旅游休闲度假、餐饮商务接待、文化娱乐演出和窖藏酒品售卖等业务收入。截至目前，该产业园区是全国同行业中规模最大的文化产业园区，是内蒙古酿酒行业里唯一一家具有生产能力，并且生态环境被评为的4A级旅游景区的产业园。

我们来到了生产厂区，从远处扑鼻而来的是一股股醇香的酒糟子味。我们参观了多微制酒车间、储备车间、大曲酒车间、普白酒车间、大曲车间、新包装中心。每个车间都很宽敞，机器设备都在运转，工人们在机器旁精工细作、有条不紊地操作着、忙碌着。他们按照高标准、精细化、零缺陷的质量要求，在所有环节中全过程地控制产品质量。我看到员工们默默无闻地劳动着，他们专注于酒的生产、制作，是那样的埋头苦干，那样的精益求精。他们操作着先进的生产设备，掌握着先进的生产工艺和生产技术，他们是光荣的劳动者。他们用玉米、高粱、豌豆、糜子、小麦等农产品制造出了美味白酒。他们自豪地称作自己是骆驼人。

自改制以来，公司传承了原包头酒厂先进文化理念的同时，也经受了改革的洗礼，他们向着更高的目标迈进。在新的征程上，他们要排除前进道路上的一切障碍，进行彻底的自我革新。他们进行了体制创新、管理创新、技术创新、文化创新和环境创新等一系列的创新，使创新成为了企业的价值观和方法论，从而使企业异军突起，跨越式向前发展。

我们来到了成品车间，一坛坛陈酒摆放满地。车间的后台中央是品鉴酒品的地方，我们一行人来到这里频频举杯，细细品尝，通过看色、闻香和尝味来鉴赏，这是正宗的五谷纯粮酿酒。香型酒有清香型和芝麻香型两大类，有高度和中度酒。根据市场销售量，他们适时地进行产品结构调整，不断地研发新产品。品种有金骆驼富硒、包头魂、清芝坊、封坛原浆、青花瓶、景泰蓝、中国魂等。酒厂年产优质白酒3万吨，品种之多，产量之丰，可谓酒的王国。酒作为一种特殊的饮品，在人类交往中占有重要的地位，所滋生出的酒文化可谓内涵丰富，历史悠久，源远流长。据考证，在甲骨文时期就有了关于酒的记载。国人饮酒早已摆脱了单纯的食用价值，凝结了人类物质生产与精神创作，上升为一种饮食文化，渗透到了人类社会生活中的各个领域。

骆驼酒名称的来历，有其特有的历史典故，据《三国志》记载：吕布乃五原郡九原人也。相传吕布从青少年时期就喜欢饮酒，只饮九峰山泉水酿造出来的酒。他经常调换地方驻军，后来调到洛阳驻防后，仍然用骆驼从九峰山下运酒到洛阳。于是人们习惯称包头酒为骆驼酒，又因吕布用金樽喝酒，所以又称之为金骆驼酒。还有太上老君为众仙用右手指向人间大青山段的九峰山所流淌出的泉水作为美酒的故事传说。这深厚的历史根源与现代的酿酒技术使骆驼酒在中国的白酒行业里独树一帜，骆驼酒的品牌越来越响亮了。骆驼酒业已发展成为以九峰山生态酿酒为主，集商铺投资、彩印包装、玻璃制品、三星级金骆驼酒店、生物科技饲料、健康饮用水生产、生态文化产业园为一体的多业并举的集团化公司。

在回来的路上，沿途所看到的春天景色不正是骆驼人意气风发，斗志昂扬，开拓奋进的象征吗？那山峦叠翠、碧水传情、柳枝婀娜、花儿吐艳的四月天不正是骆驼酒业事业蒸蒸日上、充满勃勃生机和无限创造力的真实写照吗？骆驼酒业，你是人间的四月天，你走进了春天，拥抱了大自然，你承载着岁月的沧桑，为大地绘就了一幅美丽的画卷。你创造出了中国品牌，为社会做出了贡献，并荣膺了多项国家级和省、市级的公司和个人荣誉。你将美好的夙愿装入行囊，目光瞄准了世界酒业的精品行列。凭着你干大事业的胆略和气魄以及对事业的执着追求，我们相信你如四月天的情怀，能够实现你美丽的梦想，呈现出生命的精彩。祝愿你：骆驼酒业心想事成，前程似锦！

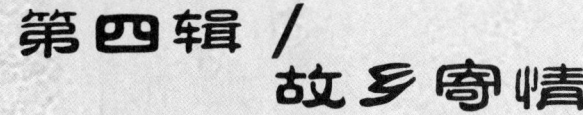

第四辑／故乡寄情

一路景色

我经常是从矿区坐车回东胜,一路所见之景有着日新月异的变化,虽然多次领略,却时感新鲜。徜徉在这美丽的鄂尔多斯自然和人文怀抱中,使我感到几分欣慰,几分豪情。这一路景色给我带来了快慰,也带来了沉思。

从大柳塔坐车,阿大线行驶,绕道阿镇、康巴什到东胜。阿大线是近两三年修筑的新公路干线,是一级公路,道路宽阔,上下双行道。双行道中间有花草树木分隔,单行道上分设两条直行道和一条停车道。公路两侧固有铁栏杆,有水渠和护路石堤,并固有铁丝网,基本属于封闭式的。沿路两旁树木挺立,连绵不断,四周是起伏不平的各种植被,每到春暖花开时绿色覆盖了大地,一片郁郁葱葱,碧绿万顷。坐在车中目视前方,扑面而来的是现代化气息。公路沿线有村庄、矿山、工厂,在阿镇附近有神东天隆正在投资兴建的鄂尔多斯飞机场和规模较大的工业园区。穿过包茂公路便看到路标上标有60的限速,一会儿就有监控测速器,凡是车到了这段路都要按规定限速行驶,监控测速器一直延伸到临近东胜。阿镇是伊金霍洛旗旗政府所在地,阿镇近几年建设速度相当快,城内建筑群星罗棋布,鳞次栉比,街道宽敞,卫生清洁。进入阿镇城路口,向东转行驶六公里便到了康巴什。康巴什是前两三年开始规划建设的,伊克昭盟撤盟设市后鄂尔多斯市委市政府迁移到了康巴什。市政建设规划是面向现代化、面向未来的，城市基础设施建设具备相当规模。建筑群初具雏形，三幢市委市政府办公大楼巍然耸立，宽阔的广场建起了类似公园式的景观。广场外边其他不知名的一排排、一行行的建筑物四处可见，有的建筑物造型美观，设计别具一格。道路宽阔，纵横交错，一杆杆路灯对峙而立，依路延伸，十分好看。这里环境绿化、硬化、美化十分优美，空气纯净，没有污染，显得有几分宁静，却充满了生机与活力。这里是招商引资的好地方，是最好的居住地。这里的环境和发展前景都让人十分看好。这里是我理想中的宜居城市，能让我身置仙境，心存梦想，感受到春天在我心间永驻，生活永远不会枯燥。我四处张望，十分眷恋这个地方，身随车走，心由景移。我在想，我们不仅仅是行驶在宽阔的马路上，而是行驶在社会主义的康庄大道上，生活在这个时代的人们就是生活在幸福的摇篮里。我们是人生的幸运儿，赶上了改革开放的好年代。不知不觉中到了东胜，也到了我的家。东胜是原伊克昭盟政府所在地，是伊克昭盟政治、经济、文化的中心，真正的发展建设是从八十年代开始的，在二十余年的发展变化中一跃成为全国文明小城市。全国文明小城市会议曾经在东胜召开过。撤盟设市后，东胜市建制为东胜区，今天的东胜今非昔比，比起九零年初到东胜几乎看不见它的原貌。

我在鄂尔多斯生活了十余年，亲眼看见和见证了鄂尔多斯的巨大变化，使我由衷地热爱这片土地，热爱这片土地上辛勤劳动的人民。

美丽的鄂尔多斯，这里长眠着一代天骄成吉思汗，这里留下了英雄走过的足迹，这里储藏着丰富的煤炭和天然气资源，这里人杰地灵、物华天宝。

美丽的鄂尔多斯，如今发生了巨大的变化，是因为有中国特色的社会主义好制度。在党的英明领导下，鄂尔多斯人民坚定走改革开放的社会主义道路，发奋图强，开拓创新，艰苦创业，将鄂尔多斯建设的如此美丽富饶。在实际工作中，我们应当努力工作，钻研业务，提高自我，以优异的成绩回报社会，为我们的家乡建设添砖加瓦，让我们一路走来一路高歌。

故乡，在我心中

　　多少次地梦回老家，在梦里寻觅着家乡的山山峁峁、村舍院落、柳树桃花……我常常梦见老家是出于我对家乡的思念之情，虽然家乡偏僻落后，可始终没有减弱我对家乡执着的情感，因为家乡是我扎根的地方。树木没有根的深厚，怎能葱茏翠绿呢；我们没有家乡的养育，怎能成长到现在。

　　我的家乡贺甫坬、张田地坐落在陕北高原上，群山连绵，沟壑纵横，出门只能徒步行走。我在家乡住了八年多，八岁时全家随同父亲到本县一个很远的地方居住了八年，十六岁冬天全家又迁回到了老家。八十年代，我家的生活条件在农村还不错，尽管如此，我还是想离开农村，离开家乡。因为家乡很落后，信息闭塞，交通不便，生活环境艰苦。那时候，家乡人基本上还过着原始的生活。我在外边上学，只有暑假和寒假时才回家小住一段时间。后来，我们全家人住进了县城。

　　我于1992年回过老家，往后已有十余年没有回了。去年回老家到一个亲戚家办丧事，然后赶往我家。因一条小河挡住了去路，离家只有四、五里地，我没能回成家，深感遗憾。凡是我途经过的地方，看到家乡的山，家乡的水，家乡的一切都让我感到很亲切，是值得我留恋和回忆的地方。

　　想起我的童年，依稀记得我与村里的孩子们在田间地头、村舍院落玩耍时的情景，还有母亲教我识字的情景，还有看戏、看闹秧歌的情景，还有我上学回家走路的情景等等，都像一个个有生命的音符，跳跃在我记忆的脑海中。其实我的家乡并不美，这里的景色夏季是绿莹莹的庄稼，冬季是光秃秃的山梁，哪里有别致秀美的一线风景，是典型的黄土高坡风情。有的是陕北土窑洞，山疙梁梁的黄土地，庄稼汉唱的信天游，牧人的叫羊声，还有农民赶着毛驴驮东西等等的生活情景，这些都是家乡人生活的特征。我的家乡虽然贫穷，但我对家乡怀着深深的眷恋，有着挥不去的殷殷情思。因为故乡是我的根，积淀了我童年和青年时期的美好时光。我看到家乡也发生了变化，村里人都住上了新窑洞，村村通上了柏油路，放开了公共车。其实这些变化发生在上世纪九十年代，包括通了电和电话、供自来水。现在，家家都有摩托车，有的有三轮车、农用车等等。家乡人的生活条件从根本上得到了改善，都过上了吃穿无忧的生活。九年义务教育、农村减免税费政策减轻了农民的负担。农村人也实行了医疗保险和养老保险，能病有所医，老有所养。党的惠农政策进一步调动了农民的生产积极性。农村人是非常勤劳的，只要能赚来钱他们什么苦都能吃得了。为了脱贫致富，部分村民离开家乡在外打工，有的住进了县城，有的在外买地置房。他们都有自己的生意，在城里买车购房的人也不少。他们勤劳致富的精神是令人钦佩的，虽然他们没有多少文化，没有多大的理想，但他们有勤劳的双手，有创业的热忱，有遵纪守法的意识，在广阔的社会中发挥着自己的聪明才智。家乡人勤劳、善良、淳朴、厚道、待人热情、互帮互助等为人处事的风格以及纯正的民风都能给人留下了美好的印象。

故乡啊，我魂牵梦绕的地方。等我抽开时间一定会回去凝视你全部的容颜，倾听你对故乡游子的呢喃声。我会温情在你高原般宽厚的怀抱中，我会沐浴在你皎洁明澈的月光中，我会呼吸你新鲜的空气，我会饮一杯清甜的泉水，我会掬一把芳香的泥土，我会和我的乡亲叙旧情、谈家长里短，我会读懂你全部的心声。

故乡啊故乡，虽然我们天各一方，可是我对故乡有一种天然的、亲近的情感。远在他乡的我不常回到故乡，但是，洒落在故乡里的往事让我难以忘怀。故乡，永远在我心中。

故乡寄情

我的故乡坐落在陕北高原上，地处千山万壑之中，是很不起眼的普通乡村，既无奇山秀水的绮丽风景，也不具有历史意义的人文景观。但是作为故乡的游子，我对这片生我养我的土地，却有着深厚的感情。

每当我踏上故乡的土地，我的感情如潮水般地涌向心头。多么熟悉的山形，群山逶迤，四周绵亘，放眼望去，能知道四周邻村的位置。村在山中，山中有户，仔细端详这些山山卯卯，沟沟岔岔，村庄院落，感到非常的亲切。故乡的这片土地曾经留下了我的足迹。我童年的稚气、阳光心灵、天真活泼，在懵懂之中走向少年，在校园里留下了我朗朗的读书声，在回家的路上留下了我和同学们说笑嬉戏的身影，也留下了我在田间地头挥动着劳动工具进行春播秋收的场景。这片土地上演绎过我人生的春夏秋冬，曾经放飞过我的青春梦想，也是我为了追求美好的未来离开的这片故土。

我出生在老家贺甫坬的一个大院里，院里住有几户人家，大院下面就是小学学校。大院有些拥挤，我出生的当年爷爷和父亲便在邻村张田地开挖了六孔土窑洞，我们就迁住在张田地，与原来的大院隔一道大沟，我的父母亲和叔父也是在这所学校上的小学。老人们说，贺甫圿有一条龙山，龙下到沟里喝水，南蛮子在龙头上修了一座老爷庙，在龙尾上修了一座龙王庙，在龙脖子中开凿了一个洞，于是破了风水。贺甫圿村地处三条沟（有流水）的交叉处，老人们说这是好风水，是藏龙卧虎之地。这个村很早以前出过几个高官（县志里有记载）和富翁，其实真正的原因是贺甫圿村早在1903年就建起了学校，在过去哪里有学校，哪里就出人才。在改革开放之后，贺甫圿也是人才辈出，能考上大学和研究生的学子不在少数。有的人在县城省城里工作，有的人还身居一官半职，后来也有成长起来的几位大富翁。这个村从前出现过老虎，叫卧虎圿。这个说法是否真实，无法考证。但是从贺甫圿的地形来看，记得我在十几岁的时候，经常从贺甫圿往家里（张田地）走，走到上坡，转身回望对面的山，有一条细长蜿蜒的山，从山上到沟底的走势确实像一条龙的形状，形象逼真，栩栩如生，还能看到山上山下各有一座庙，还能看到学校的侧边有一个洞，甚至能清晰地看到我家以前的住宅。对面的山岭、窑洞、树木、土路、流水构成了一幅乡村图景，将贺甫圿的全貌一览无余。

故乡的山啊，是我心中淳朴的净土，这里没有城市的喧嚣，没有激烈的竞争，没有环境污染，有的是原生态的自然风貌和淳朴的民风，是一块待开发的处女地。山谷的巍峨、粗犷、厚重，沟壑的空旷、幽深、蜿蜒是我心中靓丽的风景线。在这里延续了一代又一代人，不难想象，我的祖先们在这山沟里生活的原始、艰难，后代是理解他们的苦难的。今年清明节，我回老家扫墓，故乡的游子们也纷纷开着车回来扫墓。祭祖节难得将游子们聚集在一起，我们一起畅谈，一起喝酒，将浓重的乡情寄托在酒中，浓郁的酒味飘洒在故乡的上空。

山是营造乡民生活的源泉，乡民们是以山为背景展开了生活画卷。随着四季的更替，乡民们匍匐在山地里进行春耕、夏锄、秋收。乡村夏季的生活更美好，到处是郁郁葱葱、碧绿万顷的庄稼和树木，山绿水清，大地是一片翠绿繁茂的景象。记得我家大院（张田地）有十几颗高大的白杨树，给宽阔平展的院落增添了几分姿色。尤其是在夏天，在皎洁的月光下，听到风吹树叶的挚挚声，那是多好的夜晚。暑假里，我们一家人在院子里吃饭、聊天，在月光的沐浴下，我感到乡村生活的美好，我的心境也如月光般明亮。这种美好的感受是无法用语言表述的，如果有悠扬的音乐伴奏，我感到这是醉人的时光。晚上睡觉时，月光倾洒到窑洞里，我的心里美滋滋的。我挽留不住时光的流逝，但是对故乡美好的记忆是温馨的，赏心悦目的。东胜也有我的老乡，每当我见到他们，他们就跟我说家乡的人、家乡的事，从他们的言谈中可以看出他们对故乡怀着深深的爱。

　　故乡啊，离别的游子身在他乡，心怀故里。故乡徜徉在山的怀抱里，我迷恋于山的高大、雄浑、寥廓，我每每以山立志，塑造高山一样的我，因为山是缔造我生命的源泉，是我生命的绝唱。故乡啊，我心中的圣地，站在故乡寥廓的土地上，大地与蓝天遥相辉映，山谷与沟壑比比相连，这是一个多么壮阔的世界，值得留恋的时空，让我永远陶醉在对故乡的思念中。

美丽的鄂尔多斯

　　晨曦,鄂尔多斯高原的晨曦,阳光明媚,蓝天清澈,空气清爽,充溢着朝气、新生与希望,新的一天开始了……

　　走进鄂尔多斯高原,就像走进晨曦美好的时光中,高原的雄浑、苍茫、肥美、富饶与美好时光的交织,形成了和谐、美丽、宜人的景色。经过改革开放,鄂尔多斯活力四射,生机无限,经济迅速崛起,跃进全国前列。她像沙漠中的明珠,像草地上的参天大树,像荒野中的独处美景,耀眼夺目,光辉灿烂。

　　鄂尔多斯镶嵌在内蒙古的西南部,南临古长城,东、北、西环绕在黄河以内,并与晋、陕、宁三省区毗邻,北与自治区首府呼和浩特市和"草原钢城"包头市隔河相望,构成内蒙古的"金三角"地带。人们想象中的内蒙古是"天苍苍,野茫茫,风吹草低见牛羊"的大草原,是以畜牧业为主要经济来源的游牧民族,经济落后。其实鄂尔多斯不仅有草原(位于西部高原),还有丘陵山区、毛乌素沙地和库布其沙漠、黄河冲积平原。

　　鄂尔多斯除过丘陵山区(约占总面积的18.91%)外,其他地方地势较为平缓,她不像陕北高原的千山万壑,而是开阔坦荡的波状地形。鄂尔多斯市下辖七个旗、两个区,近年来发展变化巨大,尤其是东胜区、康巴什区和伊旗城镇建设可谓日新月异。东胜区的旧楼房全部进行了翻新，几乎看不到它的原貌，并向四周进行了扩展。现在所能看到的是成片成片的高楼大厦，一栋栋摩天大楼拔地而起，鳞次栉比，气势恢宏，琼楼玉宇，美不胜收，如同大自然中的原始森林。那参天大树的风姿，千姿百态，形状不同。现代化的建筑风格，布局合理，设计新颖，技术先进，市容市貌的美化亮化令人耳目一新。特别是康巴什新区翻天覆地的变化真是令人难以想象，几年间，出人意料地从荒漠中矗立起了一座城市，好似突然从天而降。新区总体规划由清华大学城市规划设计院设计，城市建设风格独特，人文厚重、低碳环保、生态绿色，重要建筑和标志性建筑体现出了民族文化、资源特色和草原风貌，也体现出了鄂尔多斯走的是一条产业先进、科技创新、高端发展之路。如果你坐在车上观看康巴什新区的市容市貌，确实是亮丽一新，宛如天仙美女，美丽动人。如此浩大的工程、惊人的速度和蜚声全国、世界领先的建设成就，不正是当年建设深圳的速度吗？是第二深圳！不禁会使人想到鄂尔多斯的政府高官具有战略家的胸怀，用大视野、大气魄、大手笔来建设这座城市。伊旗、东胜区、康巴什区境内的交通网络四通八达，公路主干线都是高速路，有六车道、十车道。道路两旁路灯挺立，树木丛生，绿化得十分优美。鄂尔多斯所属旗、区整体发展都很快，其他七个旗也各有亮点，都有工业园区、主体产业、特色产业和优秀企业，城镇建设步伐快，人民生活水平显著提高。城乡居民都有房居住，享受较高水准的养老保险和医疗保险待遇。低收入群享有城市、农村居民最低生活保障金。

　　草原是鄂尔多斯的靓景之一，主要分布在鄂托克旗、鄂托克前旗、杭锦旗和伊金霍洛旗。草原的风景是美丽的，每到夏季，茫茫的大草原苍翠欲滴，碧绿千里，一望无垠。当你策马驰骋在草原上时，不远处可以看见千百成群的肥壮牛羊。牛羊正在忙碌地吃着牧草，毛色发亮，被碧绿的草原衬托得十分显眼。黄牛、白马、白羊、黑羊在太阳的照射下，像绣在绿色缎面上的彩色图案一样美丽。草原上还有盛开着的各种各样的野花，沐浴着阳光，相互争奇斗艳。在这如花似景的大草原上盛产着阿巴斯白山羊，阿巴斯白山羊被当地牧民们称为草原上的"明珠"，能给牧民带来经济收益。鄂尔多斯投资集团公司生产的"温暖全世界"的鄂尔多斯品牌服饰就是从这里走向了世界，远销世界30多个国家。鄂尔多斯是生产羊毛羊绒原料及制成品的基地之一。羊毛羊绒产量约占全国的四分之一；羊绒制品产量约占全国的三分之一、世界的四分之一，已经成为中国的绒城，世界的羊绒产业中心。

有了草原便滋生出了草原民歌。鄂尔多斯民歌是内蒙古民歌的发祥地，在中国的民歌殿堂里占有一席之地。民歌在自然而美妙的旋律中显示出丰厚淳朴的民俗文化和民族风情。鄂尔多斯民歌浩如烟海，内容丰富，体裁多样，精品荟萃，在晋、陕、蒙等地区广为传唱。

鄂尔多斯多姿多彩，漫漫黄沙的库布齐沙漠横亘在鄂尔多斯黄河南岸，横跨杭锦旗、达拉特旗和准格尔旗，长400公里，占鄂尔多斯总面积的19.17%，是中国第六大沙漠，世界第九大沙漠。黄河流到内蒙古形成一张拉满的弓，而库布齐沙漠却像一根弓上的玄，因此，蒙语叫作库布齐（即"弓玄"之意）。这根玄逐渐由黄变绿。站在浩瀚的沙漠上，极目远眺，海海漫漫的黄沙呈均匀的波浪起伏状，向远处的地平线涌去，广阔无垠。有的沙丘如小山、宝塔、石峰，聚居在一起，每一座沙丘都有其独特的雄姿和流传着它动人的故事。

库布齐沙漠不仅有诱人的景色，还充满着神奇的色彩，每当晴天丽日，只要沙粒在干燥的情况下受到撞击，或用力移动它的位置，或在沙丘上行走，沙子就会发出"嗡、嗡、嗡"声，闷声闷气，像雷声一样发出震耳欲聋的声响。这种沙子叫鸣沙，由于其独特的魅力，吸引了无数游客前去探奇旅游。

沙漠虽然有其独特的形态和魅力，是无污染的一方净土，却是祸患地球、遭殃人类的自然灾害的顽疾。鄂尔多斯人饱受库布齐沙漠风沙的侵袭之苦，造成了水土流失，农田被沙子淹埋，庄家被狂风吞噬，沙子刮进了黄河，土地沙漠化日益严重，使牧人丢弃了草场，农民舍弃了家园。鄂尔多斯人几十年来与风沙抗争，磨炼出了改造自然的坚定意志和大无畏的勇气，坚持科学防沙、治沙、经营沙漠的理念，从中涌现出了为大地播种绿色的时代翘楚。亿利资源集团公司由防沙治沙的植树造林到建成百万亩的中草药材基地。东达蒙古王集团公司开发利用沙漠，在沙漠中种植了沙柳、紫花苜蓿、沙打旺等植物，形成了百万亩的种、养殖基地及沙柳造纸厂。鄂尔多斯以企业为主体的产业化治沙富民模式拉动了地方经济发展，使农牧民得到了增收，实现了人与自然和谐相处、和谐发展。

追寻鄂尔多斯千年、亿年的历史痕迹，自然界通过几十亿年的海陆更替、沧海桑田的巨大地质变迁，使地下埋葬了积累多年的不计其数的植物，形成了地下拥有储量丰厚的矿产资源。经过风成、水成的黄土堆积和风成的沙漠层，才逐渐形成了现代鄂尔多斯高原的特有地貌。

经勘探，目前鄂尔多斯已经发现的具有工业开采价值的重要矿产资源有12类35种。煤炭储量1676亿多吨，约占全国总储量的1/6；已探明天然气储量约8788亿立方米，占全国三分之一；鄂尔多斯约80%的地下含有煤炭，约50%的地下含有天然气。高岭土储量65亿吨；天然碱、石膏储量占全国第三；方沸石矿、芒硝矿属世界级特大型矿。此外，还有油页岩、石英岩等多种资源。

煤炭是鄂尔多斯的主导产业，有许多煤炭企业在鄂尔多斯的大开发中应运而生。值得一提的是神华神东煤炭集团公司：神东矿区分布在陕西的神木和府谷县、鄂尔多斯的伊金霍洛旗和东胜区，被誉为第四代煤都，煤炭储量、产量和技术装备占全国第一，世界一流。公司实施了矿、电、路、港一体化的战略，引进世界最先进的技术装备，井下实行多个岗位无人值守，真正实现了无人采煤，创建了亿吨级矿区。神东始终站在世界新技术、新成果的最前沿，举起了中国煤炭工业的帅旗，一路引领向前发展。

鄂尔多斯乃至全国的煤炭企业都纷纷学习和效仿神东煤炭集团公司的先进技术和先进管理。在鄂尔多斯的开发和建设中迅速成长起来了不少的各行各业的优秀企业。

20上世纪90年代，中国北方联合电力公司在鄂尔多斯达拉特旗建起了亚洲装机总容量最大的火力发电厂，2000年之后还在继续扩建。

2004年，神华集团内蒙古煤制油直接液化项目落户在鄂尔多斯伊金霍洛旗，建设总规模为年产油500余万吨，分两期建设，是世界上最大的煤直接液化项目，一期工程于2008年底产出合格油品。

乌审旗境内的世界级特大型气田——苏里格、乌审、长庆、大牛地四个超千亿立方米的大气田，总储量近万亿立方米，是中国目前陆上最大的整装气田。中石油长庆油田公司和中石化华北分公司进行开发建设。

饱经沧桑的鄂尔多斯曾经是中原和匈奴争夺的地区之一。早在秦朝时期，匈奴十分强悍，经常率军攻打秦王朝的北部边境（鄂尔多斯地区），秦始皇派蒙恬率领三十万大军打败了匈奴。为了抵御匈奴，秦始皇动用几十万役民连接了万里长城和修筑了绵延数千里的秦直道（东胜建起了秦直道博物馆）。到了汉朝时期，鄂尔多斯地区成为匈奴经常侵扰、掠夺与占领之地。汉王朝为了缓解与匈奴的对峙、敌视关系，将汉室之女嫁给单于，与匈奴通婚和亲，邻睦友好，每年馈赠给匈奴大批丝绸、粮食等物资。昭君出塞和亲便是这一历史的产物。到了汉武帝统治的中期，汉王朝彻底打败了匈奴，扭转了局势，出现了长时期的边境安宁。

到了宋代，鄂尔多斯地区又成为中原汉族与北方游牧民族相互攻夺的地区。

每个朝代更替期间，也就是金戈铁马、刀光剑影、群雄逐鹿的年代，鄂尔多斯都要经历战争的洗礼，出现杀戮、掠夺、血腥和恐怖的场景。战争也成就了一代天骄成吉思汗，他的征战从鄂尔多斯走出国门，向四面扩展。他率领的数十万铁骑如海潮般汹涌澎湃地驰骋在欧亚大陆，征战了不少国家和地区，建立了元朝帝国，开拓了中国最大的疆土。因此，成吉思汗不仅是蒙古人的骄傲，也是中国人的骄傲。

鄂尔多斯曾经贫穷落后过，多少年来苦苦地挣扎在贫困之中，通过改革开放，释放出了巨大的竞争活力。鄂尔多斯依托资源富集优势，乘着西部大开发的东风，以快速的发展速度和优质的发展水平着力打造高科技、高效益、节能、环保的大型能源企业，形成产业链，提高附加值。建设绿色城市，将鄂尔多斯打造成美丽的城市。据新闻媒体报道过，2007年鄂尔多斯市在全国200个城市中经济竞争发展力超过上海、北京等城市，位居第一。2008年，人均GDP全国城市前40名中，鄂尔多斯排第一。近几年来，鄂尔多斯经济发展均以20%以上的速度发展。在国家统计局的测评结果中，鄂尔多斯市综合经济实力跻身全国百强市第28位。

鄂尔多斯曾经是成吉思汗的垂爱之地，也是他的长眠之地，在历史上也是最壮丽的高原，而今成吉思汗的历史光环依然为鄂尔多斯高原增添亮色。在英雄走过的土地上，鄂尔多斯人迈着矫健的步伐，沿着改革开放的路线，在祖国的大地上踏响了震天响的经济发展强音，交汇成走向美好、走向富饶、走向辉煌灿烂的明天的歌谣，在实现中国梦的伟大进程中鄂尔多斯人以高昂的精神谱写着动人的时代交响曲。

品读鄂尔多斯

鄂尔多斯这块土地承载着太多的厚重历史，随着岁月的流逝，历史的变迁，鄂尔多斯已褪去了古老和落后，脱胎换骨为现代文明城市。今天的鄂尔多斯今非昔比，已打造成为富饶、绿色、美丽的鄂尔多斯，是一个具有知名度的城市，曾经被评为全国文明小城市。

鄂尔多斯是从远古洪荒中走来，从几亿年前的古陆地质交替巨变的漫长历史到人类历史的发展，是一个巨大的历史跨越。从原始社会的三万五千年前的"河套人"在萨拉乌苏河流域创建的"河套文化"到"印韶文化""龙山文化""鄂尔多斯青铜文化"以及原始社会晚期至奴隶社会的夏、商时期的"朱开沟文化"，悠久的历史积淀在这块古老而神奇的土地上，遗留下了没有文字记载的远古年代的历史痕迹。

鄂尔多斯位于内蒙古的西南部，在九曲黄河"几"字形上弯弯曲曲流经鄂托克旗、杭锦旗、达拉特旗、准格尔旗，毗邻晋、陕、宁三省区。鄂尔多斯依偎在黄河的怀抱里，总占地面积87428平方公里，有波状高原、毛乌素沙地、库布齐沙漠、丘陵、平原五类地貌。

在秦汉之前，鄂尔多斯曾居住过猃狁、鬼方、林胡、楼烦、白狄、赤狄、朐衍、熏育及匈奴等民族，每个时期的地方俗名也不同。自明朝的嘉靖年间末期才有了"鄂尔多斯"的地域名称。到了清朝顺治六年（1649年），在鄂尔多斯的版图划分上，包括了今天的准格尔旗、达拉特旗、鄂托克旗、乌审旗、杭锦旗五个旗。在这之前，有的朝代将这几个旗曾分割为好几个与其他地方相合的地区。到了1949年成立了伊克昭盟。2001年4月30日，伊克昭盟经国务院批准，正式更名为鄂尔多斯市。

饱经沧桑的鄂尔多斯自有人类历史以来，征战与和平伴随着这个地区，早在春秋战国到秦汉时期战争频繁出现，直至后来的宋朝和元朝，鄂尔多斯都经历过战争的重创。一代天骄成吉思汗不仅推翻了宋朝，建立了元朝帝国，还开疆拓土，将版图扩展到了欧洲和亚洲的其他国家和地区，成吉思汗的威名震撼了世界。

在秦汉时期，鄂尔多斯是以畜牧业和狩猎业为主要经济活动的游牧民族，具有中国北方游牧文化的形态，草原游牧文化也是这一地区的主要文化代表。随着历史的推进，中原农耕文化不断流向鄂尔多斯，鄂尔多斯成为草原文化与农耕文化的交织地带，古老的草原文化与农耕文化被现代文明所熏陶。

传统的游牧生活，形成了鄂尔多斯蒙古族的饮食特色，草原上放牧的牛羊便成了蒙古人的主要食品，他们一日三餐都离不开肉和奶。羊肉系列有：手扒肉、手指羊、羊背子、烤全羊、风干羊肉、羊棒骨、羊杂碎等；牛肉系列有：牛排、牛大骨、牛腕骨、牛筋、风干牛肉等；奶食品系列有：奶茶、奶酒、奶酪、奶皮、酸奶、奶油、奶豆腐等。烤肉和涮羊肉便于野营食用，干肉便于长时间储存和路途携带。传说手撕风干牛肉曾经是成吉思汗的军粮。蒙古人喜欢茶饮，一日三餐，早午必有茶饮，鄂尔多斯蒙古族多饮砖茶。茶饮是待客必不可少之礼，探亲访友以送茶块为厚礼。

当你来到蒙古族人家里作客，便会看到饭桌上或者茶几上摆放着奶茶、炒米、酥油、奶酪、奶皮子、红糖、麻花等食品。主人沏上滚烫喷香的奶茶，双手端给你喝，这是蒙古人的早点，也是他们招待客人的必备食品。

鄂尔多斯人"无茶不成礼，无酒不成席"，热情好客的蒙古人常常是以酒招待客人的。酒席开始时，主人先是提议三杯酒，然后先从长辈或职务高的人开始依次敬酒。主人双手端着一个小盘，盘里放着盛满的三杯酒敬给客人。如果客人是蒙古人则用右手无名指伸到银碗里蘸三次，第一次弹向天空，以示谢天；第二次弹到地上，以示敬神、祭灶；第三次则用手指点向自己的额头，以表达蒙古人祈求平安，祝愿草原水草丰茂，牛羊肥壮，生活美满的美好心愿。蒙古人招待客人时往往是青歌美酒，歌酒相伴，如果有重要客人，请歌手唱歌，乐器伴奏，有时酒至半酣，为了尽兴，自己也会唱起歌来。他们豪放的性格形成了他们大块吃肉大碗喝酒的习惯。献哈达是蒙古族的一项高贵礼节，主人给客人唱完歌，躬身双手托着哈达递给客人，客人也躬身双手接过或躬身让主人将哈达挂在脖子上，并表示谢意。

鄂尔多斯是酒的故乡，歌的海洋。鄂尔多斯民族歌舞遐迩闻名，那嘹亮、粗犷、悠扬、舒缓的长调民歌一听便能分辨出是草原民歌。歌声能把我们带到蓝天白云、绿草如茵、辽阔广袤的大草原上，牧民们牵着马、唱着歌、放着牧，他们生活的无拘无束。从近、现代以来，能歌善舞的鄂尔多斯蒙古族创造了浩如烟海的民歌和绚丽多姿的民间舞蹈。鄂尔多斯民歌分为长调民歌和短调民歌，长调民歌曲调多为豪迈嘹亮，或舒缓悠长，或跌宕起伏，或高亢豪放，如《六十颗榆树》《豹花驼羊》《圣主的两匹骏马》《我们的祖国多美好》《白泉水》等歌曲余音绕梁，百听不厌。短调歌曲结构短小，节奏明快，句法整齐，情绪欢快，如《紫檀栗马》《甘德尔梁》《圆顶帽子》《鄂托克的西部》曲调优美动听，简洁明快，能跟得上鼓点跳舞。漫翰调是蒙汉两族民歌的优化组合、有机交融而生成的优秀歌种。漫翰调音乐，体裁属于小调类型，腔调高亢洒脱，旋律优美，多以即兴对歌的形式进行演唱。只要歌者才思敏捷，方能对答，其音乐结构方整，具有周期性。因此，漫翰调歌词十分讲究押韵，具有鲜明的节奏感，农牧民可以随时随地编词唱曲，与人对唱，描述自己的生活，表达自己的情感。名曲有《双山梁》《德胜西》《小西召》《二少爷招兵》等，都是人们十分喜爱的歌曲。

舞蹈和音乐是兄弟关系，两者唇齿相依，情同手足。舞因歌而产生，歌有舞而增色，两相促进，相得益彰。鄂尔多斯蒙古族舞蹈具有节奏明快，音律流畅，动作大方，跳跃奔腾，热情奔放的特点。男子的舞姿造型挺拔豪迈，步伐稳健洒脱，表现出蒙古族男性的彪悍英武、粗犷豪放，刚劲有力之美。女子的肢体动作轻捷柔美，手、臂、肩、腿、足等部位随着乐曲的抑扬顿挫、起伏跌宕，旋转着、扭曲着、伸展着不同的体形动作，优美活泼，潇洒自如。他们穿戴着传统的民族服饰，更加靓丽多彩。《鄂尔多斯舞》《顶碗舞》和《筷子舞》是经典作品。鄂尔多斯民族歌舞已享誉海内外，呈现出灿烂的光彩。

鄂尔多斯婚礼也有其独特的风俗习惯，如同鄂尔多斯歌舞一样久负盛名。"鄂尔多斯婚礼"发源于古代蒙古，形成于元朝时期，荟萃了鄂尔多斯的传统习俗，经过岁月的风蚀，仍保留着古老的风情，从提亲、订婚、送礼、求名到迎亲、宴请、回门等每一个程序至今还存留着，而且使其发展成为一种礼仪化、风俗化的民族婚礼。在结婚典礼仪式上，以浓郁的生活气息、悠扬的歌舞形式和热烈的隆重场面，再现了蒙古族人民热爱生活、向往幸福的美好追求。整个婚礼仪式融风俗、礼仪、饮食、服饰、歌舞、音乐于一体，展现了内容丰富的蒙古族婚礼风情画卷。

　　明朝之前，鄂尔多斯地区的居民以蒙古族为主，汉族较少。在清代前期，清政府采取了"种族隔离"政策，限制了鄂尔多斯与中原地区的文化往来。到了晚清时期，清政府为了从地方收集钱财，采取了"移民实地，开放蒙荒"政策，于是大量的陕晋汉民纷纷进入了鄂尔多斯地区从事农耕。鄂尔多斯现有总人口为194.07万，其中蒙古族占17.7万，是以汉族占多数的少数民族地区。有多数蒙古族人是不会说蒙语的，由于国家给了少数民族一些优惠政策，蒙汉人结婚后，生育的子女多数登记为蒙古族户口。

　　草原的生存环境和生活方式形成了蒙古族独特的传统文化，铸就了他们的粗犷、剽悍、豪放、顽强、直爽、诚信、憨厚的民族性格和民族气质。他们纵马驰骋在辽阔的草原上，在蓝天白云下自由自在地生活。由于草原上地广人稀，交通不便，信息闭塞，所以他们对外来客人都非常友好，他们热情好客，诚恳待人。传统的游牧业生活简单，他们过着自给自足的生活。在自然经济的环境里，他们在非功利状态下，无拘无束地生活，人际关系也很纯朴，注重友情。在蒙古族这里没有势利，没有虚情假意，他们极力推崇以诚立命，以信立行的做人准则，诚实守信，厚重友情，注重礼仪，豪放直爽，爱憎分明，慷慨大方便是他们的优良品质。蒙古族被人们称之为"马背上的民族"，在古代也是征战的民族。成吉思汗是蒙古族的英雄代表，是蒙古族的精神领袖，是蒙古人心中的偶像，也是蒙古人的骄傲。在蒙古人身上遗传着先人的彪悍、勇敢、桀骜不驯的基因。他们不仅有尚武精神，而且有崇尚智慧的传统和习惯。

成吉思汗曾经说过："力猛者乃一世英雄，智勇者乃万世英雄"，这正是对蒙古民族崇尚智慧的高度概括。蒙古族人民能比较快地接受新生事物，善于学习和吸收汉民族先进文化，促进自身文化的发展。

　　远古的鄂尔多斯通过陆海浮沉的地质更迭，大自然赐予鄂尔多斯浑金璞玉般的丰富矿藏。煤炭和天然气规模恢宏，数量之大，排在全国前列；芒硝、石英砂和方沸石储量是全国罕见、世界少有的矿藏；石膏矿储量约占全国三分之一；食盐、天然碱、耐火黏土矿等资源储量也很大；另外还有石油、油页岩等多种化工和建材资源。可以说鄂尔多斯地下资源储量大，分布面积广，种类齐全，大自然如此厚待鄂尔多斯，鄂尔多斯能不富有吗？随着改革开放的进程，鄂尔多斯由传统的农牧业经济走向了以工业发展为主要收入的经济发展模式。近十年的发展，成就了鄂尔多斯以煤为主的一批资源产业，鄂尔多斯正在加快工业结构调整，加快传统产业升级，着力培育以节能环保、新一代信息技术、高端装备制造、新能源新材料等为代表的战略性新兴产业，正在向汽车、PVC及深加工、氧化铝、光伏、云计算、陶瓷等产业集群开发建设，有的产业初见成效，呈现出良好的发展势头。

　　鄂尔多斯在不断地创造历史，向先进的文化方向发展。在改革开放的经济发展大潮中，鄂尔多斯依托矿产资源优势，进行大开发、大建设，勇立发展潮头，将鄂尔多斯打造成了美丽的工业区、美丽的城市和美丽的乡村，无论是工厂、城市还是乡村，都掩映在林木丛草中，被绿色植被所包围。交通四通八达，公共设施建设齐全。在经济发展的引领下，社会发展全面向前推进。鄂尔多斯民族传统文化属中华民族文化的一个组成部分，我们不断地弘扬和发展中华民族的优秀传统文化，用先进的文化引领时尚。我们细细地品读鄂尔多斯，鄂尔多斯民族文化历史悠久，源远流长，绚丽多彩。在这片古老的土地上，鄂尔多斯凤凰涅槃，浴火重生，与时代同行，焕发出勃勃生机。鄂尔多斯物产丰富、人杰地灵，鄂尔多斯是时代发展、社会进步的缩影。

我喜欢鄂尔多斯的夏天

夏天是从春末中走来,以匆匆的脚步走出了洒脱和自信。从夏的神情中流露出的豁达、阳光与热情,使我感受到了夏的热烈与豪情。夏天蓄满了万物生长的力量,使春天的植物生长得更为郁郁葱葱。

夏天是从年复一年的轮回中走来。日月星辰运转不息,一年四季更替有序,风霜雨雪应时而生,春夏秋冬各有其气候特点。一年之中,我当属喜欢夏天了,尤其是喜欢鄂尔多斯的夏天。

鄂尔多斯属典型的北温带大陆性气候,春夏秋冬四季分明。夏季温热,雨水相对集中;冬季漫长寒冷,刮风多,降雪少。最冷月一月份平均气温在-10℃~-16℃之间,最热月七月份平均气温在14℃~29℃之间,年平均气温6.5℃,年平均降水量为348.3毫米,平均海拔高1000~1500米,最炎热的时间也就是一个半月。南方夏天的气温在30℃~39℃之间,鄂尔多斯比起南方夏天的气温要低十几度,所以,鄂尔多斯被人们称之为"夏都"。到了夏季,有许多南方人到鄂尔多斯来避暑消夏,他们来了就会感受到鄂尔多斯有两种不同的生活场景、生活特色、生活气息,一种是草原风光,蒙古人的草原风情;一种是具有浓厚的现代化气息的煤炭矿区和其他现代化工业载体的产业。他们了解到工业化产业给鄂尔多斯带来的物质上、生活上的巨大改观。他们见证了鄂尔多斯不仅气候宜人，景色秀美，城市和乡村面貌也耳目一新。内蒙古正在推行的"十个全覆盖"，加快了乡村改善的建设。

夏天是鄂尔多斯最好的季节。春天越过了寒冬，虽然天气回暖，万物复苏，花红柳绿，充满生机，但是植物生长没有夏的葱茏、葳蕤、繁茂；夏天承接着春的生机，蕴含着秋的成熟，呈现出所有植物最旺盛的长势；秋天，虽然果实累累，已是霜天万里、草枯花残、叶落纷纷的时节，已呈现出萧条的景象；冬天就更不用说了，天寒地冻，万木凋零，山头、田间光秃秃的一片，给人以万籁无声、冷冻、冬眠的感觉。水光山色，奇观丽景，一年之中，当属夏天了。

每到夏季，我的居住地鄂尔多斯，以饱满的热情，盛夏的温暖，张开双臂，迎接着中外游客前来观光旅游，成为旅游的高峰期。游客们来到成吉思汗陵祭拜这位震撼世界的蒙古族英雄，来秦直道寻古，来响沙湾探秘，来到水草丰美、茫茫无际的千里草原，领略草原原始生态的自然风光，感受"天苍苍，野茫茫，风吹草低见牛羊"的优美意境，体验蒙古人骑马、射箭、放牧、唱歌、跳舞、大块吃肉、大碗喝酒的草原生活和风土人情。夏天将大地装扮得翠绿浓郁、碧绿万顷，给人们带来了生活的快乐，这就是夏天的魅力。

夏天气温高了，人们穿的衣服也少了，减少了穿衣多的麻烦，男人们穿背心、半衫、短裤，女人们穿裙子、短裤，很简单。爱穿衣、爱打扮是女人们的天性，随着季节的更替，她们也变换着四季的衣服。在夏天里，她们不失时机地展现出自己的美，穿着新颖、时尚、自己所喜欢的衣服，度过一个多情、浪漫的夏季。

到了夏天，有的蔬菜水果业已上市，那些五颜六色的瓜果桃李清脆爽口，香甜扑鼻，人们能吃上味道纯正的本地蔬菜水果了。到了夏天，人们可以到野外水中游泳、垂钓，外出采风、野炊，以休闲娱乐的方式，将自己从烦扰的工作中、郁闷的心情中解脱出来，进行自我调节，尽情地享受生机盎然的野外生活情趣，领略赏心悦目的湖光山色，到大自然中抨击风浪，提升人们对生活、工作的信心和勇气，放飞自己的心灵。

每到夏天，户外活动的人更多了，有的人在小区里、公园中、广场上打扑克、下棋、跳舞、做健美操、健身器上锻炼身体、散步、看电视，也可以在夜市小摊上坐下来吃烧烤，喝啤酒。人们根据自己不同的爱好，成群互动，用多种娱乐方式进行消夏。鄂尔多斯的早晨和晚上天气是凉爽的，感觉不到炎热，这有利于人们晨练和在晚上进行娱乐活动。

夏天是鄂尔多斯的多雨季节。下雨过后，大地一片湿润，气温像甘露一样清凉，空气像泉水一样纯净而清新，给人一种舒爽的感觉。树木草丛被雨水洗涤得娇绿如玉，碧绿青翠。那种淅淅沥沥的小雨，或者是像轻纱一般的雾雨，飘飘洒洒。户外的景色笼罩在雾中，给人一种情意绵绵的感觉，这样的雨天，既能消除炎热，又不影响人们的出行，这是人们最喜欢的雨天、雨景了。鄂尔多斯是个好地方，多少年来，没有发生过水灾、泥石流等大的自然灾害。鄂尔多斯平安顺利，物华天宝，充分利用科学技术，实现人与自然的和谐相处、和谐发展。

鄂尔多斯的夏天是迷人的，多彩的。行走在绿色的大地上，所看到的繁华的城市、美丽的乡村都弥漫在了夏天的气息中。太阳照射出夏的热烈，雨水打湿了夏的情笺，清风吹拂着夏的激情，花儿绽放出夏的妩媚。我们游览鄂尔多斯大漠的风光，那美丽的景色勾起了我们的多少相思，溢引出我们的多少诗情，让我们紧紧地依偎在鄂尔多斯夏季的怀抱里，去永远地感受夏天的热情与浪漫。

东胜这座城

走出学校，我带着玫瑰色的梦，对人生充满自信地走向了广阔的社会。当然，我对生活的憧憬始终逃不脱眼前的现实，我对城市生活有过向往，但我不曾想到我会来到外省工作。从自身来说，我不具备这样的条件，是父亲把我带到了东胜这座城市。父亲是奔着神华而来，当初的神华集团物资总库就坐落在东胜城，于是父亲就来东胜安家落户了。

我的老家陕北横山在二十世纪八九十年代是一个贫困县，有条件的人都想去外面发展，想挣脱出这个贫穷落后之地。神华在陕北乃至中国是响当当的大型煤炭央企，能来到神华系统工作无疑是人们心中的美梦。当时神华的神府东胜煤田正处于初期筹建阶段，而神华的东胜公司总部就设立在东胜区，当时的东胜区是原伊克昭盟盟委和行政公署的所在地。我感叹于命运的安排，让我与神华与东胜结下了不解之缘。这么多年过去了，我回过头来想一想，使我感慨万千，假如我当初不来神华又是怎么样的结果呢？我当初在榆林地区劳动人事局填写的"国家干部安排表"现在还历历在目。当我的命运在十字路口徘徊不定，一个谋职者要找工作时，我选择了神华。

东胜，一个我不曾在意的城市。在我的意识中，内蒙古是一个少数民族聚居的地方，是在草原上逐水草放牧而游动的马背上的民族，是有别于中原地区的农耕生产方式，而东胜只是茫茫草原上独一处的美景。

我初到东胜，一座在平坦、开阔、雄浑、粗犷的高原上凸现出的小城市令我耳目一新。面对这座城市，我大有农村人进城的感觉，虽然我告别了穷乡僻壤，却有着很多的未知需要我在今后的行程中破解。东胜是一个整洁干净的城市，宽敞的街道上洋溢着勃勃气息，繁华地段车水马龙，夜市摊上热闹非凡。街上有许多低矮的房屋，整个城市在朴实大方中显现出容雅贵妇的仪态。汽车站、博物馆、影剧院、邮电大楼、百货大楼、盟行政公署等建筑物在这个城市中显得鹤立鸡群，丰姿绰约。东胜人穿着时尚，有大城市人的气质。年轻人爱赶时髦，引领时尚，中老年人衣着整洁，仪态大方，尤其是年轻女子擅长打扮，在人群中十分靓丽。

我曾无数次地从东胜的街上走过，见证了东胜的发展，了解了东胜的今生前世。千年前的秦直道从此穿越而过，匈奴曾在这里放牧、驻军，唐朝时设为胜州，成吉思汗征伐西夏曾作为重要的营地，明朝设置东胜卫，清末年间设立东胜厅，民国改县，改革开放后撤县设市。再后来撤盟设市，将鄂尔多斯市委、市政府搬迁至新建的康巴什区，东胜由市改为区。

从东胜的历史变迁到今天的现代化发展程度，东胜有着天然的草原牧场，积淀了草原文化，还有农耕文化。通过煤炭资源的开发，带动了地方经济发展，形成了以煤炭工业为主体、多种产业成分并存的经济发展模式，给东胜带来了巨大的经济利益。还有东胜人的勤劳、坚韧、奋斗和对美好幸福生活的执着追求，有着改变贫困面貌的坚定意志。经过不懈的努力，艰苦创业，在国家西部大开发战略的实施中,东胜迅速地崛起,城市规模扩大了许多,成片成片的高楼拔地而起,随处可见。若不是我经常来东胜,也许认不出发展中的东胜,尤其是从2006年至2016年间,这十年的发展,真是让人惊叹不已。

东胜给我留下的印象是美好的。一直以来,我以为我选择了这座城市居住是选对了,当然要比乡村条件优越多了,比一线二线城市也要好上许多。大城市的雾霾天气让人难以接受,使人原有的好心情一落千丈,人流拥挤,交通堵塞。东胜这个地方蓝天白云,空气质量优良,城市布局合理,街道整齐,卫生清洁,交通文明有序,安全畅通,社会治安秩序良好,出行安全,百姓安居乐业。东胜曾获得了"全国文明城市""国家卫生城市""全国平安建设先进区""全国民族团结进步创建示范区""全国书香城市"等荣誉称号,这是东胜的真实写照。东胜人憨厚实在,物华天宝,在东胜大开发大建设中富裕了起来。还有淳朴、浓郁的民俗民风,不断传承的民族文化与现代生活融为一体,形成了独有的民族特色。

东胜对我是有吸引力的。生长在农村的我,从小就羡慕城里人的生活,总觉得城市生活是可望而不可即的,是城里人独有的天堂,农村人是无法企及的。感觉城里人高贵,见多识广,气质高雅,农村人是无法攀比的。改革开放后,紧紧地束缚在土地上的农民能去任何一个地方发展了,真是天高任鸟飞,海阔任鱼跃,农村人流动在城里生活的大有人在。总之,东胜要比我们老家那些小地方好多了。

我能来到东胜居住,足以说明我与东胜这个地域是投缘的。我于1990年来到东胜工作了一年之后调往矿区工作,我经常来东胜看望父母,我的儿子也在东胜上过学,随后我在东胜购置了住房。无论我们生活在哪个地方,都会留下一些整版的或者是碎片式的残落的记忆，这是我们经历过的事情，还有生活中的琐事，包括我们去菜市场买菜，去超市购物，去影城看电影或者是与朋友聚会、逛街等等。我还记得在东胜函授学习了两年，定期参加培训学习的情景；有几年我经常去东胜给单位办事；我在东胜家里居住，夜晚里能听到火车的鸣笛声，这些都是留在这个城市中的记忆。

东胜，这座美丽的城市铭刻在了我生命的里程中。作为这个城市的一名市民，虽然很渺小，但是我们都为这个城市建设添砖加瓦。我衷心地祝愿这座城市发展得越来越好，让我们为这座城市画上同心圆。

回乡聚会

金秋九月，正是稻花飘香、硕果累累的季节，我踏上了故乡的土地。这里秋高气爽，晴空万里；这里群山叠翠，山欢水笑，林木传情，好似迎接着远在他乡的游子们的到来。是的，故乡在呼唤着我们，热情地迎接着我们，伸开了双臂热烈地拥抱着我们。

2020年9月11日至13日，在贺甫洼村的敬老院落成之际，广场上彩门高悬，花团锦簇，头顶上平挂了长条彩带，脚底下铺满了红色地毯，大红的灯笼、大红的气球，迎风飘扬，人流如织，人声鼎沸，洋溢着喜庆的气息。由贺甫洼村高氏家族女客聚会组委会举办的"贺甫洼首届高家女客回娘家团聚"活动在这里隆重举行，气氛热烈而浓厚。

自改革开放后，贺甫洼村人才辈出，在外工作、做生意的人比比皆是。但是，人在他乡，心怀故里，故乡是我们的根脉所在，无论我们走到哪里，都会对故乡怀有浓浓的情意和深深的眷恋。举头望明月，低头思故乡，这种思乡之情总会牵动着我们的心。高氏家族以故乡为中心，凝聚了四面八方的高家女回娘家团聚，并带动贺甫洼高氏家族的全体成员回乡聚会，久别重逢，共济一堂，互叙衷肠。在故乡成家立业的高家女大约有二百三十多人，参加聚会的有一百五十多人，女客们统一着装，喜气洋洋地参加聚会。

此次聚会，有不少活动项目精彩纷呈，十分亮丽。你看那女士们穿着红色的外衣，脖颈上围着淡黄色的纱巾，手持扇子，排着长长的队伍，跟着鼓点节奏，扭着秧歌，精神抖擞，动作整齐，扭转有力，展示出了她们的勃勃风姿。在这空旷、辽阔、沉寂的黄土高坡上，震天响的锣鼓大镲震撼着四周的村庄，发出了时代的强音，张扬着贺甫洼村进入新时代特有的精神风貌，同时也表达了村民们对美好未来的向往和追求。

还有精彩的文艺晚会，令人难忘。想不到贺甫洼人才济济，就在女客聚会来临之前，她们抽开少许的时间进行排练。有的节目来不及排练，甚至准备裁掉，没有想到上了台表演得那么精彩，那么受观众欢迎。《逛新城》虽然是多年前的表演节目，现场观看还感到很亲切，不觉得过时。老大爷是一位女士扮演的，装扮得很形象，栩栩如生，惟妙惟肖。小姑娘舞跳得轻盈优美，热情奔放，潇洒自如；《灰毛蛋找女婿》小品，剧情滑稽，人物形象突出，个性鲜明。母亲的装扮，动作姿势、语言表达极富有艺术感染力。从女儿身上跃然出了活泼、调皮、好动、可爱的性格，表演得蹦蹦跳跳，说话颠三倒四，出神入化，活灵活现；还有快板、三句半，是本村的一位男士根据本村的实际情况编写而成，编写的是四六句子，每句话的语音都很押韵，台词幽默，诙谐搞笑，农村人都喜欢听，富有乡土气息。表演的语言生动、结构紧凑，表达的简洁明快、顺口押韵、引人发笑，反映的是现实生活，歌颂的是祖国富强、人民幸福、社会进步。还有唱歌跳舞等节目，有从艺术学校毕业的演员，唱歌跳舞都很专业。整台晚会持续了两个半小时，精彩迭起，掌声不断，最后以《难忘今宵》集体合唱落下了帷幕，受到观众的一致好评。

演出结束后，燃放了焰火。一支支烟花爆竹呼啸而起，在天空中爆炸、绽放，就像天女散花，形成各种各样的花朵。烟花照亮了贺甫洼上空，照映出了人们的微笑和欢快。我仰望夜空，色彩斑斓的焰火堪比姹紫嫣红的大花园，灿烂如花，胜似任何实物景色的多姿多彩，因为焰火是流动的画面，烟花迭起，此起彼落，流光溢彩。我拿出手机将这美丽的片刻录入下来，这五彩缤纷的焰火永远定格在贺甫洼的夜空中。美丽的烟花虽然短暂，却是如此的热烈而奔放，绚丽而多彩。

这三天的活动项目较多，时间安排紧凑，还举行了敬老院落成及首批老人入户仪式暨大学生资助活动，还邀请了县政府、人大及镇政府有关领导，邀请了本县、本村资助大学生的民营企业代表参加了仪式活动。本次活动邀请了县文工团来本村进行文艺晚会演出和秧歌表演，吸引了周边的村户人家前来观看，人群熙熙攘攘，热闹非凡。在乐队的伴奏中举行了娘家人与女客互赠服饰活动，还举行了游览本村文化遗产活动和祭祖活动。娘家人、女客在广场上进行了集体合影和自由合影，活动闭幕时由女客和其他人员发表感言。

举办此次聚会的目的就是将出嫁的高家女及居住在外的高氏家族其他成员邀请回来看望桑梓，团聚一起，共叙离别之情，回顾儿时与同伴相处的情景，看一看家乡的面貌，走一走家乡的路，吃家乡的饭，喝家乡的水，互相交流，促进感情，因为我们有着同宗同族、血脉相连的亲情关系。一方水土养一方人，虽然我们远隔千山万水，但是青山挡不住我们乡愁、乡恋的思乡之情，是这份乡情让我们苟富贵，勿相忘，让我们团结友爱，互帮互助。

通过这次聚会，使我们互相沟通，增进了解，并建立了微信群，虽然我们远隔千里，但是语音的交流却近在咫尺。这次聚会，让出嫁在外的高家女回到了娘家，感受到了回娘家的温暖、热情、关爱和所受到的欢迎，倍感娘家是她们的靠山，是她们的坚强后盾，是她们的主心骨。高家女虽然出嫁在外，但是这种血浓于水的亲情关系始终流淌在她们的血脉里。她们为高家、为本村做出了贡献，特别是在那个贫穷的年代里，虽然她们很年轻，但是她们想为家庭所想，尊老爱幼，吃苦耐劳，关爱兄弟姐妹，为父母排忧解难，还要担负着家庭的责任。她们出嫁后，将娘家的优良家风家教带到了婆家，操持家务，孝敬公婆，相夫教子，能与妯娌、邻居和睦相处，与人为善，勤俭节约，知书达理，勤劳致富。她们既有中国传统妇女的美德，又有现代女性的事业心，她们的工作干的兢兢业业，有声有色。在她们当中，成长起来了优秀的后辈，成长起来了栋梁之材，为社会做出了贡献。

　　本次聚会由贺甫洼高氏家族女客聚会组委会成员高培宏、高宗利、高培银、高培胜、高培录、高荣为代表的企业家、干部、村委会负责人等社会知名人士筹备举办，几乎所有到会的成员出钱出力，每人捐资多到几万元，少到一千元。还有远在外地没有到来的高家女通过电话和微信的表达方式表示了自己没能前来参加本次聚会而深表遗憾和歉意，并预祝本次聚会活动圆满成功。本次聚会盛大隆重，精彩夺目，圆满成功，反响热烈。本次聚会凝聚了贺甫洼高氏家族的团结力量和人脉气场。彰显了高氏家族各行各业人才济济，既有德高望重的老一辈贤达，又有刚刚成长起来的后起之秀。显现出了高氏家族具有一支凝聚力和战斗力强悍的队伍，在祖国需要我们的时候会挺身而出，为祖国建设贡献力量。

　　自改革开放以来，贺甫洼的路、电、水、网络通了，土窑洞换成了漂亮的砖瓦房。山绿了，路多了，乡村的绿化、硬化、美化程度逐步提高，生活富裕了，村容村貌变得美丽了。村民素质得到了提升，思想观念也在不断变化。村民们崇尚文明，崇尚科学，打造出了有文化、懂技术、会经营的新型农民。村民们家庭和睦，团结互助，安居乐业，保持着淳朴的民俗民风。在全面建成小康社会的路上，村委会规划乡村振兴战略，增加村民经济收入，进行乡村文化建设。

此次聚会活动就是贺甫洼乡村文化建设的具体体现，也是贺甫洼人积极向上的精神面貌的展现，是贺甫洼的一次重大文化活动，将载入贺甫洼的历史史册。进入新时代，贺甫洼村将会以崭新的姿态，昂扬的斗志，昂首阔步地迈入小康社会的行列，在时代的大潮中将会行稳致远。

祝：贺甫洼村运昌盛，钟灵毓秀，人杰地灵，繁荣富强！

祝：贺甫洼全体高氏家族成员平安健康，财源滚滚，步步高升，万事顺意，事业有成！

第五辑 /
历史印记

遥想故宫

凡是到过北京的人大都游览过故宫（旧称紫禁城），因为故宫是明、清两代的皇宫，也是世界上留存至今的著名的皇宫。故宫为北京古都增添了一道靓丽的风景线。

我曾两次游览过故宫，都被金碧辉煌、雄伟壮丽的建筑物和陈列于室内琳琅满目的珍贵文物所吸引，虽然清朝离我们远去，但通过故宫能看到这个王朝的影子。

走进故宫这个高墙大院，便是气势恢宏、严谨有序的建筑群，宫内有城楼、宫殿、院落、花园，俨然是森严壁垒、固若金汤的城堡。

走进故宫能使人感受到大殿的庄严肃穆、城门楼的戒备森严、宫室的富丽堂皇以及御花园富有情趣的宫廷生活气息。

故宫这些精美绝伦、巧夺天工的建筑群无论在平面布局还是在立体效果上，都显示了皇家的气势和威慑力，同时也体现了我国古代建筑艺术上的卓有成就。时至今日，还令中外游人赞叹不已。

走进故宫，便能感受到明、清皇帝君临天下的威仪。这座紫禁城便是明、清王朝至高无上权利的政治象征。明、清皇帝就是在这里号令天下，统治着黎民百姓，主宰着国家的命运。

据史书记载，故宫始建于1406年（明永乐四年），1420年（永乐十八年）建成，成祖朱棣皇帝于1421年从金陵（南京）迁都到北京。1644年，明朝灭亡，清世祖入关，定都北京。故宫总共经历了明、清两朝，24代皇帝，499年。

故宫的历史也就是明、清王朝由兴盛走向衰亡的历史。其实在君主制统治下的封建社会，从兴盛走向衰落是一个必然的历史过程，清王朝也逃脱不了走向没落的历史悲剧。早在明朝时期，资本主义就在欧洲就已经开始萌芽、成长。到了清朝时期，欧洲加快了资产阶级革命的进程，而我国的大清还在闭门锁国、故步自封，不知道世界在发生着变化。正是晚清政府的软弱无能、腐败落后，才激发起了近代中国革命的运动，这段历史，让我们难以忘怀。

1840年，西方列强开始入侵中国，先后发生了两次鸦片战争、中日甲午战争、八国联军侵华战争，迫使晚清政府向列强屈辱求和，签订了丧权辱国的《天津条约》《南京条约》《虎门条约》《马关条约》等一系列不平等条约，使中国沦为半殖民地、半封建社会。中国人民奋起反抗，举起了反帝反封建的爱国旗帜，爆发了农民阶级的救国运动——太平天国运动和义和团运动，沉重地打击并动摇了清王朝反动统治的根基。清王朝在风雨飘摇中苟延残喘，外有列强侵略，内有人民反抗，中国人民要求民族独立、人民解放、社会发展进步。一大批仁人志士寻求救国真理，开展戊戌维新运动和辛亥革命运动，但昏庸腐朽的晚清政府还没有从教训中醒悟过来，为了巩固他们的腐朽统治，扼杀了这股进步力量。

以康有为、梁启超为代表的立宪派则反对用暴力手段推翻清王朝，主张用和平手段废除封建专制制度，建立资产阶级君主立宪政治体制；以孙中山为代表的资产阶级革命派主张用武力推翻清王朝，建立资产阶级民主共和国；立宪派与革命派都主张建立资产阶级民主国家，他们组建政权的目的是相同的，只是所采取的手段不同，同属于资产阶级民主政治运动的范畴。孙中山领导的资产阶级民主革命运动风起云涌，势不可挡，清王朝的统治处在风雨飘摇中。迫于革命运动的形势，清政府无奈，派遣大臣到欧洲各国考查政治。通过考查，大臣们认识到，中国与列强的根本差别不是任何别的东西，只是先进与落后两种社会政治制度的不同，不革除封建专制政治，中国无论怎样努力，都不可能富强、缩短与列强的差距。迫于无奈，清政府进行国家政治体制改革，由君主制度转变为君主立宪制度。他们搞政治改革也只是形式上的改革，不会进行实质性的改革，清王朝还没有完成政治体制的转变，就被孙中山领导的国民革命军推翻了，彻底结束了两千多年的封建统治。

这段屈辱的历史和在屈辱中要走向自强的历史为故宫披上了浓厚的色彩。游览故宫，回顾历史，我们要谨记历史的教训，历史不仅是一面镜子，也是一鼎警钟。

历史沧桑，岁月流逝，蓦然回首，历史的脚步已走进21世纪初。如果我们把中国的历史分为三个阶段，从奴隶社会（夏朝公元前207年）至封建社会（公元1911年）结束为一个阶段；从1912年"中华民国"成立到1949年中华人民共和国成立为一个阶段；再从1949年至今为一个阶段。这后一阶段58年多的变化，大于整个中国奴隶社会和封建社会的变化。诚然，人类的思维发展和社会的文明进步有一个起始、缓慢和快速的发展过程，这正如历史的长河，既有娟娟小流，也有激流巨浪。特别是自1978年党的十一届三中全会以来，中国实行改革开放，走中国特色的社会主义道路，这是历史的一个转折点，使中国走上了富民强国的道路。30年的改革开放，使中国的综合国力提升到世界前列，同时也提升了中国的国际地位，令世界刮目相看。我们进入了快速发展的时代，神舟五号、六号载人航天飞船进入太空,"嫦娥一号"绕月探测卫星成功发射。2008年我国成功举办有特色、高水平的奥运会和残奥会,这大概是清朝统治者做梦也没有想到的吧。我国的尖端科技已处于世界先进行列。随着知识经济的兴起,信息技术的迅速发展,世界经济一体化进程的加快,中国继续改革开放。事实证明,经济要发展,社会要进步,就必须有一个充满生机的国家制度和安定和谐的社会环境。只要中国富强,列强就不敢欺负中国。

故宫作为我们追忆历史和谨记历史的一部书籍。故宫虽然是明、清两代的皇宫,但终究比不上现代化摩天大楼建筑群的巍峨高耸。故宫演绎了明、清两代王朝的历史,但封建社会的历史却驻足于此。通过游览故宫、感受故宫,故宫给我们留下了深刻的沉思。

土窑洞里扭转乾坤

土窑洞，陕北的土窑洞，星星点点地坐落在黄土高原上，山中挖洞，冬暖夏凉，朴实无华，人居环境与自然风光交相辉映，构成了土窑洞的独特魅力，从中能显现出陕北的民俗风情和乡土气息，并视为黄土高原上的靓丽风景线。不仅如此，陕北还有古老的文化，厚重的历史，特别是在开创新中国的历程中，作为陕北的延安，曾经成为中国革命的指挥中心和战略总后方，延安的土窑洞便成为中共领导人的住所，也成了中国革命的指挥所。

土窑洞是陕北人世世代代居住的地方。有的土窑洞从里到外都是土的，有的是石头接口窑洞，这是陕北原始的窑洞。自改革开放以后，人们的居住条件逐步改善，人们逐渐住上了石窑洞或者是砖房。可以说土窑洞是陕北的象征，是陕北人繁衍生息、世代相接的栖息之地。

1935年10月19日，中国工农红军结束了二万五千里长征，胜利到达陕北吴起镇后，中共中央机关便居住进了陕北的土窑洞。直至1948年3月23日，毛泽东主席率领中共中央机关东渡黄河到山西，于当年5月到达西柏坡，从此与陕北的土窑洞告别。

这段历史让我们感怀难忘，虽然我们穿越了历史的时空，现在已经物是人非，但具有纪念意义的这片土地，这些窑洞——杨家岭、枣园等中共中央领导人的驻地，给我们后辈留下了宝贵的历史遗产，具有深刻的教育意义，于是我们便能感受到延安土窑洞的博大内涵。我们的开国领袖、开国功臣们就是在这样艰苦的环境中，在国民党的枪林弹雨中和经济封锁下，开创了新中国。

让人们难以想象的就是毛泽东等中共领导人的住所非常简陋，窑洞里摆放的都是极为普通的桌椅板凳和粗布被褥。其格局和档次与蒋介石重庆官邸和南京的总统府相比，有着天壤之别，就连同国民党的中、高级官员也住在大中城市的豪华楼房、别墅里；在武器装备上差别也很大，共产党的武器装备可谓是"小米加步枪"，而国民党配备的是美式装备；在兵力数量上，共产党由几万人发展到一百多万，而国民党总兵力达到八百万；在国土占领上，国民党统治了所有城市和大部分的国土，而共产党只占有少数根据地。就在这土窑洞里共产党培育出了"自力更生，艰苦奋斗"的延安精神，诞生了"为人民服务"的党的根本宗旨，并明确提出了毛泽东思想。毛泽东主席在土窑洞里奋笔疾书，写下了《中国革命和中国共产党》《抗日根据地的政权问题》《目前抗日统一战线中的策略问题》《论持久战》《新民主主义论》《经济问题和财政问题》《青年运动的方向》《五四运动》《整顿党的作风》《改造我们的学习》等光辉著作。毛泽东思想是以毛泽东同志为首的中国共产党领导人的集体智慧结晶。毛泽东思想就是指路明灯，指引着中国革命的道路；又是一面旗帜，引领中国共产党人奋勇向前。

土窑洞里成长了一代伟人，在抗日战争和解放战争中淬炼出了民族精英。战争就是军事斗争和政治斗争的结合体，是智慧的较量。中共中央在延安领导了共产党和发动了全民族进行了八年的抗日战争，共产党既要抗日，又要对付国民党的反共摩擦。抗日战争胜利后，紧接着又开始了解放战争，粉碎了国民党的反动统治。

在土窑洞里，毛泽东、朱德、周恩来、刘少奇、任弼时等中央领导人在地图前研究作战方案，在煤油灯下拟草文字材料，在会议室里商讨解决重大政治和军事问题，在办公室里接见外宾，在院子里吃饭、聊天，总之，他们在土窑洞里指挥了抗日敌后战场和解放战争。在此期间，他们在全党内开展了整风运动和在各解放区开展了轰轰烈烈的大生产运动。共产党以小米加步枪的艰苦条件打败了国民党美式装备的数百万大军，创造了奇迹。

陕北地貌沟壑纵横，土地贫瘠，整个大地空旷荒凉，土窑洞也因此而黯然失色。自中央红军转战到陕北后，给陕北带来了勃勃生机。抗日战争的硝烟，解放战争的炮火以及自力更生、艰苦奋斗的大生产运动使陕北经历了血与火的洗礼，也经历了严峻的生死考验。外面的世界很精彩，抗日战争和解放战争一个接一个的胜利使陕北沸腾了，欢呼雀跃了，陕北的窑洞也因此挂上了胜利的笑容。室内温馨和谐，温暖如春，因为党同军队和人民的关系血肉相连，息息相通。团结、紧张、严肃、活泼的工作氛围弥漫了陕北内外。

陕北的土窑洞是陕北人在艰苦年代居住的窑洞，虽然现在人们富裕了，逐渐离开了土窑洞，但艰苦朴素的本色我们不能忘。我们要谨记"自力更生，艰苦奋斗"的延安精神，正是因为当年我们党发扬了"自力更生，艰苦奋斗"的精神才打下了江山，建立了社会主义新中国。虽然当年的延安时事离我们远去，但延安精神却光照千秋，代代相传，让我们发扬光大。

震撼时代的强音

在中国历史的上空,曾经响彻着滚滚的改革春雷。这雷声激荡着每个朝代,震撼着山川大地。这雷声把我从现实的沉湎中感悟过来,不断唤起我内心尘封已久的记忆,曾经从课堂上、从电视里、从小说和诗文中浮泛起我对历史改革者的无限敬仰之情。一个朝代兴起,一个朝代衰落,潮起潮落,不改革时代就不会向前发展。从古以来,一些有思想、有胆略、有抱负的仁人志士为改革而奔走呼号,为改革而献身,他们步履匆匆地走向了历史,走向了改革的路径。

改革的道路坎坷而又艰险,随时会有翻船丧生、身败名裂的危险。改革家们身怀治国策略,胸有改革方案,发奋图强、矢志报国的坚定信念和执着追求使他们搏击在政治斗争的漩涡中,虽九死一生、肝脑涂地也要将一腔热血抛洒在改革的政治事业中。

他们是万物之灵长,人中之精华,傲立于天地间,留名在万世中。我不仅钦佩他们的政治智慧和知识才华,更是敬重他们的人格魅力和不懈的改革奉献精神。

历史啊,有多少往事值得我们回味,又有多少改革人物让我们难以忘怀。倾听历史的脚步声、呐喊声、咆哮声由远及近地穿梭而来，奏响了时代的最强音——改革，要实现富民强国的美梦，就必须要大刀阔斧地改革。这些勇于与时代挑战的弄潮儿按照历史进程的先后顺序一个个出场了，他们登上历史舞台所表演的一幕幕铿锵跌宕的改革大剧展现在历史面前，让我再一次地亲密接触他们，用心亲吻他们的脸庞，静听他们的呼吸，抚摸他们的胸脯，感受他们的痛楚，领略他们坚强不屈的性格……然后用一支饱蘸情感的拙笔将其中最有代表性的改革人物抒写在我的作品中。

在我的精神世界里，分享着一份感天憾地的执着和光耀的精神……

一

改革的惊雷响彻在战国的上空。早在战国时期，七国为了争霸，实行"合纵""连横"，互相兼并，形成了七雄并峙的局面，迫于竞争的压力，各诸侯国为了保存自己，发愤图强，先后实行改革。

当秦国的王位传到了秦孝公时，孝公踌躇满志，雄心勃勃，励精图治，要干出一番惊天动地的事业，他要向他的祖先秦穆公一样将秦国治理的强盛起来，走上霸主的地位。他要复兴秦国，走强国之路，使强者更强。于是，他向全国发出招纳贤才的布告，求贤若渴的秦孝公便呼唤来了一位大改革家商鞅。

商鞅啊，生来逢时，幸运的太阳照耀到了他的身上，让他有所作为，让他光耀千秋，让他充满自信地为秦国的强盛而改革……这位改革天使于公元前359年来到秦国，被秦孝公任命为左庶长，开始了他的改革生涯。改革内容是根据他的改革思想，针对本国国情，并结合秦孝公的意图，以富国强兵为主题，分为六个方面：一是编制户籍，实行"连坐"；二是奖励军功，废除旧的世卿世禄制度；三是重农抑商，发展生产；四是废井田，开阡陌，承认土地私有，允许土地买卖；五是废除分封，普遍实行县制；六是统一度量衡。作为奴隶社会的改革设计师，他的思想是领先于他所处的时代，他第一次提出废除分封，实行县制，开创了历史之先河。他的改革得到了秦孝公的全力支持。

在第一次变法后的十年间，秦国社会制度发生了急剧变化，旧贵族的势力受到了严重的打击，经济得到较快的发展。秦国在政治、军事、经济和社会风尚等方面赶上或超过东方六国，秦国一跃而成为头号强国。商鞅废除旧的世卿世禄制度势必要侵害贵族阶层的利益，虽然他志在变革成功，但嗣后的个人前途却一片茫然……公元前352年商鞅被升任为大良造（相当于丞相地位）；第二次变法从公元前350年开始，秦孝公由雍（今陕西凤翔）迁都至咸阳，政治中心的转移，积极推进了东进的战略准备工作，在外交上，秦国与齐国联合，夹击魏国。公元前354年，通过元里之战，秦国打败了魏国。公元前340年，商鞅亲自率兵伐魏，彻底打败了魏国，魏惠王被迫割河西之地给予秦国，并从安邑向东迁都到大梁以避秦兵之威胁。商鞅第二次变法取得成功后，秦国更加强盛了，也实现了秦孝公雄霸天下的美梦。

商鞅是一位成熟的政治家，他大刀阔斧、坚强有力地推行新政。他不仅有改革新思维、新理念，而且在具体操作政令方面也是老臣谋国、善于决断，"立木取信"便是一个很好的例证。他铁面无私、严谨扎实、雷厉风行的工作作风贯穿在他所推行的持续有序的新政当中。商鞅改革成功了，成功的原因是秦国选择了他，是秦孝公成就了他，也因为他有卓越的治国才能，实现了他巨大的人生价值。但商鞅的个人结局很悲惨，秦孝公死后，秦国贵族说他权利太重，对国君构成了巨大的威胁，甚至诬陷他企图谋反，太子驷下令逮捕他。商鞅逃亡至边关，欲宿客栈，结果因未出示证件，店家害怕"连坐"，不敢留宿；他又想逃往魏国，魏国人因他打败魏军，拒绝他进关；商鞅被迫回到商邑，派人到各邑征兵，企图用武力做最后的抵抗。正是由于他推行的变法，使秦国建立起强大的由国家统一指挥的军队。他寡不敌众，兵败郑邑，被秦军抓捕，判处了车裂死刑，灭商君之族。商鞅一生致力于改革事业，他为新政而生，也因新政而死，在推进战国历史的进程中起到了一定的作用。他的变法思想为后来的改革者提供了有价值的借鉴。

二

在商鞅死后大约十七年的时间里，有一股秦国军队来偷袭楚国边境，楚兵不知何在。年仅十九岁的屈原立即组织民众抵抗秦兵的侵略，打的秦兵大败而归。胜利的喜讯传到了朝廷，朝野上下为之震动。于是，屈原二十岁就登上了楚国的政坛，任楚国的左徒（相当于国务院副总理职务）。屈原出身于贵族家庭，屈氏家族是国王的亲戚。他相貌英俊，身材挺拔，风度翩翩，称得上是美男子。他手握书卷，身背长剑，他的文采就像璀璨的明珠，灿烂夺目，他的文辞蜚声楚国，剑也舞得十分精炼和潇洒。他的身份、地位、知识、才华、智慧、勇敢及仪表都是人中翘楚，所有的优点、亮点都集中在他身上。天生的优越感和自我良好感形成了他清高、孤傲、恃才傲物、孤芳自赏的性格，他的志向、思想、理念及性格与贵族、大臣之间显得有些格格不入。屈原的青年时代，战国七雄之中秦国兵强马壮，齐国经济殷实，楚国版图最大。七国之间战争时有发生，要想使楚国立于不败之地，就必须要自力更生，发愤图强，走出一条变法革新、自我发展的道路。屈原心志高远，理想远大，他要建设一个强大的楚国。他上任伊始就积极推行变法革新，并将自己的变革思想及内容称为"美政"。"美政"的主要内容表现在五个方面：一是德政惠民；二是修明法度；三是举贤授能；四是主张合纵；五是革新朝政。屈原提出在职务任免上要"举贤授能"、在政治建设上要"修明法度"，严重削弱了贵族阶层的特权。旧贵族群起而攻之，将他推向了所有旧贵族的对立面，推向了严酷的政治斗争的波澜浪头上。他是一位斗士，决不向邪恶势力屈服，他勇于坚持真理，为"美政"而斗争。屈原孤立了，屈原没有政治上的同盟，又失去了原有的朋友，他一个人孤军奋战。屈原忠于君王，热爱祖国，为了国家的前程而不顾及个人的成败得失，他的所为却得不到君王的理解和支持。在外交策略上，屈原坚决主张联齐抗秦，因为他早已意识到秦国有统一六国的野心。楚怀王曾经采纳他的主张，由于秦国以土地利诱楚国，目光短浅的楚怀王改变了对外政策，采取了绝齐亲秦的方针。他在楚辞中哀叹道："举世皆浊我独清，众人皆醉我独醒"。昏庸的楚王最终客死在秦国他乡，也导致了楚国的灭亡。昏君自有昏君的可悲下场。在那个君王至上的专制时代，变法革新如果得不到君王的支持，那就只有失败。由于屈原执拗的性格，他明知山有虎，偏向虎山行，他的政治理想只能付诸东流，也因此注定了他人生的悲凉转折和凄惨的结局。如果楚怀王支持屈原变革就像秦孝公支持商鞅一样立场坚定，态度果决，那么楚国也就强大起来了，但是历史不能假设。如果一个国家没有英明的君主，即使大臣有再好的政治主张，也不能去实现。良禽择木而栖，良臣择主而事，屈原完全可以离开楚国，到别国去实现他的政治抱负。可是，屈原非常热爱自己的国家，他没有离开自己的国家，也没有放弃自己的君主，他对楚国充满了忧患意识，他的"美政"体现出了他的忠贞、爱国、无私的光辉品格和改革智慧以及外交上的远见卓识。仅仅五六年的时间，楚怀王听信谗言，疏远了力主改革的屈原。二十六岁的屈原被降职处分，到后来曾两次被流放，成为楚国的政治弃儿。流放的痛楚，生活的艰难，精神的折磨，并没有打倒他。他仍然心系变革，探索成功的路子，明知不可为而为之，便写下了千古佳句"路漫漫其修远兮，吾将上下而求索"，这也成就了屈原的伟岸与高洁。虽然屈原的改革离我们太遥远了，但他光辉的人格和不朽的精神与天地兮同寿，与日月兮同光。秦襄王二十一年（公元前278年），秦将白起攻破郢。屈原悲愤欲绝，无法实现他的"美政"理想，只好用生命作为理想的祭祀。他痛苦地跳进了汨罗江，以死明志，死而无憾。"美政"，一个无法实现的理想，却贯穿了他的一生。屈原的风骨、气节、情怀、执着是屈原人生的闪光点，也构成了屈原生命的全部。他用生命点亮了爱国情怀，用生命照亮了改革前程，他死得沉寂，死得凄凉，却也死的悲壮。国人不会忘记他高洁的气节，每年五月初五用粽子来纪念他。他伟岸、高洁的形象在国人的心目中永如磐石，屹立不倒。他优秀的品格是时代的楷模，是中华民族不屈的脊梁。

三

改革发生在每个朝代，改革家们前赴后继地推行改革大业。北宋改革家范仲淹神采奕奕地走上了政治舞台，他的功绩伟业、改革风范、做人风骨以及他铿锵的声音、爽朗的笑声留在了天地间，他潇洒地向历史走来了……

范仲淹年少时勤学苦读，27岁中进士，从此便入仕途。他大部分时间在地方上做官，为人正派，勤政爱民，廉洁奉公，政绩突出，每到一地便深受老百姓的喜欢和爱戴。在十几年的政治生涯中，仕途的坎坷，吏治的腐败，朝廷的弊政，使他进一步了解朝政，认识国情，为他嗣后的改革掌握了第一手资料。

仁宗宝元元年（1038）十月，西夏党项族首领元昊自立称帝，立国号为大夏。宋朝君臣对元昊的突然称帝极为愤慨，宋军两次征讨西夏，皆大败而归。在国家危难关头，范仲淹力挽狂澜，对西夏采取了在军事上防范、经济上封锁和政治上孤立的有力措施，打败了西夏。期间，他在军事上进行了改革，革除旧弊，创新机制，极大地增强了军事战术的机动性和灵活性，有力地提高了军队的战斗力。

由于范仲淹击败西夏的战功，宋仁宗十分信任他，于庆历三年（1043）四月将他调回朝廷，提升为枢密副使；同年八月又将范仲淹提升为参知政事（副宰相），让他主持改革大政。范仲淹梳理了他从政以来酝酿已久的改革思想，向皇帝呈上了新政纲领《答手诏条陈十事》。其主要内容为十项改革主张，前四项是改革方案的重点，属于人事制度方面的改革。这份改革方案得到仁宗皇帝的批准，并向全国颁布了，于是北宋历史上轰动一时的庆历新政开始了。改革新政实施了短短几个月，北宋政治局面出现了新的转机。首先是大批量地裁减了贪污腐败的、老迈昏庸的、不称职的政府官员。凡是被裁减的官员都起来反对改革派，包括朝廷官员、地方大员以及朝廷的太监串通起来策划铲除范仲淹等改革派，他们以结党营私罪控告范仲淹等人。庆历五年（1045）正月，宋仁宗将改革派调出京城，到各地委任不同的职务，庆历新政仅一年零四个月就被取缔了。庆历六年，范仲淹应好友滕子京邀请，为岳阳楼作记，留下了"先天下之忧而忧，后天下之乐而乐"的千古名句。他的名句再现出了他本人作为一个政治家的远大抱负和胸襟，以及他为国家民族事业献身的崇高精神，这也是他一生的真实写照。

四

继范仲淹改革之后，在宋朝神宗皇帝执政之初财政入不敷出，社会腐败，危机四伏，老百姓生活在水深火热之中，各地农民起义时有发生。神宗想通过变法改变国家的命运，将政绩突出、资历深、声望高的王安石调至朝廷力主改革，以实现他富国强兵的政治理想。宋朝财政亏空的根本原因：一是政府机构臃肿，官员冗多，经济耗费日益膨胀，这主要是由官员世袭制所造成的；二是军队兵员超编。王安石的改革内容包括三个方面：一是理财；二是整顿治安，加强军备；三是科举与学校改革。他的改革并没有涉及撤并政府机构和裁减冗员的政治体制改革，也许是他吸取了范仲淹改革的经验教训。改革，特别是大批量地裁减政府冗员的人事制度改革，阻力是相当大的，没有皇帝持久而果决的鼎力支持是根本行不通的，甚至要付出政息人亡的惨重代价。王安石首先是从经济体制改革着手的。王安石于公元1069年任副宰相，1070年任宰相。他上任伊始推行的均输法、青苗法、市易法、免役法、免行法，极大地增加了国家的财政收入，垦田面积大幅度增多，单位面积产量普遍提高，各种矿产品产量有所增加，商品经济取得了空前发展。国库充裕了，但他掠夺了民众的经济利益。这种新法的实施可以说是聚财而不是生财，反对派们极力反对新法的实施。王安石推行新法的初衷是好的，其目的是强国富民，但有些政策在执行过程中出现了偏差，其主要原因是吏治腐败。政府官员以改革之名，采取各种手段剥削百姓，私包中囊。有些政策本身没有给百姓带来实惠，相反给百姓加重了经济负担，却不可抑制地走上了剥夺民间财富的路径。民众怨声载道，反对改革的呼声一浪高过一浪，虽然神宗产生过怀疑和动摇，但最终还是坚决支持了王安石。其他的新法得到了预期的目的。农田水利法使千里贫瘠荒芜的土地变成了阡陌纵横的肥沃良田，保甲法、军器监法、将兵法的实施增强了军事实力和战斗力，为维护社会治安起到了积极作用。保马法的推行将军队的战马饲养的膘肥马壮，同时减少了政府开支。科举新法、三舍法就是对国家实行新的教育改革，重视实际应用学科，为国家培养人才起到了重要作用。

后来变法派阵营出现了分裂，王安石的爱子病亡，王安石坚决辞职，带着壮志未酬的伤感，断然地离开了位高权重的相位，离开了倾轧内讧的官场，自行了断了自己的政治生命。虽然王安石离开了改革的领导位置，但神宗并未放弃改革的既定路线，对改革进行了调整，并继续进行着。神宗病亡后，被他的母亲高太后废除了新法，之后不久哲宗又恢复了新法。哲宗去世，由徽宗即位，向太后垂帘听政，废除了新法。向太后病逝，徽宗又恢复了新法，如此一来，折腾的宋朝国势衰弱，气息奄奄。

　　史学家评论，王安石是依靠加重集权的行政命令推行经济政策，推进经济运行，干扰和破坏了正常的市场经济运行规则。从历史上看，政府统管计划经济的程度愈严重，愈是不利于市场经济的良性发展。王安石究竟是千古功臣还是千古罪人，史学家、政治家们评论不一，褒贬有别。王安石的改革几乎被同时代的人们否定了，无论从人格上还是从才能上都不予认可。但是近、现代的史学家们对王安石的评价很高，对他的改革精神和改革魄力给予了很高的赞誉，对他的改革成果也给予了肯定。当然，王安石的文学成就也很高，他是唐宋八大家之一，他的诗词雄健峭拔，遒劲清新。不管人们怎样评价他，他的政治与文学是同样齐名，名垂千古。

五

　　历史跨越到了明朝，公元1573年年仅十岁的朱翊钧登上了皇位，年号万历。在朝廷内部斗争的角逐中，张居正升任为内阁首辅大臣，辅助皇帝主持朝政。他作风稳健，不畏风险，敢于创新，以其非凡的智慧和魄力进行改革。他总揽全局，分析弊政，设计改革方案，并逐步推行。他推行的改革主要有政治改革、驿递改革和经济改革三个方面。

　　政治改革主要是考成法，考成法是针对吏治腐败、政令不畅、各级衙门执行政策时效性差而制定的。考成法的主要内容：首先，科学合理地制定出各衙门工作任务，细化到年、季、月，要求按期完成；其次，实行严格督查，每月，各衙门根据制定的具体任务对下属工作进行跟踪督查，每半年汇报一次完成情况；再次，严格考核，奖惩兑现；年终，对官员的工作情况进行严格的考核评价，对尽职尽责、绩效显著的官员赏银提俸，甚至破格擢升，对不尽职守、不按期完成任务的官员则严加惩处。通过考成法的实施，极大地提高了明朝政府工作办事效率，形成了上下级相互监督，层层真抓实干的工作氛围，取得了显著的成效。

考成法截至今日在政府行政管理、企业经营管理中还一直沿用。四百年前张居正创新了此法，非常实用，说明张居正是一位务实的改革家。

驿站是我国古代朝廷与地方各省之间进行公文、通信传递的重要场所。朝廷在全国各地重要的交通干线上都设有驿站，为官员们免费使用驿站提供船只、车马、人力、住宿、伙食等各项服务。驿站所需要的一切都是由交通沿线及驿站所在地的百姓负担，按当地人纳粮的数量一一摊派。

驿站来往官员对驿夫大肆敲诈勒索，百般要求，驿夫苦不堪言。还有不少官员串通商贾，使用驿站的人力物力帮助商人们走私逃税，从中收受贿赂等采取各种违法手段聚敛钱财。面对此种情况，张居正对使用驿站进行了严格的规定：非军国大事不得使用驿站，官员赴任、进京以及奔丧等，一律不准使用；向过客提供宿食等服务制订严格的标准。张居正严于律己，以身作则，不许家人和亲戚住宿驿站，杜绝了这一腐败行为。有大批官员因违反此规定受到了严厉的降职、免职等处分。此举震惊了全国官员，也深受老百姓的欢迎。

一条鞭法属于经济改革。一条鞭法的实施首先是清查丈量土地。全国土地被皇亲国戚、官员重臣、豪强贵权等权势者吞并而不纳税，面对豪强贵权的坚决反对和有力抵制，张居正给予了严厉地打击。张居正规定田不分官民，税不分等则，一律尽数实报，按章纳税，结果清查出了大量的隐匿、遗漏田地。明朝是农业经济大国，所有赋税都按土地征收，所以清丈土地为实施一条鞭法夯实了基础。一条鞭法的特点是针对各地的赋税、徭役、岁贡等种种项目合并为一项，统一征收银子，这样化繁为简，主旨是按亩征银，改变了过去税收不均的状况，使赋税征收趋向合理。

一条鞭法减轻了农民的征税负担，同时又抑制了地方官吏对农民的剥削。张居正在为国家谋利益的同时也为老百姓谋了利益，也是大有作为。

张居正死后不久，万历皇帝对张居正进行了彻底清算，不仅否定改革之功，反倒成了罪人，死后还落得个家破人亡。万历皇帝的存在是这个时代的悲剧，张居正死后，明朝也开始走向了衰落。

张居正是明朝杰出的政治家、改革家。他任内阁首辅期间，整饬朝纲，创建新政，巩固国防，推行经济改革，表现出了他优秀的治国才能。尽管他有少许贪污，享受荣华富贵，但他能够顾全大局，在改革驿递中以身作则，抵制腐败，在当时的封建社会的历史背景下已是难能可贵。他恫瘝在抱，励精图治，忠心耿耿地辅助皇帝治理朝政，为老百姓创造了福祉，也实现了他富民强国的政治理想，他的功绩是不可磨灭的。据史料记载，嘉靖末年国家存粮仅够三个月开支。张居正执政后国家存粮足够八年开支，国库积银达四百万两，万历中兴也由此载入史册。

从历史来看，封建社会的改革，成功的概率是较低的，在张居正改革之后的洋务运动以破产和戊戌变法以失败而告终。改革不是为了标新立异，专走形式；也不是随心所欲，想改就改，而是要求生产关系适应生产力的发展，上层建筑适合经济基础状况。社会历史发展的最终决定力量是生产力，改革就必须围绕着解放生产力和发展生产力。改革要立足国情，不能脱离实际。历史学家总结过中国历代改革，搞改革必须具备两点：一是要有足够的权威，我搞改革侵害了你的利益，你也没有能力反抗我；二是如果权威不够，我剥夺了你的利益，给你补偿。有些改革是利益调整，会触犯一些既得利益者。中国古人受传统文化的影响，观念保守，难以接受新思想、新理念。从清朝末年以来，迫于国际环境竞争的压力，国家腐败落后就要受到别国的欺压和掠夺，鸦片战争、中日甲午战争、八国联军侵华战争就是很好的例证。如果一个国家落后腐败，暮气沉沉，不改革就没有出路。新中国的成立，建立了社会主义制度，改变了贫穷落后的面貌，走富强之路。特别是自党的十一届三中全会以来，中国改革开放，科学技术突飞猛进，经济实现跨越发展，综合国力显著提高，改革成就举世瞩目。实践证明，社会要发展，必须对外开放，进行文化和技术交流，只有吸纳新鲜血液，社会机体才会更加健壮。那些曾经在中国历史上做出过贡献的改革家们，国人不会忘记他们的，会对他们做出公允的评价。斯人虽去，浩气长存，他们的精神永垂千古。历史的车轮滚滚向前行进，改革精英层出不穷，未来的改革精英改变未来的世界。

自党的十八大以来，在以习近平为总书记的党中央领导下，以全面建成小康社会、全面深化改革、全面推进依法治国、全面从严治党的"四个全面"的战略布局，推进社会发展，引领时代进步，实现宏伟的"中国梦"，未来的中国必将领先世界。海阔天空，大浪淘沙，在这个广阔的世界里，穿越着时代的变迁，给历史留下了深深的足迹，历史既然向前发展，我们就要谱写新的辉煌历史。

历史的悲歌
——凭吊扶苏墓感怀

陕西是个神奇的地方,在这片古远而厚重的土地上,古老的中华民族曾经演绎出多少流传千古的动人史剧。每一段历史蕴含着或辉煌灿烂或落后衰败的一面,每一个故事放映了或高亢激越或哀婉悲伤的场景,给人留下了沉思,让人感怀、哀叹……

2010年5月,我来到陕西绥德登临了疏属山,凭吊扶苏墓。有资料介绍,扶苏墓区呈长方形,占地六千八百平方米,墓冢为圆形封土堆,高二十米,顶部有1930年修建的砖木结构八角亭。我观赏着墓冢,不由得让人哀叹扶苏被冤屈而死的历史,这一块墓冢积聚了两千多年前秦朝的历史。

历史倒回到公元前210年(秦始皇三十七年)七月,秦始皇东巡至沙丘,病情严重,让赵高代写一封诏书送给公子扶苏,信中交代扶苏将兵权交给蒙恬,速来咸阳奔丧葬父。书信刚拟草完还未来得及交给信差,始皇帝就驾崩了,书信和皇帝的玉玺都放在赵高那里。始皇身边只有胡亥、李斯、赵高及五六个贴身的太监知道始皇帝死了,其他跟随的大臣都不知道这个消息。李斯认为,皇帝死在外面,又没有册立太子,所以就秘不发丧。赵高趁机扣留了秦始皇交给扶苏的玉玺和书信,并对胡亥说:现在国家大权全掌握在你、我及丞相三个人手中,希望你能当上皇帝,这件事不跟丞相商量恐怕不能成功,让我跟丞相商量吧。赵高和李斯说立胡亥为皇帝,李斯给予拒绝。赵高向李斯分析如果扶苏当上皇帝,必定会让蒙恬当丞相,你只能回家养老;况且,扶苏性格刚强勇敢,身边有一大批人才,胡亥性情仁慈笃厚,又爱惜人才。李斯不答应,以历史皇室争权事例来说明应该忠于皇帝。赵高进一步有针对性地加以说服丞相李斯,并说你要是听了我的意见,可以保你家世世代代都能够称王封侯,如果你现在放弃这个机会,不听从我的意见,很快就会祸及到你的子孙,善于权变的人可以把祸转变为福。李斯考虑到自己平时办事苛刻,在老百姓的心目中声望不够好,而且自己又不是扶苏的亲信,所以在赵高的利诱之下,关键时刻做出了错误的决定。于是,他们修改了秦始皇生前写给扶苏的书写,命令扶苏和蒙恬自杀。李斯就以丞相的身份假称秦始皇死前留有遗诏,立公子胡亥为太子。

　　信差将书信送给扶苏,扶苏看了就哭着跑进了内屋,想要自杀。蒙恬制止扶苏说:"陛下现在在外巡游,并未册立过太子,现在有人送一封信说皇帝要赐死于你,我看其中有诈。请你派人先向皇上请命一下,复请以后再死不迟。"送信的人多次催他自杀,扶苏性情仁厚,对蒙恬说:"父叫子死,子不得不死,哪里还需要再次请示呢?"于是扶苏自杀了。蒙恬不肯死,信差就命令手下的人把他捆起来,进行囚禁。

　　送信的人回去报告了此事后,胡亥、李斯、赵高都非常高兴,他们立即率领人马带着秦始皇的尸体回到了咸阳。发丧后,胡亥当了皇帝,赵高和李斯的职务为原职。

　　赵高是十足的奸臣,为了自己的利益而不顾及国家的前途,背信弃义地立胡亥为二世皇帝。胡亥是一个智商低下、昏庸无能之辈，不能委以大任。正因为如此，赵高才想办法立胡亥为皇帝，他想控制胡亥，掌管国家大权。他处心积虑地铲除秦始皇的子女和大臣，并对胡亥说："昔日沙丘之谋，各位公子和大臣都怀疑假拟诏书这件事，而各位公子都是你的哥哥，各位大臣又是先帝时任命的。现在陛下刚刚即位，他们都属于内心不服气的一伙人，恐怕将来发生变故。"赵高建议要建立严厉的法律，借此除掉不听话的公子和先帝时遗留下的大臣，让陛下的心腹亲信代替他们的职位。到秦二世时国家的法律就更严酷了。胡亥命令赵高惩治罪犯，赵高杀掉了始皇提拔的一批重臣，又杀掉了始皇帝的十二个儿子和十个女儿。日益严酷的诛杀使天下的黎民百姓和朝廷大臣们都感到处境危险，想反叛的人越来越多。紧接着秦二世又下令修建宫殿、驰道等建筑，赋税越来越重，徭役永不停止。陈胜、吴广等率领百姓揭竿起义，国内动荡不安。赵高滥杀无辜，公报私仇，横征暴敛，害怕有大臣趁入朝奏事的机会在胡亥面前揭露他的恶行，于是他就哄骗秦二世说："天子尊贵的资本就是大臣和老百姓只能听到他在发号施令，而不能轻易见到他的面，所以称为"朕"……您在深宫里好好享福，我和其他伺者待在外面为您守候，有事时我就会及时给您呈上奏折。这样一来大臣就不敢奏一些没有根据的事，天下就会称您为圣主啦。"秦二世听了赵高的话，赵高经常守候在宫门口，国家大事都由赵高做决定。大臣们很难见到胡亥，就是见到胡亥还要通过赵高批准。李斯要见皇帝，赵高专门在皇帝玩得尽兴的时候让李斯觐见，皇帝就很不高兴。有一次李斯专门在皇帝面前揭露了赵高的罪行，皇帝进行了反驳，并将李斯揭发赵高的话如实地转达给赵高。赵高趁机诬告李斯谋反，皇帝就将丞相李斯交给了郎中令赵高处置。赵高将李斯拷打得遍体鳞伤，惨不忍睹。李斯先是坚决不承认，后来怀有侥幸心理，希望胡亥能救他，于是违心地承认了自己的"罪行"，最后被诛灭"三族"。

李斯年少时曾为管粮库的小吏，他不甘处于低下的地位，而要改变自己的命运。于是李斯就投师到荀子的门下学习历史及帝王之术，学了三年，到秦国游说，先投奔到吕不韦门下。正当李斯春风得意之时，秦国就要驱逐一切居住在秦国的其他国家的人，李斯也被拟列在驱逐者的名单中。于是他写下了著名的《谏逐客书》，秦王听从了李斯的建议，废除了逐客令，重用起了李斯。秦始皇统一六国，可以说有一半的功劳是李斯的。李斯确有雄才大略，智谋深远，做事很有魄力。他的儿子除长子以外，其他的都跟皇帝的女儿结了婚，女儿都嫁给了秦朝宗室贵族，可以说他权势熏天，在一人之下，万人之上。在朝廷担任重职已有三十余年，具有丰富的政治斗争经验，在赵高胡作非为之时他没有采取果断措施除掉赵高，想不到竟死在了奸人赵高之手。

李斯死后，赵高担任了丞相，他担心众大臣不服，就用指鹿为马的办法来恐吓和降服大臣。最后，他又把胡亥哄骗地住进了望夷宫，然后杀了胡亥。他想当皇帝却不敢当，便册立秦始皇的孙子子婴为皇帝。子婴害怕赵高杀他，就称病不上朝，暗中杀掉了赵高。子婴即位三个月后，沛公刘邦入关，子婴投靠刘邦。项羽到了咸阳以后，便杀掉了子婴。于是秦朝的天下就灭亡了。

李斯和韩非子一起投奔到荀子门下学习，韩非子学习成绩比李斯优秀，李斯嫉妒韩非子，想办法要害死韩非子。秦始皇攻打韩国才得到了韩非子，李斯说韩非子是韩国贵族，不会真心为秦国做事，在我们这里住一段时间再回国就是祸患，不如杀了他以绝后患。始皇帝就先将韩非子关进了监狱，后来准备释放回国，结果被李斯给毒死了。李斯也扮演了庞涓残害孙膑的角色，这说明李斯也是一个地地道道的小人，奸人自有奸人的可悲下场。

根据始皇帝猝死的前后情况，秦朝主要是毁灭在赵高之手。秦始皇是中国封建社会的第一位皇帝，统一了中国，也是一位非常有作为的皇帝，竟用了赵高这么一个阴险狡诈、残忍毒辣的小人来当郎中令。赵高伪装得特别好，大奸若忠，大恶若善，大伪若真，始皇帝可能没有看出他真实的一面。扶苏聪颖、机智、忠厚、善良、有同情心，因此在政见上经常与暴虐的秦始皇发生分歧。始皇偏执地认为这是由扶苏性格软弱所致，于是就让扶苏协助大将军蒙恬修筑万里长城，抵御北方匈奴，希望能培养出一个刚毅勇敢的扶苏。几年的塞外征战果然使扶苏成长得与众不同，他身先士卒，勇猛善战，立下了赫赫战功，边防将领们都赞赏他的指挥才能。他爱民如子、谦逊待人的品质深得广大百姓的爱戴与推崇。但是忠厚的扶苏被迫自杀于绥德城南卢家湾，扶苏部将悲愤至极，将其埋葬在现在的绥德县城疏属山上。后人将其墓冢保存了下来，并进行了修葺。这墓冢，便成为游人凭吊怀古、登山观赏之地。

扶苏屈死是大秦帝国的悲哀，如果能让扶苏当皇帝，那就是另一番景象。但历史事件是客观存在的事实，不能任凭人们的主观愿望去假设和猜想，扶苏的忠孝也便成了愚忠愚孝。胡亥十分昏庸，好坏不分，忠奸不辨，是非不明，岂能当了皇帝。赵高当政只会滥杀无辜、奸臣作乱，不懂得治国之道，不爱惜国家和抚慰百姓。残暴的始皇帝用严酷的法律来统治人民，殊不知要统治人民首先应当统治人民的思想，而繁重的劳役、严酷的体罚使老百姓得不到休养生息、安居乐业，给陈胜、吴广起义埋下了祸患。扶苏屈死，墓冢依在，虽然历史已延续了两千多年，但是历史的遗迹依然能勾勒起人们的回忆。

让我们穿越时空的隧道，倒回到历史的往事中。古代的中国，每个朝代都有昏君，有奸臣作乱，国运自然会衰败，如汉朝的董卓，唐朝的李林甫，宋朝的秦桧，明朝的严嵩、魏忠贤，清朝的和珅等等。他们贪赃枉法，残害忠良，扰乱朝纲，祸国殃民，更有甚者还卖国求荣，国人恨之入骨。奸臣作乱犹如国家肌体上的毒瘤，因有昏君的存在，这块毒瘤除之不去，割而复生，即使是明君坐江山，也免不了重用奸臣。每个时期的奸臣所处的经历不同，情势各异，但他们的勾当寡廉鲜耻，罪大恶极，遭人唾弃，永远钉在了历史的耻辱柱上。每个朝代由繁荣走向衰败，这是古代历史的必然结果，归根结底是国家体制所造成的。古代的中国国家体制实行的是君主制，其最大的弊病就是世袭制。世袭制是从奴隶社会的夏朝开始的，因大禹治水有功，禹的儿子启又非常贤能，各诸侯拥戴启为天子。于是开启了中国世袭王朝"家天下"的历史。世袭制穿越了整个奴隶社会和封建社会，因此导致社会发展缓慢。当然，在奴隶社会和封建社会，世界上有许多国家也实行过君主制。昏君的存在和奸臣作乱，给国家带来了灾难甚至灭亡，这是一个国家的悲哀，也是老百姓最不愿意经历的灾难。昏君和奸臣都是历史的绊脚石。以赵高为代表的奸臣，人虽死去千年，臭名却难以消除。他们写下的伤痕累累、血迹斑斑的历史，罪孽深重，罄竹难书。历史似乎还在哭泣……历史在不断地向前进步，君主制的统治时代已经一去不复返了。

"以铜为镜，可正衣冠；以古为镜，可知兴替；以人为镜，可明得失"。历史是一面镜子，今人吸取古人的教训，加强国民的道德素质和爱国思想教育，领导干部要善于识人和用人。以史为鉴，面向未来，在构建和谐社会中每个公民都能遵守《公民社会道德建设标准》，那么我们的社会就能够充满友爱，百姓就能得到幸福。

风景线上看女人

在华夏千年历史的长河中,岁月悠悠,朝代更迭,曾经演绎出了多少流传千古的故事,也不乏才女出现在其中,流传下了她们璀璨的、荣耀的、温馨的、坎坷的、凄苦的、悲凉的等不同的人生经历。女人是社会中不可缺少的成员,扮演过重要的角色,发挥着一定的作用。虽然时光在流逝,可她们并没有消失在历史的烟波浩渺中,她们的人生闪光点化作为一缕缕芳香,在光阴里辗转。她们不曾被历史遗忘过,她们的作品、她们的故事、她们的人生经历都已刻上了时代的烙印,已画作为一个时代的符号。

我追寻着她们人生的程亮之光,闪光之处,在风景线上审视她们的人生价值。她们生活在动荡年代或者是和平时期的社会大背景下,将自己的人生经历与时代历程结合在一起,在时光的区间里砥砺前行,我将历史中的个别杰出女性人物(如:钟春离、蔡文姬、卫夫人、秋瑾、林薇因等)列举出来,以领略她们的卓越才华、勃勃英姿、精神风采。巾帼不让须眉,让她们的事迹,以及对历史的贡献再一次地绽放出来,让我们分享她们的苦乐年华,体会她们的百味人生,启迪我们的智慧,提升我们的人生价值观,颇有利于社会发展。

钟离春，战国时期齐国人，是中国古代四大丑女之一，可见她的长相非常丑陋。由于她具有丰厚的学识和过人的胆识，使她的内心拥有了博大的世界。她气度非凡，看事、认人有着敏锐的洞察力。当时的齐国政治腐败，社会昏暗，钟离春为了拯救国家，竟然冒着被杀头的危险劝谏齐宣王，陈述了齐国的弊政，列举了齐宣王的劣迹，指出了齐国存在的隐患，并劝告齐宣王悬崖勒马，否则会有亡国的危险。听完钟离春的一席话，齐宣王顿时如梦初醒，豁然开朗，深受感动，把她看成是一面镜子，娶她为妻并立为王后。钟离春武艺高强，英勇善战，率领军队打败了赵国、秦国和燕国的侵略，在战场上建功立业。她具有政治家的远见和韬略，具有善谋决断、处理国事的行政能力，辅助齐宣王治国安邦，成为名副其实的贤内助，使齐国从衰弱走向富裕，深受百姓的拥护和爱戴，从此留名青史。有人说女人是花，可是钟离春不是花，她是璞玉，愈经岁月的磨炼愈有内涵。她的这种美是通过文化、理性、睿智、勇敢、武艺、韬略等诸多因素的完美结合，可以说是光芒四射，魅力无穷，凝聚着深邃而经久不衰的内涵美。

　　蔡文姬出生在东汉时期的官宦家庭，父亲蔡邕是东汉文学家、书法家，擅长音律，在朝廷做官。她在父亲的言传身教之下，诗书礼乐无术不精，她的才华被同时代的人们争相传颂。蔡文姬是中国历史上第一位具有广泛影响的杰出女作家，被后世评为中国古代四大才女之一。到了青年时期，国内动荡不安，前夫病亡，父亲死于狱中，羌胡抢掠中原一代，将蔡文姬和其他妇女抢掳到了南匈奴。匈奴的左贤王看中了她的才色，纳为王妃，并生下了两个儿子。曹操用重金将她赎回，并给她挑选了夫婿嫁人。国内动乱，使老百姓遭受战乱之苦，也正是她命运多舛、一生三嫁、颠沛流离的人生经历才使她的诗充满了才情、忧伤和悲愤，熠熠生辉。她的作品大多失散，保存下来的作品有《胡笳十八拍》和《悲愤诗》。《悲愤诗》被称为我国史诗上创作的第一首自传体的五言长篇叙事诗。蔡文姬从南匈奴回来后，继承父亲遗志，撰写了《续后汉书》，她的书法文笔在宋刻《淳化阁帖》有收录。

卫夫人是晋代著名书法家，她的一生是在平和、富贵中度过。她出生于世代做官、工书的卫氏家族，夫家也是官宦家庭，所以当世人称她为卫夫人。她从小就过着锦衣玉食、养尊处优的生活，并能刻苦读书、练字、绘画，关于她如何练字流传下了许多故事。她是著名书法家王羲之的老师。传说蔡邕的书法传给了蔡文姬，蔡文姬传给了钟繇，钟繇传给了卫夫人，卫夫人传给了王羲之。钟繇曾评价她的书法为"碎玉壶之冰，烂瑶台之月，宛然若树，穆若清风"，直至后世的书法家对她的书法也给予了很高的赞誉。她在书法理论方面有很高的建树，并撰有《笔阵图》一书，这是她毕生从事书法艺术实践所得，成为中国书法理论的重要内容，对后世的书法实践发展产生了重大影响。

秋瑾是一个天生的革命者，是封建礼教的叛逆者。她志趣高尚，性格刚烈，不受封建家庭的束缚，毅然抛弃了荣华富贵的生活，自费东渡日本留学，积极参加留日学生的革命活动。她是女权运动的发起者，组织妇女运动团队，演说女权革命，创办《白话报》。她在报刊上发表了《演说的好处》《敬告中国二万万女同胞》《警告我同胞》等文章，抨击封建制度丑恶，宣传女权主义，唤醒国民觉悟。她的骨子里透着强烈的男儿气概，从小就喜欢挥枪舞刀，骑马射箭。她是一代侠女，遇有不平之事就会两肋插刀。她所追求的是公平、正义、人人平等的理想社会，追求的是女子能够自立、自强的生活，她在诗中写道："今古争传女状头，红颜谁说不封侯""莫重男儿薄女儿，始信英雄亦有雌"。由于她的崇高理想和坚定的革命信念，决定着她走上了革命道路。她矢志报国的一腔热血和突出才干，使她成为了同盟会的重要成员，并肩负着同盟会的重大任务。她宁愿轰轰烈烈地为革命而死，也不愿意如行尸走肉、碌碌无为地苟且偷生，这就是与众不同的秋瑾。她高贵的灵魂决不会屈服于反对势力，更不会屈膝投降。32岁的她走完了她光辉的一生。她的一生虽然短暂，却留名万世，光照人间。她生前留下了文学作品。

林徽因天生是一个尤物，不仅貌美，又才华横溢，卓尔不群，有许多男人众星捧月地追逐着她。林徽因16岁随同父亲游历欧洲，随后赴美国攻读建筑学，在建筑业上颇有建树，成为我国著名的建筑师。她设计了福州东街文艺剧场，设计了北京、云南等大学的教学楼和住宅楼，参与设计了人民英雄纪念碑。她曾发表过多篇有关建筑学论文和调查报告，编写了《全国文物古建筑目录》，为丈夫梁思成所著《清式营造则例》一书写了绪论，表现出她具有很高的建筑理论素养。她用现代科学方法研究的中国古代建筑，获得了巨大的学术成绩。她曾被聘为清华大学建筑系一级教授，被任命为北京市都市计划委员会委员兼工程师。

她在从事建筑学科研究之余也从事文学创作，作品发表于《诗刊》《新月》《北斗》《大公报》《文学杂志》等刊物，先后发表了几十篇作品，有诗歌、散文、小说、戏剧、文学评论和译文等，代表作有《你是人间四月天》《莲灯》《九十九度》等。林徽因也是我国现、当代著名的作家，她用知识和才华成就了精彩的人生。

从古至今，有多少杰出女性不断涌现，层出不穷。每一个时代、每一个年月都有着属于她们的故事。如：花木兰替父从军，智勇双全，战功赫赫；穆桂英顶天立地，勇冠三军，大破天门阵；宋朝李清照所著的词的成就最高，居婉约词派之首。她的词是时代和个人命运的结合，文词绝妙，被称为"鬼斧神工"之作，对后世影响较大；向警予面对刑场视死如归、大义凛然的浩然之气。作家丁玲，文采斐然，风华绰约，她的作品与时代相辉映，能客观真实地反映出社会的主体状况，在中国现、当代文坛中赫赫有名；民国时期的电影皇后蝴蝶，她的表演天才、倾国倾城的风姿，在电影界独占鳌头，开创了属于自己的天地，被人们称之为与她同时代的"电影皇后"；曾获得中国第一位博士学位的女性律师郑毓秀，官至国家副部级，在法学方面做出了重大贡献。这些杰出女性不胜枚举，她们才情卓越，琴棋书画无所不通，诗、词、文、赋样样能写。她们有一个共同点，不仅天资聪颖，而且大多出生在物质富有的家庭，有的是官僚家庭，有的是书香世家，有的是将门出身，都受过良好的文化教育，加之她们的勤奋努力，人生历练，使她们有所作为，直至成名。

随着时代的发展，社会不断地向文明、富裕、和谐奋进，人权日臻改善。现代女性与古代女性相比较就幸福得多了，就人权压制方面而言，在现代女性的社会地位得到了深刻的、全面的、彻底的解放。在古代作为中国传统文化主流的儒家思想多少年来一直根深蒂固地束缚着妇女们，什么"三纲五常""三从四德""贞孝节烈""女子无才便是德""男女授受不亲"等观念给妇女们带上了沉重的精神加锁。男人女人仅一个性别差别就铸就了男尊女卑不平等的人权。女人成了男人的附属品，在她们的精神世界里终身没有朗朗晴空，不知有日出月圆，以至于她们麻木不仁，裹足不前，甘愿成为男人的依附物。通过几个历史阶段的女权解放运动，妇女们终于从儒家传统伦理规训的藩篱中挣脱出来。特别是自改革开放以来，经过中西方文化的碰撞、交流与融合，男女之间的社会地位平等了，享有同等的政治社会权利。

遥看历史，在那动人的故事当中，我们感受到了这些杰出女性柔情侠骨、坚毅果敢、豪情万丈的一面，也耳熟能详地学到了她们撼动文坛的绰美文辞，她们绰约的风姿、惊艳的才华、无穷的魅力令无数男人望月兴叹。她们的靓丽青春点缀在了时代的光环里，她们的一生一世，那样美好的岁月，流淌到了历史的长河中，直到多年后的我们，才惊慕于她们的辛酸和泪水，柔情与风采，令我们多么感动。是的，历史总得有人创造，有人推进，她们成为了同时代的中流砥柱，开创了新的时代、新的文化，她们的精彩人生镌刻成了永恒的美，美到了极致，令我们回味无穷。

当然，在现实生活中也不乏其人，在社会的各个领域中，行业精英、时代楷模层出不穷。在时间的银河里，她们如璀璨的星辰，划破夜空，闪烁着绚丽的光芒，弥留下了难忘的岁月，为人们所品评和赞誉。她们的成就终将成为一份时代性的贡献，彪炳日月。

杏花情思

阳春三月，正是杏花花开的季节，你看那一棵棵树上的杏花绽放的娇媚灿烂、耀眼夺目，使我感受到了春的柔美、阑珊和情思。在这个时节里，万木丛中，唯有杏花独自开放。杏花是北方春天里第一支盛开的花朵，是春天的使者，把一个明媚的春天带到了人间，为大地点缀了亮丽的景色。

当我站在杏树旁，仔细端详杏花，那小小的花瓣排队似地连接在一起，依偎在树枝上，花体俏丽好看，稠稀相接，白瓣粉心，含娇带羞，恣意开放。有的杏花密密匝匝地挂满了树枝，有的斑斑点点地点缀在枝头上。远距离看，一颗颗杏树，枝粗花小，轮廓分明，花枝依存，相得益彰，真是千姿百态，璀璨晶莹，娇媚无比，给人以美的感受。从远处眺望杏林，在和煦的春光下，杏花白茫茫一片，如雪似棉，真是风景这边独好。

面对杏花美景，真是让人心旷神怡，我不禁要问，杏树为谁花开，给了大地一份美丽的景致，让我守候你清纯绝美的容颜，穿越四季的风霜，等待一个来年的花开花落。

当我走进杏花林，好似走进了原始、恬静、淳朴的自然界中。这里远离市井的喧嚣，远离世俗的红尘，空气中弥漫着淡淡的芳香，使我顿生摆脱了平日工作烦扰的轻松感，有一种重返大自然的恬淡心情。

杏花是洁白无瑕的，晶莹明亮的，如同璞金浑玉般的人品，意喻人的纯洁、纯真、优秀的品质。在杏花的渲染中，能给人产生净化心灵的作用，给人以清新淡雅，返璞归真的感觉。

杏花的美美地让人望而心动，不可言状。在百花丛中，我尤为喜欢的是白色的小花儿，在白色的花丛中，当属是杏花最美了，难怪有一大批踏春者前来观赏杏花了，争相在杏花树前拍照留影。杏花穿越了古今，有多少诗人、词人赞美杏花，佳作频频，他们将杏花作为一种意象，把自己的审美理想寄寓于杏花之中；也有一些诗人由于生活的不幸，将自己的思愁、惆怅以及失落之感隐喻在杏花中。杏花的美，让我情不自禁地想起了那些俊男靓女们漫步在杏林中谈情说爱、卿卿我我的情景。他们悠闲、洒脱、逸致的身姿与杏花的美互为烘托，充满着诗情画意。时光易逝，岁月留痕，古人在杏花林中积淀下来的故事流传至今。

杏花花开花落，饱经沧桑，过往了千年往事，在杏花丛中曾经留下了卓文君与司马相如的爱情故事。

卓文君出生在四川临邛小邑的一个富豪家庭，时值西汉年间的"文景之治"，祖上延续下来的冶铁家业到了卓文君的父亲这一代，得以扩大再生产，生意做得风生水起，蒸蒸日上，富甲一方。卓文君从小过着养尊处优的生活，受到良好的文化教育，加之天资聪颖，又有闭月羞花之美貌，是方圆百里有名的美女。

有一天，卓文君的父亲在家宴请了当时以县令王吉为首的县衙门的官吏和一些当地的名流，司马相如也参加了此次宴请。正当酒宴进行的酣畅淋漓之时，县令请司马相如弹奏乐曲来助兴。卓文君早就听别人说过司马相如的大名，如今在幔帐背后窥见司马相如风度翩翩、潇洒自如地弹奏着悦耳动听的曲子，让她一见倾心。司马相如隐约看见在幔帐背后隐藏着一位美女，想必这位美女就是他倾慕已久的卓文君。当他俩正式出现在对方的面前时，深情的眼睛互相对望，一眼就能看出他俩是一见钟情的。通过初次见面，两个人的心就紧紧地连在了一起，彼此占有了对方的整个心灵，他俩已经相爱了。

司马相如用钱买通了卓文君家里的仆人，他们便能经常约会。他俩来到卓文君家的后花园，在花前月下，卿卿我我，窃窃私语，有说不完的情话。他俩来到郊外的杏花林中，手挽着手，欣赏着杏花。杏树的婀娜多姿，亮丽风景，使得卓文君有了写生杏花的想法。生长在"文景之治"时代的卓文君，在和平与富裕的社会大背景下，陶醉在物质生活的富裕和精神生活的愉悦中。在这个花开的季节里，在她生命的豆蔻年华中，能遇到她满心喜欢的人，自然是喜不自禁的。他俩洋溢着青春活力和创作热情，带着画板、画笔和颜料，在杏花林中写生临摹，描摹出杏树上栖息着两只小鸟，秀美逼真，惟妙惟肖，将自己的喜好、梦想寄情于杏花林中。他俩互相搀扶，依依相偎，看到他俩的人好生羡慕。他俩的情感已经到了难舍难分的程度，于是他俩面对着杏林，对天发誓，以杏花作证，他俩要结为伉俪，永远相爱，永不分离。

司马相如便请县令王吉向卓府求亲，却遭到了卓文君父亲的拒绝。他执意要把女儿嫁给当地的富商之子，卓文君坚决不从。于是他两人决定趁夜晚之时离家私奔，逃出卓府，回到司马相如的家乡成都。几年漂泊在外的司马相如回到家时才知道父母已经双亡，家里只有几间破房，没有留下什么财物，可谓是家徒四壁、一穷二白。可卓文君并没有为自己的选择而后悔，他们先是花掉了仓促出逃时所带的少许的私房钱，然后又变卖了卓文君身上的金银首饰。

就这样维持了几个月后，他们又回到了临邛县，开起了小酒店。卓文君淡妆素抹，亲自当掌柜，司马相如跑堂购物，忙里忙外。由于卓文君姿色出众，吸引来了许多顾客，人们利用吃饭的机会，一睹卓文君的风姿。

这个消息传开了，便让卓文君的父亲知道了。他又恼又气，感到十分难堪。有许多亲戚朋友劝说卓文君的父亲，让他俩成亲，"司马相如曾做过小官，又是县令门客，只是暂时落魄。家境虽贫，但却是一个人才，只要你接济他们，日后他一定会出人头地的。况且卓文君已经委身于司马相如，他俩痴痴相爱，不如成全了他俩的婚事"。毕竟是自己的亲生女儿，父亲给了她一笔丰厚的钱财，在成都购置了庄园，派送了佣人，改变了他俩的生活。

由于司马相如的出众才华，他的辞赋《子虚赋》传到了京城，惊动了当朝皇帝。司马相如被调到皇宫成为了皇帝的侍从官。紧接着他又写了一篇《上林赋》，颇得皇帝的赏识。司马相如不仅词作得好，而且有突出的行政能力，后来进一步得到重用，使他的官越做越大。他的才华改变了他的命运，他并没有辜负卓文君及家人对他的期望，以至于后来的司马相如官场得意，竟然产生了弃妻纳妾之意。

他俩有书信往来，诗词对答，卓文君的一首《望江亭》："当垆卓女艳如花，不记琴心未有涯。负却今宵花底约，卿须怜我尚无家。"句首的四字"当不负卿"将卓文君当时的失意、痛楚、期望等复杂的心情跃然于诗中，促使司马相如回想起了他俩在杏花林中的誓言，他俩私奔相守的那段经济拮据的生活，以及卓文君非凡的作诗才华，这一切感动了他，司马相如猛然醒悟。回心转意，用驷马高车，亲自迎接卓文君进京，为他们的爱情故事画上了圆满的句号。他俩的故事流传至今，成为世俗之中的爱情佳话。

爱情是美好的，如山花烂漫时的艳丽，似雨后晴天中的彩霞，是人生中的一处美景。光阴荏苒，杏花留香，在曾经的杏花林中留下了李师师与周邦彦的漫步足迹。

他们是忘年之交，缘分让他们成就了一段美好的往事。命运多舛的李师师在出生时其母难产而死，四岁时，其父遭人诬陷被判处死刑。好在她被当时妓院的老鸨子收养了下来，视为己出，关心备至。为了培养师师的才艺，老鸨子不惜重金先后请了几位有名气的老师教李师师诗词书画、音律乐器，最后请的一名老师周邦彦是当时宋朝著名的大词人和音乐家。周邦彦看到师师天生丽质，明眸皓齿，目光流盼，不经意间流露出一脸的妩媚。师师身材适中，体态婀娜，楚楚动人，浑身洋溢着青春气息，如三月的杏花，在春色里含苞初放，娇美艳丽，让人心生摇曳，这正是她从成熟期的少女走向青年期的时候。周邦彦一眼就能看出她是一个贤淑、聪慧及干练的女子，有大家闺秀的风范。

周邦彦不仅词作得好，而且擅长谱曲，精美的词配上悠扬动听的曲子，就成了令人陶醉的音乐。他的曲子在民间争相传唱，就连歌姬舞姬都知道他的大名。师师不仅有音乐底蕴，而且天资聪颖，悟性极高，全身心地投入到了学琴之中，指法越来越娴熟。她上衣紧紧，双峰挺起；其袖短短，玉臂圆润；十指纤纤，十分灵巧。师师弹起琴来，乐曲声声，如风吹竹叶，似雨洒芭蕉，像妇人哭泣，同小河流水。师师变换着不同的曲谱，乐曲声一会儿缓缓而起，像海涛声渐渐涌来，一会儿又慢慢退去，潮起潮落。周邦彦听得十分满意，他很欣赏师师的音乐天赋，他面对的是倾国倾城的绝色美女，不仅有视觉上的美感，而且还有听觉上的享受。

虽然有老师的教习和陪伴，但是深居简出的师师就像被围在了笼子里的鸟儿一样，她渴望到大自然中呼吸新鲜的空气，到大自然中寻找快乐。师师一再央求老师带她到郊外春游，于是他们来到了郊外的一片杏花林中。面对杏花美景，师师十分高兴，她仔细观赏着杏花，表露出了不甚喜爱之情。其实他俩的心情都是欢快的，都想在野外释放郁闷的心情。只是这位老师有些顾虑罢了，他深知花亮惹眼，担心师师的绝美风姿会给他带来麻烦的。

  周邦彦是当朝朝廷小官，因受王安石改革失败的牵连，在仕途中彻底无望的他，转而投入到了对文学和音乐艺术上的追求。当他收下了李师师这位才貌双全的学生，就专心致力于对师师的音乐教习工作，师师的到来给了他心情上的愉悦和精神上的慰藉。他很喜欢师师，可是他比师师大二十几岁，年龄悬殊，他不敢对她多想什么，不敢越雷池一步。可师师没有这么想，她的思想很单纯，她喜欢谁都是凭直觉的，是感性的，而眼前的这位老师就是她喜欢的第一位男性。在他们平时的接触中，她都是落落大方的，在感情方面她甚至敢于大胆直白地向她的老师表白，但是也保持着女性应有的矜持。他俩忘情地漫步在杏花林中，师师时不时地挽着老师的手，老师有些不好意思地进行婉言拒绝。在这满目春色、纷纷繁繁的杏花丛中，有一枝红杏独自绽放在其中，这娇艳的红色仿佛是青年女子青春和生命的象征，牵引出的情思是何等的浓郁，杏花如人，人如杏花。

  后来，师师不幸沦落为风尘女子，但是师师洁身自爱，卖艺不卖身。有许多达官贵人、富家公子为求得目睹师师的风姿，聆听师师的琴声，虽然一掷千金，却都被师师一一拒绝。师师品味自高，她欣赏的是才华横溢的才子，而非富有千金的公子。随后，当朝皇帝宋徽宗占据了她，也有她的老师周邦彦在她的寝室险些撞见宋徽宗，以及师师在宋徽宗面前替周邦彦开脱罪行的逸闻趣事。

  此次郊游，他俩由衷地发出了感叹，春天是多么得美好，他们喜欢春天，喜欢大自然。他们将春游的欣喜和孤独、忧伤的心情交融在了一起，这是一次难得的郊游，杏花给他们留下了无限的情思。

当我们穿行在古人爱情故事的记忆长廊中，有多少才子佳人涉足其中，他们到了谈情说爱、谈婚论嫁的年龄段时，有媒妁之约，包办婚姻；有自由恋爱，婚姻自主。

南宋时期的著名爱国诗人陆游与舅舅家住得距离较近，都是大户人家，两家往来频繁。他与舅舅家的女儿唐琬年龄相仿，从小在一起读私塾、玩耍、嬉戏。唐琬从小聪明伶俐，出落得貌美如花。陆游也机敏过人，活泼可爱。他俩从天真无邪、不谙世事的儿童到少年相伴度过了愉悦而美好的时光。随着年龄的增长，一种萦绕于心的爱意情愫在俩人心中渐渐滋生，于是他俩开始了谈情说爱。他俩来到杏花林中踏春赏花，情意绵绵。在杏花林中，曾经留下了他俩漫步的身影。他俩经常来到沈园，漫步在小径中，依坐在石椅上，花前月下，吟诗对词，互相唱和，俪影成双。

眼下，虽然是战乱年代，处于兵荒马乱之时，但是战争还没有波及他们这里，他们还能相对地过上稳定的生活。他们陶醉在甜蜜的爱情中，陶醉在"在天愿作比翼鸟，在地愿为连理枝"的海誓山盟中，彼此承诺了忠贞不渝的爱情。

他们从小就是青梅竹马、两小无猜的伙伴，在两家父母和众亲朋好友们看来，他们是极为般配的一对，于是就顺理成章地订下了他们的婚事。他们出生在物质富裕的家庭，优越的物质生活，良好的文化教育，甜蜜美满的爱情，使他们沉浸在幸福之中。离订婚不远时，他们就举办了婚礼，这一切来得顺风顺水，自然而然。

婚后，他俩相处得十分恩爱，美满幸福。这本来是好事，却在陆游的母亲唐氏看来，小两口的关系太过亲密，会影响儿子的学习，耽误儿子的前程。她希望儿子金榜题名，登科做官，出人头地，不能让他满足现状，沉迷于小两口的卿卿我我之中。如此"消沉"下去，如何是好，况且唐琬至今没有生下一男半女。于是她就训斥唐琬，要他俩淡薄儿女情长，以科举前途为重，督促陆游加强学习，要唐琬尽到妻子的一份责任。只是他俩依然缠绵悱恻，情感一时半会难以割舍，情况依旧没有改变。陆游的母亲是个封建思想浓厚的人，迷信卜卦算命这一套。有一天她来到郊外的一座寺庙里，让一个会算命的尼姑为儿子和儿媳算命。尼姑煞有介事地说，他俩大相不合，命运相克，必有灾祸发生。就这样，陆游母亲信以为真，回家后，历数了唐琬的种种不是，说她不会生儿育女，说了算命尼姑给他俩所算的命相不合等原因，强令他俩离婚，让陆游在母亲和妻子两人中选择一人。如果陆游与妻子不离婚，她将死给陆游看，并要求陆游速写休书一封，很快休弃唐琬。这一决定如同晴天霹雳，令陆游防不胜防，待他稍作镇定之后，他的母亲又让唐琬很快离开陆家，扰得家里鸡犬不宁。

在封建礼教的淫威下，加之陆游母亲以死相逼，非得拆散他俩不可，陆游试图给母亲做思想工作，想说通母亲，母亲根本不听他的劝说。

陆游是个孝子，纵然千般不愿，纵然心如刀绞，向来孝顺的他，面对母亲的以死相逼，被迫写了一封休书，将唐琬送回了娘家。陆游与唐琬本来是恩爱夫妻，哪里舍得分离，私下里偷偷地租了一套房子，你来我往，难以割舍。但是没有多长时间，陆游母亲发现了，并采取了强制措施，断然将小两口彻底分散。

他俩离婚十年后，一个偶然的机会，又在沈家花园相遇了。虽然在这十年中两人未曾谋面，而且在离婚后的两年中两人各自成了家，但是彼此都是在想着对方的痛苦煎熬中度过的，相思病的折磨让唐琬的身心再也无法承受下去了。邂逅不久，唐琬在抑郁中离开了人世，以至于他俩在沈园邂逅时所对答的《钗头凤》词成为千古传唱的相思之情的爱情词。这两首词，其中一首是他俩重逢后，陆游在墙壁上一气呵成写下的《钗头凤》词以致意："红酥手，黄藤酒，满城春色宫墙柳。东风恶，欢情薄，一怀愁绪，几年离索。错！错！错！春如旧，人空瘦，泪痕红浥鲛绡透。桃花落，闲池阁。山盟虽在，锦书难托。莫！莫！莫！"。

另一首是因为唐琬悲从中来，回到家里，控制不住自己痛楚的情感，也附和了一首《钗头凤》词："世情恶，人情薄，雨送黄昏花易落。晓风乾，泪痕残，欲笺心事，独倚斜阑。难！难！难！人成个，今非昨，病魂常似秋千索。角声寒，夜阑珊。怕人询问，咽泪装欢。瞒！瞒！瞒！"。

在唐琬去世后，陆游曾三次来到沈园，回想起他俩在一起时的美好情景，他的脑海里依然闪现着唐琬的惊鸿倩影。于是陆游奋笔疾书，有感而发，写下了著名的《沈园》等诗，"沈家园里花如锦，半是当年识放翁，也信美人终做土，不堪幽梦太匆匆！"表达了他对唐琬无边无尽的思念之情。这是多么无奈、令人窒息的爱情啊，千百年来，有多少人发思古之幽情，曾为他俩的爱情流了多少惋惜与痛楚的眼泪。

爱情是美好的，是人生中一道亮丽的彩虹，抑或是心中的一片杏花林。爱情，也许是那一树的花开花落，不一定就要结果，但是他们获得的是太多的美好的快乐时光，令他们留恋不舍。在爱情的路上，也有荆棘坎坷和满面的忧伤。古代的封建礼教棒打鸳鸯散的事例比比皆是，也有冲破封建牢笼获得幸福美满的爱情，能够相爱一生，相守一世。

时光易逝，春光难留，红颜易老。从古至今，人们追求美好的爱情，渴望遇见自己心目中理想的异性，有一段男女之间情爱的浪漫情调，这是我们的人生所愿。在古诗古词中将美女喻作鲜花，借用杏花意喻爱情，表达了古人对爱情的渴慕与追求。古人的爱情与婚姻往事在历史的长河中绵延不绝。

随着时代的进步，人们更加重视人权和婚姻制度的完善，现代人的爱情、婚姻远比古人幸福得多。现代的人能在梦幻情思中自由地追求幸福，享受爱情，当然其间也不乏甜酸苦辣，悲喜爱恨，可谓不经风雨，难见彩虹。

让爱的花朵根植于大树之中，能根深叶茂，繁花似锦，经受风雨的考验和岁月的枯荣，将人生美好的愿望和梦想实现。

西安古韵

我追寻着古都西安（古称长安）千年历史的痕迹，多次来到此地参观古迹遗址，边看边想，曾经有多少历史大事件落地于这座帝都古城，上演了推翻朝代、争夺皇位、厮杀混战、血溅古城的场景。承载着昔日的辉煌灿烂、繁花似锦的西安，曾一度成为了文明、富裕、繁荣的国际超级大都市。这是谁创造了历史，又是谁创建了这座古都，我们可以追溯到西周的强盛、秦朝的霸气、汉朝的雄风、唐朝的辉煌、古丝绸之路的发祥地，有多少帝王将相曾经在这里建功立业、雄霸天下，书写着历史的篇章……

西安是中华民族的摇篮，是中华文明的发祥地。远古时代"蓝田猿人"就在这里繁衍生息，新石器"半坡先民"在此建立部落，从私有制社会产生后有着3100多年的建城历史。从公元前11世纪到公元10世纪，先后有13个朝代在此建都或建立政权，历时1100余年，可以说西安在中国历史上是建都朝代最多、时间最长、影响力最大的都城，在当时无疑是中国政治、经济、文化的中心，与雅典、罗马、开罗并称为世界"四大古都"。

我曾想，为什么古代有十三个王朝在西安建都呢？这当然是地理上的优势，西安在中国的版图上处于中心位置，南依秦岭，北邻渭河，矗立在关中平原，东有潼关（古称函谷关），西有散关，南有武关，北有箫关。关中平原也称"八百里秦川"，约占陕西省土地总面积的19%，属黄河中游地区，构成了中国南北地理的分界线。气候属暖温带，风沙少，雨量适宜，四季分明，自然条件优越。听说新中国成立之时，在定都投票时，西安比北京少了一票。

西安有浩瀚的古迹遗址。人们常说的一句话："南方的秀才北方的将，陕西的黄土埋皇上"。在西安周边就有一百二十多座帝王陵墓，有华夏祖始轩辕黄帝之墓黄帝陵、汉武帝刘彻之墓汉茂陵、汉景帝刘启之墓汉阳陵、唐太宗李世民之墓昭陵、唐女皇武则天之墓乾陵。影响力最大的秦始皇兵马俑，目前已发现三座，坐西向东呈品字形排列，出土仿真人真马大小的陶制兵马俑八千件。兵马俑是秦国强大军队的缩影，排兵布阵，气势凛然，被誉为"世界第八大奇迹"。秦始皇陵自始皇即位初开工修建，历时38年，动用徭役72万余人之多。可想而知，秦始皇的物质生活是多么穷奢极欲、挥霍无度，为了自己的享受，还修建了阿房宫。

西安古城墙是明朝初年在唐皇城的基础上建成的，城墙是按照防御战略体系建设的，宽度大于高度，稳固坚实，在城墙上可以跑车和操练。城墙包括护城河、吊桥、闸楼、女儿墙、垛口等一系列军事设施。这座古城墙是我国现存规模最大而又保存最完整的城垣建筑。在改革开放初期的一九八三年补修了城墙之后，西安更加焕发出了勃勃生机。

钟楼为明代建筑物，是西安的标志性建筑，坐落在城墙之内，以钟楼为中心点，分列开了东西南北四条大街。钟楼之内吊着一口明代五吨重的铁钟，故称为钟楼。

大雁塔位于西安市南郊慈恩寺内，从唐朝起就被视为西安的象征。大雁塔相传是玄奘法师从天竺取经回来后，专门从事议经和藏经的地方。大唐盛世，经济文化的繁荣也体现在了唐朝的建筑上。矗立了千年的大雁塔，依然散发出唐朝的繁荣与豪迈的特质，为古都西安增添了无穷的魅力。

西安还有许多古代遗址和古代建筑物，如原始社会新石器时代的半坡遗址，西周的沣镐遗址，秦朝的咸阳宫、阿房宫遗址，汉朝的长乐宫、未央宫和建章宫遗址，唐朝的大明宫、太极宫和兴庆宫（包括兴庆宫公园）遗址，另外还有秦王宫、鸿门宴、丝绸群雕、华清池、骊山、清真寺、青龙寺、法门寺、大唐芙蓉园、曲江遗址公园、曲江寒窑遗址公园等等，有的已建成，并保持了历史的原貌，有的正在建设中，有的在规划中。

我们可以尽情地游览这些古迹遗址。我们走进秦咸阳宫遗址博物馆，就能感受到秦朝建筑特色的风格。公元前350年秦孝公迁都至咸阳，开始建造宫室，到秦昭王在位时，咸阳宫已建成。在秦始皇统一六国的过程中，咸阳宫又经过扩建，一座雄伟壮观、规模空前宏大的皇宫已改朝换代，涂抹上了崭新的秦代色彩。始皇在这里君临天下，治理朝政，号令全国。一代新君，威风凛凛，不可一世。秦始皇在全国各地招纳美女，充实后宫，更加穷奢极欲地享受他腐朽糜烂的帝王生活。因为他是皇帝，高高在上地主宰着天下苍生，掌握着生杀予夺大权，而黎民百姓就是为他服务的草民，可生可死，命如草芥。在他外出巡视时，行至沙丘便一命呜呼。陈胜、吴广率众起义，当农民起义军与秦军决战之时，楚怀王项羽与各路将领们约定，谁先攻入关中，就封谁为关中王。刘邦由南向西节节推进时，攻破了关中平原的南大门武关，坦荡无垠的关中平原出现在了刘邦的眼前。刘邦的十万大军无遮无拦地一路狂奔到了咸阳城，咸阳无险可守。到了咸阳宫，刘邦被高大巍峨的宏伟建筑所吸引，他没有来得及仔细观赏，就急匆匆地闯进了皇宫。农民出身的刘邦哪里见过这么宏大、高档、豪华的宫廷，哪里见过这么六宫粉黛、妖艳动人的美女，眼前出现的这些美景和美人看得他眼花缭乱，好似黄粱一梦，令他无法想象。几年的繁忙征战，使他疲惫不堪。他只顾打仗，没有来得及享受，有时候生命都处于极度危险的状态中，难得有休闲和放松自己的机会。如今有这么多美女突然出现在他的身边，令他如饿狼扑食般地扑向美女。现在他是这里的老大，是这里的主人，没有人敢阻止他的行为，只能顺着他的心意任他蹂躏他，疯狂地抓挠，放下这个美女，紧接着又抱起另一个美女，一时半会还享受不完。在这里他穿上最好的绫罗绸缎，尝尽最好的美味佳肴，不顾随身大臣的劝说，一连好几天不知白天黑夜地与美女寻欢作乐，沉浸在这种糜烂的肉欲与感官的享受中，他痛快淋漓地发泄了身上的淫欲之火，在肥沃的土地上播撒下了肉欲的种子。他与美女玩累了，身子骨被掏空了，走起路来踉踉跄跄，东倒西歪。他满足了，暂时释放了他的全部欲火，蓦然想起了眼前严峻的战争形势，想起了重任在身，想起了他的大臣和军队。他便立即走出咸阳宫，又重新振作起精神，采纳谋臣的建议，接受了秦王的投降。刘邦是个很有政治头脑的人物，懂得笼络民心。他打进咸阳城没有杀一个平民百姓，将秦朝的金银财宝全部封存入库，皇宫里的人与物依旧留存。他还安抚百姓，废除秦朝苛法，与百姓约法三章……以至于出现了后来的鸿门宴。紧接着，项羽进入了咸阳城，纵火屠城，将咸阳宫夷为废墟。

秦末农民起义形成了以项羽与刘邦两大军事集团争霸天下的四年楚汉之争，最终以刘邦胜利、项羽失败身亡而结束。刘邦定都在西安，将皇宫建造在今天的未央区汉长安城遗址西南部，称谓为未央宫。未央宫是中国古代规模最大的宫殿建筑群之一，总面积是北京紫禁城的六倍之多。自未央宫建成之后，西汉皇帝都居住在这里，成为西汉帝国二百余年间的政令中心。

秦末多年的战乱，给百姓带来了深重的灾难，中国大地满目疮痍，伤痕累累，经济遭到了严重破坏。致使西汉初年，社会经济衰弱，物质匮乏，百姓饥寒交迫。汉高祖刘邦吸取秦朝灭亡的教训，迅速发展经济，开创一个政通人和、百废俱兴的新局面，巩固新生政权。

到了"文景之治"这一时期，一派繁荣景象的盛世光芒普照着天下苍生，使未央宫更加熠熠生辉。"文景之治"作为中国农耕社会的第一个治世，它为西汉创建了一个政权稳定、政治清明、国强民富、百姓安居乐业的社会。"文景之治"时期分为两个时间段，即汉文帝刘恒统治时期和汉景帝刘启统治时期，两人先后在位四十年。他俩崇尚黄老之说，即倡导无为而治的道家思想，注重以德化民，将民生问题作为第一要务，大力发展经济，努力释放生产力；实行休养生息政策，改革法制，废除苛刑，减轻农民的劳役和赋税，加强廉政建设，厉行节约，禁止浪费，并从自身做起，宫室生活一切从简，在行政成本方面杜绝不必要的国家开支。在政治上，他们加强中央集权，削弱诸侯势力，抑制豪强，大量裁减诸侯国官吏，将诸侯王的权力收回朝廷。文景二帝在治国理政方面所出台的政策和措施，立足点是国以民为本，让百姓受益，缩小贫富差距，维护社会公平正义。他俩得到了百姓的衷心拥护和爱戴。

"文景之治"时期，随着生产日渐得到恢复和发展，出现了多年未有的稳定富裕景象，到景帝后期时，史称"京师之钱累巨万，贯朽而不可校。太仓之粟陈陈相因，充溢露积于外，至腐败不可食"。

未央宫，巍峨高大，恢宏壮观，是大臣们上朝的地方，是黎民百姓仰慕和向往的地方。聚居在全国各地的老百姓能感受得到帝王的威严、天子的号令以及皇恩浩荡。作为一位有成就、有作为的封建帝王汉武大帝，他的智慧才能、经韬纬略留给历史品评。有了"文景之治"时期积累的雄厚的物质基础，面对匈奴的侵扰，在汉武帝执政之初就秣马厉兵，磨刀霍霍，部署攻打匈奴的备战工作。汉武帝生长在未央宫，生性成骁勇、剽悍、不屈不挠的性格。他怎么能容得下匈奴侵扰大汉边疆，以汉武帝的霸气、雄心和坚定的意志，定将匈奴彻底消灭，让和亲乃至纳贡的做法永远成为历史。他极力捍卫大汉帝国的尊严，待具备了攻打匈奴的条件，派卫青、霍去病统帅大军杀进了匈奴敌国，通过多年的征战，将匈奴彻底打垮，并占领了匈奴领地。他攻打匈奴，开疆拓土，消除了多年以来的外患，换来了几百年的边疆安宁局面。

汉武帝是一个具有雄才大略的皇帝，他对国情有深刻的认识。他准备消灭匈奴，开疆拓土，而且把目光投向了世界，对国家的定势、整体发展形成了战略思维。在那个信息闭塞的年代，他准备征战匈奴之时，派遣张骞出使西域的月氏国，与西域诸国建立外交关系，对匈奴形成战略包围之势，打通了著名的丝绸之路。丝绸之路的起点为西安，经过甘肃、新疆到中亚、西亚并联接到地中海各国的陆上通道，这条道路也被称之为"西北丝绸之路"。西汉对西方各国的交流，不仅送去了以丝绸为主的各种商品，而且还送去了汉族先进的农业、手工业技术和优秀的文化，促进了各国人民的通商和友好往来，推动了边疆少数民族的发展和民族间的融合。汉武帝彻底打垮了匈奴，为丝绸之路的拓展扫清了障碍。丝绸之路作为中国对外开放交流的一个历史性标志，也成为了一条照耀世界历史文明的荣光之路。它像一条色彩斑斓的丝绸彩带，将中国同欧亚大陆中的国家连为一体，成为通向未来经济、国际文化交流的一条时间跨度久远、宽阔而长远的路。

古城西安啊，似一幅波澜壮阔的历史画卷，向世人展示着它数千年以来有多少王朝曾经在这里兴起和衰亡的历史过程。咸阳宫、阿房宫、未央宫、大明宫、华清池等古建筑，曾经见证过多少历史事件，其背后隐藏着朝廷大臣之间争权夺利、钩心斗角的阴暗面。有的皇帝不思进取，不理朝政，每天沉湎于声色犬马之中，致使大权旁落，国家衰弱。但是汉朝与唐朝的强盛永远载入了史册。

在隋末天下大乱的汪洋大海中，李渊起兵推翻了隋朝，一个新生的、朝气蓬勃的唐朝喷涌而出，大唐皇宫大明宫以崭新的姿态屹立于长安城，占地面积是北京紫禁城的4.5倍，是全世界最辉煌壮丽的宫殿群，一代明君唐太宗李世民就在这里开创了"贞观之治"。他任用贤能，从善如流，勤政爱民，是中国人千年称颂的好皇帝。他这个皇帝也是来之不易的，是从他哥哥和父亲手里夺过来的。李渊本是隋朝大臣，在太原留守期间，看到农民起义军声势浩大，在李世民的劝说，甚至用计逼迫下起兵反隋。李渊自知无力改变这已成的定局，只好顺势而为。李世民在推翻隋朝、扩充李渊的实力方面起到了重要作用。功高震主，李世民的实力严重威胁到了长兄李建成的太子地位，势必要形成兄弟间争夺皇位的残酷斗争。唐朝大半个天下是李世民打下来的，岂能拱手让给兄长呢？在两不相让的情况下，双方都在酝酿着将对方置于死地的计谋。只是李世民抢先了一步，设计将哥哥和弟弟骗至玄武门杀死，这就是著名的玄武门之变。然后李世民将皇位从父亲手里夺了过来，至此，李世民登上了唐朝皇帝的宝座。李世民以他的雄才伟略、文功武治，将唐朝建设的空前繁荣富裕。他在位时年号为贞观，所以人们把他统治的这个时期称为"贞观之治"。

唐太宗积极推行对外开放政策，延续了前朝的陆上丝绸之路，又开发出了海上丝绸之路，重新架设起了东西方之间的友好通商桥梁，又联结成了国内各民族之间的贸易纽带。唐朝的丝绸之路不仅仅向东西方延伸，同时也向南北方向扩展。有史料记载，太宗时期有300多个国家和地区与唐朝友好往来，唐朝丝路无比繁荣，盛极一时。太宗在位，有万国使者，八方来朝，长安成为万国之都，开创了崭新的大唐气象，"贞观之治"是我国历史上最为璀璨耀眼的治世之年。

大明宫，照耀了一个王朝，是唐朝繁荣富强的象征，在这里，帝王将相的经韬纬略得以充分发挥，大放光芒。每一项国策从这里诞生，又从这里起航。在这里依然弥漫着"贞观"与"开元"的遗风，当我们走进大明宫博物馆，丝绸之路的路线图便出现在了我们的眼前。好似大唐皇帝李世民、武则天、李隆基缓缓地向我们走来，炫耀着他们的丰功伟绩。大唐在当时是世界上最强盛的国家，长安城是全世界最大最繁华的都市。大明宫这座宫殿仅存了二百余年，随着李家王朝的灭亡，也葬身在一片火海中，被夷为废墟，但是大唐走向了世界，引领了世界。

领略大唐风华，放眼锦绣山河，享受盛世之福，究其原因，在于一个有雄才大略的皇帝的作为，方能治理好万里江山。尽管朝代在更替，那些帝王将相轮番上阵，踏着时代的节拍，砥砺前行，如能遇到好的皇帝则是国家之幸，百姓之福。

大唐武则天，是中国历史上唯一的女皇帝，如一枝独秀，美艳无比。她的英名、睿智、才学、功绩，与日月同辉，天地永驻。她膨胀的野心促使她应用自己的姿色、聪慧、毒辣、权术，不择手段、不顾一切地去争夺皇后，争夺皇帝的宝座。自从她参与朝政到自称皇帝，再到退位，这一期间有半个世纪，都是唐朝发展的重要阶段。无论在政治、经济和文化等各个方面，她的政绩都是显著的，尤其是自她称帝以来，进一步强化了贞观之治的发展，史称

"贞观遗风",将唐朝推向了更加繁荣的时期。

大唐的辉煌也有唐玄宗李隆基的作为,他承接着"贞观遗风",带领唐朝开拓进取、意气风发地走向了"开元盛世"。当时的社会经济、文化空前繁荣,商业十分发达,对外贸易持续发展,将唐朝推向了全盛时期,达到了中国封建社会的顶峰阶段。唐朝的文化繁荣,因其盛世高峰催生出不少的著名诗人,那些名篇佳作以其恢宏、充沛的气象感悟出生命的唯美,洋溢着诗人对盛世热情留恋的情感,表现出大唐文采的风流与豪放。

这里有李白对酒当歌、即兴抒怀、挥毫作诗的飘然思不群。唐玄宗到了晚年,居功自傲,不求上进,与杨贵妃每天沉浸在享受作乐之中,导致了安史之乱,致使唐朝大伤元气,从此,大唐盛世一去不复返。杜甫在诗中不免发出了吟吟哀叹之声,还有李商隐、贺知章的惆怅、凄怨……唐朝那些灿若星辰的文人们,为唐诗树起了一座旷世孤傲的丰碑,至今在中国乃至世界文坛上时时回荡着唐诗的余音。我们是汉人,是大汉民族。我们又是唐人,自唐朝之后,老外把我们称作唐人,唐就是中国富裕强盛的标志。

古都西安,古韵生辉,虽然历史已穿越千年时空,我们遥望古都十三朝远去的背影,依然弥漫着历史的气息,尤其是秦、汉、唐的强盛,千年不倒地屹立在人们的心中。古都西安,延续了千年历史的文脉,我们追寻古迹,感悟历史,面对这座被现代化气息所笼罩的古城,依然能窥视出汉唐的风骨和神韵,能探询出中国古文化的根源。梦回汉唐,那辉煌的历史,灿烂的文化,永远定格在历史的丰碑上,而古都西安就是历史的见证者,它的历史光芒,熠熠闪烁,并以其独特的魅力向世界展示出它的恢弘、壮观。

左宗棠与新疆

新疆占据着我国六分之一的国土面积,地大物博,物华天宝,山河秀美,不禁让人赞叹,新疆是个好地方。一个地区、一个地方总是和某些人有特定的联系,新疆也是如此。新疆今天能呈现在中国的版图上,是与左宗棠的功劳分不开的。

清朝咸丰年间,清廷财政极其困难,各种附加税在新疆相继征收,除清政府盘剥外,当地的王公贵族、宗教头目对农牧民的剥削压迫十分残酷。新疆人民为了自己的生存,在同治年间开始武装反清,在反清过程中,一些本地民族的封建主和宗教上层头目取得了领导权。这些割据政权的头目竭力煽动民族仇杀,他们之间为了争权夺利,扩大地盘,互相厮杀,征战不已,有十三万满族人和汉族人以及军人被惨遭屠杀,使新疆局势混乱不堪。就在这混乱之中,临近新疆西部的一个中亚国家浩罕派的一位将领阿古柏趁机入侵新疆,五年之间侵占了新疆包括吐鲁番和乌鲁木齐等地的大部分土地。自阿古柏军队入侵以来,到处搜刮民脂民膏,抢掠财物,奸淫妇女,乱杀无辜,致使新疆百姓家破人亡,流离失所,在生死线上挣扎。阿古柏政权在南疆的出现,引起了英国和俄国的极大关注,这两个国家早就觊觎着我国南疆地区,都想力图把阿古柏政权置于自己的控制之中。十九世纪英国和俄国是当时争霸世界的两个殖民强国,俄国强迫清政府接受他们一手炮制的划界方案,签订《中俄勘分西北界约记》,侵夺了我国西北边疆四十四万多平方公里的领土,之后俄国军队侵占了伊犁地区。英国与阿古柏政权签订了条约,英国人从印度进入南疆可以随意进入阿古柏占领的任何地方,这就是当时新疆的社会背景。

就在新疆沦陷之后,日本入侵我国台湾和东南沿海地区。自鸦片战争以来,我国与入侵国家签订了一系列不平等条约,致使国运衰弱,财政拮据,国库空虚,增收赋税,民不聊生。朝廷大多数人认为收复新疆与保卫东南沿海地区不可同时兼顾,关于海防与塞防意见分歧,举棋不定。以直隶总督李鸿章为代表的大臣反对西征,要求停兵撤饷,认为收复新疆是"出兵必败""边疆无用""得不偿失"占据了上风。在此关键时刻,时任陕甘总督的左宗棠和湖南巡抚王文韶挺身而出,针锋相对,据理力争,决不让外国侵略者侵占我国西北领土。左宗棠、王文韶等人海防与塞防并重的国防主张得到了执政的武英殿大学士、军机大臣文祥的支持,任命左宗棠为"钦差大臣,督办新疆军务",授予他征兵、筹饷、指挥军队等全权。

对新疆情况的了解,清廷中的当权派知之甚少,而左宗棠知道得较多。左宗棠结识了以研究西北史地著称的学者徐松,详细阅读了他著有的《西域水道记》,还阅读过《西域图志》等研究新疆的专著。左宗棠未出仕途之前,在长沙湘江船上与林则徐会过面,进行了彻夜长谈。林则徐是左宗棠所崇拜的民族英雄,而左宗棠是通过忘年交陶澍重和密友胡林翼两位大臣的介绍,称左宗棠为"异才,品学为湘中士类第一""绝世奇才",这引起了林则徐的特别重视,而且深信不疑,所以特地邀请左宗棠来长沙见面。左宗棠博览群书，通读古今，能够系统地掌握中国五千年的历史。他俩忧国忧民，侃侃而谈，在学识上能得到交融，思想上产生共鸣、政治上见解相一致。林则徐在广东虎门销烟后被朝廷贬职在新疆管理伊犁。他将搜集的有关新疆的人文、地理、经济以及当前形势等资料全部交予了左宗棠，认为俄国有觊觎新疆领土的野心，并提出了"终为中国患者，其俄罗斯乎"的看法，希望左宗棠能走上仕途道路，堪当大任，匡世救国。林则徐的话左宗棠铭记在心，虽然他没有去过新疆，但他通过书籍等资料对新疆有所了解，深情地眷恋着这片土地。凡是中国的领土一寸也不能让外国人侵占，他的爱国热忱和捍卫祖国领土的坚定意志支撑着他在收复新疆的过程中能够克服艰难险阻，战胜一切困难。

在清廷任命左宗棠为收复新疆钦差大臣之时，新疆已沦陷了十多年。左宗棠不仅要消灭阿古柏的军队，还要铲除俄国军队，同时要取消英国在新疆的利益，在国内还有政敌的攻讦、同僚的反对。在国库空虚的前提下，难以筹措军饷、粮草、武器弹药等军需物资。由于路途遥远，长途跋涉，运输军需物资极其困难。左宗棠既要解决军用物资的供应，又不想给老百姓带来过重的负担，于是，他以政治家的智慧来解决这些问题。要筹措粮食首先要解决民生问题，调动百姓的生产积极性，要得到百姓的拥护和支持。他深知筹措军粮不能单靠征购，还要进行屯田，老百姓有了粮食才能征粮，于是他不仅发动老百姓种地，同时还发动士兵们种地，不能损害老百姓利益，造成不良影响。要在关外屯田，首先要兴修水利，解决农田灌溉问题，于是他采取了一些积极的措施，保障了军粮的供应。

有关运粮问题，左宗棠根据地理条件，主张关内以车驮为主，关外以驼运为主。在运输方式上，摒弃以往的运输办法，进行改革,采取"节节"转运的短途运输办法,因为"长运疲牲畜之力,又为日太久,稽核不能迅速,故改短运为宜"。左宗棠认为"转运一事,固非籍民力不可",并强调"购驼不如雇驼,官车不如用民车"。这是因为受雇者对自己的车辆、牲畜的爱护远胜于官驼和官车的管理人员。并在外省设立了军需物资转运站,从内地到北疆形成了上万里的运输线路。通过改革措施,加快了运输速度和扩大了运输量。

他还通过向外国贷款,在兰州建立兵工厂,能生产出与国外同样先进的枪支弹药。相对而言,筹饷比筹粮、转运更困难。他想尽一切办法,做了周密的计划、安排,付诸实施,如期实现了西征军的粮、饷、武器、弹药等物资供应,为收复新疆提供了物质保障。

为了提高部队的战斗力,左宗棠还对西征军进行了整顿、集训。首先,他坚决惩治悍将,裁减冗员。他强调,边塞用兵的原则是"兵在精不在多",因为"道远运艰,不能用众",并加强官兵的训练,严令出塞,各营要"勤加演练,以期精而又精,克收寡可抵众实效"。对出关各军的火力配备,左宗棠也设法予以调整和充实,尽可能使用比较先进的武器。外国人评论左宗棠带领的这支军队不是以前的中国军队,他基本上是一个欧洲强国的军队。

左宗棠为西征军制定的战术方针是"以缓行速战为义",意思是充分做好战前准备工作,包括战略战术的制定,人员的配备,情报的搜集,不打无把握之仗,不匆忙进兵,一旦打开,就要速战速决,决不允许迟缓。他用兵向来谨慎,曾说过:"慎之一字,战之本也",就是要求官兵们不能轻敌,打了胜仗更不能骄傲自满,一切要谨慎行事,戒骄戒躁。

当时新疆敌方军队的布局是,沙俄占领伊犁地区,阿古柏直接控制南疆八城和吐鲁番盆地,投靠阿古柏的马人得和白彦虎的军队盘踞在乌鲁木齐、玛纳斯一带。左宗棠收复新疆提出"先北后南"的战略方针，这样做首先可以避实就虚，在突破敌人薄弱环节后再进行决战，可以先声夺人，鼓舞士气。其次，先将阿古柏一部分军队在北路聚而歼之，为挺进南疆创造条件。从而形成从东、北两面夹击南疆之势。这是基于对阿古柏集团的兵力部署、新疆的地里环境以及历史经验的分析、判断所做出的决策。为了利用英、俄矛盾，集中力量消灭阿古柏集团，左宗棠主张暂时不涉及伊犁问题，等先消灭了阿古柏军队，然后消灭俄国的军队，这个战略方针是完全正确的。

  为了收复新疆，清军在西北地区集结了一百四五十营，约六七万人，先后投入第一线的有八十多营，近四万人。战争从光绪二年（1876年）夏季开始，分为三个阶段：第一阶段为北疆之役，第二阶段为达坂—吐鲁番之役，第三阶段为南疆之役，到光绪三年（1877年）底结束，天山南北两路除伊犁地区外，均告收复。清军在战争中往往能以极少的损失取得最大的胜利，缴获了不少的战马、枪炮军械等战利品。左宗棠采取灵活机动的战略战术，有时候不按照清廷不切合实际的军事部署，而是根据前线实际情况调配军队指挥打仗。在战略上左宗棠能够掌握战争的主动权，在战术应用上，左宗棠能够出其不意攻其不备，打得敌人昏头转向，狼狈而逃。在兵员和武器弹药的补充上比较及时，特别是在第二阶段的战役中，是双方的主力决战，给予阿古柏的主力部队以毁灭性的打击，一举打开了通向南疆的大门，消灭敌人两万余人，相当于阿古柏防守这一地区兵力的五分之四，约占阿古柏总兵力的百分之四十，阿古柏死于这场战役中。阿古柏死后，发生内讧。在"树倒猢狲散"的状况下，这些残余部落有的纷纷倒向清军，有的投靠了沙俄，有的逃跑。左宗棠命令部队一路追杀，不给敌人以喘息的机会，彻底打败了阿古柏军队，同时也铲除了英国在新疆的利益。于1878年1月2日，整个新疆除沙俄仍盘踞在伊犁地区之外，已全部收复。

正当左宗棠一路势如破竹，决计乘胜一举收复伊犁时，沙俄主动与清政府进行谈判，并提出条件：只有允许俄国商人进入中国内地做贸易，赔偿俄国损失费，还要在割让一些土地的前提下，才能交回伊犁。清政府要求俄国派使节与左宗棠直接谈判，却遭到了俄方拒绝。于是清政府派出吏部右侍郎、暑盛京将军崇厚前往俄国交涉收回伊犁。但未经清政府同意，崇厚竟在克里米亚半岛的里瓦吉亚与俄国签订了《里瓦吉亚条约》。按这个条约规定，俄国虽然交还伊犁九城，却割据了霍尔果斯河以西地区，特克斯河流域以及位置重要的穆素尔山口，从而隔断了伊犁与南疆阿克苏等城的联系。此外，中国还要支付五百万卢布（约合二百八十万两白银）的所谓"代守费"和"俄民损失费"，中国还要准许俄国在嘉峪关、哈密等七处设领事，并给予俄商在新疆、蒙古享有免税贸易的特权等。

消息传来，举国震惊。朝野一同谴责崇厚的卖国行径，因为这是在两国没有交战的前提下，在中国并未战败的情况下签订的一个丧权辱国的条约，所以激起了举国上下的一致反对和声讨，全国舆论一片哗然，街谈巷议无不以一战为快。左宗棠主张可以先谈判，如果按我们的要求谈判不成则拼力一战，从沙俄手中收复失地。在巨大的爱国御侮浪潮影响下，清廷大多数官员要求改约或攻打，只有极少数人主张妥协。卖国贼李鸿章就是这些少数人中的代表，极力阻止改约，但是，在全国反对浪潮的激荡形势下，清廷不得不放弃李鸿章的建议，将崇厚治罪，改派大理寺少卿、驻英法公使曾纪泽（曾国藩长子）前往俄国谈判；同时，命令左宗棠统筹兵事，做打仗准备。

俄国为什么不和中国交战，而因为伊犁领土问题首先提出和中国谈判呢？在中国打败阿古柏军队之时，正值俄国刚刚结束了对土耳其的战争，经济已经枯竭，财政赤字严重超高，沙俄政府虽然想以战争手段霸占伊犁，但由于经济衰弱，难以出兵作战。

曾纪泽与俄国代表进行了半年多的谈判，在这场中俄外交斗争中，充分显示了他的外交才干。当然，左宗棠的积极备战，扬言要将沙俄军队打败，无条件收回伊犁，对曾纪泽同沙俄的谈判起到了后盾作用。

曾纪泽在力主收回伊犁，废除《崇约》原则的同时，在其他方面也有所让步。这样双方终于在光绪七年正月二十六日（1881年2月24日）签订了中俄《改订条约》（即中俄《伊犁条约》）。按新的条约规定，俄国同意交还特克斯河谷地区（约两万多平方公里）和通往南疆的穆扎尔山口，并放弃了俄国货物由嘉峪运进内地的要求，但仍割占了霍尔果斯河以西地区（约一万多平方公里），并把赔款由五百万卢布增加到九百万卢布（约合五百零九万两白银），还保留了《崇约》所规定的商业特权。十分明显，《改订条约》仍然是沙俄强加于中国的不平等条约。不过从中国方面说，这与崇厚签订的条约想比，总算收回了一些权益。后来，有人赞扬曾纪泽的俄国之行是"折冲樽俎，夺肉虎口"，不是没有道理的。《改订条约》签订后，于第二年二月初四日（1882年3月22日），清军带兵进驻了伊犁，从此，伊犁终于从侵略者手中回归到了祖国怀抱。

收复新疆是极其艰难而又复杂的事情，既要有朝廷的大力支持，又要有民众的拥护，这不是简单的军事行动。作为西征军的最高统帅，要具有战略思维、全局意识、深远的谋略、过人的胆识和非凡的才干。他进入新疆，特别重视处理和调整各民族各阶层之间的关系，认真对待军民关系。为了不扰民，不损害新疆民众的利益，他整饬军纪，严格执行，如有触犯者要严惩不贷，杀一儆百，他向部队说明军纪的好坏直接关系到民心的得失和战争的胜负。使军队与百姓能够和谐相处，成为鱼水之情。清军进入新疆也得到了当地民众的不少帮助。

  参加收复新疆战役的军队来自全国各省区，派系林立，相当复杂，颇难统一指挥，甚至有个别不听指挥，延误战机。各军的素质、武器配备和战斗力的强弱参差不齐，调配和使用起来比较困难，不能得心应手。左宗棠根据实际情况加以整合，严格训练，统一部署。对于干部的提拔任用，他不拘一格，量才录用。

  收复新疆后，左宗棠大力恢复生产，发展经济，同时加强边防巩固，废除了一些有弊端、不合时宜的制度。他进行清丈土地，减免赋税，奖励垦荒，采取官方贷款、民间出力的方式兴修水利、修路铺桥，每收复一地，妥善处理善后事宜，极大地调动民众的生产积极性，也改善了民生。

  左宗棠对中国的最大贡献就是收复新疆，收复新疆是他人生中最光彩夺目的一页。在新疆岌岌可危之际，他以垂暮之年，不畏艰险，承受着巨大的压力，挺身而出，主动承担起收复新疆的重任，这充分表现出他的一片爱国热忱和高尚无私的奉献精神。他一生很清贫，虽然出仕较晚，但他把自己的余生奉献给了国家和人民。今天的现实，让我们更加认识到了左宗棠收复新疆的重要性，他给中国人民做了一件大好事，造福子孙后代。他的丰功伟绩光耀千秋，是值得我们永远缅怀的一位民族英雄。

  （注：本文中的内容从杨东梁著《左宗棠》书中参考）

游"三孔"话孔子

我这里所说的"三孔"是指曲阜"三孔",即"孔庙、孔府、孔林"。曲阜市位于山东济宁,曲阜在春秋战国时期为鲁国国都,后更名为鲁县,再后来更名为曲阜。孔子生于斯,葬于斯。

孔子叫孔丘,字仲尼,孔子是人们对他的尊称。孔子是我国古代著名的思想家、伟大的教育家、杰出的政治活动家,他出彩的人生和思想早就扎根在中华民族之中。

由于孔子思想对后世的影响,以及人们对这位古代圣贤的崇拜,我专程去孔子的故里参观了"三孔",并祭拜了孔子,感受儒家文化。我们按顺序依次参观了孔庙—孔府—孔林。

据有关资料记载,孔子去世的第二年(公元前478年),鲁哀公将孔子生前所居之屋改做"寿堂",房屋三间,里面陈列着孔子使用过的"衣、冠、琴、车、书","因以为庙,岁时奉祀",即每年按时令祭祀孔子。孔子故宅的这三间房屋就是现在孔庙的前身。当时由于孔子的弟子为了表示自己对恩师的敬仰而经常来到孔庙祭祀孔子。孔庙不仅是中国古代举行祭孔的活动场所,同时也是传承孔子思想、进行文化教育传播的景点。

自西汉以来,历代帝王不断给孔子加封谥号,随着儒家思想的地位不断提高,孔庙不断扩建、重修,至今占地15公顷(即15万平方米)。孔庙建筑整体上有皇家园林的建筑风格,殿、阁、亭、坛、堂、坊、斋分立院内,石碑林立。庙内有个古建筑大亭子,叫杏坛,传说是孔子讲学的地方,矗立在大成殿前的院落正中。坛的周围曾经有杏树环绕,所以命名为杏坛。大成殿是孔庙的主体建筑,殿的内门正中上方悬挂"万世师表"牌匾,听说是乾隆帝的手迹。殿内正中设立有孔子的塑像,七十二弟子及儒家的历代先贤塑像分立左右两侧,历代皇帝的重大祭孔活动都在大成殿里举行。大成殿与北京故宫的太和殿、泰山岱庙天贶殿称为"中国古代三大宫殿"。庙内还有十三碑亭,碑上刻有一些当时的皇帝在对孔子加封爵位时的评价或者是修葺孔庙的一些记录。庙内古木参天,郁郁葱葱,树木与宏伟的建筑群交相辉映。曲阜孔庙与北京故宫、承德避暑山庄并称为"中国三大古建筑群",与南京夫子庙、北京孔庙和吉林文庙称为"中国四大文庙"。在游览中,我们参加了祭孔活动。

孔府,又称"衍圣公府",位于孔庙东侧,是一座典型的中国贵族门户之家,有号称"天下第一家"的说法。是孔子嫡系长孙长期居住的府邸,也是中国封建社会官衙与内宅合一的典型建筑。府内有几个院落,分住宿、办公、活动等几个区域。孔子死后,子孙后代世代居庙旁守庙看管孔子的遗物。到北宋末期,孔氏后裔住宅已扩大至数十间。随着孔子后世官位、爵封的提升,孔府建筑不断扩大,至明、清形成较大规模,分中、东、西三路布局。孔府有前厅、中居和后园之分,孔府仍保持着清末民初的陈设,第七十六代衍圣公的住宅和室内陈设依然保留完好。孔府后花园十分漂亮,有山、水、林、桥,有水榭花坞,有亭台楼阁等设施,孔府总占地约16公顷。

由于儒家思想的重要性，为显示尊师重道，推行儒家思想，历代王朝对孔子日益尊崇，对孔子的嫡系后裔也给予了优厚待遇，一直对孔子的嫡系长孙封有世袭爵位，直至宋代册封为世袭的"衍圣公"封号，专主孔子的祭祀，还有其他官职。"衍圣公"为正一品官阶，列为文臣之首，有一定的特权。有句话叫作"百年王朝，千年世家"，孔子世家成为我国历史上持续时间最长的贵族世家。从孔府中就能见证到这一历史。

孔林是孔子及其家族的专用墓地，林墙周长七千米，占地近200万平方米，林内有墓冢10万余座，林木丛多，墓在林中。孔子的墓地为什么不叫孔陵，而叫孔林呢？其一，区别在于"陵"是皇家墓地的称呼。孔子虽为至圣，但不是皇家，只能称为孔林。其二，孔子去世后，孔子的弟子们从四面八方拿着奇木异树来到老师的墓地，栽种在墓冢的周围。因为弟子们担心天长日久之后找不到老师的墓地，所以不约而同地携带树木栽种，作为标记。这就形成了最原始的孔林，也就是孔子的墓地林木繁多，称为孔林。如果孔子的弟子们不种植树木，恐怕现在难以找到孔子的墓冢了。孔林园内很大，我们是坐着电瓶车观景的，那一堆堆的墓冢，横成排，竖成行。墓冢前立着碑，相传是历代著名的大书法家们的亲笔题碑，故而孔林又有碑林的美名，堪称是书法艺术的宝库。孔林中的神道两侧树木夹道侍立，高大挺拔，苍翠浓郁。孔子墓冢位于孔林中部，封土呈偃斧形，当然，在孔林中是气派较大、规格也较高的墓冢了。林内已埋葬孔子后裔至第七十六代，从周至今，全无间断。据导游说，天下孔家去世了都可以入冢于孔林，只是要提前给当地政府写申请，并给予批准。孔林延续时间之长，墓葬数量之多，作为一个家族墓地，在世界上是绝无仅有的，它是儒家思想在漫长的中国封建社会意识形态里居统治地位的产物。

"三孔"是具有中国古代特色的庞大的建筑群，规模之宏大、气魄之雄伟、年代之久远、保存之完整，被古建筑学家称为世界建筑史上的孤例。它集历史、建筑、文化、艺术、书法、石刻、古木等文物遗迹于一体，是我国古代劳动人民智慧的结晶，是珍贵的历史文化遗产。1961年，"三孔"被列为第一批全国重点文物保护单位，1994年12月被联合国教科文组织列为世界文化遗产。

我们踏着孔子的足迹，游览了孔子的故乡，想象着两千五百多年前这位古圣人在这片土地上生活的轨迹，联想到孔子的言谈举止，至理名言，我们不妨回顾一下他的精彩人生。

孔子的先祖是宋国贵族。孔子父亲叔梁纥是一位武士，在鲁国任职，武艺高强，作战勇猛，曾两次荣立战功，名闻一时。叔梁纥晚年大致在六十三岁时娶了十六七岁的妙龄女子彦征，生了孔子。孔子三岁丧父，生活的重担落在了母亲身上。由于生活的窘迫，孔子年龄稍大一些就做起了体力活。在孔子十六七时，母亲去世了。

孔子渴求知识，酷爱学习，为了谋生，他白天忙于工作，晚上抓紧时间学习。西周和春秋时代，贵族子弟在学校里接受正规教育，必修课是礼、乐、射、驾、书、数，总称"六艺"。孔子虽然没有在学校里接受过正规教育，但由于他刻苦自学，较早地掌握了这六门课程。"礼"包括典章、制度和礼仪，是人们的社会行为规范，是"六艺"中最重要的内容。"乐"就是音乐。孔子非常喜好音乐，有极强的音乐天赋，是管嘴唇会吹，是琴手指会弹。孔子曾向名师学习弹琴、击磬，对音乐的迷恋已达到如痴如醉的程度，并对音乐有很高的鉴赏水平。当时周王朝有一位大夫叫苌弘，是著名的音乐理论家和博物学家。孔子曾向他请教过，还与苌弘一起讨论了古音乐和歌舞理论，使苌弘对孔子的虚心好学精神和卓越的见识大为赞赏。至于其他四门课程，孔子轻车熟路地学会了，并且学得都很精湛。随着孔子年龄的增长，已不满足现有的书本知识，他怀着强烈的求知欲望，更加广泛地涉猎《诗》《书》《易》等各种历史文化典籍了。从外表看，孔子长得腰长腿短，五大三粗，身体强壮，长相奇特、威猛，一米九六的身高，像一介粗野的武夫。但是，他的性格却温文尔雅，文质彬彬，乐于施舍，与人为善，成为了名垂千古的大学者。

当孔子掌握了大量知识、拥有实力、初露头角之时，也赢得了人们对他的尊重。不知不觉已经到了三十岁，这正是孔子人生事业起步之时。孔子风华正茂，踌躇满志，想在政治上有所作为。他寻找各种机会，希望步入仕途。他入仕的目的不是为了贪图富贵，光宗耀祖，而是为国家建功立业，实现他的政治理想。因为孔子清楚地认识到，要想对国家政治生活发生影响，要想改变国家的政治局面，那就必须占据一定的职位，掌握一定的权利。一介平民，无论有多么宏伟的志向，多么美妙的政治蓝图，都不可能在政治上有所作为。政治是什么？孙中山先生曾解释过：政，就是国家的事，是大家的事；治，就是管理，是治理，是建设。孔子渴望参与国家政治，管理国家政务，建设一个他心目中理想的社会。可是各国的体制都是世袭制，残酷的现实使他四处碰壁。正当孔子报国无门、感到前途一片茫然时，他选择了兴办私学教育，成为了另一条成功之路。

孔子兴办私学主要是面向社会底层，有些青年渴求学习文化知识而又家里穷得交不起学费，孔子就接收他们为弟子，没有钱的就收肉食和米面，如果一无所有的就什么也不收了，也可以来上学。孔子幼年丧父，少年丧母，倍尝生活的艰难和不易，而且自己又十分好学，所以他就怀着一颗仁爱之心，让这些上不起官学的平民子弟也能上学。学生多了，在教室里坐不下，他就站在杏坛之上，侃侃而谈，给弟子们讲授知识。有一些青年身上有陋习，不求上进，经孔子的教育和培养，也成为了品行端正的有志青年。

由于孔子学识渊博，品德高尚，孔子兴办私学人气越来越旺。孔子不仅教他们文化知识，还教他们如何做人，如何做对社会有用的人。孔子教学教得好，慕名投奔到孔子门下的弟子越来越多。孔子未能接受正规教育而深感遗憾，所以他力求自己的教学方式、教学质量要超过官学的水平，并且给自己制定了一套科学的人性化的教学方案，使本来有条件在官府上学的贵族子弟也被吸引到了孔子的门下，还有来自各个国家的莘莘学子也前来拜师授教。孔子一鸣惊人，影响力迅速扩大，社会声望越来越高，使上层社会的一些重要人物对孔子刮目相看。孔子的一生大部分时间是从事教育工作，相传接收弟子多达三千人，其中有七十二贤，教育出不少有知识有才能的学生，有不少弟子做了官，成为了政治家、外交家、教育家，有的弟子成为了富商。孔子是一位非常成功的教育家，享有很高的社会声誉，颇受世人瞩目，可以说是桃李满天下。弟子们对孔子也是十分的尊崇，已到了忠心耿耿的程度，可谓是：高山仰止，景行行止。

正当孔子办学如火如荼之时，鲁国朝廷派人请孔子出山，邀请他辅助朝廷管理政务，这是千载难逢的好机会，是孔子梦寐以求的夙愿。当时鲁国皇室衰弱，大臣专权，互相倾轧，国际形势严峻，鲁国到了危险的边缘，所以想要提拔一批德才兼备、具有真才实学的人才参与鲁国政治。孔子在鲁国是大名鼎鼎的人物，颇乎众望，就是在这样一个特定的历史背景下，孔子才走上了鲁国的政治舞台，并进入了政治权利的核心圈，还推荐了他的弟子做了朝廷官员。孔子在鲁国从政三年，被委以重任，也表现出了他具有杰出的行政和外交才能。他的治国理政才能得到了人们的认可和普遍赞誉，但是在内部政治斗争中，他想要维护皇权，打击专权大臣，结果是寡不敌众，败下阵来。他只能自动辞职，远走他乡。他来到齐国，齐国国君用较高规格的礼遇接待了他。齐国君主聆听了他的政治理念和治国策略，非常赞赏，并要委以重任，却遭到了大臣们的极力反对。齐王只能给以不重要的虚职，孔子呆了不长一段时间，觉得很无趣，便主动离开了齐国。孔子有十四年周游列国的经历，他还去过其他国家毛遂自荐地要求在朝廷做官，并要担当重要职务，却同样遭到了大臣们的反对和排斥，这些大臣们嫉贤妒能，挑拨离间，搬弄是非。要在黑暗、险恶、腐败的官场里生存，并要实现自己理想中的政治目标，必定要损害贵族大臣和当权派的利益。尽管你有多么先进的理念，多么美好的愿景，如果遇不到贤明的君主，就难以实现自己的政治宏愿，尤其是在奴隶制社会。

十四年颠沛流离的生活，孔子累了，也厌倦了，他回到了阔别已久的故乡，在外漂泊的游子感觉到了故乡的亲切和温暖，故乡的弟子、百姓以及当地官员对他进行了热烈地欢迎。孔子回到故乡，重操旧业，重回杏坛，专心致志地致力于教学育人的工作。当然，在孔子周游列国的十四年当中，也从未放弃过收徒办学，没有停止过他的教育活动。他走在哪里就把知识传播到哪里，即便是在鲁国从政的三年当中，不管他公务如何繁忙，退朝之后还要给弟子们教学授课。重道授学是他终生的事业。他走到哪里，有一部分弟子就跟随在哪里，他与弟子们不仅仅是师生关系，更是亲密无间的朋友关系。他们在一起学习，研究学问，探讨人生和社会。他的弟子们追随他，与他一起患难与共，分享人生的甜酸苦辣。

孔子周游列国十四年，行走在各国宫廷之间，增加了他的社会阅历，开阔了眼界，也丰富了他的思想，使他了解到各个国家的历史、社会、经济和文化等各个方面的情况。他渊博的学识和丰富的阅历，给学生讲起课来能够将理论和实践有机地结合起来。他的教育主张、教育目的和治学方法，无不闪烁着教育思想的光芒。从古至今，国人对他做出过很高的评价，乾隆皇帝在大成殿的牌匾上题词"万世师表"就是最为客观和真实的评价。

孔子在教学的同时还坚持自学，以充实自己，向更高的知识领域迈进。《诗》《书》《礼》《乐》《易》是古代早期遗留下来的典籍，也是西周官府学校的必修之课。这些典籍破损失散，残缺不齐，包括后来的《春秋》，体例芜杂，有不少瑕疵。孔子认为对这些典籍很有必要进行加工整理，一方面出于他教学的需要；另一方面，出于一个学者的良知和责任，要保存好，并完整地流传给后世。于是，在他办学之日起，他就开始搜集资料，按照自己的意图进行增删、编辑、加工、整理。当然在这些典籍里有的文献既保留了原有的内容与风格，也补充了他的编写内容，体现了他的思想见解。他以"仁"为核心，以"礼"为形式，以"中庸"为方法论的精神体现在文献中。他把这些典籍整理出来后，作为学生们的教科书。后人们把这六本典籍称为"六经"，其中《周易》与《春秋》是最高深的理论课本。《周易》与《春秋》是高才生们学习的内容，这些学生是以自学和讨论为主，孔子只负责启迪、点播和答疑。这六本典籍被定为儒家经典。

孔子没有独立著过书，《论语》只是他的弟子们根据他生前的言论编辑整理而成。当然，《论语》是孔子学说的重要载体，孔子生前言论不少，《论语》只是其中的一部分。宋初宰相赵普曾说过"半部论语治天下"的名句，这句话说明了此书在古代国人心目中的崇高地位。在古代，《论语》一书被那些追求理想人格并以修身、齐家、治国、平天下为人生最高目标的读书士子奉为经典，成为不可或缺的教科书。孔子的每一句话都是经典，既文采飞扬，又是多少年来被人们总结出来的人生哲理。《论语》一书流芳百世，这些经典语句在我们的生活中也经常会被提及。以孔子为代表的学说被称为儒家学说。儒学起源于殷周时代，形成于春秋末至战国初期。也就是说，在孔子之前，儒学只是一个雏形，是孔子和他的弟子们建立和完善的一整套集道德、伦理、政治于一体的儒家思想学说。

  儒家思想的核心价值观是"三纲五常"，"三纲"即"君为臣纲，父为子纲，夫为妇纲"，"五常"指的是"仁、义、礼、智、信"。直到辛亥革命推翻帝制，五四运动提倡民主、科学以后，"三纲"思想由于不再适合时代要求而被淘汰，但"五常"却赋予了新的时代内涵，被发扬光大。孔子是中国政治思想史上最伟大的人物，创立了以仁为核心、以礼为形式的政治思想。孔子的仁说，体现了人道精神；礼说，体现了礼制精神，即现代意义上的秩序和制度。人道主义是人类永恒的主题，对于任何社会、任何时代、任何一个政府都是实用的，而秩序和制度则是建立人类文明社会的基本要求。所谓的"王道""仁政""爱民"，其核心思想体现的就是"仁"与"礼"的思想。孔子的这种人道主义和礼制精神是中国古代社会政治思想的精华。

  孔子结束了周游列国回到故乡后，有人为孔子不做官，尤其是在鲁国担任了三年重要职务而辞职感到惋惜，就问：你为何不从政呢？孔子坦然回答说：只要能发生政治影响，便为政治，难道非要出仕为官才算从政吗？孔子创立儒家思想的动机与出发点就是为统治阶级服务的，如果失去了政治色彩，儒家思想就没有立身之地了。如果说孔子只做官，不办学，也许他不会成为圣人，对后世不会有多大影响。孔子的儒家思想作为中国古代社会的意识形态，深刻地影响了整个封建社会的发展历史。孔子著名的话，"为政以德，譬如北辰，居其所而众星共之"，这里的"德"如同北极星，是多么的闪光发亮，多么的具有凝聚力；"克己复礼为仁"就是克制个人不良欲望，使自己的一切活动都符合礼的规范，也就达到了仁的境界。这对于反腐倡廉有积极的意义，这种境界也是领导干部要常弃非分之想、常怀律己之心、常修为政之德的一种良好的人生修为，也是清正廉洁的美好情怀。

社会主义核心价值观与以"八荣八耻"为具体内容的社会主义荣辱观，体现了儒家思想。"八荣八耻"其内容旗帜鲜明地从正反两方面提出国人应当提倡什么，抵制什么，是完全符合儒家思想的，与儒家思想的"仁、义、礼、智、信、忠、勤、俭"高度契合，是与儒家思想一脉相承的。

社会主义核心价值观实际上是从儒家思想提炼出来的精华，社会主义核心价值观是对儒家思想的创新、发展和超越。24字社会主义核心价值观中的"富强、文明、和谐、爱国、敬业、诚信、友善"14字就直接来源于儒家文化的价值观，这说明儒学核心价值观是适应当代社会的。社会主义核心价值观中的"自由、平等、公正、法制"是儒家思想并不具备的，这就是创新和发展，也是超越。这就说明了历史积淀的儒家思想是社会主义核心价值观的思想来源与道德基础。

孔子被人们定为是儒家学派的开山祖师，但是孔子学说，尤其是孔子的政治主张却不受当时各国当政者的欢迎，春秋战国时期儒家以外的各家学派对孔子的学说也都持批判态度。在战国末期，秦始皇吞并六国，一统华夏，秦国由弱到强，主要依靠的是商鞅、韩非子等人为代表的法家策略。在剧烈动荡和深刻变革的时代，法家策略对于富国强兵确实是起到了重要的作用。可是国家统一之后，秦始皇没有及时调整统治策略，在社会急需稳定、百姓亟盼休养生息之时，秦始皇仍然依靠残酷的刑法等暴力手段来统治人民，甚至采用焚书坑儒等极端暴行来禁绝百家学说，最终导致秦朝走向灭亡。

汉高祖刘邦在建立和巩固西汉政权的过程中，对儒家学说的认识产生了重大转变。刘邦在打天下时对儒生深恶痛绝，而当了皇帝之后却逐渐尝到了儒家礼仪给自己带来的好处，感到孔子和儒家学说对于维护君主尊严，稳定统治秩序大有裨益。

儒学从诸子百家中普通的一家上升到一家独尊的地位，在汉初经历了尖锐复杂的斗争过程。在西汉最初的六七十年间，在意识形态领域里占据主导地位的是黄老学说，儒学派与黄老学派通过思想领域里的激烈交锋，最终黄老学说退出历史舞台。汉武帝执政时期经学大师董仲舒从理论上提出了"罢黜百家，独尊儒术"的主张。董仲舒从维护皇权和政治上大一统局面的高度论述了"独尊儒术"的必要性和重大意义，为封建帝王实行专制统治找到了理论依据。当然，封建社会的统治者们也需要孔子和儒学，因为以孔子为代表的儒学非常适应统治者的政治需要，对于维护君权，实行以德治国，为民爱民，加强对老百姓的统治，促进稳定社会秩序能起到积极的作用。唐朝以后，孔子的地位不断提高，对孔子的封号也不断增加。到了清朝，对孔子的祭祀，一度上升为与皇帝、国家的祖宗、神同等级别的祭祀。

自清末以来，儒学也受到过攻击，尤其是五四运动作为反帝反封建的新文化运动，首先把矛头指向了孔子和封建礼教。那些激进的启蒙思想家对儒学发起了猛烈的攻击，这场运动规模空前，声势浩大。在"文化大革命"后期，"四人帮"掀起的"批林批孔"运动。随着"四人帮"的覆灭，他们的批孔叫嚣也就结束了。儒学的历史命运往往取决于当时的社会背景和政治需要，在封建社会是非常需要儒学来维护封建统治的，要彻底否定孔子，是不公正的，有失偏颇。儒学直到今天，其精华仍然有强大的生命力，我们会运用历史唯物主义辩证法实事求是地、科学地来评价孔子，批判地继承儒学，用这笔宝贵的文化遗产为今天的社会服务。

孔子是中国文化思想史上的巨人，他为继承、发展和传播古代文化做出了巨大的贡献。他的一生是光辉的一生，虽然终结了72年的生命历程，但是他的伟名还留在世上，他的思想照亮了未来，直到今天儒家思想依然闪闪发光。联合国教科文组织把他列为世界十大文化名人之首，世界多个国家建立了孔子学院，东南亚有些国家早先就修建了孔庙，以学习和传播孔子的文化思想。儒学经过数千年文化变迁和社会实践，证明是有利于人类生存发展及社会进步的精神财富，且有越来越多的外国人愿意去了解儒学。儒学永远是中华文明史上一座无法逾越的高峰，我们还要继承、丰富和发展以孔子为代表的儒家思想。

从曹操好色说起

曹操是东汉末年杰出的政治家、军事家和诗人,是三国中曹魏政权的奠基人,统一了中国的北方。

曹操喜好女色是十分出名的,但也为此付出过沉重的代价。有一次,是建安二年(197年)初,曹操出兵宛城,攻打当地的土皇帝张绣。张绣势单力薄,经不起曹操的猛烈攻击,只好投降。曹操的胜利冲昏了自己的头脑,有些忘乎所以,看到张绣婶婶,即张济之妻邹氏,年轻美貌,婀娜多姿,将曹操吸引得神魂颠倒,不能自持。曹操自恃是胜利者,居然将邹氏占为己有,在大营内通宵达旦地淫乐。

本来偷情这种事也不是什么光彩的事,只是在暗地里做的事,可曹操是胜者,沉浸在胜利的喜悦之中,没有把张绣放在眼里,而且他很喜欢邹氏,所以他有意炫耀自己占据了美妇邹氏。面对如此明目张胆地霸占邹氏,张绣可不愿意了,邹氏是他的婶婶,叔叔张济是有恩于他的,觉得这是奇耻大辱的事。这让他非常难堪和愤怒,更何况曹操还夺走了他的地盘,他的投降也是被迫无奈的。愤怒之余,他率军夜袭曹操大营,当时曹操和张绣婶婶卿卿我我,对酒把盏,没有任何防备,被打得措手不及,丢盔弃甲,狼狈逃跑。

这次失败，曹操损失不小，自己的爱将典韦战死，长子曹昂、侄子曹安民也命丧乱兵之中，就连曹操本人也中了一箭，侥幸逃脱。

曹操对此后悔不已，没有想到他的嗜好竟然牺牲了他很看重的大儿子，曹操的妻子丁夫人也因此事与曹操彻底断绝了关系，曹操从此患上了头中风病。

建安十三年的赤壁之战，是以孙权胜利、曹操失败而告终，也是决定三国鼎立局面的一次大战。这场战争中的魏军首领曹操又是一个以喜好女色出名的性情中人。于是，后人们自然地将曹操、二乔、赤壁之战联系起来，引导出妙趣横生的故事。《三国演义》中曹操说道："吾今年五十四岁矣，如得江南，窃有所喜。昔日乔公与吾至契，吾知其二女皆有国色，后不料为孙策、周瑜所娶。今日新构铜雀台于漳水之上，如得江南，当娶二乔，置之台上，以娱暮年，吾愿足矣！"看来曹操贪图二乔的美色绝不是空穴来风，是有事实依据的，难怪，唐朝著名诗人杜牧在《赤壁》中咏叹道："东风不与周郎便，铜雀春深锁二乔。"大意是，若不是东风大起，周瑜趁势火攻曹操，只怕大乔和小乔都被曹操拥抱在自己的怀抱里，在铜雀台上尽情淫乐。而清朝文人阮元则反其意作诗道："千古大江流，想见周郎火。草草下江陵，匆匆让江左，纵使不东风，二乔亦岂锁？"意思是曹操出兵伐吴，本来就是草率的举动，就算是没有周瑜的火攻，也不可能得到二乔。后来还有种种说法不在这里一一赘述，总之，曹操渴望得到二乔只是一场空想。当然，曹操攻打东吴的主要目的是为了扩大地盘，统一中国，而不仅仅是为了得到二乔。

大乔小乔是江南著名的美女，分别嫁予了孙策和周瑜，两位连襟是当时屈指可数的少年英雄。孙策满腹韬略，善于用兵，武艺高强，作战勇猛，南征北战，打下了大片土地，到了25岁时，占领了整个江东几省地区，是江东地区的最高统治者。周瑜是大都督。二乔也因孙策和周瑜的身份与地位就更加出名了。

曹操有出了名的喜欢别人妻子的癖好。曹操霸占了何进的儿媳妇，何进是曹操的上司，是东汉末年掌管全国军队的统帅，曾提拔董卓进京任职，后来在社会动荡中，被太监发动政变杀死。何进死后，何家败落。曹操收留了何家后人，将美貌出众的何进的儿媳妇尹氏纳为嫔妃，同时将尹氏带来的儿子何晏视为己出，准备收为义子，却被小何晏拒绝。何晏非常聪明，长得帅气，曹操十分喜欢，后来将自己的亲生女儿嫁给了何晏。

相传在下邳之战中曹操和关羽因争抢秦宜禄的妻子杜氏发生了不愉快的事情。秦宜禄曾经是吕布的下属，不受吕布喜欢。有一天秦宜禄和妻子杜氏在军营外散步，遇到了吕布，吕布看到杜氏姿色丰盈，长得闭花羞月，便想占为己有。秦宜禄看出了吕布的心思，便将吕布带到自己家里，让他俩人共度春宵。翌日，秦宜禄被升了官，此后，杜氏一直跟随吕布。关羽虽为圣人，却也喜爱美色。曹操和关羽在攻打吕布之时，关羽向曹操提出了条件，如果打败吕布，便将秦宜禄的妻子杜氏赏赐给他，于是曹操就答应了关羽的条件。当他俩打败吕布后，曹操先行进了城，看到杜氏，被杜氏的美貌所吸引，于是就纳为自己的嫔妃。关羽晚来了一步，竟然错失了心中的至美之人，跟曹操要杜氏。曹操背信弃义，当面拒绝，关羽感到非常惋惜和懊恼，从此，关羽忌恨曹操。这则故事是民间传说，是否真实，无法考证。

曹操在攻打下邺城之时与儿子曹丕抢夺大美人甄宓的故事也流传至今。甄宓出生于名门望家，出落得国色天香，才德双馨。曹操对甄宓早已垂涎三尺，做梦都想得到。甄宓是袁绍二儿子袁熙的老婆，曹操和袁绍是少年时的玩伴，后来为了各自的利益，分道扬镳。就在曹操打败袁绍之时，派兵把守住袁绍府邸，不得伤害府中任何一个人，也不让任何人进入。而曹操先要打扮一下自己的仪容，整发型，剃胡须，拿出50岁男人最灼目的魅力，精神抖擞地去面对那美丽而多才的甄宓。正在曹操得意之时，却不料被他的儿子曹丕抢占了甄宓。原来在破城之时曹丕不顾军令，直接闯入了袁绍府中，在大堂之上，看到秀色动人的甄宓，曹丕头昏目眩，有些失态，正在此时，曹操率军破门而入。沧桑而帅气的曹操，看到儿子已先行闯入，顿时尴尬而又恼羞成怒地愣在当场。曹丕眼疾手快，立即上前跪在地上，说道："孩儿有违军令，贸然闯入，请父亲降罪。不过，孩儿对甄宓一见倾心，此生别无他求，只愿能娶到甄宓，孩儿一片真心，还望父亲成全。"曹操压住了心中怒火，看了甄宓一眼，惊叹于她的美色，却又立刻陷入矛盾与尴尬之中。按常理，曹操为了得到美色是不择如何手段的，也没有谁敢与曹操争风，今天却遇到了他的儿子。看来在动人的美色面前人都是自私的，曹操是极不情愿地将甄宓让给了儿子，如果与儿子争锋，那就在这个世界上留下了污名。最终，他的理智战胜了情感，无奈之下，曹操痛苦地点了点头，深情地看了绝世美人甄宓一眼，又恨恨地瞪了曹丕一眼，然后拂袖而去。传说后来曹操与甄宓关系暧昧。

曹操有25个儿子，曹操最看重的是曹冲，曹冲既聪明又仁慈。自长子曹昂死后，曹操准备立曹冲为太子，但是天妒英才，曹冲十三岁就夭折了。这使得曹操十分痛苦，也有人怀疑曹冲是被人毒死的。曹操很欣赏曹植的诗才，一度准备立曹植为太子，但是曹植的一些行为让曹操看不上。曹植虽然诗才突出，但城府尚浅；曹丕作诗不如曹植，但是工于心计。再者，曹丕的谋士比曹植的谋士厉害。曹丕阴险毒辣，人品低劣。曹操在选择曹丕和曹植为接班人时，犹豫不决，踌躇再三，才决定曹丕为接班人。曹操死后，曹丕将曹操的嫔妃占为己有，这种违背道德人伦的行为遭后人唾弃。

人们都说曹操喜欢别人的妻子和寡妇是有道理的，因为每一地的最高统治者及其子孙所娶的妻子都是倾国倾城的美女。在古代，女人最迟也得十五六岁结婚，曹操找的人妻年龄最大也就是在二十岁出头。曹操经常出征打仗，哪里有闲余时间找美女，就在打败对手的时候，才有机会得到美女。每次攻城略地，不仅得到无数金银财宝，而且他还会掳走大官人的妻女。

我们从曹操父子争夺美女说到袁世凯父子因一位美女的故事。民国总统袁世凯在直隶总督任上，曾派次子袁克文到南京替他办事，在公务之暇，袁克文经常到一个街区散步，结识了叶氏。叶氏身材颀长苗条，皮肤白嫩细腻，美貌出众，气质优雅，曾当过妓女。两人一见钟情，互相倾心，互订终身。在袁克文临行时，叶氏给了袁克文一张照片留作纪念。按照袁家规定，儿女从远道回来，要向父母磕头请安的，更何况袁克文返回天津要向父亲汇报办事情况，正在磕头的时候，不料照片从身上滑落下来。袁世凯看到照片，就指着地上的照片连声问道这是什么，当时袁克文不敢说出是自己在找对象，情急之下，就说是自己在南方给父亲物色了一个美女，现在带回来这张照片，征求父亲的意见。袁世凯一看照片中的倩影，果然很美丽，非常高兴，于是就立即派人带了银钱将叶氏接了回来。因叶氏与袁克文有媒妁之约，看到袁家派人来接她，自然想到了风流倜傥的袁克文，便收拾行囊，欣然北上。没想到在洞房花烛夜时与她同床共枕的不是翩翩少年袁克文，而是一个留着胡须的老头子。在权利重压之下她无力反抗，这种哀怨之情是可以理解的，不过，袁世凯对她宠爱有加，便纳她为六姨太。袁世凯位高权重，仪表威严，善于权谋，同僚与下属见了袁世凯都有敬畏之心，家人姨太太和子女们也都害怕袁世凯。所以，袁克文在胆怯慌忙之中违心地将叶氏推荐给了自己的父亲，估计叶氏的美貌倩影会让他长相思的。

在乱世之中因爱美争夺女人而发生暴力、暗杀等卑鄙手段行为的人也时有发生。民国时期云南军阀唐继尧就是采用暗杀手段夺取了部下老婆。

唐继尧在日本东京振武学校和陆军士官学校留过学，其间加入了同盟会，回国后参加过革命活动和国内战争，在云南执政期间，为云南的近代化事业发展起到了重大促进作用。唐继尧手下有一个得力助手叫庾恩旸，此人长相仪表堂堂，早年与唐继尧一同留学日本，骁勇善战，打仗有自己的一套战术，是一个很厉害的人物，其家族在云南是多年来的名门望族，很受唐继尧的青睐，可惜就坏在了庾恩旸有一个绝美的老婆。唐继尧天生好色，喜欢上了庾恩旸老婆钱秀芬，因同学这层关系最初并没有夺人所爱。随着时间的流逝，钱秀芬的美色占据了唐继尧的心灵，秀色可餐嘛，所以唐继尧便对钱秀芬进行了性骚扰，很快就俘房了钱秀芬，两人勾搭成奸，经常在一起幽会。唐继尧想彻底霸占钱秀芬，便将庾恩旸调往贵州驻防，并埋伏杀手将其杀害。

事发之后，唐继尧还装模作样要彻底调查这件事，其实幕后的主谋就是自己，所以这件事最终不了了之。从此他与钱秀芬彻底走在了一起。唐继尧觉得这件事做得过分了，为了给自己赎罪，于是他邀请庾恩旸的弟弟庾恩锡到云南政府部门担任要职，并给了一大笔钱，凭着庾恩锡的能力，最终实现了巨富的身价。唐继尧这种心狠手辣的人最终没有善终，他在民国军阀的舞台上几经浮沉，于四十四岁就病死了，过早地结束了自己的生命。

唐继尧有个嗜好就是爱打麻将，有时候人手凑不够，他就会把副官叫过来。这个副官很会来事，只要唐继尧的老婆们使一个眼神,他就明白她们的意思,很快故意打出对方所需要的牌,常常输钱,这自然能博得唐继尧老婆们的高兴。就这样一来二去,这名副官竟然和唐继尧的二老婆勾搭上了。她们俩人的苟且之事很快就被唐继尧发现了。于是,唐继尧当着八位老婆的面,把副官叫了过来,然后直接就把副官枪毙了,紧接着就把二老婆也枪毙了,其他老婆顿时吓得浑身发抖,从此个个都很老实。这就是这名副官好色的下场。

民国时期的李烈钧曾主政过江西省,也在日本留过学,青年时期追随过孙中山。他的境遇和唐继尧如出一辙,也遇到了他最好的朋友,同时也是副官的龚永有个非常出色靓丽的老婆。龚永回家娶亲时,由于李烈钧公务繁忙,虽没有参加,却送了一份厚礼。龚永办完婚礼后,赶回军营,将自己老婆华世琦的照片拿给李烈钧看,炫耀自己找了个漂亮的老婆。这不看则已,一看却种下了祸患。龚永老婆长得如此楚楚动人,惊为天人。李烈钧看时内心为之一震,被照片上的华世琦迷住了,他不动声色地将霸占龚永老婆的这个念头压制在心里。从此李烈钧便有了杀友夺妻的想法,便设置了圈套,将龚永杀死,夺取了龚永老婆,婚后生下7个儿子、3个女儿。

以上事例说明了一个道理,就是色字头上一把刀,想勾引别人的老婆是有危险的,甚至会付出生命的代价。

从古至今,人们利用女人的美来诱惑男人,就是所谓的"美人计",从而得到了用计者的目的。兵法"三十六计"在战国之初就开始应运而生了,"美人计"就是其中之一。国民党军统局特务头子戴笠知道"美色"的重要性,所以他很重视对女特工的打造,他利用女人为他打天下。

美国总统罗斯福称戴笠为中国的希莱姆,在美国的杂志中评价戴笠是"中国近代史上最神秘的人"。戴笠创建了国民党军统机构组织，使军统在二战中成为和英国军情处、德国党卫军、美国中情局和日本特高科齐名的全球特务组织机构。

军统的主要工作是搜集情报和搞暗杀活动。戴笠在搜集情报方面的天赋秉性是令人侧目的。戴笠的国内情报网最厉害，多次破译日本电报密码，因此，结合日本不少的军事进攻计划，让中国军队有了相应的对策，这在抗战后期发挥了非常大的作用。1941年，戴笠破译了一份日本情报，获得了日本偷袭美国珍珠港事件。戴笠决定将这份情报免费送给美国，但是美国太大意了，根本没有重视这件事，所以吃了大亏。戴笠的特工遍布全国各地，甚至渗透在美国、日本等各个国家军队中。在他手下就有32万人的特工。在日本占领区还有戴笠指挥的十几万抗日救国军，他们袭击了日本人的据点，捣毁日军的弹药库和后勤基地。

戴笠好色是非常出名的，他一生中所染指过的女人不计其数，有军统女特工、有朋友的老婆、有下属的老婆、有青楼女子、有学生、有社会名流等等。

在军统中，戴笠招收了许多美女，传说，凡是戴笠看上的美女，都让戴笠霸占过，同时也滋生出许多女特工与戴笠的故事。戴笠手下有个情人叫陈华，是军统局中的"一枝花"。此人睿智、胆略过人，能力出众，是难得的人才，帮助戴笠办过不少大事。其中，她在为戴笠网罗人才方面做出了重大的贡献，识别人的能力特别强。她巧妙地说服了刘戈青等9人为戴笠所用，成为军统的铁血杀手，在锄奸等方面为戴笠立下了汗马功劳。戴笠曾感慨地说，他的天下有一半是陈华给他打下来的。

军统有一名女特工叫向影心，长得十分漂亮，进入了戴笠的视线。戴笠用色情俘虏了她，并进行了培训，分配给她的第一项任务就是刺杀华北汉奸头子殷汝耕。她进入了汉奸高层内部，成了殷汝耕的秘书兼情人。有一天晚上，向影心在夜宵面条里下了毒，殷汝耕没有及时回来，时间长就变色了。殷汝耕怀疑是向影心下的毒，然而，向影心死活不承认。无奈之下，殷汝耕只能把她扣押起来。戴笠知道后，安排外面的特工成功地救回了向影心。虽然这次行动失败了，但是向影心的胆识在军统中得到了认可。后来，戴笠把向影心安插进了自己的政敌中统负责人陈立夫和陈果夫兄弟身边进行监视。向影心轻而易举地拿下了陈氏兄弟，把他俩迷得神魂颠倒，然而，却有人揭穿了她的身份，兄弟二人就只能忍痛割爱，终止了和她来往。

  戴笠利用军统女特工胡木兰的美色杀掉了王亚樵。胡木兰是国民党大佬胡汉民的女儿，化名为余婉君，性格干练泼辣，敢作敢为，是一位烈女，却被戴笠收进了军统，并成功洗脑，暗杀了斧头帮主王亚樵。王亚樵曾经是叱咤一时的风云人物，他的斧头帮是起源于安徽劳工敢死队，后来成为名震上海乃至全国的铁血锄奸团，就连上海滩的流氓大亨黄金荣、杜月笙、张啸林对他也畏惧几分。王亚樵极力反蒋，积极组织民众抗日，专事暗杀国民党和日本高官、特务以及伪军、汉奸。民国年间人们称王亚樵为"暗杀大王"和"民国第一杀手"，曾制造了一系列惊天动地的刺杀大案。他曾刺杀过蒋介石五次未成，使蒋介石极度恐慌，寝食难安，密令戴笠等人立即除掉王亚樵，曾悬重赏缉拿王亚樵。他刺杀过宋子文，枪伤了汪精卫，杀死了日军侵华最高司令长官白川义则、国际调查团团长李顿、国民党外交次长唐有壬等多名中高级官员。他具有爱国之心，讲江湖义气，但杀人却不择手段，所以，人们对他的评价褒贬不一。毛主席评价王亚樵说："杀敌无罪，抗日有功。小节欠检点，大事不糊涂"。由于他不是活跃在政界的高官，其活动也极其隐秘，所以，其人其事鲜为人知。

当王亚樵成为国民党抓捕的对象后，戴笠恨不得立即置他于死地，曾三次刺杀过王亚樵，都失败了，无计可施的戴笠只好借助胡木兰之手杀掉王亚樵。当初胡木兰与王亚樵关系暧昧，但是王亚樵手下的主力干将余立奎也喜欢上了胡木兰，于是王亚樵就把胡木兰让给了余立奎，紧接着两人结了婚。当军统得知王亚樵躲藏到了广西梧州，又令胡木兰来到梧州用美人计杀掉王亚樵。王亚樵虽然躲藏了起来，但是又心系他的好兄弟余立奎的安危，对于余立奎的妻子胡木兰，王亚樵自然会关心备至的。胡木兰对王亚樵百般献媚，千般讨好，想要重归于好，在胡木兰的攻势下，两人很快坠入了爱河。自从两人好上之后，两人见面时王亚樵不带保镖，一是为了方便约会，另一方面是担心这件事被兄弟们知道了影响不好。有一天，失去防备的王亚樵应邀来到胡木兰的住处，被埋伏在屋内的军统特务枪杀，就这样，王亚樵丧命在胡木兰的石榴裙下。

戴笠还有一位情人叫尚孟茵，会骑车冲锋，带两支马枪可以双发连打，又是柔道蓝带级高手，用无线电发报速度非常快。她曾在戴笠办公室当过秘书，能眼观四面，耳听八方，同时也是戴笠的保镖，也受到了戴笠的宠爱。

像尚孟茵这样的著名女特工还有好几个，如：关东魔女安占江、千面女郎吴忆梅、铁血杀手武奎元等，她们都会中国武术，武艺高强，身怀绝技，甚至是多才多艺，用美人计暗杀了许多日本人、伪军、汉奸和国内进步的知名人士。

戴笠一生杀人无数，但是在他杀人的同时，也遭遇过上百次的暗杀，有的是日本间谍，有的是国民党内的对立派，甚至还有美国的特工，还有民间的武林高手，这些暗杀都被他一一躲过了。戴笠还秘密发展了一支特工，打入了陕北延安共产党的高层身边，这些人只保持和戴笠一个人的秘密联系。戴笠死后这条线就断了，这也是国民党的重大损失。

男人好色是出于人性的本质需求，具体地说是出于生理和心理的需要，爱美之心人皆有之。女性的美首先表现在仪表上，有漂亮的容貌，有端庄、苗条乃至是颀长的魔鬼身材，有天然的优雅气质，还有不经意的举手投足间所流露出的文化修养，委实吸引人的眼球。难怪自古以来有多少男子"拜倒在石榴裙下"；"英雄难过美人关"的故事层出不穷；那些"英雄气短，儿女情长"的儒生俊杰们追求的是具有理想色彩的浪漫情调的自由恋爱；还有一些男人"癞蛤蟆想吃天鹅肉"，看见美女就垂涎三尺，做梦也在怀抱美女；有的男人甚至是宁愿"牡丹花下死，做鬼也风流"，做出一些违法乱纪的事情，为此付出了高昂的代价。

纵观古今，美酒佳人从来都是男人的至爱，莫言在《酒色赋》中深刻揭示了男人喜好酒色的本质，他写道：

如果世上没有美酒，男人还有什么活头？
如果男人不恋美色，女人还有什么盼头？
如果婚姻只为生育，日子还有什么过头？
如果男女都很安分，作家还有什么写头？
如果文学不写酒色，作品还有什么看头？
如果男人不迷酒色，哪个愿意去吃苦头？
如果酒色都不心动，生命岂不走到尽头？

在某种程度上，不是男人刻意好色，而是女人们有着极强的诱惑力。爱美是女人的天性，女人的穿着极为讲究，衣着款式时尚搭配，色泽协调大方，或淡或浓的化妆将自己打扮得个性、自我、精致。《战国策》中写道，"嗟呼！士为知己者死，女为悦己者容"，女人们精心打扮自己不是为了给自己看，而是给别人看。美女们所展示出的优美体型，前凸后翘的曲线，能让异性顾盼生辉，岂不是一件惬意的事情。还有《诗经》中的"窈窕淑女，君子好逑"嘛。更有甚者，每到盛夏，天气炎热，女人们穿的半袖短裤，袒胸露背，裸露美腿，甚为性感，能撩拨人心，容易引起年轻男性肾上腺激素的飙升。

美是人们心目中对美好事物的一种感知，美能使人赏心悦目、心旷神怡，而漂亮女人是能够让男人从心底里产生美的愉悦感。从这一点来说男人喜欢漂亮女人是男人对美的一种欣赏、一种追求，这对于好色的男人来说，肯定是想不喜欢都办不到的。一天多见几个漂亮女人也就相当于看到了几处美丽的风景。

反之，女人也喜欢高、帅、富的美男子。喜欢高大挺拔、风度翩翩、相貌英俊、活力四射、英气逼人的年轻男子。

在乱世之年、冷兵器时代，英雄们在战场上以力拔之山兮、盖世之气势，用十八般兵器来征服世界、征服女人。在和平时期，繁华盛世，歌舞升平，红尘滚滚，男人们用金钱、用权势、用情商来征服女人。作为男人，都有妻妾成群、夜夜笙歌、阅尽人间美色的美梦，只是现实条件有所限制。

好色是指喜爱美色，是指对异性动人姿色的爱好和向往，应该是一种正常的性爱心理，而不能将好色行为完全定义为一种龌龊、下流、淫荡、乱性的肮脏行为，而应该建立在道德、人伦、法律允许的范围内发生的行为。在现实生活中，大多的好色行为是突破了道德的防线，但是在法律允许的范围内，还没有引起人们舆论的谴责。

男人好色是其本质属性，是与生俱来的一种欲望，是深深地扎根于人性之中，我们可以理解。但是，做人要有原则、有德行、有理性，要守法，甚至要克制自己的欲望，不要一失足成千古恨。有的男人为了得到女人而毁了自己的前程大业，甚至是付出了生命。做人要极力维护自己的尊严，不要做有损自己人格的事情，更不能遭人谩骂和唾弃。

人应该拥有正确的人生观、价值观和使命感，才会活得充实安然，利人利己。人应该以事业为重，以家庭为重，制定出人生的奋斗目标。每个人都有自己的人生追求，大到为国为民，小到发家致富。在闲余之时可以多看看书，增长文化知识和专业知识，以充实自己的人生。

不要沉湎于女色之中而不可自拔，不能道德缺失、精神颓废、心灵空虚，甚至堕落到只管吃喝玩乐、招惹女人、一醉方休的程度。我们对性进行否定、压抑乃至是禁欲，是不符合人性的本质的。但是，人类的繁衍、生存都是从传统文化中一代一代传承下来的，我们的"食、色、性"也是遵循本国本民族的传统文化与现代社会生活的要求。我们的行为准则，生活方式，包括对性的要求，都是建立在文化、道德、法律、风俗等框架之内，不能越雷池一步。

有句话是"饱暖思淫欲，饥寒起盗心"，其实，男人好色、寻花问柳大多是有钱人和有权人干的事情，经济拮据、没有余钱的人寻花问柳是很有限度的。在现实生活中，人们总结出的一句话是"男人有钱就学坏，女人没钱就学坏"。不管怎么样，人的一生就是奋斗的一生，其实人生是很艰难的，有许多的不容易，这就需要我们去奋斗，要热爱生活，对人生充满自信，对生活充满阳光，积极向上地活出生命的价值与光彩，活得幸福、快乐。

本篇围绕"好色"二字，谈古论今说了这么多事。人类就是这样，有男有女，男人离不开女人，女人也同样离不开男人。国家有国家的管理制度，社会有社会的运行规则，人与人之间的交往也是有规则、有分寸的，特别是男女之间的交往要掌握好分寸，要约束好自己，要好自为之，这样对社会、对家庭、对本人都有好处。

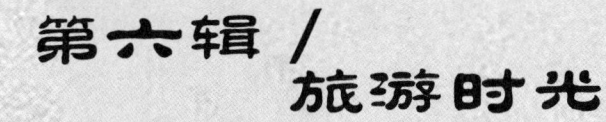

第六辑 / 旅游时光

张家界山景

有句话,"看水要到九寨沟,看山要去张家界"。我们游览了张家界的山,果然是名不虚传,不虚此行。

我们旅游团一行二十几人,随同导游进入张家界公园门口,坐车到金鞭溪峡谷口。途中,目视山峰,我被这里的山峰吸引住了,没想到好景还在后边呢。到了峡谷口,徒步行走七点五公里才到黄石寨山脚下。金鞭溪峡谷中沿路景点有迎宾岩、观音送子、金鞭岩、醉罗汉、花果山、天然壁画、长寿泉、双龟探溪、千里相会等。

我们在峡谷中行走,峡谷中有一条小溪,叫金鞭溪,贯穿于整个峡谷。峡谷中只有一条用厚石板铺成的路。峡谷中长满了树木丛林。沿途有一段路边有猕猴,吸引了许多游客观看。峡谷两边是险峻的石峰,就像一栋栋高楼拔地而起,形态各异,有的独立成峰,如擎天玉柱直入云端;有的下肢连体,上肢分开;有的上粗下细,摇摇欲坠;有的像人、像兽、像物;有的似剑、似笔、似柱。我们惊诧于张家界山的奇特、险峻、秀美,同样被山体的绿色所吸引,郑板桥在《石竹》中写道"咬定青山不放松,立根原在破岩中。千磨万击还坚劲,任尔东西南北风"。竹子不仅如此,树木也是如此。在石峰顶端和绝壁上，树木浓郁苍翠，有的劈空跃出，有的悬空倒挂，有的如巨龙腾飞，有的如禽兽上坡等等，可以自由地发挥想象。我们行走在这幽美的大峡谷中，到了金鞭岩，路边的石头上刻有"金鞭岩"三个红底绿字、边上还刻有英文，不远处有两块石头上分别刻有"神鹰护鞭"和对面的"金鞭崖"字。导游介绍金鞭岩有三百多米高，有的两峰对峙，峰顶相连，形成了桥洞；有的石峰如刀削斧劈似的，由淡黄和少许暗红色的石头或石板一层层垒砌而成，棱角分明。在金鞭岩的对面叫"醉罗汉"的石峰有倾斜之势，放眼望去，有风起飘然，颤颤悠悠的感觉。石峰上的树木弯曲缠绕，曲支遒劲，树根插岩穿石，树冠倒悬岩壁，这些松树生命力及其顽强，它们给石峰披绿挂彩，增添了无限生机。这些石峰和石峰上的树木都是天然的，未经任何人工栽种和改造。我们不得不惊叹于大自然的鬼斧神工，将张家界的山水骨架雕刻的如此唯美绝伦。导游说，三分观景，七分想象。我也无暇想象，只能认真观景。

每到一个景点，导游停下来讲解，在路旁的一块石碑上写着"《西游记》外景拍摄地"。导游指着远处的山，说那是西游记中的花果山，远眺花果山，真有目睹仙景，身临其境的感觉。我们来到长寿泉，导游说：喝了长寿水，能活九十九，于是游客们纷纷登泉接水。

峡谷中有上坡路，也有下坡路，但整体坡度是向上的。路上多处设有照相室、工艺品店及休息处。土家族姑娘身着本民族服装争相邀请游客一起拍照，有好多游客与她们一起拍了照，也有女士穿着土家族服装拍照的。

走出峡谷，来到黄石寨山脚下，可以选择坐缆车或徒步上山。我们一行都选择了坐缆车上山，我们只用四五分钟就到达了黄石寨。黄石寨位于张家界森林公园的中部，为一方山台地，海拔一千一百多米，在整个张家界森林公园中开发得较早，是雄伟高旷的观景台，千峰万壑能尽收眼底，故有"不上黄石寨，枉到张家界"之说。黄石寨山顶上有雾海金龟、六奇阁、天桥遗墩、后花园、五指峰、南天一柱、天书宝匣、摘星台、定海神针等景点，许多景点名称的来源始于美丽的传说，只是我们行色匆匆，没有认真地去记。每个景点都有其不同的特点，石峰高低大小不一，造型奇特生动，形象千姿百态；但有一点是相同的，给人的感受是美妙的，是多姿多彩的，是震撼人心的，是用语言无法描述的。站在山的顶端，俯瞰众山，真是美景一片，那石峰比肩接踵，或排列成林，或簇拥成群，我不禁想起苏轼的一句诗，"横看成岭侧成峰，远近高低各不同"。仰望石峰，巍峨高耸，气势非凡，高不可攀；俯视石峰，浩瀚如林，起伏连绵，辽阔壮丽。张家界的山给了我们许多美的感受，我们真是来到了人间仙境，这是上天给予张家界的厚爱，赐予了张家界这样浩瀚的峰林，我们何不大饱眼福？我们仍然游意未尽。

　　按照旅游行程安排，翌日，我们登临了天子山。主峰海拔一千二百五十多米，位于景区中心地段，处千峰成列于幽谷之中。峰林壮美，素有"峰林之王"美称，尤以石林、云海、日出、冬雪为其奇观。遗憾的是我们十月下旬来时遇到的是阴沉沉的天气，既无云海，也无日出，更不必说冬雪了。天子山的石峰更胜于黄石寨的石峰，有许多石峰是细峰，挺拔高峻，黄绿相间，线条可辨，十分好看，整体像大森林一片，漫无边际，真是苍山如海，大气磅礴，惊心动魄。云青岩、御笔峰、仙女献花、点将台等众多胜景，都披着神秘的面纱，诉说着动人的故事，吸引着人们去探幽寻胜。总之，张家界的山是美极了，美到了极致。

我们一行人在张家界游览了三天，观看了魅力湘西民俗风情文艺晚会演出，游览了土家寨和黄龙洞，使我们更进一步地了解了湘西的民族文化。在三天的游览中，我们领略了张家界山的风光、洞的奇美、优秀的文化遗产，了解了古老而质朴的民族风情以及源远流长的人文传统和革命传奇。张家界土家、白族、苗族青年男女喜欢用唱歌来恋爱，以山歌为媒，互定终身。张家界相传有鬼谷子和张良等人的故事。开国元勋贺龙元帅就出生在张家界市桑植县，这里曾经涌现出以贺龙为代表的一大批红军指战员，天子山有贺龙公园和贺龙的墓地。张家界的历史文化和风土人情贯穿于我们三天的行程中。三天的游览，给我留下了美好的记忆，每到一个景点，如走进梦幻仙境，总是让人感到处处有新奇，时时能赏心悦目。在这片神奇而美丽的土地上，是我们饱览大自然美景的最佳选择，我们为何不忘情地遍游张家界呢。

桂林游记

一

到了桂林，我们游览了象山区、伏波山、叠彩山和七星公园。登临叠彩山，远眺桂林市区，平地上凸起了一堆堆少许的不高的山。山与楼房、河流、绿树形成了城市格局，也算是别有一番景致。桂林的山水远没有我想象中的那么美好，也许是先游览了张家界的缘故。只是像山区壮族姑娘的歌舞表演吸引了游客，那轻柔优美、简洁明快的舞姿，随着音乐的旋律变换着各种动作，那歌声有的高亢嘹亮、有的柔和细绵，演出充满了浓郁的民族风情，洋溢着青春气息，使观看者赏心悦目。

二

翌日，我们去了阳朔，阳朔的山水就大不一样了，阳朔山水甲桂林，确实如此。我们坐船游览了漓江，站在船头，凭栏望去，两岸青山颇引人注目，一座座山峰起伏连绵，形态各异。桂林的山与张家界的山山体骨架是不同的，张家界的山为石林，挺拔高峻，就像岩石垒砌而成的。桂林的山没有张家界的山高耸险峻，大体是圆锥形的，下粗上细。山顶有椭圆形的，也有锥尖形的，有的独立成峰，大多连绵横亘，由岩石构成的，山峰陡峭，苍苍莽莽。岩壁上的树，有横穿的、斜插的，也有倒挂的，裸露出了少许的岩体。我们游览漓江时漓江的水位明显下降了，能看到河床边上的石子，漓江的水并不深，却也不影响我们游船。漓江的水是清莹澄澈的，水中的鹅卵石历历可辨，水面宁静柔和，看不到水的流动。有几艘游船与我们迎面划过，划破了安详而平静的水面，荡漾起了粼粼碧波，而船的机器声也随船而去。漓江两岸是延绵不断的青山，山脚下有高大茂密的树林。一条江水曲折回绕在千山万壑间，犹如一条长长的青罗带，蜿蜒而去，"水作青罗带，山如碧玉簪"，水光山色，十分优美，难怪从古至今的文人墨客对桂林的山水描写得很逼真，比喻得也很形象，写出了多少千古佳句。这里气候条件优越，空气质量优良，是人类居住的最好环境，也有人发出了"愿作桂林人，不愿做神仙"的感叹。这里的一切都呈现出了原始、古朴、幽野的自然景观，面对这样优美动人的山水奇景怎能不让人心旷神怡、流连忘返呢。

三

我们又乘竹筏遇龙河上漂流。遇龙河夹在两岸青山之中，河川没有漓江宽阔，但风景更胜于漓江，人称"小漓江"。我们坐上竹筏，映入眼帘的，便是沿着两岸的两条纵列起伏的群山，是俏丽透迤的山岭，每座山形态不一。河岸两边的平地上是苍劲挺拔、翠绿欲滴的丛林。遇龙河河水是清澈明亮的，河底长满了绿草，映衬出了绿水，河水是饱满而平静的，青山和树木倒映在水面上，十分好看，在阳光下，绿得格外耀眼。河水微微起伏，碧波倒映的树影也在微微颤动，吸一口新鲜湿润的空气，只觉得沁人心脾。"山得水而活，水得山而媚"，此番景致，我越看越觉得河谷的幽深、浓绿犹如一幅美丽的画卷铺展在我的面前，又像是一条长长的山水画廊供人参观。我们在漂流途中，看到岸上两处有别墅，结构别致，色泽鲜明，与半围绕的绿树交相辉映，人文景观也融入到了自然景色中。在漂流中最惊险、最刺激、最洒脱的还是竹排过坝时那惊险的一瞬间。竹筏顺台阶而下，水流倾泻而明亮，浪花四处飞溅，不远处的船上设有照相亭，拍摄下了这惊险的一幕。我们顺河流而下，看了一路美景，也洒下了一路欢笑，"桂林山水甲天下，阳朔山水佳桂林"的名句是人们发自内心的真实感受，也是人们对桂林山水的真实评价。

四

我们还游览了世外桃源，也就是东晋诗人陶渊明所著的《桃花源记》散文中的世外桃源，这里也是桂林旅游的重要景点之一。世外桃源位于桂林市阳朔县白沙镇五里店，距阳朔县城15公里。进了世外桃源景区，我们从燕子湖坐船驶向世外桃源，不远处相继有两座小阁楼离我们越来越近，壮族姑娘在那里唱歌跳舞，欢迎游人的到来。岸边有人钓鱼，转过小阁楼，一会儿游船驶入水路，岸边有个村庄，叫燕子山村，大约有270多年的历史，住着40多户人家。他们以农耕为生，在旅游产品经济的带动下，走上了富裕的道路。我们看到的有三处集聚的屋宇。走了一会儿有岔路，我们向右转过，水路越来越窄，穿过许愿桥。水的两旁是较高的石墙，像水区一样，只能通过一条船。看到近前有一个石洞，叫燕子岩洞，正是陶渊明在《桃花源记》中所描述的那个洞，"林尽水源，便得一山，山有小口，仿佛若有光。便舍船，从入口。初极狭，才通人。复数十步，豁然开朗。"的那个洞，从洞口进去，有外边照射进来的光亮，从右偏拐进去，漆黑一片。洞口不算宽，一条能乘二十余人的船还能宽余的通过，全程长120米，这是一个天然的岩洞，洞的上面自然是山，过了洞口便是世外桃源。《桃花源记》中这样描述，"土地平旷，屋舍俨然，有良田美池桑竹之属，阡陌交通，鸡犬相闻"。沿途两岸草木茂盛,垂柳依依,还有一片盛开的桃花,真可谓"忽逢桃花林,夹岸数百步,中无杂树,芳草鲜美,落英缤纷。"沿途有土著人看到游人路过时击鼓声乐,手执长矛、鱼叉狂歌劲舞。这些年轻的土著人有男有女,他们皮肤黝黑,彪悍健壮,身上穿着用草根做的裙子,他们过着原始部落的生活。我们一行向他们喊"巴麦"(即"朋友"的意思),我们对土著人很感兴趣,纷纷要求上岸边和他们接触,只是导游辞谢了。

沿着水路穿进村庄,这里的水路就像苏州的运河,水丰满而较为宽阔。水回路转,曲径通幽,坐在船上观望四周风景:这里四周群山环绕,山下是绿色的原野;这里的路、桥、村舍与大自然的秀美融合为一体;这里水村山廓、阡陌纵横,完全是乡野风光。如果没有燕子小岩洞相通,人们有可能发现不了这世外桃源,那自然就与世隔绝了。

上岸后,我们还游览了渊明山庄。该山庄规模较大,我们登上楼台,瞭望这些建筑物,有楼台亭阁、假山奇石、回廊曲径、水榭花墙,那左一片右一片的砖房屋顶错落有致,在绿树的映衬下,格外醒目。主体建筑围绕水池连为一体,虽然该山庄是近几年修建的,却融合了苏州园林的布局和中国古代的建筑风格,再现了中国古代建筑艺术的杰作。在楼阁里,我们还参观了古代的酿酒、印刷、竹雕、木刻、纺织的制作,使我们亲身体验到了中国传统文化的无穷魅力。

游完世外桃源,我不知做何感想,世外桃源因陶渊明笔下的《桃花源记》而驰名,该景区向我们展示出了一幅秀美的山水田园风光,并将自然环境与历史文化得到了更完美的结合。在《桃花源记》中,陶渊明把自己的政治理想寄托在桃花源的社会里,虚构了一个与当时黑暗社会相对立的美好意境,从而形象化地描绘出了一个没有阶级、没有剥削、没有压迫,人人安居乐业、和睦相处的农村生活幸福美景。陶渊明在《桃花源记》中所创造的意境,是理想化了的小农经济下的田园生活,这在当时是不可能实现的今天,我们已然过上了现代化的生活,远远超出了古代人的生活质量。当然,时代在发展,社会在进步,构建和谐社会是时代发展的要求,也是广大人民的意愿。

走进井冈山

我怀着对革命领袖和革命先烈的崇敬之情，踏上了红色旅游地井冈山，追寻着他们的战斗足迹。

重温井冈山革命的历史，使我耳熟能详地记忆起了一件件历史往事。

1927年9月，毛泽东率领湘赣边界秋收起义部队到达井冈山，团结、改造了袁文才和王佐的地方武装。1928年4月朱德、陈毅率领南昌起义保存下来的部队和湘南农军，以及1928年12月彭德怀、滕代远率领的平江起义后组成的红五军主力来到井冈山与毛泽东领导的工农革命军胜利会师，创建了中国第一个农村革命根据地，粉碎了国民党反动派对井冈山根据地的军事"会剿"和经济封锁，取得了井冈山斗争的胜利。

回忆井冈山革命的历史，我们不得不佩服毛泽东的大智大勇、雄韬伟略，他认真考察中国的国情，解决中国的事情坚持从国情实际出发。他学识渊博，具有大国领袖的智慧和风范，不断地追求真理和掌握真理。他做出的路线、方针、政策以及重大决策彰显了他的智慧，他的睿智、胆识、英明折服了国人。早在1927年的"八七"会议上，他提出了"枪杆子里面出政权"的著名论断。秋收起义失败后，为了保存和发展革命力量，毛泽东率领部队转向敌人统治力量比较薄弱的井冈山寻求立足之地。毛泽东针对当时红军士气低落，被暂时的挫折所困扰，途经三湾时，将队伍进行了改编，创造性地提出了"支部建在连上"、推行"三大民主"和成立士兵委员会等重要举措，使部队面貌焕然一新。在开辟井冈山革命根据地的斗争中，毛泽东先后创造性地提出了"三大纪律""六项注意""三大任务"。毛泽东发动群众开展土地革命斗争，土地革命是当时中国民主革命的基本内容，没有土地革命就不能充分发动农民支持红军对敌作战。通过一系列的举措，使红军走向了胜利。

我们怀着对伟人的崇拜，踏着先烈们的足迹，来到了黄洋界哨口（黄洋界哨口是井冈山军事根据地五大哨口之一），还保留有当年的哨口工事、迫击炮、哨口营房、红军挑粮小道。看到这些，我的耳边似乎响起了密集的枪炮声和震天的喊杀声，眼前仿佛出现了红军两个连打退敌人四个团的进攻，保卫了井冈山，保卫了黄洋界。

我们来到小井红军医院，是一排木质结构的两层楼房，医疗器件非常简陋。可以想象得到，红军当时在忍饥受饿、天寒受冻的艰苦生活环境下，还要消灭数倍于己的敌人，受伤了还得不到及时的治疗，这是多么艰难的岁月。

小井村有一块场地是毛泽东带领红军与朱德、陈毅率领的红四方面军汇合的场地。我的眼前立刻浮现出了两军会合时红军举着枪、挥着旗的欢呼雀跃声，毛泽东与朱德的热烈拥抱和紧紧地握手。两军的汇合，壮大了井冈山武装斗争的力量。

我们还参观了建在大井村的毛泽东和朱德的故居。他们艰苦朴素的生活、坚定的革命信念、博大的智慧和高尚的人格魅力使我对他们崇拜不已。毛泽东就在这里的茨坪故居，针对"红旗到底能打多久"的问题写下了《星星之火，可以燎原》，还写了《中国的红色政权为什么能够存在？》和《井冈山的斗争》，提出了"工农武装割据"的光辉思想，对中国革命道路的问题从理论上做出了科学的回答。毛泽东还做出了"敌进我退，敌驻我扰，敌疲我打，敌退我追"等战术原则，实践证明，这又是非常符合当时实际情况的军事战术。红军撤走后，毛泽东和朱德的故居以及红军医院等建筑物都被国民党的军队烧毁，新中国成立后又按照原貌修复。

在井冈山也留下了毛泽东和贺子珍的爱情故事，以及贺子珍英雄人物的传奇故事。

我们来到井冈山革命博物馆，被气势宏伟、庄重大方、结构别致的建筑外表所吸引。博物馆建在高处，我们拾级而上。馆内设计新颖，布局巧妙，装饰高档豪华，应用现代化技术的展现方法，部分采用大框架、立体版面展示井冈山革命斗争时期的大量珍贵文物、模型、图片、资料，部分采用大型电子屏幕进行演出。博物馆上下四层，三、四层为展览厅。

井冈山革命先烈纪念馆建在山的上部，为两层楼，我们沿台阶而上，台阶很长，也宽阔，台阶两旁是高大茂密的树林。纪念馆庄严肃穆，我们走进大厅，为先烈们深深地鞠了躬，表示深切的哀悼。走出大厅，我们从侧边沿小路上山参观了革命先烈纪念塔、纪念碑以及革命领袖和革命先烈的雕像，四周是松柏叠翠，郁郁葱葱。井冈山革命斗争，历时两年零四个多月，就有4.8万多名革命者献出了宝贵的生命，能在后来修建的纪念碑刻上名字的仅有15744位烈士，还有3万多名革命先烈连姓名都没有留下。这一段悲壮的历史，使我们了解到井冈山的土地洒满了革命先烈的热血，曾经的每一砖每一瓦都留下了子弹的痕迹。曾经的房屋、树木留下了国民党军队烧毁的痕迹。我们能想象得到国民党军队返攻井冈山时的残酷和疯狂情景，同时也印证了革命先烈浴血奋战、英勇牺牲的大无畏革命精神。我凝神静气，久久地凝视着革命先烈纪念碑，回味着这段悲壮的历史。我明白了，中国革命的成功是革命前辈和先烈们用生命和鲜血换来的。他们凭着坚定的共产主义理想和始终不渝的革命信念，作为支撑他们进行革命斗争的强大动力。这是共产党人的力量源泉和精神支柱，也是井冈山精神的灵魂，使我不禁对革命前辈和先烈们肃然起敬，也使我经受了一次心灵的洗礼和井冈山革命精神的教育和熏陶。

　　回忆历史，我们不得不承认毛泽东是卓越的思想家、政治家和军事家。在这个枪与炮、血与火的战争年代，以毛泽东同志为代表的中共领导人，运用马列主义的普遍真理同中国革命的具体实践相结合，从中国的国情出发，从井冈山起步，点燃了工农武装斗争的星星之火，成功创建了中国第一块农村革命根据地，从而开辟了一条中国式的农村包围城市、武装夺取政权的革命道路，打败了国民党军队的重重围剿，在中国新民主主义革命的进程中，通过抗日战争和解放战争，打出了一个崭新的中华人民共和国。这期间涌现出了一大批军事上的将帅和政治上的明星，他们的英名被载入中国革命历史的光辉史册，还有那些革命先烈们，他们为新中国的建立立下了不朽的功勋。在中国革命的历史上，井冈山被誉为"中国革命的摇篮"和"中华人民共和国的奠基石"。

　　井冈山不仅有丰厚的历史内涵，而且还有绿色的生态环境和优美的自然风光。放眼五百里井冈，山高林密，苍翠繁茂，黄杉红枫，漫山遍野，瀑布飞泻，山涧溪流，尽显秀美之景色。解放后，通过几十年的发展，如今的井冈山旅游业兴旺，工业发达，商业繁荣，到处是欣欣向荣的景象。

早在1965年5月，毛泽东主席重上井冈山，写下了《水调歌头·重上井冈山》，"久有凌云志，重上井冈山。千里来寻故地，旧貌换新颜。到处莺歌燕舞……"新中国成立后的井冈山在经济上和政治上发生了重大变化。这首诗与毛泽东1928年秋天写的《江西月·井冈山》时代背景截然不同，"山下旌旗在望，山头鼓角相闻。敌军围困千万重，我自岿然不动。早已森严壁垒，更加众志成城。黄洋界上炮声隆，报道敌军宵遁。"在战争年代，在中国革命的形势处于低潮时期，在红军及其艰苦的岁月当中，毛泽东在他的诗中表现出了无比坚定的革命信念和高度的革命乐观主义精神。他的诗能给人以希望与信心，给人以勇气和力量，鼓舞人们的斗志。这首诗也反映了井冈山的精神。共产党起兵起义的初衷就是为了解放穷苦的老百姓。在井冈山，开展土地革命，打土豪，分田地，党和军队同人民群众血肉相连，始终与人民群众同呼吸共命运。井冈山精神源远流长，博大精深，是一个蕴涵丰富的巨大精神宝库。历史证明，我们党的根基在人民、力量在人民，只有保持党同人民群众血肉相连，才是我们党无往不胜的根本，也是井冈山精神的法宝。

井冈山是一座革命的山，英雄的山，同时也是红色教育基地。我们赴井冈山旅游，就是为了学习、继承和发扬井冈山精神，将井冈山精神作为一面永远高扬的旗帜。一代又一代的革命党人受到井冈山精神的激励，前赴后继地为取得革命成功而英勇奋斗。

游览秦直道城

对于秦朝的历史,我总是把秦始皇和万里长城、秦直道三者联系起来,而秦直道的历史我了解得甚少。正好天隆集团公司组织各单位通讯员进行了采风活动,我也荣幸地参加了,游览了东联秦直道城。

当我走进东联秦直道城,秦朝的历史背影在我的眼前闪现,仿佛秦朝始皇率领千军万马巡游天下。始皇坐着庞大的战车,带着长长的队伍,兵车辘辘,战马嘶鸣,士兵头戴铁盔,身穿铠甲,肩挎弓箭,手握长矛,一路旌旗猎猎,始皇好不威风。据史料记载,秦始皇曾五次巡游天下,他带着身边的主要文武官员,在巡游途中批阅公文,处理政务,可见他的每次出巡时间不短。他这是君巡天下,在沿途中号令全国。他走到哪里,哪里就有最高指令,时时处处显现出至高无上的权利,这就是帝王的权威啊。

我们可以思考这样一个问题,在秦始皇统一六国后,匈奴在北疆经常侵扰。出于战争的思考,秦始皇需要调集军队和粮草,保卫边疆,还有各地的经济贸易往来、人们的出行方便以及秦始皇巡游天下的需要,无论从哪个角度讲,都需要修筑道路。但是由于当时的社会生产力低下,要修筑一条"高速公路",真是破天荒的,何况是直道呢。

我站在古楼上，瞭望鄂尔多斯东联秦直道城，我在努力地寻找着两千多年前秦直道遗址。有历史文献记载，秦直道始建于公元前212年，始皇令大将蒙恬征调数十万民夫修筑驰往北方的道路。南起咸阳的甘泉山，北抵包头西的五原，中途南北贯通鄂尔多斯全境，全长相当于现在的1400公里，路面平均宽度30米，厚度达1.5至2米，筑路材料用砂岩黏土填筑，道路几乎以直线相通，所以叫"直道"。在两千多年前的社会生产力落后的条件下，具有如此精确的测量、定位技术，不得不令人折服。另外，还在直道的沿线两侧修建了亭、障或行宫之类的维护直道的管理机构设施和服务设施。

秦始皇扫灭六国、统一中国后，做了四项历史上罕见的浩大工程，一是修建了巍峨的阿房宫，二是修建了雄伟的万里长城，三是修筑了绵延千里的秦直道，四是给自己修建了规模宏大的坟墓。直道和长城交相辉映，蔚为壮观。不难想象，如此浩大的工程奴役了几十万劳工。他们逢山开路，遇水搭桥，多少座高山，多少条沟壑，铲高垫底，移土运石，劳工们在吃不饱穿不暖的状况下，夙兴夜寐，披星戴月，煎熬在酷暑严冬和风吹雨打中。他们在监工小吏的监督之下，进行着繁重的体力劳动，稍有片刻懈怠，便会皮鞭加身。秦始皇根本不顾劳工们的死活，浩大的工程，繁重的任务，严酷的法律，非人的待遇，奴役着他们修筑秦直道。工程规模之大，劳动场面可谓壮观之至，几十万的劳工们演绎出了惊天地、泣鬼神的劳动壮举，用了两年半的时间完成了名冠世界的筑路工程。

秦直道筑成后的第二年，秦王嬴政在巡游途中猝死，由于赵高乱政和农民起义揭竿而起，秦王朝在农民起义军的攻伐中土崩瓦解，短暂的秦朝历史戛然而止。然而，作为中华民族智慧结晶的秦直道，则永远载入史册。秦直道开创了中国第一条"高速公路"的历史先河，在中国的交通史中写下了光辉的篇章。

以史为鉴，才知兴替。秦王嬴政虽然建立了不朽的功勋，他统一了中国，建立了高度集权的秦王朝，统一文字、度量衡等等，但是他没有认识到国以民为本的重要性，用暴政统治人民，殊不知统治人民是要统治人民的思想，他却给人民套上了苛刻的法律枷锁。他只注重国防建设，却没有注重民生。他大兴土木，劳民伤财，还要给自己修建巨大的坟墓，却不知道体恤民情，安抚百姓，使百姓不堪重负。

我走出东联秦直道城，游完了这一人文历史景区。我观赏了每一处景点，每一栋古楼，浏览了博物馆内的每一件物品，秦直道的历史更加烙印在我的心中。秦直道虽然比不上万里长城的雄伟、磅礴、宏长，就像褪去了的颜色，抑或是被人遗忘的角落，但它是一座永恒的历史丰碑，具有鲜艳的历史色彩，创造了人类历史奇迹。

秦直道啊，流芳百世，千古不朽！

响沙湾美景

沙漠，在我的心中是缄默的、死寂的、荒凉的，而且是令人生厌的，没有什么值得留恋之处。听说响沙湾的沙子与众不同，有神奇之处，因这一说法，吸引了众多的旅人前去探奇寻究。

我随同神东天隆集团公司组织的通讯员采风活动来到响沙湾景区游览。

我们旅游团队首站到了景区综合服务区停留了下来，这边有商场、宾馆、餐厅、康体中心之类的服务设施。瞭望对面，便是浩瀚的茫茫沙海，这里就是响沙湾，中间横恒着一条向东包围的弧形的罕台河沟壑。沙丘陡立于河谷的西岸，看上去有一百多米高，坡度大约不到一百一十度，我们是坐着索道跨越沟壑的。

来到响沙湾，我们脚下踩着柔软的沙子，有的人租用了沙袜，有的人却赤着脚板走路。远眺沙漠，满眼都是大大小小的沙丘，但是，我们还没有走到最高处，沙丘有碍于我们的视野，随即，我们坐上了冲浪车。车的形状像船舶，车在沙中冲浪，起伏跌宕，酷似在海上冲浪，坐在车中的感觉就像坐在了汽艇上。车在沙海中前后起伏，左右摇晃，颠簸前行。我们手抓座椅，害怕从车中跌落下来。

我们来到了沙漠的腹地仙沙岛，这里有游乐设施。远眺西北方，能看到绿色植被的树木丛林和高耸的烟囱，那里是达旗城和亚洲最大的发电厂。向西南望去，是望不到边的沙丘。脚下的沙漠有一道一道的皱褶，像大海的波涛，而有的地方却像大波浪，凝固在那里。响沙湾地处内蒙古达拉特旗境内库布齐沙漠的东端，而库布其沙漠绵延在鄂尔多斯黄河南岸，横跨杭锦旗、达拉特旗和准格尔旗，长400公里，是中国第六大沙漠，世界第九大沙漠。黄河流到内蒙古形成一张拉满的弓，而库布齐沙漠却像弓上的玄。

　　这里有沙漠足球场、排球场、高尔夫球场、秋千场，还有戏水乐园和儿童乐园。应该说浩瀚的沙漠是沉寂的、肃静的，然而在众多的游客们的观光、游玩和嬉戏下，沙漠也热闹了起来。我们在文艺表演广场上观看了民族歌舞和杂技表演，精彩的表演给荒凉、单调的沙漠平添了些生动的情趣。我们还骑着骆驼游览大漠风光，骆驼是旧时代沙漠中的主要交通运输工具，今天我们是用来游玩的，也扮演了一次旧时代的人。

　　响沙湾沙漠根据不同的地域特色分别给旅游景点命名了名字。我们来到了另一个景点悦沙岛，这里开发出了几个露天游泳池和沙漠艺术宫。艺术宫的形状酷似蒙古包，还有喷泉、休息凉亭、象棋演艺广场等其他娱乐设施。这些设施建设给原本沉寂的沙漠注入了生命的活力，能让游客们在沙漠旅游中享受到人性化的周到服务。我们走累了，就躺在游泳池边的躺椅上稍作小憩。

　　还有一处景点是莲沙岛，那里景点少，我们没有游玩，但是从远处也能瞭望到该景点的建筑物。

　　在返回的路上，我赤着脚，试图用身体感受沙漠，沙子是松散散、柔软软的，轻拂着脚掌，比羊绒织的毯子还舒适。感觉到温柔的沙子是在沉睡着，但是在狂风吹来时，它会蹦跳起来，并发出暴虐的吼叫。走着走着，我们突然发现有一处较长的沙山又高又陡，有几个同伴在上面走着，在阳光的照射下，还留下了倒影。有一位同事说，那里是拍电影的最佳位置，不知是哪部电影骑骆驼的场景就是在那里拍摄的，是我忘了电影的名称。于是我们打开相机纷纷地拍了那里的景。

　　响沙湾，顾名思义，会有沙子发出声响。能发出声响的沙子很少有，也很奇特，因此，响沙湾被披上了一层神秘的色彩，吸引无数游客前来这里探究、观光。但是很遗憾，我们这次来游览正时逢四月中旬，来时的前几天下了一场大雨，沙子的里层还是湿润的，因此，沙子没有发出声响。沙子要发出声响是有条件的，要在晴天丽日，在沙子干燥的情况下受到撞击。气温越高，沙子越干燥，沙子的声响也就越大。

　　沙漠给我的印象是黄色漫漫、人迹罕至的不毛之地。说起沙漠，便会使人联想起沙尘暴、飞沙扬尘的天气。行走在广袤、空旷的沙漠中，满眼都是淡黄色的单调的色彩。沙子很干净，给人以静谧、荒凉、沉闷甚至是恐惧的感觉。如今的库布齐沙漠，被人工植被覆盖了许多，沙漠生态环境有所改善。

　　来到响沙湾这个沙漠世界里，会激发起人们游览沙漠的情趣，领略沙漠诱人的景色和独特魅力，还折射出了鄂尔多斯人治理沙漠的崇高精神。

三亚映像

三亚是令人神往的地方。我们从电视里能看到海南的蓝天、白云、大海、海滩、椰子树和美丽的日光所购成的自然旖旎的风景。海南是中国最南端的一个省份，而三亚是海南最南端的一座城市，我有幸来到这座南部滨海城市来领略这里的风光。

当我乘坐飞机抵达三亚上空，俯视了三亚的景色，那真是一幅美丽的图景，群山叠翠，碧绿万顷，苍翠繁茂的山林中分布着多条道路和多处房屋。飞机飞到市区上空时，我看到了蔚蓝的大海，看到了一栋栋楼房和道路所构成的星罗棋布的城市，看到了三亚南山海上的观音雕像。三亚市区三面环山，南临大海，形成环抱之势，山岭绵延起伏，自北向南逐渐倾斜。一个城市的全景在高空鸟瞰是最佳位置了，只是由于飞机的降落，在匆忙中俯视、拍景有些时不我待。

三亚，这座美丽的滨海旅游城市，吸引了无数游客前来旅游。1988年4月份海南建省，同时成立了海南经济特区，海南的发展从此进入了一个新的发展阶段，被打造成了旅游大省。海南四面环海，是仅次于台湾岛的中国第二大岛。一个城市的特色与地理位置息息相关，三亚的海岸线是多角形的，形成了大小海湾19个，另外有大小岛屿40个，主要岛屿10个，海湾众多，各有佳景。

三亚属热带性季风气候，年平均气温25.7℃，气温最低时为1月，平均21.4℃，四季如夏。三亚是北方人过冬的好地方，在这座南部热带边陲城市里，享受着冬暖如夏的气候。我去时是2008年的9月中旬，自然是体会不到冬暖如夏的感觉。

三亚有不少景区，我们只游览了天涯海角、亚龙湾、福龟滩、黎民村、兴隆热带植物园、东山岭，在三亚逗留了四五天，行色匆匆，走到哪里都是背靠山，面向海，走到海边离不开戏水。三亚的自然特色是大海和椰子树。来到三亚我真正领略到了大海和椰子树的魅力。

我们经常所说的"天涯海角"就是位于三亚市西郊的23公里处，在马岭山脚下，相传有美丽的爱情故事。"天涯"和"海角"分别刻在两块相距很近的巨石上方，巨石下方刻有古人的题诗。在摹刻"天涯"岩石的左侧几百米处立有一块比人高的圆锥形石头，镌刻有"南天一柱"四字。向南远眺大海，苍茫旷远，浩瀚无涯，天光海色融为一体，都分不清是海是天，水面波光粼粼，海风吹过，扫起一层层波纹不大的浪花。在内陆我们看不到大海，而在海边才能真正体会到大海的辽阔与深邃，才能真正体会到"海阔天空"的壮阔和美丽。

我们在地里课文中学到，大海的面积占地球总面积的十分之七点一，而陆地只占地球总面积的十分之二点九，试想想，大海该有多大。南海海底生存着动、植物，海底下储藏着丰富的天然气和石油等资源。人们可以在大海上船运航行。大海高兴时风平浪静、和蔼可亲，大海发怒时狂风巨浪、排山倒海。人类对大海有恐惧感，又能通过高科技手段开发利用海洋资源。有的游客游览了海底世界，只是我生来就怕江河海水，不敢去海底探险。大海以她独特的神韵召唤着无数游客前来观光游览；大海以她海纳百川的胸怀包容着天地万物；大海潮起潮落，热血澎湃，显现出她有激情、理想以及旺盛的生命力；大海惊涛骇浪、波澜壮阔，说明她有胆有识，敢于挑战生命的极限。我敬畏大海，我朝拜大海，我赞美大海，我咏诵大海，从古至今有多少诗人写下了有关大海的千古佳句，如："海上生明月，天涯共此时""海内存知己，天涯若比邻""天涯海角人求我，行到天涯不见人""海人无家海里住，采珠役象为岁赋"等等诗句。

"天涯海角"被人们解释为"天之边缘，海之尽头"，是为最偏远的地方。在唐宋时期，海南是京城官员贬黜的流放之地，有的被流放到三亚的天涯海角。那时交通不便，京城离三亚又十分遥远，被贬官员从京城到三亚要走两年左右的时间。现在看来，对于京城，三亚是个偏远的地方，但看不出一点荒蛮的痕迹，生存环境并不恶劣。当然，时空已越过千年历史，过去的环境优劣我无从判断。

亚龙湾的景色也十分优美。亚龙湾被誉为"天下第一湾"，"三亚归来不看海，除却亚龙不是湾"。亚龙湾是个半月形海湾，海边的娱乐设施修建的新颖、雅致，我们在这里玩得十分尽兴。初到水中嬉戏时，海面风平浪静，在阳光的照射下海水像片片鱼鳞铺在水面上。我们在水中游泳，可以蛙泳，也可仰卧游泳，可以自由转换动作，可是一会儿海水涨潮了，海水中的波涛一排连着一排，向岸边涌来，海浪很快退去，一会儿又很快涌向岸边，那淡淡的海腥味弥漫在海里，海水涌到唇边，味觉是咸的。对于一波一波的浪涛，我只能站立起来戏水，感受到海潮的威力是巨大的。玩累了就躺在柔软的沙滩上享受着日光的照晒。人们穿着五颜六色的泳装，嬉戏在海岸边，躺卧在海滩上，有下水的，有上岸的，来回流动，络绎不绝。

坐在船上畅游大海，又是另一种感受。船行水中，景随船移，亚龙湾景色沿海而过，远看景色有高山密林，悬崖峭壁，向南望去，茫茫大海上烟波浩渺，帆影点点。近看海面，波浪拍打着礁石，溅起了几米高的浪花，发出哗、哗、哗……的美妙声音。浪花是海上的美景，游船过后也会划出美丽的浪花。我目睹大海的风采，聆听大海的涛声，品读大海的魅力，大海是极富有浪漫、洒脱、倜傥的气息，与时代同行，充溢着色彩、光焰与诗意！

椰子树是海南的一大亮点，点缀在山上、海边、房前、屋后、院内、路旁、田间、地头等每个角落。椰子树生长在热带、亚热带气候中，在南方沿海、沿边城市中都有，只是在我的想象中好像椰子树是海南独有的树种，当然椰子树在数量上是海南最多的树种。如果海南没有椰子树就像女人没有穿漂亮衣服、没有化妆和佩戴首饰，就像花瓶里没有插花，就像演唱会中只有唱歌没有跳舞一样有所缺失，黯然失色。如果说宝马配英雄，才子配佳人，那么椰子树生长在海南是最适合不过了。可以说椰子树是海南的象征。

我用"高大挺拔，简约秀丽"八个字来概括椰子树的特点。椰子树长得很简约，一根颀长的树干上端繁简适量地长着十数片修长、宽肥的枝叶。枝叶似羽毛状，绿莹莹地向四面舒展开来，有的树的枝叶部整体轮廓像夜晚放焰火空中散花的轮廓，树干上没有任何枝枝杈杈，枝叶也长得干净整齐，成串、圆润的果实生长在树枝的根部，经过风雨的洗礼，渐渐长大成熟。

椰子树在所有的树种中是最漂亮的树。椰子树有美感和性感，树干就像高挑女人的美腿，枝叶就像漂亮女人的美貌，用人们惯用的天生丽质、亭亭玉立、沉鱼落雁、闭月羞花、风清月意、千娇百媚等词来比喻椰子树之美都是不过分的。椰子树之美可以称谓为

"玉树"，我们将椰子树拟人化地比作美女也是情理之中的事情。

我站在椰子树前就感到神清气爽，心旷神怡，心中有说不出的美妙感觉。椰子树能给我带来激情、带来丰富的想象力和创造力。我看到椰子树就能深切地感受到我来到了远离故土的南国，我看到椰子树就能文思涌泉，下笔千言。细细品读椰子树，无论从椰子树的外表或者是内质来看，椰子树精力充沛，温文尔雅，椰子树的性格是温和、正直且豪爽的，始终保持着乐观的、包容的、旺盛的生命力。我感悟到椰子树的品行是热情奔放，激情似火，有爱情的火焰，有事业的成功，有人生的豪迈，有生命的积极向上。椰子树吐绿了这片荒野，占据了这片土地，拥有了绿色的生命。椰子树默默无闻地生长，一代一代地繁衍生息，为人类做出了贡献，诠释出了生命的意义。

椰子树一簇簇、一片片、一排排、一棵棵整齐有序地分布在山岭、海边。远眺山岭上的椰树丛林，就像原始森林，重重叠叠，异常茂密；近看一片片的椰子树高大茂密，遮天蔽日；海边、路边的一颗颗椰子树精神抖擞，威武雄壮。椰子树是三亚、海南大地的衣裳，是保卫大海的卫士，是大自然中的美女，是人们心目中的亮点。

我来到三亚，不仅仔细观赏了椰子树的美貌，吸吮了椰子汁，美食了椰子肉，还聆听了椰子树的声音，无风时幽雅恬静，苍劲秀美，海风吹来时摇曳着宽厚浓绿的枝叶，树与树高声喧哗，甚至发出清脆响亮的声音。随风吹来时，树影婆娑，身姿轻盈，椰子树越发显得婀娜多姿，妩媚动人。

三亚是用椰子树铺成的一座绿岛，与蔚蓝的大海遥相辉映，蔚为壮观，在蓝天白云的衬托下，就构成了三亚独有的多姿多彩的美景，多么让人流连忘返，回味无穷。

我心中的美景就是有蓝天、白云、大海、海滩、椰子树、人工设施和美丽的日光所购成的多姿多彩的南国景色，而海南、三亚就是南国风光中最具特色的最亮丽的风景。

　　我爱海南，我更爱三亚！

云南风光

云南是我心仪已久的地方。最初我只是在电视剧和电视广告中看过云南的自然景观，给我的印象，云南是四季温暖，百花盛开，林木葱茏，是一个自然景色优美的地方。我知道，云南地处我国的西南边陲，属高原山区省份，西部和西南部与缅甸接壤，南部与越南、老挝毗邻。从云南旅游回来的人都说云南的景色好，是值得人们去观光旅游的地方。于是两年前我选择了在春节期间去云南旅游，到过昆明、西双版纳、丽江和大理四个地方。虽然时光已经流逝，但是旅游时的情景还记忆犹新。

石　林

石林风景名胜区，位于云南省石林彝族自治县境内，距省会昆明市约78公里，保护区总面积约350平方公里。云南石林是一座名副其实的由岩石组成的"森林"，景区内分布着奇石、瀑布、湖泊、溶洞、峰丛和丘陵，穿行其间，但见怪石林立，突兀峥嵘，姿态各异，像人间万物，惟妙惟肖，蔚为壮观，使游人目不暇接，一饱眼福。在石林的大屏石上刻有"石林"二字，是抗战期间时任云南省主席云龙的提笔。这里游人最多，纷纷拍照，以作纪念。

西双版纳

西双版纳是云南省的一个傣族自治州，地处云南省最南端。与老挝、缅甸、泰国和越南山水相连。来到西双版纳，我游览了原始森林公园和热带植物园。

西双版纳原始森林公园树木品种繁多，古木参天，龙树板根、老茎生花、植物绞杀等植物奇观异景随处可见，峡谷幽深、鸟鸣山涧、林木葱茂、湖水清澈，使我真切感受到了原始森林遮天蔽日的繁茂、高耸、阴森、遒劲、苍茫的景象。一路上远视与近观、仰望和俯视了不同的视角景色。行走在森林中，能看到孔雀放飞、猴子嬉戏、黑熊玩耍等珍稀动物。我还亲临了泼水节，在音乐节奏的舒缓起伏中，那种互相泼水，水花四溅的欢快场景，使我感受到了傣族百姓热爱生活的民族风情。

西双版纳热带植物园是国家知识创新基地、国家植物种植资源保存基地、国家科教基地。位于云南省最南端的勐腊县境内，是一个集科学研究、物种保存、科普旅游于一体的独立科研机构。专栏介绍，园区占地面积16000多亩，收集了世界热带地区的13000种植物，栽培在38个专类植物园中，是世界上户外保存植物最多的植物园，成为我国热带植物种植资源保存和研究基地。珍奇的热带植物、深厚的学术积淀、丰富的雨林文化和多姿多彩的民族风情为科普旅游奠定了基础。这里游人如织，络绎不绝，是人们观赏植物的最好去处。

丽　江

丽江古城坐落在丽江坝中部，玉龙雪山脚下，是中国历史文化名城。古城依山傍水，古朴自然，城市布局错落有致，既具有山城风貌，又富有水乡韵味。无处不在的小桥流水、青石板路面和古香古色的土木结构房屋是古城的一大特色。

我穿行在街道上，光顾着街道两旁各色各样的店铺，有商业街，有小吃街，房屋建筑既融合了汉、白、藏民族的精华，又有纳西族的独特风采。木府可称为丽江古城文化之"大观园"。纳西族最高统领木氏自元代世袭丽江土司以来，历经元、明、清三代22世470年，明末时达到了鼎盛。其府依山而建，规模恢宏，自然是宫殿轩昂，琼楼玉宇，雕梁画栋，亭台楼阁，长廊回绕，假山溪水，整体布局鳞次栉比，夹杂着各种树木和奇花异草，难怪古代著名旅行家徐霞客曾叹木府曰："宫室之丽，拟于王室。"丽江是中国历史文化名城中唯一没有城墙的古城，据说是因为丽江世袭统治者姓木，筑城墙就如木字加口而成"困"字之故。电视剧《木府风云》上演得就是五百多年前曾经发生在这里的故事，就是以此"木府"为背景，围绕明朝历史上木府家族权力斗争为题材，展现了丽江的优美风光、历史事件以及丰富多彩的民族文化。

大　理

大理全称为大理白族自治州，地处云南省中部偏西，自治州首府驻大理市下关。以山水秀丽和少数民族风情闻名于世，境内景点以崇圣寺三塔、古城、洱海、苍山、蝴蝶泉等最为代表性。

三塔是大理的标志性建筑，就像是北京的天安门、西安的大雁塔、西藏的布达拉宫一样。大理崇圣寺三塔，是由一大、二小三座佛塔组成的。它的布局呈"品"字形，大塔在前，小塔居后，既浑然一体，又相互呼应。位于中央位置的大塔叫千寻塔，据说建于唐代南诏国时期。塔高约七十米，十六层。分立在大塔南北两侧的两座小塔，大小高低相同，高四十多米，十层，与大塔距离等同，相距七八十米，都为八角形密檐式空心砖塔，经考证均建于五代十国时期的大理国。三塔巍峨高大，雄奇壮伟。导游讲了建塔是为了镇邪避灾之传说。导游叮嘱，在这里拍照，生肖属龙和属蛇的人将三塔斜照。

大理古城简称叶榆，又称紫城。大理古城东临洱海，西枕苍山，距大理市下关13公里，始建于明洪武十五年（1382年），规模壮阔，城楼雄伟，风光优美。东西南北有四座城门楼，城的中间有过道城楼，城内流淌着清澈的溪水，走街入院都是古朴典雅的白族结构建筑。街上各种店铺林立，可以看出这里商业繁荣，生意兴隆，街上游人比肩继踵，熙熙攘攘。

洱 海

洱海其实不是海，它是大理这个断陷高原盆地上形成的一个湖泊。洱海形似耳朵，南北长42公里，东西宽3至9公里，面积约250平方公里，面积与蓄水量均列云南湖泊第二，在全国淡水湖中居第7位。洱海就在苍山脚下，苍山逶迤，洱海绵长；苍山青黛，洱海湛蓝，洱海和蓝色的天空浑然一体。我坐在大船上，观光洱海，在风平浪静的湖水中，游船所到之处荡起了粼粼波纹。远眺苍山，湖光山色，美不胜收。在洱海最南端的团山上，有一座洱海公园。公园的山体上，林木茂密、葱茏。我们拾级而上，在山的顶部有楼台亭阁等古香古色的建筑，其中有飞檐翘角的望海楼，这里就是远眺苍山洱海的最佳位置。

蝴蝶泉

蝴蝶泉位于苍山第一峰云弄峰神摩山下，南距大理古城27公里。蝴蝶泉面积50多平方米，为方形泉潭。泉水清澈如镜，由泉底冒出，有一颗高大古树，横卧泉上，这就是"蝴蝶树"。每年春夏之交，大批蝴蝶聚于泉边，满天飞舞。最奇的是万千只蝴蝶，首尾相连，倒挂在蝴蝶树上，形成无数串，垂及水面，蔚为壮观。蝴蝶泉奇景古已有之，明代徐霞客笔下已有记载。郭沫若在1961年游览时，手书"蝴蝶泉"三个大字，刻于泉边的坊石之上。近年来，蝴蝶泉公园经过了修整与扩建。据听说，近十几年，人们已经很难看到美丽的蝴蝶盛会了。我去时还不到蝴蝶盛会时间，只有少量蝴蝶飞舞。

　　我不仅喜欢云南的自然景色、人文景观，还喜欢云南的气候和美食。昆明是我国有名的春城，这里的气候属于温带湿润性气候；西双版纳位于云南的最南端，是热带雨林气候，一年四季温差不大。总之云南大部分地区有冬暖夏凉、四季如春的气候特征。云南的特色美食丰富多彩，味道鲜美，醇香可口，有大餐，也有小吃。如：西双版纳的香竹饭、酸笋煮鱼、叶包蒸猪肉；丽江的粑粑、三文鱼、黑山羊火锅；大理的白族三道茶、酸辣鱼；昆明的过桥米线、汽锅鸡、大救驾、野山菌等等都是美味佳肴。

　　云南之行圆了我的一个旅游梦，面对云南的厚重历史、多民族文化和锦绣河山，我只能说云南是一个美丽的地方。此次旅行，使我对云南有所了解，真是不虚此行。

看夜景

　　当我来到每一座城市，晚上都要直面美丽的夜景。夜景确实让我着迷，我认为城市的魅力只有在夜晚中才能表现得淋漓尽致。灯光照映出了城市的结构框架，流动的车辆、往来的行人便是一道亮丽的风景线。夜色中的城市是律动的、喧嚣的、忙碌的、五彩缤纷的。在夜色中前行的人们，不管是步履匆匆，还是悠闲自在，都已经融入到了城市的氛围中，在夜色中存留过自己的身影。

　　夜景是相对于白天而言的，白天有晴朗的天空，有明亮的大地，凡目光所触之处是能看得到的。而到了夜晚，在人类没有发明各种照明设施之前，作为原初的光明来源就只有"月亮"和"星星"了。火，是旧石器时代原始人发现的，对于火的使用，他们经历了一个从利用自然火到人工取火的漫长过程，原始人认识并掌握了火。火不仅能照明，还能取暖御寒，防御野兽袭击，烧烤食物等等。电的发明改变了整个世界，对社会的发展发挥着巨大的促进作用。

　　我曾无数次地看过夜景，在飞机上、在游船上、在公交车上以及徒步看过夜景，由于本人置身于城市的远近、高低位置不同，所看夜景的效果也不同。我记得我晚上坐飞机到过北京、上海、广州、杭州等地，在飞机快要降落时，飞机低飞掠过城市上空，俯瞰城市的夜景，美丽极了。一座夜景城市点缀在黑色的大地上，从灯光的分布上能看出城市的结构布局。灯光虽然是星星点点而不是耀眼闪亮的，却也五光十色，井然有序。城市的夜景是网状式的，就像一张城市交通图，又像棋盘一样。在城市的上空向下看能分辨出著名的高层建筑，分辨出长江，分辨出桥梁。在北京的高空向下看能分辨出每一个环形路，城市格局酷似蜘蛛网的形状。凡是灯光明亮之处必是主街道，街道纵横交错，结构层次分明。全景式的城市夜景随着飞机的降落，由远及近，由小到大，由面至点，直至最后俯视戛然而止。走出机舱，沿途所看到的夜景又是另一番景象了。

我曾经在游船上看过夜景。在上海的黄浦江上看过夜景，在深圳和香港海上看过夜景，在苏州古运河上看过夜景，印象最深的当属黄浦江和古运河上看夜景了。

上海是中国第一大城市，是中国经济、金融、贸易和航运的中心，是世界大都市之一。我来到黄浦江上乘船荡游，看到浦东的陆家嘴金融贸易区有东方明珠塔、香格里拉大酒店、金茂大厦以及国际会议中心等摩天大厦，形态各异，如同艺术品的造型，闪烁的霓虹灯上下左右通体变换着五颜六色，那是最壮美的景观。陆家嘴的对岸是外滩（浦西），有旧上海万国建筑群，曾经是"十里洋场"最亮丽的风景线。我们会经常看到有关上海滩故事在电视剧中播放出的旧上海标志性建筑的汇丰银行大楼（现为浦东发展银行大楼）和海关大楼（海关大钟）齐肩并列，一看到这两栋楼便知是旧上海，包括这两栋楼在内的其他万国建筑物，虽然历经沧桑，却依然完好如初地保存了下来。到了夜晚，这两栋楼灯火辉煌，通体发黄中夹杂着少许的白光，其他楼体也照映得斑驳陆离、妩媚多姿。在两岸的夜色中，群楼的出现，展现出了现代与历史的对比，昭示着时代在不断地向前发展。两岸的灯光倒影在了江面上，霓虹灯映红了半边夜色。黄浦江上的船只灯火通明，你来我往，上下游行，好不热闹。这就是上海夜景的缩影，弥漫着浓郁的现代化大都市的气息，流光溢彩，风情万种。大上海啊，我聆听着你昨天发生的故事，目睹了你古老的容颜，看看现在，你真是让人惊叹不已！

　　夜游苏州古运河也是别有情趣的。苏州古运河属京杭大运河的一小段，全长82.35公里，而京杭大运河全长1794公里。这条由人工开凿的古运河，可以上溯到两千五百多年前的春秋时期，吴王夫差筑邗城、开邗沟；再到后来的隋朝，在原有的河道基础上开通相连了京杭大运河，这条承载着千年历史的苏州古运河，张扬着历史的风采。如今，运河两岸都是仿古建筑，古朴而典雅，一排排层楼叠阁，一栋栋近水楼台，傍水而立，雅丽别致。我去时正直初秋时节，华灯初上时我乘坐的游船驶出码头缓缓向前行进，夜色笼罩了苏州古运河的上空，运河两岸的彩色灯光闪亮了起来，灯光照映出了亭台楼阁的轮廓，眼前呈现出的是古香古色的景色，好似我们倒退在了隋朝时期。隋炀帝杨广不理朝政，不务正业，只为了个人享乐而开凿的京杭大运河，是以毁灭隋朝而付出的巨大代价，而我们后辈人在这条古运河上荡游，不知会做何感想。坐在船上，眼前犹如两条五光十色的巨龙侧身而过，如梦如幻的霓虹灯扑闪着，不停地变换着五颜六色，灯光将苏州古运河的夜空和运河两岸装点的分外靓丽，船上的人们忙于录像和拍照。清风吹来，我感到十分凉爽。游船继续向前驶进，不远处就要经过一道道连接两岸的桥洞。在灯光的照映下，桥的框架结构形态各异，别具一格，确有江南水乡的风格。我们在古运河上游览了一个多小时，沐浴着迷人的夜景，感受着古运河的历史文化，直至我离开河岸入住酒店，仍然陶醉在美丽的夜色中。

我走过次数最多的大城市就是北京和西安了。走在大城市中免不了要坐公交车，坐在公交车上看夜景也是别有一番景致的。我记得有一次我去北京时在公交车上拍摄过夜景，后来不小心被删除了。拍摄的夜景正好是繁华路段，包括王府井、东单、西单、天安门、新华门等地段，近距离看夜景灯光是闪亮耀眼的。我被包围在灯光的世界里，公交车一直向前驶进，前面的街道景色不停地向我跑来，然后又匆匆而过，沿街景色都进入了我的眼帘。我在专注地看，看得我眼花缭乱，我内心感慨万千，深感北京是多么得漂亮啊，真是无愧于我们伟大祖国的首都。

我晚上经常徒步逛街，逛过北京的王府井、天津的和平路商业街、上海的解放路、南京的夫子庙美食街等繁华街道，都是在步行街上，特色当属是购物和美食了。如果是看夜景，当然是在有车流的大街上景色会更好些。有一次我在天津入住在外环的一个高层酒店里，酒店侧边有环城路，我俯瞰车流，那川流不息的车流就像流星一样划过，有时看不到车体，看到的是一道一道的灯光。车辆往来并列行驶，灯光红白夹杂，分外迷人，我看了许久，依依不舍地移开了视线，这是我所看到的车流最精彩的一次。毗邻的几栋高层楼一个个窗户里照出了亮光，这真是万家灯火不夜城啊。晚上我在街上行走，遇到天桥，就会站在天桥上面看流动的车辆，车灯通亮，一辆紧挨着一辆行驶，车辆往来穿行，十分好看。

到了晚上，城市似乎累了一天了，也该休息了，但是城市依然发挥着它的功能。城市还在忙碌着、喧嚣着，城市的夜是不眠之夜。

走在城市里，有时候我在想，我所看到的这些高大建筑物，它们的设计师，电及电器设备的发明者，通信设备设施的发明者，车辆的发明者以及其他发明者是多么了不起啊，没有他们的发明创造，就不会有今天的城市，不会有今天的社会。面对这些城市我是多么渺小啊，这不仅仅是因为我的社会地位低，而是我们普通百姓与这些发明创造者对社会所做的贡献相比有多大差距啊，真是沧海之一粟。想起这些，我不会抱怨什么，也不会苛求什么。平心而论，我们这些从央企中改制出来的企业员工，都是党和人民养育了我们，如果我离开了这个集体，离开了这个团队，或许现在什么也不是。其实我最钦佩的人就是这些科研人员和高级工程师，因为他们对社会所做出的贡献是巨大的。当然科学技术的发展进步必须要有一个充满活力的国家体制和竞争机制，能最大限度地激发科研人员的研发热忱。

  我只不过是这些城市的过客，住不了几天就要离开了，要回到我住的小城市里，要投入到我的工作中。这些美丽的城市给我留下了美好的记忆，特别是美丽的夜景，是值得我追忆的一道亮丽的风景线。

泰国之旅

近几年，赴东南亚国家旅游已形成了热潮，新马泰便成了首选。我不知道泰国有何特色，旅游总是有一种探秘的意味，更何况是异域他国。赴泰国旅游我还是第一次走出国门，虽然路程遥远，旅途劳顿，但是心情是愉悦的，一路的南国景色、风情格调，是别有一番情趣的。

我们是在泰国的芭提雅小型机场（以前是军用机场）下的飞机，走出机舱便会感受到泰国的炎热气候。泰国地处亚洲中南半岛中南部，属热带季风气候，全年分为热、雨、凉三个季节，年均气温为24～30℃。从芭提雅坐大巴车到曼谷的车程达三个小时，沿途地势平坦、开阔，属平原地带。泰国的街道和公路旁生长的树木十分漂亮，这是我们中国北方地区所没有的树种。泰国没有中国富有，沿途所看到的房屋建筑低矮、陈旧，不像我们中国到处是高楼大厦。

芭提雅和曼谷的建筑物有的是结合中国的建筑造型，有的是模仿西方建筑造型，形成了泰国新的建筑特色。在曼谷，泰国的古建筑主要分布在大皇宫、玉佛寺一带。泰国古建筑最突出的特征表现在屋顶，屋顶是木结构，以多檐多面和棱锥体尖塔为主要特征。

大皇宫和玉佛寺

大皇宫和玉佛寺是泰国著名的旅游景点。大皇宫是泰国诸多王宫之一,是历代王宫保存最完美、规模最大、最有民族特色的王宫,如同中国的故宫。我们只能在大皇宫的每栋建筑外面观看、拍照。曼谷王朝从拉马一世到拉马八世,均居于大皇宫内。大皇宫是仿照故都大城的旧皇宫建造的,经历代君王不断扩建建成了现在这座规模宏大的皇宫建筑群。大皇宫现在也用于举行加冕典礼、宫廷庆祝等活动。大皇宫汇聚了泰国建筑、绘画、雕刻、装潢等精粹的艺术作品,其风格具有鲜明的暹罗建筑艺术特点,深受游人的赞赏。

玉佛寺毗邻与大皇宫的东北角,由于寺内供奉着玉佛,故取名为玉佛寺。玉佛有其神秘的传说。玉佛寺是国王举行宗教仪式活动的地方,是曼谷王朝的守护寺和护国寺,也是泰国最重要的寺庙。玉佛安坐在大雄宝殿的正上中间,玉佛高66厘米,宽48厘米,是由一整块碧玉雕刻而成。游客们走进大殿,面对玉佛,盘腿而坐,合起十指,顶礼膜拜,默默祈祷玉佛保佑,以实现自己的愿望。为了表示人们对玉佛的敬重,寺里禁止人们穿短衣艳服入内。玉佛寺整体建筑有屋宇高塔、亭榭长廊,古朴典雅,富丽堂皇,是全泰国唯一没有和尚居住的佛寺。

泰国人妖

关于人妖,去泰国之前,我对人妖不甚了解,也没有看过人妖表演。导游给我们讲泰国有"三大文化",即佛教文化、人妖文化和性文化。泰国是一个性开放的国家,二次世界大战时期,美国在泰国的芭提雅驻军,当地妇女为驻军提供性服务赚钱,收入丰厚,于是便滋生出了人妖。也有一种说法,泰国人妖是由印度"阉人"(如同中国的太监)演绎而来。人妖成长的初期,一般都是来自生计艰难的贫苦家庭。人妖自幼受女性化的教育和熏陶，使他们的衣着打扮、行为方式、兴趣爱好等都表现为女性的特征，这样就紊乱了生理机能，再通过吃药、打针，抑制雄性激素，导致内分泌失调，停止男性生殖器官发育，丧失生育能力，便产生出男人女性化的生理特征，如乳房隆起、皮肤细腻、身姿苗条等。我在泰国看了三场有代表性的人妖表演，一场是规模大、档次高的人妖秀表演，分为古代和现代歌舞，肢体动作柔美娴熟，如蝴蝶似燕子般地轻舞飘柔，整场晚会优美活泼，热情奔放，亮丽多彩，气氛热烈；另一场是在停靠在暹罗湾的公主号游船上看的，游客们一边吃着丰盛的美食，一边喝着优质的啤酒，一边看着人妖表演，当游客们吃饱喝足了就来到人妖表演台上近距离观看。人妖身材颀长苗条，眉清目秀，婀娜多姿，都留有一头秀美的披肩长发，项颈上、耳朵上、手腕上佩戴着各色各样的首饰，多而不艳，在音乐的伴奏下，华丽的衣裙伴绕着莲步，扭动着身姿，轻盈柔美，不时地搔首弄姿，眉目传情，宛若天女下凡一般。她们袒胸露臂，暴露出两只巨乳，任凭游客们抚摸，并与游客们拍照收取小费。人妖的乳房比普通妇女的乳房大得多，且高耸、圆润、饱满、富有弹性。第三场是人妖裸体表演。我们看到有的人妖是全妖（下体整形为女性生殖器），有的是半妖（下体依然是男性生殖器）。泰国法律规定，人妖仍然为男性，不过在社会的日常生活中定位为女性。全妖的寿命在40岁左右，半妖的寿命要比全妖的寿命长一些。

　　自二战美军驻军在芭提雅以来，芭提雅已成为泰国性交易十分活跃的地方，有美女也有帅男。各国有不少好色之徒专程来到这里掠色捕食，发泄性欲。

　　通过三场人妖表演的观看，使我对泰国人妖有了较深的了解。

大象、鳄鱼、毒蛇表演

来到泰国玩得尽兴的是看大象表演。大象是世界上最大的陆栖动物。大象性情温和，忠厚稳重，聪明伶俐，力大无穷，憨态可掬，十分讨人喜欢，被人们称之为兽中之德者。

我曾经在动物园、在云南西双版纳见过大象，这次来泰国也见过几次大象，还骑过大象，特别是通过看大象表演，让我一饱眼福。

大象表演节目博得在场的人们的一片欢叫，大象进场亮相时人骑着大象，足有三十头大小象排成一队，鼻子牵着尾巴相连，组成了圆圈。大象表演的节目非常精彩，大象投篮是用鼻子将篮球卷起来，用两条后腿站立起来投球。投到篮板上时，大象以胜利者的姿态，摇晃着优美的动作，以示它的成功。大象踢足球的动作也非常娴熟、自然，特别是发球的动作很潇洒。大象投保龄球的技术也很高，可与人的水准媲美。大象也会绘画，能用彩笔涂抹出图画。大象能骑三轮车，用鼻子握住车把，两只脚不停地踩动脚蹬，驱车前行，骑得稳重、自然、从容不迫。大象的鼻子相当于人的手，能起到很多作用。大象还会跳舞呢，虽然躯体庞大，看上去有些笨拙，其实舞跳得热情奔放，轻捷洒脱。在音乐的伴奏下，大象一只脚踩在凳子上，围着凳子转圈，并将圆环套在鼻子上不紧不慢地转圈，转得不慌不忙，悠闲自在。还有一个舞蹈是大象用鼻口揪住红绸带，挥舞着，上下左右飘洒着，随着音乐的起伏跌宕，红绸带时快时缓、时高时低，变换着弯弯曲曲的不同造型。从文艺表演来看，大象既沉稳又灵活，能与人的习性相通。人睡在地上，大象从人身上跨过时，还逗着人来玩呢，使在场的观众哄然大笑。大象既温文尔雅，又不失阳刚之气。我们从动物世界里能看到，大象面对凶残的老虎、狮子，它临危不惧，以它强大的体魄将老虎、狮子等野兽置于死地。

泰国是产象大国，一向被称之为"象之国"。象是泰国的国宝，一直受到人们的尊重和关爱，泰国人与象密切相关，和谐相处。从网上查看，在自然界里，象的繁殖率较低，大约要相隔5至6年的时间才生一次，每次只产一个幼子，妊娠期为20至22个月，在正常情况下，其寿命可达60多岁，也有活到100岁的高龄。通过看大象表演，才使我对大象有了进一步的了解。

在泰国看鳄鱼表演也被列为旅游项目之一。我们来到泰国的北揽鳄鱼湖动物园参观了鳄鱼。据了解，这个鳄鱼饲养园是全世界最大的鳄鱼饲养园，分多个鳄舍、池塘饲养着泰国及世界各地20多种大小鳄鱼，共计四万多条。鳄鱼属爬行类中的水栖类型动物，生长于热带与亚热带地区。园内形成规模，我们沿着蜿蜒的小径，看到鳄舍里汪着浅水，爬着不少的小鳄鱼，东走西拐，一路看到鳄鱼根据大小不同分布在相适应的鳄舍内。一会走上木桥，一眼就能看到下面有一汪汪潭水，大鳄鱼都趴伏在潭的边上，仔细端详，面目狰狞，凶恶可怕。人在桥上，鳄鱼在水中，我们走过曲径婉转的天桥，将潭水中的鳄鱼一览无余，要是游客们扔下肉食，鳄鱼就会张开大嘴逮着吃，据听说鳄鱼是很喜欢吃腐肉的。游客们仔细观赏着鳄鱼，并争相拍照。

我们来到鳄鱼表演馆观看表演，深感驯鳄师所从事职业的危险。两个驯鳄师将大鳄鱼从水中拉到中间凸出的水泥地面上，一个人从尾巴上拉着，一个人用两根细短棍在敲打、戏弄鳄鱼的大嘴巴。鳄鱼张开大嘴巴，一个驯鳄师将自己的手伸进鳄鱼嘴里三次。第三次刚好将手伸出时，鳄鱼就闭上了嘴巴，真是十分惊险。如果鳄鱼咬住手腕，那就要断裂开来的。接下来的表演更为惊险，两个训鳄师轮流着用几条鳄鱼做表演，还有一个驯鳄师将自己的头颅伸进了鳄嘴，使人胆颤心惊。当他把头颅伸出时，鳄鱼又闭上了嘴巴，我真为驯鳄师担忧呢。鳄鱼和蛇都是冷血动物，对人没有感情，本性残忍毒辣，嗜血如命，如果咬住人是不会松口的。要使鳄鱼不咬人是有条件的，有一种解释是在表演之前必须要喂饱鳄鱼。鳄鱼喂饱后要排泄热量，因鳄鱼皮厚，无法排泄热量，只好张开嘴巴来排泄。

　　泰国毒蛇研究中心原本是皇家为自己服务而建成的非盈利性的毒蛇研究、生产场所，所以也称之为皇家毒蛇研究中心。泰国气候温暖，温度、湿度都适宜于蛇类生长，所以毒蛇资源丰富。研究所内饲养着数千条活生生的毒蛇，分门别类地饲养在设施良好的玻璃房内。

　　我们走进毒蛇研究中心的展览馆，馆内是封闭式的，有一条曲径通幽的长廊。廊道两旁的墙壁上是封闭式的玻璃橱，廊内灯光幽亮，人们透过玻璃能看到里边的各类毒蛇。一条蛇一个宿舍，蛇舍里有蛇的生活设施，有的蛇蜷缩着，有的蛇在明处，有的蛇在暗处，当然蛇的长短、粗细、色泽不尽相同。蛇对于游客们的观赏是无动于衷的。据讲解员介绍，全世界有三大毒蛇研究中心，泰国属其中之一。世界上最毒的蛇为金刚王眼镜蛇，因为金刚王眼镜蛇的食物为眼镜蛇，所以该蛇的毒液成为了世界上超级剧毒产品。只要动物被它咬着后，三分钟内就会死亡，而且会全身发黑，七窍流血。

　　接下来的时间安排就是毒蛇表演了。毒蛇表演危险很大，表演者与蛇密切接触，进行亲吻，人的嘴唇亲吻在了蛇的头上。还有近距离面对面地"搏斗"。表演者坐在三条毒蛇面前，用手拍打地面，不断地做出低头冲向眼镜蛇的挑衅动作以激怒盘腿而坐的毒蛇。三条蛇同时做俯冲攻击状，瞅准机会随时对人进行攻击。人与蛇对峙了一会儿，在场的人们屏声静气地观看着，为表演者提心吊胆。表演者还娴熟自如地将蛇拿在手里，左手换在右手上，在空中玩耍，还挂在脖颈上，一点都不畏惧，还吓唬游客们玩。

大象、鳄鱼、毒蛇都具有很高的医药、营养、保健作用，尤其是鳄鱼和毒蛇的全身都是宝，能治疗许多疑难杂症等疾病。

游览黄金屋

黄金屋是泰国华裔富商正大集团董事长谢国民，在他母亲六十岁那年，花重金十四亿泰铢（相当于三亿人民币）建造的超级私家庄园，随后作为生日礼物送给了他母亲。黄金屋临海而建，总占地面积十八万多平方米，整个园区规划布局科学合理，建筑物中西合璧，典雅别致，造型美观，花草树木分布其间，那五颜六色的花坛及树木形成各色各样的图案，十分美观，绿茸茸的草坪如同崭新的绿绒毯子展现在园区，也是一道亮丽的风景线。主楼的门前，竖立有中泰两国国旗。我们参观了两座楼，站在楼上俯视园区，园区景色十分优美，有造型各异的楼房，有亭榭长廊，有漂亮的园林绿化，有宽敞的道路，有雕塑、喷泉、泳池等设施，还能看到蔚蓝的大海，景色迷人，美不胜收。台湾电视剧《流星花园》曾经在这里拍摄过。

我们拾级而上，走进黄金屋，前厅的一面侧墙上挂有泰国国王的大幅照片，另一侧墙上，是泰国国王与世界各王室成员在泰国的合影。走进内厅，是硕大的一间房屋，其格调气派非凡，富丽堂皇，墙壁上装饰的具有古色风格的花色图案，足见其精工细琢的精品工艺。内厅的正面，是用纯金制作的观音菩萨金佛摆放在一个台面上，金佛底座前的盘子上镶嵌着五彩宝石，耀眼夺目。在观赏黄金屋之前我们只听说过"黄金屋"一词，只知有其词，不知有其屋，通过此次游览，使我们真正体会到了黄金屋的豪华、高档和气派，以及整个园区的优美秀丽。

  黄金屋庄园的庄主谢国民是华商后裔中的一位翘楚人物。华人在泰国约有850万人口，其中有相当一部分来自中国的广东潮汕地区。泰国华人历史悠久，人数众多，为泰国的发展做出了重大贡献。泰国华人很富有，占泰国总人口12%的华人占据了泰国85%～90%的总资产，掌握了泰国的经济命脉。第二次世界大战之后，由于华人的富裕，当地出现了排华现象。华商为了保护自己，便将自己的中国名字改为泰国名字。有许多华人在泰国政府担任过要职，其中有十几位华人曾担任过泰国首相。分布在东南亚国家的华侨居多，侨居在文莱、印尼、马来西亚、新加坡等国的华人掌握了该国85%～90%的财富。这突出表现了中国人的勤劳、勇敢和智慧的特质，中华民族在世界上是最优秀的人类种族。海外侨胞虽然漂泊异国他乡，白手起家，也能做出惊人的业绩，我们应该为我们这样的优秀民族而感到高兴和自豪。

特色餐厅餐饮

  我们来到泰国住宿的都是星级酒店，比国内旅游安排的酒店要高档，尤其是吃饭去的三个地方（另外收费）都很有特色：一个是宫廷宴，餐厅内外结构具有中国古代建筑特色，大厅是长方形形状，大厅的两侧摆放着小餐桌和小椅子，是供游客们吃饭就座的。中间是舞池，我们就餐的时候，舞女们在舞池的正台上做跳舞表演。我们在电视剧中看到过古代皇帝和大臣们用膳、饮酒时看宫女们的歌舞表演就有这样的场景。当然，我们的餐饮也是美味佳肴，从味觉上能品尝出宫廷宴美食的上等用料和精湛的厨艺。我们也在享受着宫廷宴的场景，享受着宫廷宴的美食，这是古代皇帝及皇帝身边的大臣们在君臣饮酒作乐时才能享受得到的。今天能有这样的旅游项目，是现代社会旅游业高度发展的结果，想必是华侨富商建造的宫廷餐厅，因为他们懂中国的古文化，会迎合国人心理的。在泰国我们所见到的大批游客几乎都是中国人。欧美人很少。在一次吃早餐的时候，有一位南方客人说："虽然来到泰国，我的感觉还像在国内一样，我们见到的游客都是中国人"。事实也是如此，在泰国旅游的中国人有很多，有好多景点和公共场所的播音员和节目主持人是用中文作介绍的，有好多公共场所的泰国服务人员会用简单的汉语作交流，这说明他们是用心为中国游客服务，也是用心赚中国人的钱。

我们来到的另一个就餐地点是千人大餐厅，餐厅只有一层，规模宏大。餐厅的正台上有歌舞表演，午餐时有好多人在这里就餐，场面十分壮观。这里装潢高档，饮食色香味美，服务到位，流动的人有很多，这是我平生第一次所见到的如此大的就餐场景。

还有一次我们是晚上在露天场地吃夜宵的，这里场地较大，灯光通明，好像是专门安排游客们吃夜宵燕窝的地方。我们已停留在城市的另一个角落里，处于一个喧嚣的世界中。这里吃夜宵的人有很多，人们围坐在一张张的桌子边，有人们的说话声、欢笑声，还夹杂着音乐的播放声，不远处能听到汽车的喇叭声，各种声音混杂在一起，没过多久，每人一碗的燕窝已经端上桌子了。燕窝，顾名思义是燕子的窝，它不是普通燕子的窝，而是一种特殊的金丝燕子的窝。相传，郑和下西洋，远洋船队在海上遇到大风暴，被迫停泊在马来西亚地区的一个荒岛上。由于食物严重短缺，郑和无意中发现悬崖峭壁上的燕窝，遂命令部属采摘下来，洗干净后用清水炖煮食用充饥。不出数日，船员们个个脸色红润，气色十足。回国后，郑和便将燕窝敬献给了当时的皇帝明成祖。燕窝的产地主要分布在东南亚地区的印尼、马来西亚、泰国、越南、新加坡、中国（多在广东、南海）、缅甸等国。燕窝是营养价值极高的补品，历来有

"稀世名药"之称。在古代只有皇帝和大臣们才能吃得到,从书中看到清朝的慈禧太后经常吃燕窝的。我们所吃的"燕窝"只是有其名,无其实,这么贵重的补品哪里能落到普通游客的碗里呢。我们也不缺憾,因为我们能理解真正的燕窝是很昂贵的,也是很难买得到的,我们所付的吃燕窝的费用又有多少钱呢。

热带水果园

我们走进热带水果园,眼前是树木葱茏,枝叶繁茂,一片郁郁葱葱的景象。仔细观看,有的水果挂满了枝头,密密茬茬的;有的水果在树干的上端成串下垂,一串挨着一串;有的水果一簇簇、一片片簇拥在一起;有的水果似作隐藏状,不易让人看见;有的水果七零八落地吊挂在树枝上。各种各样的树横成排、竖成行地排列着,树干的下端挂有树名称的牌子。我们从牌子上分辨出了树种,有榴莲、山竹、龙眼、皇帝蕉、莲雾、蜜柚、菠罗蜜、红毛丹、罗望子、龙宫果、椰皇等树种。榴莲树属常绿乔木,高达15~20米,种植至六七年才能结果。树干上生长出许多枝杈,树干及枝杈上吊挂有许多果实。叶子呈长椭圆形,表面光滑,背面像鳞片。榴莲的形状多似圆形和椭圆形,与西瓜大小差不多,外壳是土黄色的,又硬又厚,身上布满了坚硬的刺,采摘较费时;山竹的个子有高有低,可达6~25米,寿命长达七十年以上,种植十年左右才能结果。叶片如椭圆形,花似蜀葵,果实成熟后为暗紫色,因产量不高,以致物以稀为贵,所以很受人们的青睐;龙眼的名字又叫桂圆,龙眼树有五六米高,枝叶繁茂,果实稠密,杆枝是棕色的,枝枝丫丫的长树枝形成了绿色的帐篷,又像宽大的绿伞,给人以美的感受。我们边走边观赏边听导游讲解,只是走马观花,记不住所有树种的长相、形状,只能略记一二。我们所看到的黄色的蜜柚,浅色的莲雾,圆圆的龙眼,身姿饱满的榴莲,楚楚动人的椰子果,笑盈盈的山竹，它们婀娜多姿，形态各异，硕果累累，娇艳欲滴，果气扑鼻，使我们一睹泰国热带果园形形色色的树种和果类。接下来我们又美食了一顿丰富的水果大餐。

　　我们一行三十多人来到吃水果的地方，桌子上摆放着五颜六色的水果，任由我们吃。这些水果都是当天采摘下来的，在我们中国北方是吃不到这些现水果的，导游说了只许吃不许带走。大家围坐在一起挑选自己没有吃过的和喜欢吃的水果不住气地吃，水果品种丰富，吃完了或剩余不多了，服务人员又摆放了上来。被人们誉为"水果之王"的榴莲在东南亚负有盛名，有好多人喜欢吃，我却是嗅不惯那股臭味，所以吃得较少，如果仔细吃起来还能嚼出点香味来。据听说大量食用榴莲就不能喝奶类品、酒和可乐，因为食物相克就会中毒而亡，曾经发生过此类的事情。我最喜欢吃的热带水果是山竹。山竹汁多味美，清甜爽口，十分好吃，营养价值极高，被人们称之为"水果皇后"。在泰国旅游有一项规定就是不能在公共场所、公交车、旅游车上吃榴莲，不能将榴莲带到酒店，带到酒店就会引来蚂蚁的，听说泰国的蚂蚁颜色是红色的，我也没有见过。我们吃了各种水果，肚子也填饱了，也满足了吃水果的欲望。这是一次难忘的水果大餐，吃的我们满口留香，回味无穷。水果有许多医药和营养价值。

　　在泰国我们游览了多个景区，自费项目也不少，日程安排得很紧凑。我们来到沙美岛海边游泳，在白色沙滩上享受热带日光的照晒，坐在轮船上体验大海的浩瀚与博大；走进古香古色的五族城堡，独特古老的建筑，表现出了泰国古代建筑的唯美风格，那精美的民族手工艺品，映衬出了泰国古老的艺术文化；风景秀丽的植物园，树木葱茏，鸟语花香，水光潋滟，让人置身于风景如画的世界中。还有一些活动是值得我们体验的，我们参与了宋干泼水节疯狂、尽情地泼水活动；体验过泰式古法指压按摩法，以疏解我们几天来的疲劳；观看了神奇的魔术，那令人费解的技巧给人留下了无限的遐想……。

　　总之，赴泰国观光旅游我们旅途愉快、一路顺风，虽然是短暂的八天行程，却能给我留下绵长的记忆。泰国有蔚蓝的大海，有温暖的气候，有清爽的空气，有丰富的特产，有厚重的人文景观，有欣欣向荣的发展景象，构成了一个美丽的泰国。泰国像山泉一样甘甜，像山花一样烂漫，像彩虹一样迷人，是人们游乐探奇，览胜观光的好去处。此次旅游，一路的所见所闻，收获不少，真是让人开心快乐。泰国虽然没有中国富裕，自然山水、人文景观不如中国景色秀丽、多姿多彩，历史文化没有中国多元、厚重，但是也有其独特的一面，吸引着无数外国游客如潮涌入。在我后来的旅游中，每次归来，都有一些感想，有时还能写出一些拙作，赴泰国旅游也不例外，成为一次难忘的旅游。

四川之行

四川是古代著名的"天府之国"，以盆地而著称，滚滚长江自西向东横穿而过。四川的九寨沟、黄龙、峨眉山、乐山等景区早已蜚声海内外，是令人魂牵梦绕的地方。我带着游览四川景区的向往心情，又顾忌到四川是自然灾害多发地带，心存这一矛盾心理，终于鼓起勇气，踏上了四川之旅，追寻着这里深厚的文化底蕴，领略这里的人文特色和自然美景。

在我旅游过的地方当中，四川称得上是佼佼者。走进四川，能让我们目睹美丽壮阔的自然景色，聆听奔腾不息的江河涛声，感受巴蜀文化的生生血脉。从成都到景区来回几次往返的路上，我坐在大巴车上瞭望成都平原，一路的庄稼、树木碧波万顷，郁郁葱葱，间隔一段距离就有村民的住房坐落在田地里。这里就是自古以来被人们称之为的"天府之国"，历史上所说的"天府之国"主要是指四川盆地。因为四川盆地土地肥美，沃野千里，气候温和，雨量充沛，特别是战国时期的秦朝修建了都江堰水利工程之后，成都平原有了"水旱从人，不知饥馑，时无荒年，天下谓之天府也"之说。成都平原成为中国历史上农业和手工业十分发达的地区，成为朝廷的主要粮食供给基地和赋税的主要来源。古称"天府之国"的成都平原，早在汉朝就有了此美称，一直沿用至今。四川盆地是我国四大盆地之一，包括了四川省的中、东部和重庆大部，海拔500米左右，它由四周的山脉环绕而成。

都江堰

都江堰是一项水利工程，但是我没有看到它的大坝，听了导游的讲解，方才知道这是一项无坝水利工程。面对滔滔江水和美丽的风景，我边走边看边听，想要搞清楚这是什么样的水利工程乃至它的来龙去脉。我们可以追溯到两千多年前战国时期的秦昭襄王执政期间，李冰任蜀郡太守时带领成千上万名劳动大军，聚精会神、热火朝天地战斗在都江堰水利工程上，劳动场景是何等的壮观。当时的都江堰每当春夏两季山洪暴发之时，岷江江水奔腾而下，从灌县进入成都平原。由于河道狭窄，古时常常引发洪灾。灌县岷江东岸的玉垒山又阻碍江水东流，造成东旱西涝。都江堰的主体工程是将岷江水流分成两条，一条水流引入成都平原（称内江），这样既可分洪减灾，又得到了引水灌溉的作用；另一条水流在分水堰与离堆之间修建了一条长200公尺的溢洪道流入外江，并在溢洪道前修有弯道，这样以保证内江无灾害，江水形成环流。这项工程主要由鱼嘴分水堤、飞沙堰溢洪道、宝瓶口进水口三大部分和百丈堤、人字堤等附属工程构成，科学地解决了在鱼嘴分水堤江水自动分流，自动排沙，在宝瓶口与飞沙堰控制进出水流量等问题。都江堰两千多年来一直发挥着防洪灌溉的作用，至今灌溉区已达40余县市，面积已超过一千万亩；是全世界迄今为止，年代最久，唯一存留，一直使用，以无坝引水为特征的宏大水利工程。有的水利专家来到这里实地观看了整个工程设计后，对于飞沙堰很好地运用了回旋流的技术，对它的高度科学水平惊叹不已。这项工程，凝聚着中国古代劳动人民勤劳、勇敢、智慧的结晶。

李冰因修建都江堰水利工程而得名，并载入历史史册，可谓是功在当代，利在千秋，历史不会忘记他的。在都江堰水利工程的公园里，路的两旁立有古代四川名人的石头雕塑，李冰的雕像位列其中。后世为了纪念李冰父子，在都江堰山上修有二王庙。宋代以后，李冰父子相继被皇帝敕封为王，因此，后人称之为"二王庙"。我们还横跨了安澜索桥，这座桥位于鱼嘴之上，全长约500米，始建于宋代以前，后又于1974年重建，这也是都江堰具有特色的景观。

峨眉山

　　峨眉山从远古中走来，因秀美而驰名天下。峨眉山阅尽了历史的沧桑，经历了风雨的侵蚀，依然傲雄于天下。峨眉山高大、雄浑，与众山相比，似鹤立鸡群，出类拔萃，又福如东海，寿比南山，与地球同生共长，生生不息，所衍生出的佛教文化、旅游文化、人文文化，世代传承，熠熠生辉。

　　我曾想，我们做一次古人有多好，穿着古人的衣服，沿着古代的山区小道，遍踏峨眉山的山山水水，寻觅着古代帝王、达官贵人、诗人的古风遗落，体验一次古人的生活。然而，今天的我们，却处在了历史与现实的交汇点上，眼前的一景一物都被现代文明所熏陶。

　　在我前去峨眉山的途中，我分明听到了峨眉山在召唤着我们。我仿佛听到了李白在高山之上朗诵着他的《登峨眉山》《峨眉山月歌》诗文。峨眉山的秀美流淌在了李白、骆宾王、王翰、苏轼、陆游等诗人的诗文里，这些诗文不都是赞美峨眉山的吗？这些大诗人都是读万卷书，行万里路，作万首诗。我也立过志，在我有生之年，一定要踏遍祖国的名山大川，而峨眉山就是其中之一。我们仰望高山，攀登高山，欣赏高山的风景，在高山之上寻找我们的生活乐趣。有一句古语，"仁者乐山，智者乐水"，我们常常把山的高大、巍峨、厚重作为一种意象，锁定为我们人生最高理想的奋斗目标，也作为有志之士的宽大胸怀、坚定意志和高尚的人格追求。不知不觉，我们的旅游大巴已抵达峨眉山脚下，热情好客的峨眉山已伸开了双手，迎接着八方来客。

峨眉山、蜀国、巴蜀大地多有名气，成都是中国西南部的大本营，是发生过战争的厮杀之地。"天府之国"的成都平原，川西的名山胜水，李白由衷地感叹道，"蜀国多仙山，峨眉邈难匹"。峨眉山包括大峨、二峨、三峨、四峨，四座大山。大峨为主峰，我们通常所说的峨眉山就是指大峨山。我们是坐着索道上山的，一站坐到了半山腰，踏着石头路，爬着山坡，穿越着高大茂密的森林，峰回路转，来到了万年寺。向远处眺望，有一股浓云密雾笼罩在了上空，天色灰暗，如果在我们当地出现这样的天色，就是天要下雨的前兆。然而峨眉山是以多雾著称的，常年云雾缭绕，雨丝霏霏，把峨眉山装点得婀娜多姿。峨眉山重峦叠嶂，古木参天，遮天蔽日。我看到的两颗祯南树有750年和1000年的树龄了，抬头仰望千年古树，挺拔高耸，枝粗叶茂。粗壮的杆体，坑坑洼洼，斑痕累累，还有脱皮的地方，这是千年古树饱经沧桑所镌刻下的岁月痕迹。今天的这两棵树，虽然风烛残年，但依然是精神矍铄，延续着生命的本体，作为两名忠诚的卫士，坚守在峨眉山上，昂首挺胸地迎接着每一天的日出日落，见证着历史的变迁。

我们是徒步下山的，准备到生态猴区看猴子。生态猴区是一条狭长的深沟，我们每人买了一根竹棍，拄着棍子走路。我们走了多一半路程，眼看离猴子栖息的地方不远了，可由于体力不支，天气暗了下来，听返回来的人说，也没有看见几只猴子，所以我们就返回来了。在往回走的路上遇见了不少的猴子，三五成群，上蹿下跳,十分可爱。有的游客给猴子扔食品吃,有的逗着玩,表示出亲昵的举动。猴子是生活在树林中的,攀爬树木十分灵活,又通人性,不害怕游客,虽然我多次见过猴子,但是这一次是近距离地接触,猴子也能给游客带来乐趣。

  我们来到一线天,行走在狭长的深涧中,两边是高山绝壁,高大茂密的原始森林碧绿苍翠,密密层层,遮天蔽日,山涧流水哗哗作响,沟涧水路有着许多石块和小石子,形成几股小流,悠闲洒脱地倾斜而下。紧靠山壁的一边有一条宽敞的石头路,穿行在这条幽深的峡谷之中,给人以阴森、凉爽的感觉。石路随山而弯,依水而曲,大有峰回路转,曲径通幽之感。这里游人如织,给这幽静的深壑带来了游乐的氛围,我感觉一线天是峨眉山最秀美的景色。

九寨沟

  九寨沟,定是不寻常的一条沟,这童话世界、人间仙境、神奇九寨的桂冠,惊动了无数的中外游客。按照旅程安排,我们从黄龙出发,一路沿岷江而上,我们还路过汶川,看到了震后汶川的新面貌。九寨沟的地形是"Y"字形,是一条纵深四十余公里的山沟谷地。九寨沟位于四川阿坝藏族自治州九寨沟县境内,因沟的周围有九个藏族村寨而得名。当游客们进入景区,就有大约十几分钟时间的一趟班车上下接送。九寨沟的路程是由下到上倾斜而上,坐在车上沿路景色迅速地掠过,给人的初步映像是美如画册。车里播放出极为标准的普通话的景点介绍词,语音柔美,文采飞扬。我们是乘车到了沟的岔路口下车的。我们沿着长长的沟,踏着木板栈道,一路逆水而上,大步走向原始古朴森林的深谷中,去寻找那迷离扑朔,奇观状色的景色。

  我曾经看过不少的自然景色,多有名山胜水,所到之处皆是美景,然而每处景色有所不同,山形各异,流水有别。九寨沟是我平生中看到过的最美的景色。九寨沟的美是我们想象不到的美，似同美轮美奂的绝代佳人。我以为，只有高官巨富才能欣赏到她的姿色，绝非是普通百姓所能领略到的，所以我要怀疑她的真实性，然而美景就在眼前，毋庸置疑。我再次定睛凝神地看，这一幅幅壮美的山水画卷把我惊呆了，这真正地印证了"九寨归来不看水"的说法了。

九寨沟有三段沟，每隔一段距离就有一处风景，是以翠海、叠瀑、彩林、雪峰、藏情这五绝而驰名天下。九寨沟的蓝天、白云、雪山、森林，尽融于河流、海子、浅滩、瀑布之中，点缀成一处处绝美的景点。当我打开手机，重温九寨沟的照片和录像时，我仿佛回到了实景原地。我记得，在我返回的途中将一路的山水景观尽收眼底，将一些奇观状色拍照在手机里，那一路的流水，时而流淌在树林中，那潺潺流水，清冽光亮，翻滚着浪涛；时而漫过石头氧化成的黄色的浅滩上，流水哗哗作响；一会儿又看到了蓝绿色的水，水底是蓝绿色的，翻滚出的浪花是晶莹透亮的。那宽阔的水体顺流而下，汹涌着，澎湃着，一路上陪伴着我们，我将那晶莹透亮的流水装进了喝空的两个矿泉水瓶中。

一路上的几处瀑布更是引人注目，有的瀑布落差几米，甚至落差十几米，飞流直下；有的状如水帘，叮咚悦耳，水清味甘，大有酣畅淋漓之感；有的形如玉柱，水声轰鸣，水花四溅，实为雄奇豪放之美。穿越在这童话般的山沟中，两侧的山色、森林、树木的景色更是别有一番天地。近处，那一颗颗高大挺拔的树木直穿云霄。远处，层林重叠，林木繁茂，郁郁葱葱，如同绿色长城，又宛如画屏，两边的山不算高，但是林木的景色十分优美。每一处景色既有相似之处，也有许多不同点，有好多处的水都是蓝绿色的，汇集到了海子里，海子、树木、山形融为一体，这真是人间仙境啊，颇有诗情画意。这里空气异常清新，峡谷格外幽静，只有游人们的到来才能吵醒这寂静的环境，给人以空灵淡雅的意境。有一处景点的拍照，黛绿色的山体倒影在海子里，在灰白色天空的映衬下，是一幅绝美的山水画，水光山色，美不胜收。我们行走在九寨沟的沟谷中，一路观赏着山光与水色，这鬼斧神工的自然景观令我们惊叹不已，在我们游完景区时，真是流连忘返，难以割舍。

乐山大佛

乐山大佛是世界上最大的石刻弥勒佛坐像，为锦绣的巴蜀大地增添了无限春色，吸引着无数游客前来观赏。乐山大佛沐浴着千年的风霜雨雪，坐镇在岷江、青衣江、大渡河汇流处的悬崖峭壁上，镇水患，与乐山城隔江相望，造福于民。

如果我们站在乐山大佛的对岸来远眺乐山大佛，就会看到宽阔、丰满的滔滔大江之上有几艘轮船在游渡，大佛所处的凌云山栖霞峰及相邻的山，高大茂密的绿树覆盖在了山的顶部、侧部乃至全部。我们对准乐山大佛，将镜头逐步放近，就会看到大佛双手抚膝，正襟危坐的姿势，温文尔雅的神态，以及凝思中蕴含着智慧，威严中带有慈祥的面容，让人情不自禁地产生了敬重之感。我们不得不惊叹乐山大佛的高大与雄壮，大佛通高71米，肩膀的宽度是24米，被人们称为"山是一尊佛，佛是一尊山"。

作为世界上三大宗教之一的佛教，从印度传播在中国已经有两千多年了，已成为中国文化的重要组成部分。许多古代佛教建筑已成为我国各地的旅游景区，在一片郁郁葱葱之中掩映着红墙青瓦、宝殿琼阁的庙宇。而莫高、云冈、龙门等石窟则作为我国古代雕刻艺术的宝库举世闻名，乐山大佛则属于露天大佛，顶天立地。

对于佛教文化、禅学我不甚了解，但是，我知道信仰佛教对于维护社会的稳定与和谐具有一定的作用。而在唐朝特别盛行塑造弥勒佛像，根据佛教教义，弥勒佛是三世佛中的未来佛，他象征着未来世界的光明和幸福，在佛祖释迦牟尼死后的几十年后，将接替佛祖的地位。

佛经上说弥勒佛出世就会"天下太平"，所以人们自然渴望他能尽快降临人间。乐山大佛脚下的"三江"汇流之处，江水暴涨泛滥，水势异常凶猛，经常发生船毁人亡的事故。当时有名的海通和尚大发慈悲，准备雕凿大佛来镇水患，他自然就想到了在发生水患就近的凌云山的悬崖峭壁上的硬岩之中雕琢大佛。凌云山是一座天然的正面方正整齐的石岩，海通和尚就物尽其用，充分利用了这一整块大岩石。从海通和尚开始，人们先后断断续续用了90年的时间完成了雕琢乐山大佛的巨大工程，而大佛的河岸对面是一座乐山城，所以称谓为"乐山大佛"。

乐山大佛景区的景点还有灵宝塔、凌云禅院、海师洞、九曲栈道、乐山乌木博物馆、乐山公园等。我们看到的乐山大佛的首建者海通禅师双目被剜的雕像，雕像的脚下刻有"自目可剜，佛财难得"八个字。这八个字源自于海通禅师为了修建大佛，他四处化缘，筹回了不少的钱财。当时有一位贪官得知海通筹回一笔重款，准备敲诈勒索他，海通义正词严地说："自目可剜，佛财难得"。这位贪官居然蛮横无理地要海通试一试。海通禅师大义凛然地一手拿着盘子，一手剜出自己的双眼，吓住了贪官，保住了这笔筹款。我们从大佛（面向河岸）的右侧沿着陡峭的栈道，从凌云山上走到凌云山下，边走边看，也就是从大佛的头上看到了大佛脚下，途中一边观赏一边拍照。大佛脚下，宽阔的江面水波荡漾，浪涛拍岸，瞭望对岸，云雾笼罩了城市的上空，有一栋栋高楼大厦如鹤立鸡群般地屹立在城市之中，气势非凡，这就是乐山市的首府。

一千多年来，乐山大佛阅尽了多少人间春色，经历了多少朝代更替，依然雍容大度、肃穆安然地端坐在凌云山中，日夜守护在江边，保佑着天下苍生，造福万民。

四川钟灵毓秀，人杰地灵，在近、现代史上孕育出一些伟人：如朱德、邓小平、刘伯承、陈毅、罗瑞卿、张爱萍等，他们为中国革命做出过重要的贡献。在巴蜀大地上曾经留下了古代名人的千古遗事，李白从这里仗剑远行，杜甫在此望月还乡，苏东坡出川赴京金榜题名，诸葛亮六出祁山、七擒孟获，刘皇叔白帝托孤，唐玄宗夜宿剑阁闻铃……四川也是盛产美女的地方，比如汉朝的王昭君、卓文君，唐朝的杨玉环、武则天等；现代有刘晓庆、罗珊珊、王小丫、邓家佳等。难怪有"少不入川"这一说法，意思是说年少的男子最好不要去四川，因为四川有很多美女，你去了之后就舍不得离开。在八年的抗日战争中，四川人民义无反顾地投身到了保家卫国的行列中，为国家承担了占全国三分之一的财政支出，为全国补充了近三百万人的兵源，因此，在抗战中有"无川不成军"的说法。听说在抗战中，四川没有出现过汉奸。四川人民在抗日战争中所做的贡献，受到了全国各界的高度评价。

四川，在这青山绿水中处处显现出旖旎秀丽的风光之美。我们透过自然看人文，在这许多的历史遗迹中，从中可以看出深厚的人文底蕴所封存的历史往事。在巴蜀大地上，曾经留下过帝王将相的功德，留下过诗人的风花雪月，留下过美女们追求幸福生活的美好愿望，留下过爱国将士殊死搏斗的拼杀场景，留下过普通百姓劳动生活的身影……凡此种种，无不让我们感叹在巴蜀大地上凸现出的不仅仅是自然之美，还有人文之美、人性之美。

四川确实有独特的自然景色，这些景色无不吸引着世界各地的游客到此一游。其实，我们每到一地旅游，不仅仅将目光专注在自然景色中，还要了解当地的历史、人文、风俗，尤其是四川。我们热爱山水、向往美景、热衷旅游，是我们追求心情愉悦的一种生活方式。山水的灵性，能陶冶我们的心灵，调节我们的情绪。在大自然中享受美丽的景色，四川就是我们最好的选择。

春去春又来

第六辑 旅游时光

我在柬埔寨的所见所闻

在2019年春节前,我选择去气候温暖如夏的柬埔寨旅游了一趟,因为时值隆冬,我想感受南亚国家的热带气候,还有,举世闻名的柬埔寨吴哥窟吸引了我。柬埔寨的历史文化值得我们去探寻,同时我也想看看柬埔寨的经济发展状况、城乡面貌以及自然景色等。

城乡面貌

在我报去柬埔寨旅游团的时候,听旅行社的工作人员说,柬埔寨这个国家很贫穷,事实也是如此,就是贫穷的国家我们也可以适当地去参观,来了解其贫穷的原因。在我去柬埔寨来回八天的行程中,大多时间是在暹粒度过的。暹粒市是柬埔寨的第三大城市,是暹粒省的省会,距金边市311公里,离泰国最近距离152公里,人口约有8.5万人。这里没有高层楼,因为世界上著名的吴哥窟等古迹就坐落在这里。为了突出这些古迹的重要性,政府不让在暹粒修建高层建筑物,暹粒市的楼房建筑最高也就是六七层,所有建筑是属于别墅型建筑,建筑结构别具一格,而且每座别墅结构有别,风格各异,充满了现代色彩,给人的视觉很美观。金边市是柬埔寨的首都,有高层楼,有许多20世纪60年代遗留下来的低矮陈旧的楼房。

柬埔寨的公共设施很落后，在城市的郊区有些街道是土路，有的街道中间是水泥路，两边是土路。郊外景区的出入路面也是土路，郊外甚至是郊区的路边和树林里到处是塑料袋和废纸等杂物，环境卫生脏乱差。暹粒市的十字路口红绿灯较少，没有摄像头。有的人在摩托车上自行加工了座位，一辆摩托车上能坐三四个人，五六个人的也不在少数。社会治安不太好，抢劫事件时有发生，导游一再叮嘱我们，上街要带好自己的包包，有骑摩托车的人会来抢包；上街最好相跟上几个人，同时也要注意行车安全。暹粒没有发电厂，用的是泰国的电，每度电价格大约贰元多人民币。中国准备在暹粒修建发电厂，自己发电每度电的价格大约在0.6元多人民币，因此，暹粒市区就没有夜景。柬埔寨时差比北京时差晚一个小时，过了晚上十二点钟有些街道就停电了，人们要上街行走还要用手电筒来照明。

柬埔寨的短途交通工具主要是摩托车，尤其是在市区骑摩托车等红绿灯的人成群结队，前呼后拥，乡村里也有摩托车。柬埔寨的车辆，如小轿车、大巴车、皮卡车等大多是二手车，日本车占据多数。

从金边到暹粒的路途中有一段路程为170公里的双向快车道，是由中国公司承建的。我们从暹粒到金边来回走的就是这条公路，一路是平原地带。柬埔寨东部、北部和西部被山地、高原环绕，中部和南部是平原，平原约占全国四分之三以上的国土。路的两侧是略低于路面的开阔地，并面向公路挺立着一栋栋的高脚房。高脚房的"脚"大约有一层房高，脚上面是一层房子，房子面积大约是几十平方米不等，木质结构房子居多。柬埔寨属热带季风气候，没有春夏秋冬，一年分为雨、旱两季，5月至10月为雨季，11月至4月为旱季；年均气温为24℃，最高气温为35℃；到了雨季有时候持续降雨，洪涝成灾，所以，乡村里的房子大多是高脚房。

1989年柬埔寨进行了经济改革，由原来政府控制的计划经济变革为开放的市场经济，活跃了商业市场。在暹粒市的郊外公路两侧，每到下午，在天气好的情况下，当地居民摆起了地摊，有卖小吃的，有卖小商品的，有卖衣服的，应有尽有。在我们的行程安排中，有乳胶、丝绸、木雕、珠宝、锅具五个购物店，这些店里的售货员有的是华商后裔、有的是柬埔寨人、有的是来这里打工的中国人。柬埔寨的售货员都会说汉语，他们学习了三年的中文课程，在柬埔寨掀起了"学中文"的热潮，凡是会说中国话的人收入都提高了。更有甚者，有的柬埔寨大学生想来中资企业谋职，因为中资企业薪水高，中国对柬埔寨进行了部分投资。

旅游景区

柬埔寨旅游景区规模大的有吴哥古迹、湄公河和洞里萨湖。吴哥古迹展示的是吴哥时期的历史文化，而湄公河与洞里萨湖是自然景色，是柬埔寨人赖以生存的水资源。

吴哥古迹

在柬埔寨的历史上，国力最强盛的时期出现在吴哥王朝，文化发达，创造了举世闻名的吴哥文明。吴哥时期所建造的以吴哥窟为代表的庙宇及王城有600余座，散落于现在的暹粒市区附近，保存下来的古迹也为数不多了。古迹规模之宏伟壮观，建筑艺术之璀璨夺目，令人惊叹，考古学家把它称之为东方四大奇迹，联合国教科文组织将吴哥古迹列入世界文化遗产。吴哥窟是吴哥古迹中最精华的部分，被誉为世界七大奇景。

我们还参观了大吴哥城、巴戎庙、塔普伦寺、斗象台、12生肖塔、古代法院等遗址。这些吴哥时期的建筑群都是由巨大的石块组建而成，由大量的石塔、石屋雕刻成许多精美玲珑的浮雕。吴哥窟作为吴哥王朝的国寺，举全国之力，花了大约35年的时间建造的，它是吴哥古迹中保存最完好的建筑，以建筑宏伟与浮雕细致闻名于世。当然，整个吴哥王城和庙宇是花了上百年的时间修建而成的。吴哥王朝为什么要修建如此浩大的工程呢，是源于他们的宗教信仰。古代时期的柬埔寨人笃信印度教，他们认为自己修建的这些寺庙是自己死后的居所，所以无论有多么大的困难也要修建这些神庙。这里的每一块石头都是从距离吴哥窟40公里以外的荔枝山上开采的，都是动用了大象和骡马驼运回来的，那个时候没有水泥等黏合剂，而且又垒得很严实，不能不说是一个了不起的创举。同时也展示出了吴哥时期的建筑特色。

公元15世纪，暹罗（泰国）入侵了吴哥，屠杀了大批居住在吴哥古城的人，而且对吴哥窟进行了部分改造，将原有供奉印度教的神像改造成佛教的塑像。然而，没过多久暹罗就放弃了吴哥城，吴哥城湮没在一片树林中，一直无人问津，就这样经历了400多年的历史。直到1860年法国的博物学家亨利·穆傲在丛林中散步，无意中找到了今天震惊世界的吴哥窟，才使得吴哥古城大放光彩，这种残存的美，后来成为柬埔寨一张亮丽的旅游名片。

畅游湄公河

湄公河发源于我国青海省的唐古拉山，经西藏与云南流入国外的老挝、缅甸、泰国、柬埔寨和越南五个国家。在中国境内的河段称之为澜沧江，出了国境的河段我们称之为湄公河，是东南亚最长的河流，总长约4880公里，流域在柬埔寨境内为510公里。在金边市，湄公河与洞里萨湖交汇，湄公河涨水时，水流入了洞里萨湖，退水时水从洞里萨湖流入了湄公河。洞里萨湖是湄公河的天然蓄水池。

我们这个旅游团来到柬埔寨金边市的湄公河，坐在一条较大的游船上，畅游湄公河。船上为我们准备了各种水果，船的中间摆放着长条桌子，人们面对面分坐在长条桌的两侧，一边吃着水果，一边倾听导游的介绍。紧接着游客们自发地组织人来唱歌，要按家庭来出人。大伙好不热闹，有唱民歌的、有唱黄梅戏的、有唱秦腔的、有唱现代歌曲的、有朗诵诗歌的，真是八仙过海各显神通。

金边湄公河河段江面很宽阔，水体丰满，水色为土黄色，水面上泛起一层层波纹，给人的视觉不如清澈的水面美观。湄公河从金边的郊区穿越而过，河的两岸耸立着为数不多的高楼。湄公河是柬埔寨最长的河流，比之于我国的长江和黄河，大江奔流，雄风浩荡，气势恢宏。雄浑豪迈的湄公河啊，是高棉民族生生不息的奋进之河，日夜不停地奔向大海，虽然忙碌着，但精神为之快乐，心胸为之达观，穿越历史，奔向未来。

我们一行人在船上品尝着水果，唱着歌，观看着两岸风景，体验着游船在湄公河上荡悠悠的感觉，秉持着旅人一份悠闲自在的愉悦心情，这就是我们所要释放平日里郁闷情绪而追寻的快乐之感。

洞里萨湖水上人家

想不到在柬埔寨洞里萨湖有这么一个群体，被自己国家遗弃的越南人。因国内早年发生战争，越南老百姓为了躲避战乱逃到了柬埔寨，而柬埔寨政府不允许他们在陆地上生活，他们只能漂泊在水上依水为生，以船为家，生活富裕的人家还可以在岸边搭建房子作为栖息之地。等到战争结束，越南政府不接纳他们回国了，他们只能继续居住在洞里萨湖。

洞里萨湖位于柬埔寨境内西部，是东南亚最大的内陆淡水湖，长550千米，宽110千米，如同一块巨大的翡翠镶嵌在柬埔寨大地上，为柬埔寨提供了水资源，被柬埔寨人视为他们的"生命之湖"。洞里萨湖能起到灌溉、蓄洪、渔业捕捞、水上交通运输和旅游等作用。

洞里萨湖水上人家生活很贫困、艰难，日常生活的起居、饮食、上学、医疗都是在湖上解决。湖上有大船，船上有商店、学校、医院等等。洞里萨湖旱季时平均深度为1米，面积为2700平方公里，雨季时水深可达9米，面积则能扩大到旱季时的6倍，比中国最大的湖泊还大。正因为是雨旱两季涨落水原因，他们的房子都是高脚屋。房屋大多很简陋，家里没有一件像样的家具。他们的房子没有电，唯一的交通工具就是船只。还有一部分人，他们在岸上连一个小破屋都没有，只有一艘船，生活在船里，可以想象得到他们的生活有多么贫苦和落后。但愿他们的旅游业越来越兴旺发达，能带动他们的生意兴起，以改变他们贫困的生活状况。

我们的行程中还有皇家公园、技艺学校、吴哥全景博物馆、天使之湖、罪恶馆、金界赌场、大皇宫、独立纪念碑等。金界赌场规模大小和澳门最大的赌场差不多，其豪华程度也不次于澳门赌场，吴哥全景博物馆也充满了现代化色彩。

历史沿革

柬埔寨是历史悠久的文明古国。远在三四千年以前，高棉人（柬埔寨旧称高棉）已居住在湄公河下游和洞里萨湖地区。从公元1世纪下半叶建国，经历了扶南、吴哥、真腊等时期。吴哥王朝从公元802年至公元1431年，曾经是高棉民族最为辉煌的时期，经历了中国的晚唐、五代十国、宋、元、明朝。吴哥王朝极盛时，占有今天的柬埔寨全部、泰国和老挝大部、越南和缅甸南部，是东南亚历史上最为强盛的国家。16世纪末开始，真腊走向衰落，从17世纪到18世纪越南吞并柬埔寨的部分领土，形成今天的越南南方，同时也遭受到了泰国的入侵，致使部分国土沦丧，被迫多次迁都。到18世纪末，柬埔寨基本上处于强邻的控制之下，成为属国。1863

年，法国入侵柬埔寨，签订了《法柬条约》，并宣布柬埔寨为法国的保护国。第二次世界大战时期，柬埔寨被日本占领。1945年日本投降后，柬埔寨再次被法国殖民者占领，直至1953年11月9日，柬埔寨宣布完全独立。

20世纪50至60年代，西哈努克亲王执政。1970年3月18日，朗诺集团在美国策动下发生政变，推翻了西哈努克政权。1975年至1979年间，红色高棉掌握了柬埔寨执政权，在这期间，有170多万柬埔寨人被处死、强迫劳动致死、压迫致死，所有教师、医生、技术员、知识分子等人才惨遭杀害，几乎被清洗一空。1979年初，越南入侵柬埔寨，推翻了红色高棉统治，红色高棉退到西北边境进行武装斗争。进入80年代，在联合国的调停下，进行了柬埔寨和平进程。1996年至1998年间，政府各派系之间进行权利斗争，有武力冲突，死伤达两万多人。

从1970年3月到1998年3月，柬埔寨进行长达28年的内战，导致柬埔寨陷入了贫困境地。

民俗风情

柬埔寨是一个信仰佛教的国家，佛教徒占全国居民90%，少数人信奉伊斯兰教和天主教，风俗习惯独特。

柬埔寨的男人一生必须出家一次，社会上才承认其成人。上至国王，下至平民，一生中都必须出家剃度当和尚。出家次数不限，时间可长可短，有的终身当和尚，更多的则是几年、几个月甚至是一两个星期。一般男孩到了5至10岁左右，家长就准备出家仪式，亲朋好友和街坊邻居就会成群结队敲锣打鼓相送，这对每个家庭都非常重要。

在柬埔寨，大多数家长鼓励子孙削发为僧，一个家庭如果有人出家当和尚是一件荣耀的事。出家当和尚是柬埔寨人的宗教义务，是答谢父母的方式，同时还能提高自己的社会地位。出家当和尚有许多优惠政策，只要穿上袈裟就被视为不可侵犯的人，不可拘捕、不服兵役、不纳税，即使触犯法律，也只能通过宗教组织处理，令其还俗后方可通过法律法规处理。还有，当和尚还能免去医疗费、交通费、旅游费等，还俗后求婚、就业等都比较容易。

柬埔寨人生理成熟较早，而且流行早婚，否则会被世俗所轻视，而且传统婚俗对女子的约束甚为严格。女孩子临到结婚前，父母就要把她关在房间里，请僧侣来诵经祝福，到了规定日期才能出门。这期间被称为"蔽日期"，吃饭、睡觉、洗澡都只能在自己的房间里，不能见任何男人，即使是父亲和兄弟也不能例外。蔽日期的长短按照家庭条件的不同而决定，可以是3个月、6个月或者是一年。蔽日期结束前，女孩子不能吃鱼和其他肉食，否则将会遭遇不幸。

柬埔寨还有一个风俗，那就是少女必须学会吸烟。按照传统，当女子到了六七岁时，父母就为她们准备好了烟斗，开始教她们吸烟。父母认为，吸烟可以使孩子懂得人们日常生活中酸甜苦辣的滋味，尤其是烈性烟能使人提神，这样他们在茫茫森林中行路就不会迷路了。到十五六岁时，如果少女不会吸烟，就会被认为不漂亮，甚至是伤风败俗。因此，无论多么难受，姑娘们也要横下一条心，努力学会吸烟。

在柬埔寨，男女结婚，通常是男子嫁到女方家，到女方家过日子。婚礼的全部仪式都在女方家举行，要连续举行三天。

柬埔寨人很喜欢红色和蓝色，认为红色象征吉祥和喜庆，蓝色象征光明和自由。他们不喜欢白色，认为白色象征着死亡，所以他们忌讳穿白色衣服。他们有时候用五彩缤纷的服饰来表示日子，特别是在宗教活动中，星期一用嫩黄色，星期二用紫色，星期三用绿色，星期四用灰色或浅蓝色，星期五用红色，星期六用黑色，星期日用红色，因此被称为"七彩星期"。

经济状况

柬埔寨经历了20多年的战乱，导致了经济衰落，后来经过十多年的努力，经济虽然有所发展，但是工业还很落后。其工业成分应属于初级加工业和手工业型企业，支撑其工业主体的是成衣及纺织业，主要从事来料加工的出口贸易；制造加工业主要服务于交通运输业和建筑业；建筑业所需要的水泥、钢材、五金电料、水管及装饰材料等，柬埔寨均不能自行生产，只能依靠进口。

柬埔寨属于一个农业国家，全境以平原为主，自然条件优越，水资源丰富，没有工业污染，气候条件适宜农作物常年生长，农业发展潜力巨大。种植业、水产业和畜牧养殖业发达，橡胶业是柬埔寨农业经济收入的重要部分。由于工业基础薄弱，农业基础设施贫乏，农产品种植结构单一、产量低，许多农产品种植仍以原始耕作、种植、管理方式为主，农产品的加工和销售有待于进一步发展。

习主席提出的"一带一路"倡议，要加强沿线国家的基础设施建设，促进沿线国家的互联互通和经济社会发展。中国组建的亚洲基础设施建设银行是促进基础设施发展的一项重要举措，柬埔寨从中受益。中国帮助柬埔寨修建了水电站和高速公路，光纤通信网络项目也由中国企业承建，有力地促进了柬埔寨的经济发展。"一带一路"将成为繁荣的经济带与和平的新丝路，每个参与的国家都会从中受益，从而实现双赢和多赢。

我们在金边市参观展览馆的时候，馆内悬挂着柬埔寨首相洪森和中国国家主席习近平握手的照片。讲解员介绍说，就是这两位国家领导人让他们的国家走上了富裕的道路。

中国改革开放四十年来，发生了翻天覆地的变化，我们深有感触，在这四十年中我们亲身经历、参与、见证了中国的改革发展变化。我们去国外旅游，了解外国的文化、历史和现实情况，与我们中国相对比，我们无不感到骄傲和自豪。我们更加坚定和自信中国特色社会主义道路的正确选择，坚信中国共产党的执政能力。"四个自信"是我们在改革开放的社会实践活动中所认识到的"法宝"。我国综合国力的提升能让我们感受得到老外对我们中国人的尊重、赞许和友好，感受得到老外能从我们这些旅人身上得到益处。所以，老外们努力学习中国的汉语，使用中国人民币，与中国人沟通、交流。

我们已进入了新时代，感受到了新气象、新天地，中国经济走向了高质量的快速发展轨道，社会风气向更好的方向扭转。和平与发展仍然是当今社会的时代主题，相信我们的国家会行稳致远，越来越强大。我们赶上了新时代，能为自己生长在这个国度和时代而感到十分荣幸。我们要珍惜今天的发展成果和幸福生活，要热爱祖国，热爱人民，坚持学习，努力工作，做一名合格的公民，为社会奉献出一己之力。

行走在西域的风景线上

　　西域，顾名思义为西部疆域，是"古丝绸之路"的重要通道，是各民族迁徙融合的一个大区域，是多民族文化和东西方文明的交融之地。新疆古称西域，后来西域便成了新疆的代名词。其实，广义上的西域不仅包括了新疆，还包括西亚和中亚一些国家和地区。

　　西域，一个古香古色的名字，充满了神奇的魅力，有关它的人文历史，千年不衰地延续至今。相传早在新石器时代新疆就有猿人居住，远古时期在南疆活动的主要是羌人，还有与周人有着远亲关系的赤鸟人。从秦朝到西汉时期，新疆已形成许多国家，史称西域三十六国。

　　我带着探秘的心情，沿着古丝绸之路，穿行在西域的风景线上。我在竭力寻找1500年前的古迹遗址，怎奈被千年历史的风沙雨水侵蚀得不见踪影，曾在西域生存旺盛的国家有乌孙、龟兹、楼兰、小宛、月氏等国都消失在历史的烟波浩渺中。张骞出使西域千里沙漠的浩浩驼队在我的脑海里一闪而过，而我是坐在旅游大巴车上目睹今日新疆大地的美景，不言而喻，跨越千年的历史变迁，不禁让我感慨万分，昔日的西域。今天的新疆，有着多大的差别。

　　上中学时学地理，新疆给我的感觉是自然环境恶劣，有一望无垠的沙漠，有寸草不生的千里戈壁，这个地方肯定是飞沙走石，荒无人烟，一片凄凉。我有个初中老师在新疆当了几年兵，他给我们讲课时经常提到新疆，给我的印象，新疆也不怎么好，而且极其偏远。今天坐在车中，一路看到平坦辽阔的土地，改变了我过去对新疆的看法，认为新疆是个好地方。

新疆地大物博，每一地的景区间隔距离很远，坐车就占据了游客的多数时间。新疆就像一本厚厚的书，而我们游客就是读者，由于旅行时间的短暂，怎能让我们读懂新疆。好在美女导游知识丰富，且生长在新疆，一路上热情洋溢地给我们介绍了新疆，陪同我们走完了这一旅程。

新疆的地貌概括为"三山夹两盆"，北面是阿尔泰山，南面是昆仑山，天山横贯中部，把新疆分为南北两部分，即天山以南为南疆，天山以北为北疆。南疆有塔里木盆地，是中国第一大盆地；北疆有准噶尔盆地，是中国第二大盆地。中国的造字方法以"象形"和"指事"居多，新疆的地貌就像"疆"字的右半部分"畺"，其中三横表示三座山，两个田表示两个盆地。新疆总面积为160多万平方公里，占全国的六分之一，相当于陕西、甘肃、宁夏和青海四省区面积的总和。

新疆地广人稀，平地居多，只是干旱少雨，缺少水源。有的荒漠变成了农耕地，变成了绿化区。那茫茫的戈壁滩之上是很难生长出植物的，所以说新疆的生态绿化是比不上内地的。我们国家正在实施新时代"红旗渠"调水工程，在几条大江大河的源头将水引至千里之外的新疆，造福西北地区人民。我们沿途所看到的土地，有的是新疆建设兵团开发的。新疆建设兵团为新疆的发展建设做出了重要的贡献，有献完青春献子孙的几代人的奋斗足迹。他们一边守护边疆，一边发展生产。

其实我是很喜欢人文景观的，有的地方人文景观还留有遗址，有的地方毫无踪迹。发生在西域的历史事件还真不少，汉武帝情洒西域，卫青、霍去病、李广等大将远征匈奴，刘细君和亲乌孙、张骞不辱使命，苏武牧羊十八年，康熙大帝挥师阿勒泰、亲征噶尔丹等等。有多少动人的西域故事传唱至今，经久不衰。尤其是张骞两次出使西域开拓了亚洲内陆与西欧诸国友好往来的重要通道，成为世界历史上著名的"丝绸之路"。唐太宗李世民在位时，再次开启了"丝绸之路"，使唐朝无比繁荣，出现了八方来朝的新气象，创造出了"贞观之治"的治世之年。进入新时代，我们国家主席习近平提出的"一带一路"发展战略，更是拓宽和延伸了"丝绸之路"，丰富和发展了"丝绸之路"的内涵，引领世界向前发展，在新时代实现中华民族的伟大复兴。这些都是伟大的创举，让我们倍感欣喜和自豪。我们的物质生活富裕了，可以抽出时间到全国各地旅游，游览祖国的大好河山。此次我出行在西域的风景线上，饱览西域的人文景观和大自然美景，记录下这一美好的时光。

　　我们旅行的第一站是五彩滩，在抵达五彩滩的途中看到了一排排的风力发电机，间隔一段距离又出现了一排排的太阳能发电装置，还经过著名的石油城市克拉玛依，这里有百里油田，那一排排、一架架挖石油的大型"磕头机"在不停地运转，这些也都是具有现代色彩的风景。

　　五彩滩地处阿尔泰地区布尔津县境内，景区结构为"一河两岸"。河流属额尔齐斯河流域，向西流经哈萨克斯坦、俄罗斯直至北冰洋，是仅次于伊犁河的新疆第二大河流。河的南北两岸，地势开阔，景色各异。北岸岩石较多，岩石的色彩以红、黄色为主，还夹杂着绿、白、灰、黑等颜色，真可谓五颜六色，斑驳陆离，因此得名为"五彩滩"，是著名的雅丹地貌。这种地貌形成的原因为河流的冲击和狂风的侵蚀，由于岩石含有的矿物质不同，河岸岩层抗风化能力强弱不同，形成的形状各异，色彩不同。而南岸沿着河流却是一片林木带，高大挺拔，苍翠繁茂，尽收眼底。远处逶迤的山峦与戈壁风光交相辉映。五彩滩是以岩石的色彩而得名，值得旅人去探究。

我们来到了185建设兵团的一个连队和兵团总部进行参观，这里地处新疆西北角的阿拉泰地区哈巴河县，紧邻中哈国界线，白沙湖景区也位于这里。我们来到了中国与哈萨克斯坦的边界线，这里有185兵团种的庄家，有白桦林，还看到了哈萨克斯坦的村庄，这里祥和而宁静。习总书记接见的"西北民兵第一夫妻哨所"民兵马军武的哨所就坐落在这里。我们还参观了建设兵团前辈们所住的地窝子，条件相当艰苦。我们穿行在中哈边界线上（坐车走了几公里）也是一次难得的机会，也是我有生以来第一次见到的国界线。

白沙湖不算大，但风景旖旎，我们沿着湖边走了半圈，因为突然下起雨来，不敢逗留。我们在湖边照的照片所折射出的倒影十分优美，这是沙漠里的独一处风景。

北疆最有名的自然风光当属喀纳斯湖和天山天池了。

喀纳斯湖风景区被誉为二十一世纪人类的最后一片净土，在这里，浓绿的草原山体之上挺立着林木，俨然是美丽如画的毯子，十分幽美。远眺白茫茫的雪山，在暖暖晴空之下，显得格外耀眼。喀纳斯湖存储在大峡谷之中，那一片片高大茂密的树林好似绿色长城，排列在湖的岸边，与其说是湖泊还不如说是河流。因为那丰满的雄浑的宽敞的水体从上游往下游流淌，蓝色的河面上汹涌起白色的浪涛，景色漂亮极了。我感觉河的上上游那才是湖，她安然平静地躺卧在那里，也许是劳累了一天的她需要休眠呢。在我们进入峡谷通往喀纳斯湖的路上，景色十分优美。时值七月之初，正是植物生长的旺盛时期，映入眼帘的都是绿色，那份绿，美得让人心动。

在喀纳斯湖畔定居着图瓦人，他们以游牧、狩猎为生，已有近四百年的历史了。他们善骑术，会滑雪，能歌善舞，既保持着游牧的生活方式，也被现代文明所熏陶。我们还进行了家访，观看了舞蹈。图瓦人所住的小木屋星星点点并井然有序地分布在喀纳斯湖畔，既有小桥流水又有旅游设施，构成了一幅美轮美奂的图画，堪称人间仙境。

天山天池景色优美，三面群山环抱，峦峰连绵，错落有致。山的形状、色彩十分好看，就像人工造型雕刻而成。天池湖水清澈碧蓝，如同大海的颜色，走近池边细看，深处的池水却蓝中透绿，这是山的倒影所形成的。在我写本篇散文的时候，我再次打开手机，仔细端详天山天池照片，那蓝天、白云、黛山以及蔚蓝的湖水形成了绝佳的风景。在我们通往天池的路上，沿路所看到的山体和高大茂密的森林十分秀美、亮眼。天山天池不仅仅是地名，更应该是美称，名称与颜值是对称的，我想还有什么会比天更高呢？

我们是围绕着几大景区行走在辽阔的西域大地上，这里孕育了深厚的历史文化。我们路过的地方也许曾经是众多民族驰骋角逐之地。当年的耶律阿保机、成吉思汗、努尔哈赤等不同朝代的元帅大将，挥师远征，利剑出梢，杀戮在西域的疆场上。包括近代的左宗棠，率领清军消灭了中亚浩罕国阿古柏军队，他采取的是"先北后南"的战略方针，实现了收复新疆大业。

再回蓦到千年前的西域，西域三十六国都在互相竞争，发展经济，争夺地盘。他们修建了城池，开发种植了农田，兴修水利，发展人口，虽然生产力落后，但他们的生活理念是积极向上的，勤劳、智慧、坚强、开拓、创新和享受生活。在城郭里，商铺林立，酒坊广设，富人家的深宅大院，普通人家的单幢小房。在富丽堂皇的宫廷里，轻歌艳舞，美女成群。街道上熙熙攘攘的人流，一片繁荣景象。西域与内地相距遥远，张骞出塞掌握了西域的生产生活情况，将第一手资料上奏给皇帝。西域也因三十六国的传奇历史更富有魅力，在后来的朝代中，三十六国逐渐消亡，这终究已成为了历史。在我缠绵的思绪中，我们来到了火焰山。

火焰山这个名字如雷贯耳。《西游记》中孙悟空三借芭蕉扇扑灭火焰山烈火的故事，使得火焰山闻名天下。它的神奇在哪里？既然来到了新疆，我自然要体验火焰山的高温了。火焰山古称赤石山，位于吐鲁番盆地北缘，古丝绸之路北道，呈东西走向。山长约100千米，宽约9千米，海拔500米左右。火焰山光山秃岭，寸草不生，不见飞鸟。每当盛夏才是人们去火焰山体验火热高温的最佳时期。火焰山是中国最热的地方，夏季最高气温高达47.8℃，地表最高温度高达80℃，沙窝里可烤熟鸡蛋，地面上可烤熟饼子。导游叮嘱我们不要用手触摸旅游设施，怕烫伤了手。我们来到火焰山脚下，刚下车就感觉到了炙热的高温，看到火焰山不高，景区这一块山是长方体的，山顶起伏不大，山体由红色砂岩构成。这里烈日当空，地气蒸腾，烟云缭绕，感觉我们就像走进了烤炉或者是蒸笼里，烤得人喘不过气来。好在这里旅游设施修建的完善，在地面上烤得受不了可以很快回到偌大的地下室。地下室是休息和娱乐的地方，有商场、有电子游戏机、有电子屏幕、有人物雕像等。我还是几次来到地面，仔细端详火焰山，那红色的砂岩熠熠发光，真切地感受了火焰山的高温，火焰山真是名不虚传。火焰山也便成了天气高温的代名词。

对于坎儿井我是陌生的，以前没有听说过，更谈不上见了。坎儿井是"井穴"的意思，普及于新疆吐鲁番地区，与万里长城、京杭大运河并称为中国古代三大工程。吐鲁番坎儿井总数达1100多条，全长约5000公里。吐鲁番地区天气炎热，干旱少雨，严重缺水。当地百姓为了生存，就因地制宜，开挖了坎儿井。坎儿井是一种结构巧妙的特殊的灌溉系统，它由竖井、暗渠、明渠和涝坝四部分组成。坎儿井井水来源于天山，天山常年积雪，积雪融化后一部分从地面上流走，另一部分渗入地下，从地下流走。坎儿井就是人们利用地形特点，在地下找到水源，通过竖井将水引流至暗渠、明渠，直至地面。坎儿井井水水质好，水量稳定，自流引用，无须动力，地下水蒸发损失少，没有风沙危害。

坎儿井早在《史记》中就有记载，新疆坎儿井始于西汉时期，是西域拓边的重要战略支撑。吐鲁番现存的坎儿井，多为清代以来陆续修建的。自20世纪九十年代以来，新疆特别是吐鲁番盆地生态环境恶化，林木破坏严重，同时由于现代化进程的加快，用水量不断增多。机井和水库的修建代替了坎儿井，地下水资源不断减少，坎儿井干涸的极多，目前仅有700多条还在正常流淌，坎儿井维修起来比较困难。目前，有一少部分坎儿井已发展成为旅游业。

西域，从旷古中走来，随着历史的变迁而发展，在这块土地上演绎了古代与现代，战争与和平，历史与现实。那些具有戏剧性的血腥战争已属于过去，西域作为古"丝绸之路"的载体走向了未来。西域是个好地方，有宽阔无垠的巨大盆地，有丰富的矿藏资源，发展潜力巨大。自党的十九大以来，新疆社会治安稳定，维稳秩序有条不紊，国民经济迅速发展，百姓安居乐业，到处是欣欣向荣的景象，在西部大开发的战略中，西域的明天将会更加美好。

厦门——浪漫的海滨城市

我曾经想过，带上我的家人，去某个海滨城市逗留几天，在海边的沙滩上好好地享受大海的浩瀚、海浪的冲击、日光的照晒，来一次浪漫的旅行。

"浪漫"这个词很有韵味，意境也很洒脱。浪漫这个词不仅可以用来描述人物，也可以用来描述景物和某个地方。虽然在我身上不具有浪漫的特质，但我还是喜欢浪漫的环境。我发现厦门这个地方是具有浪漫特质和浪漫情调的。今年（2019年）我带了家人，来到厦门游玩了几天，这个地方是颇让我喜欢的。

我尤为喜欢厦门的气候。厦门属亚热带海洋性季风气候，冬无严寒，夏无酷暑，温和多雨，年平均气温在21℃左右，这样的天气能不让人惬意吗？它不像我们北方，每到冬天就穿上了厚衣服。厦门是由几个半岛和内陆组成，地处我国的东南端。

我们沿着长长的环岛路，骑着自行车，一路沿途观看美丽的海岸风光。每到一个景点就停下来，我们躺在沙滩上，感受大海的气息，倾听大海的涛声，远眺大海的波澜壮阔。我们走在海边拾海螺，捡贝壳，海风吹拂着我们，海浪向我们涌来，这海天一色的美景让人陶醉不已。近看周边环境，海岸公共建筑各有特色，颇具现代风格，充溢着浪漫的情调。行走在这海岸线上，每到一处漂亮的景点，我们都会拍摄下这一美好的瞬间。时光不会重来，我们不再年轻，还需好好珍惜这一个难得的旅游时光，以充实我们的人生。

厦门最著名的景点属鼓浪屿。当我们坐上轮渡驶向鼓浪屿，从远处就可以看到以蓝白色调为主的码头主体与配套的广场等建筑，就像一架张开的三角钢琴，所以这个码头叫作钢琴码头。我们上了岸，就听到钢琴之声跳动的音符漂浮在鼓浪屿海岸。

鼓浪屿被誉为"音乐之乡""钢琴之岛"。初始是由西方音乐传入，与鼓浪屿的优雅环境相融合，造就了鼓浪屿今日的音乐传统，孕育出了举世闻名的各种乐曲演奏家，和一百多个音乐世家。到20世纪八九十年代，鼓浪屿人均钢琴拥有率居全国之首，只有两万多居民，就有五千多架钢琴。2000年，由爱国华侨胡友义和黄玉莲夫妇俩建立了钢琴博物馆，收藏了70多架古老的欧洲与美洲钢琴，是我国唯一的一座钢琴博物馆。

鼓浪屿有"万国建筑群"之称，在鸦片战争结束，中英双方签订了《南京条约》，成为五个通商口岸之一的厦门。外国殖民主义者纷纷来鼓浪屿居住，他们先后在这里建造了领事馆、公馆、别墅、学校、医院、教堂；还有大量早期出国谋生的闽籍华侨，在事业成功之后纷纷回到闽南祖籍，选中鼓浪屿之地，纷纷投巨资兴建豪华别墅；还有本地的一些名人、富户，聘请外国建筑设计师，设计、建造结构别致、造型美观的私人住宅。还有一部分建筑物是20世纪二三十年代建造的。

当我登上鼓浪屿，看到英国、德国、美国、日本等国在厦门建立的领事馆，想到当年鼓浪屿的繁华是建立在这些西方列强欺凌我大清国的基础上的繁华，这是一部大清的屈辱历史。《南京条约》签订后，英国占领厦门，进入鼓浪屿，以英国籍船舶为主的各国船舶纷至沓来，将大量鸦片运至厦门销售，毒害大清百姓，从中牟取暴利。日本领事馆是甲午战争结束时，清政府被迫与日本签订了《马关条约》。作为战胜国的日本，强迫清政府在厦门设立了专管租界，并在鼓浪屿设立了领事馆。

　　这些领事馆和天主教堂，见证了当年外国侵略者的侵略行为。国家软弱、贫穷、落后了，就会受到列强的欺负。我们参观了这些领事馆和天主教堂，给我们带来了深刻的反思。我们要认真对待历史问题，珍爱和平，同时教育我们要爱国，以及让我们这个民族如何奋发图强、自强不息……

　　鼓浪屿有许多景点，有日光岩、菽庄花园、皓白园、毓园、郑成功纪念馆、海底世界、天然海滨浴场、海天堂构等。鼓浪屿有许多购物店，甚至是网红购物店，有唯美浪漫的餐厅和咖啡馆，有各种花园式的旅馆，有许多风格各异的别墅等等。如此众多的建筑不愧为"万国建筑博览会"，透过这些斑驳的建筑，可以触摸到岁月的痕迹。我们沿着小街道，走街串巷，感受到这里的小资情调和浪漫气息，还有熙熙攘攘的人群，给这个小岛增添了热闹与繁华。鼓浪屿岛屿虽小，内涵却十分丰富，承载着厚重的历史，却又弥漫着现代生活气息，充盈着人文情怀与生活情趣。

　　厦门的对面有金门岛，包括金门本岛（称大金门）、烈屿（称小金门）、大担、二担等15个岛屿。金门岛与厦门、同安遥遥相对，厦门离小金门距离最近，约一公里。

　　中山路是厦门最繁华、最热闹的商业街，是集购物、餐饮、休闲、观光于一体的步行街，闽商、台商店铺林立，有川流不息的人群。我们漫步在中山路，欣赏南洋风格的骑楼建筑，深入到古老的小巷街坊间，品尝地方特色小吃，购置闽台生产的生活日用品，体验厦门本土文化。

我们来到演武大桥观景台观看海景，演武大桥与沿岸步行道和公路相连，由三座栈桥组成。岸边平缓地向海中延伸，然后又掉过头来，形成弧形，回到岸边，这个弧形有些特别。桥上很宽敞，有长条椅、有花卉等，清洁、环保，桥的岸边高耸着300米高的海峡世贸双子大厦。站在桥上能瞭望到海沧半岛、鼓浪屿及漳州港之景。海岸上鳞次栉比的高楼大厦构成了美丽的图景，海岸边川流不息的车辆在立交桥上奔驰，海面上有渡轮在游荡。如果用宇航摄影器拍摄厦门之景，那就是一幅绝美的海滨图，这座城市的建筑充满了现代风格和浪漫气息。

厦门有许多景点我们还没有游览，但我坐车观赏了整个市容市貌，这座城市是富有个性的。这里具有优良的气候特征、独特的地理位置和现代化的建筑风格，流淌着闽南的风土人情和海滨的生活情调。这里的生活节奏缓慢，人们生活得悠闲自在，轻松自如。这里是现代化的港口城市，经济繁荣，摩天大楼随处可见，展示着各种优雅身姿，为这座城市增添了无穷的魅力。

厦门是一个很自我的城市，洒脱、坦然、浪漫，张扬着深厚的文化底蕴和浪漫的文艺气息。徜徉在这座城市里，去各处走走看看，我们会喜欢上厦门的。厦门是宜居城市，绿色环抱，环境优雅。这里是一个放飞自我的地方，能让我们的心灵在自由的空间里发挥想象，能真正地得到心灵上的旅游，能体会到厦门的柔情浪漫，能得到心灵与美景的和谐共鸣。

激流壶口 壮美黄河

地处黄河之上的壶口瀑布,震撼着山川大地、奔腾不息、滚滚而来,久负盛名。我有幸参加了单位组织的旅游活动,了却了我一直以来对壶口瀑布的好奇和向往。

壶口瀑布是中国第二大瀑布,是世界上最大的黄色瀑布,吸引了多少人前往光顾。我们翻山越岭,穿行在陕北高原上,行程上百公里。这一路之上,一车人谈笑风生,互相调侃,怀着愉快的心情驶向壶口。沿途景色匆匆而过,我们在壶口的大峡谷之上看到了黄河,"不到黄河心不死",期待的心情早已飞向了壶口瀑布。

当我站在壶口瀑布的陕西段,从远处眺望瀑布,被眼前的气势震撼了,在我所见过的瀑布中,没有这样的壮观。壶口瀑布位于秦晋大峡谷的南端,属陕西宜川县和山西吉县乡镇地段。瀑布上游黄河水面宽约300多米,河槽由宽变窄;到了壶口,收缩到30至40米的宽度,河槽由浅入深,河水跌入深渠,落差约30米。不难想象,汹涌彭拜的黄河之水流入到一条狭窄的落差高的河槽中能不掀起震天响的波涛巨浪吗?真可谓是排山倒海之势。我仔细琢磨壶口的由来,认真端详了壶口的整个地形结构,终于明白了"千里黄河一壶收"的含义了。壶口在千里黄河中起到了瓶颈作用,形成了壶口瀑布的"黄河奇观",这是大自然的鬼斧神工所赐予的杰作。

黄河之水从河床的正面和侧面涌入低洼处,我由远及近,走到了瀑布面前。山西段的多处瀑布,顺着台阶,波浪滔滔,翻滚而下。近处的、远处的瀑布水势汹涌,涛声震天,蔚为壮观。这分明是黄色瀑布,黄河的黄色,来自黄土高原,是黄土地上的泥沙流失到了黄河之中,黄河与黄土相生相伴,形影不离。从水中散发出的雾气,弥漫在水上,水雾缭绕,淋湿了游人的衣衫。落入河槽中的瀑布,巨浪滔天,咆哮怒吼,狂奔而去。这不由得使人想起了李白的"黄河之水天上来,奔流到海不复回"的著名诗句。

回放壶口视频,不禁使我想起了《黄河大合唱》,"风在吼,马在叫,黄河在咆哮……"在抗战期间,中华民族面临危亡的时候,著名诗人光未然带领文艺演出队来到壶口,看到惊涛骇浪的瀑布和奔流滚滚的黄河。黄河激流在诗人的心中掀起了万丈波澜,激发出了创作灵感,他按捺不住内心的激情,欣然命笔,随即做出了《黄河大合唱》歌词,后回到驻地,稍作修改。冼星海为这首歌谱了曲,著名的《黄河大合唱》就这样诞生了。

这首歌是以抗战为背景,以黄河流域为素材,描述了中国人民遭受的深重灾难,广阔地展现了抗日战争的壮丽图景,热情讴歌了中华儿女不屈不挠的抗争精神、保卫祖国的必胜信念以及中华民族不可战胜的力量。它是时代的最强音,并向全中国、全世界发出了民族解放斗争的战斗号角。黄河气势磅礴,从黄河中滋生的《黄河大合唱》这首歌,激情万丈,催人奋进,深刻反映了国人高涨的爱国热忱、气吞山河的壮举以及强烈的时代精神。

黄河西起青海巴颜喀拉山北麓,东至山东流入渤海。千百年来,黄河以其豪迈的身姿横卧中华大地,一个巨大而清晰的"几"字形,勾勒出了千万里中华大地的生生血脉,而壶口瀑布是黄河上最为惊心动魄的壮美风景。早在战国时期的《尚书·禹贡》中对黄河有所记载，而壶口瀑布在郦道元的《水经注》中有所记载。黄河是坚实的脊梁，挺起了中华大地的昂首雄姿，黄河经历了历史巨变。

黄河润泽万物，滋养了华夏子民。黄河流域水质、土壤条件优越，气候适宜，有利于农作物的生长，所以早在远古时期，古人在黄河流域繁衍生息。后来有一些朝代在黄河中下游一带建立了王朝，进行城市建设，土地开发，发展农业，进行技术发明和文学创作。黄河也因此被国人称之为"中华民族的摇篮"和"母亲河"。

走近黄河，就能感受到中华民族辽远壮阔的历史，感受到中国五千年的历史文化灿烂辉煌。春秋五霸相争，战国七雄并立，诸子百家争鸣，秦朝一统天下，汉朝走向强大，唐朝繁华盛世。十三朝古都繁华落尽，曾经不可一世的帝王将相尸埋黄土之中，沧桑历史如同黄河之水滚滚而去，只有历史遗存下来的古迹文物、文档史料、文学著作才能作为见证物。

黄河纳百川千流，穿崇山峻岭，奔腾澎湃，浩浩荡荡，走过了千年历史，奔向遥远的未来。愿我们与黄河一同披星戴月，一起风雨同行，共赴美好未来。

后　记

　　我觉得"春去春又来"这个词富有朝气、活力。春天告别了严寒，大地解冻，万物复苏，到了花开草长的季节，意喻着新的开端、新一年的开始，也意喻着人们对美好未来的期盼和向往，至少保持着对生活的自信和人生的乐观态度。

　　自党的十八大以来，全国反腐扫黑，净化政治生态，整顿各行各业，社会走向公平正义，第一个百年奋斗目标已经实现。扶贫济弱，保护环境，大力发展经济，老百姓得到了实惠。国人从心底里流露出对社会的满意，对国家抱有希望，对生活充满信心。在以习近平总书记为核心的党中央领导下，全国各族人民齐心协力，共同奋斗，朝着实现中华民族伟大复兴的中国梦奋进。我们走进了新时代，走进了社会经济繁荣发展的春天，走进了高悬利剑、须臾不能松懈的法律制度保障的春天，这正是国人心目中的理想社会，也是共产党人不忘初心、牢记使命、砥砺前行的奋斗目标。

　　在国家加大力度反腐败的同时，社会风气有了很大的改变，释放出强大的正能量，促使社会各行各业焕发出新的活力，新的气象，包括我们赖以生存的企业。我在本散文集中写了《春在心底》《天隆春华》《春去春又来》等散文，在这些散文中我写了我们心灵的春天，写了我们集团企业发展的春天以及整个社会各项事业发展的春天。诚如我所写的，我们的企业会发展得越来越强盛，只是，我们企业的发展是在祖国强大无比、和平发展的社会背景下才能有所发展。

　　站在时代的前沿，我国的各项事业有了长足的发展，包括文化艺术的繁荣发展，在我们的物质财富有了极大改善的同时，我们的精神世界也应当充满朝气，我们应该活得有信仰、有信念、有信心。习总书记说过："人民有信仰，民族有希望，国家有力量"。习总书记指出："无论过去，现在还是将来，对马克思主义的信仰，对中国特色社会主义的信念，对实现中华民族伟大复兴中国梦的信心，都是指引和支撑中国人民站起来、富起来、强起来的强大精神力量"。当然，作为一名文学爱好者，有信仰才能写出高质量的作品。讴歌新时代，唱响主旋律，弘扬真善美，传播正能量，这是写作者的初心和使命。

　　我在这里诠释了我以"春去春又来"这一词汇冠以书名的原因。作为一名文学爱好者，也是业余写作者，要洞察社会，积累生活资料，紧跟时代步伐，弘扬正气，传递正能量，给人以温暖和希望，信心与力量，用优秀的作品感染人，鼓舞人，这才是一名写作者的职责和魅力所在，我正是朝着这一方向努力迈进。尽管我做得很不够，差距很远，但是我的文学情怀会鞭策我继续努力的。

　　在本集即将付梓印行之时，我在这里特意感谢全国著名散文家、中国西部散文学会主席刘志成在百忙之中为我深情作序，同时还感谢同学、文友和同事们的鼓励和支持，在此我深表谢意，并献上美好的祝福！